mtb

Zum Buch:

Der Schmerz über den Verlust ihres Mannes ist für Anne Marie noch immer sehr frisch. Aber sie will ihr Leben wieder genießen und dabei nicht nur sich selbst etwas Gutes tun. Deshalb beschließt sie, sich an einem Patenprogramm für Schulkinder zu beteiligen. Dabei ist Anne Marie sich überhaupt nicht sicher, dass sie die Richtige für so etwas ist. Ihr neuer Schützling Ellen ist ein stilles, schüchternes und in sich gekehrtes Mädchen, und auf den ersten Blick scheinen die beiden so gar nichts gemeinsam zu haben. Doch dann muss Ellens Großmutter ins Krankenhaus, und Anne Marie ist die Einzige, die sich um Ellen kümmern kann.

»Debbie Macomber schreibt so selbstbewusst und zuversichtlich, dass ihre Geschichten so einladend sind wie ein gemütlicher Lesesessel.«

Publishers Weekly

Zur Autorin:

Regelmäßig finden sich die Werke dieser beliebten Autorin auf der Bestsellerliste der New York Times. Im Laufe ihrer beispiellosen Karriere hat Debbie Macomber über 100 Romane verfasst, die weltweit eine Fangemeinde haben.

Lieferbare Titel:

Die Maschen des Schicksals
Das Muster der Liebe
Der Garten des Lebens
Die Farben der Herzen

Debbie Macomber

Eine Schachtel voller Glück

Roman

Aus dem Amerikanischen von
Anita Sprungk

mtb

MIRA® TASCHENBUCH
Band 26131

FSC MIX Papier FSC® C014496

1. Auflage: April 2018

Deutsche Erstausgabe

Titel der amerikanischen Originalausgabe:
Twenty Wishes

erschienen bei: MIRA Books, Toronto

Published by arrangement with
HARLEQUIN ENTERPRISES II B.V./S. à r. l.

Umschlaggestaltung: büropecher, Köln
Umschlagabbildung: Sara Danielsson/Getty Images,
kovtynfoto, Ilga Lasmane/Shutterstock
Redaktion: Christiane Branscheid
Satz: GGP Media GmbH, Pößneck
Printed in Germany
Dieses Buch wurde auf FSC®-zertifiziertem Papier gedruckt.
ISBN 978-3-95649-806-0

www.mira-taschenbuch.de

Für June Scobee Rodgers,
meine liebe Freundin, die mir Inspiration
und Quell der Freude ist

April 2009
Liebe Freunde,

als wir noch Kinder waren, lagen meine Cousins, meine Cousinen und ich in den warmen Sommernächten oft draußen im Gras, schauten hoch in den Nachthimmel und vertrauten unsere Wünsche einem Stern an. Anscheinend bleibt dieses Kind in uns immer in irgendeiner Form lebendig, nicht wahr? Vor einiger Zeit wurde mir dies wieder bewusst, als mir bei einer Signierstunde meine Leserin Arliene Zeigler von ihrer Wunschliste erzählte. Auf dieser Liste standen keine Vorsätze, Beschlüsse oder auch nur Zielvorstellungen, sondern einfach nur Wünsche. Zum Beispiel Orte, die sie besuchen wollte, Menschen, die sie gern kennenlernen möchte, Erfahrungen, die sie zu machen hoffte.

Hat nicht jeder von uns solche Wünsche in der einen oder anderen Form? Heimliche Sehnsüchte, über die wir selten reden, weil sie vielleicht dumm klingen? Als ich *Eine Schachtel voller Wünsche* zu schreiben begann, setzte ich zunächst eine eigene Wunschliste auf. Darauf standen Dinge, wie mit meinem Mann zu kuscheln und in Erinnerungen an die gemeinsam verbrachten Jahre zu schwelgen. Ich wollte mit meinen Enkelkindern Seifenblasen steigen lassen und Schmetterlingen nachjagen. Ich wollte am Broadway singen. Na schön, Letzteres ist ein bisschen sehr weit hergeholt, aber träumen darf man ja …

Ich hoffe, Sie genießen es, ein paar Stunden mit Anne Marie, ihren Freundinnen (ganz besonders den Witwen) und allen anderen von der Blossom Street zu verbringen. Alix hat drüben im *French Café* die Kaffeemaschine eingeschaltet, Susannah arrangiert ihre Blumen auf dem Gehsteig vor ihrem Blumengeschäft *Susannah's Garden*. Wie ich sehe, hat Whiskers sich im Schaufenster von *A Good Yarn* zusammengerollt, und Lydia hat das Schild an der Ladentür auf *Geöffnet* gedreht. Auch die Tür von *Blossom Street Books* steht offen, also hereinspaziert!

Ich freue mich immer, von meinen Lesern und Leserinnen zu hören. Sie können mich über meine Webseite (www.DebbieMacomber.com) oder per Brief (P.O. Box 1458, Port Orchard, WA 98366, USA) erreichen.

Debbie Macomber

1. Kapitel

Es war sechs Uhr am Abend, und es war Valentinstag. Ein Zeitpunkt, zu dem man eigentlich feiern sollte – so wie früher, als sie und Robert noch verheiratet gewesen waren. Als Robert noch lebte. Aber heute Abend, am romantischsten Tag des Jahres, war Anne Marie Roche allein. Sie drehte das Schild in der Tür von *Blossom Street Books* auf *Geschlossen*. Ihr Blick streifte die Schaufensterauslage zum Valentinstag mit den ausgeschnittenen Papierherzen, den roten Luftballons und der Sammlung von Liebesromanen, die sie nicht mehr las. Dann schaute sie nach draußen. Die Abenddämmerung senkte sich über Seattle, und die Straßenbeleuchtung erwachte flackernd zum Leben.

Tatsache war: Anne Marie hasste ihr Leben. Na schön, Hass war ein etwas zu starkes Wort für das, was sie empfand. Immerhin war sie gesund, noch verhältnismäßig jung – achtunddreißig –, attraktiv und finanziell abgesichert; obendrein gehörte ihr der beliebteste Buchhandel im Viertel. Aber sie hatte niemanden, den sie lieben konnte. Niemanden, der sie liebte. Sie gehörte nicht mehr zu etwas, das größer war als sie selbst. Jeden Morgen, wenn sie aufwachte, fand sie das Bett neben sich leer vor, und sie glaubte nicht, sich an dieses Gefühl von Hoffnungslosigkeit und Verlassenheit jemals gewöhnen zu können.

Ihr Mann war vor neun Monaten gestorben. Rein technisch betrachtet, war sie also Witwe, obwohl sie und Robert bereits in Trennung gelebt hatten. Trotzdem hatten sie sich regelmäßig getroffen und an einer Versöhnung gearbeitet.

Dann, ganz plötzlich, war alles vorbei, alle Hoffnung zunichte. Gerade, als sie kurz davorstanden, es noch einmal miteinander zu versuchen, erlitt ihr Mann einen schweren Herzinfarkt. Er brach im Büro zusammen und war tot, noch bevor die Sanitäter eintrafen.

Anne Maries Mutter hatte sie gewarnt, dass es riskant wäre, einen älteren Mann zu heiraten, aber fünfzehn Jahre – das war nicht so viel älter. Robert, charismatisch und gut aussehend, war Mitte vierzig, als sie sich kennengelernt hatten. Sie waren glücklich miteinander und hatten hervorragend zusammengepasst, außer in einem Punkt.

Anne Marie wünschte sich ein Baby.

Robert nicht.

Er hatte bereits zwei Kinder aus seiner ersten Ehe und kein Interesse daran, eine weitere Familie zu gründen. Zum Zeitpunkt der Hochzeit war Anne Marie mit dieser Bedingung einverstanden. Damals, bis über beide Ohren in Robert verliebt, kam ihr das nicht so wichtig vor. Aber dann, vor zwei Jahren, hatte die Wirklichkeit sie eingeholt. Ihre Sehnsucht, ihr Verlangen nach einem Kind wurden immer stärker. Doch Robert war standhaft geblieben und hatte keinen Millimeter nachgegeben. Seine »Lösung« des Problems hatte darin bestanden, ihr einen Hund zu schenken. Sie hatte ihn Baxter genannt. Sosehr sie den Yorkshireterrier auch liebte, an ihren Gefühlen hatte das nichts geändert. Sie wünschte sich immer noch ein Baby.

Dass Melissa, Roberts vierundzwanzigjährige Tochter, Anne Marie nicht leiden konnte –, es noch nie gekonnt hatte – hatte die Situation noch verschärft. Im Laufe der Jahre hatte Anne Marie etliche Male versucht, die Spannung zwischen ihnen beiden abzubauen. Nichts hatte gefruchtet. Bei Roberts Sohn Brandon, der noch fünf Jahre älter war als seine Schwester, war das zum Glück anders. Sie hatten ein gutes Verhältnis.

Als in der Ehe zwischen Robert und Anne Marie Probleme aufgetaucht waren, konnte Melissa ihre Schadenfreude nicht verbergen. Anne Maries Stieftochter wirkte hocherfreut, als Robert im Herbst vor zwei Jahren ausgezogen war, sieben Monate vor seinem Tod.

Anne Marie hatte keine Ahnung, was sie Schlimmes getan hatte, um sich diese leidenschaftliche Abscheu zu verdienen – außer sich in Melissas Vater zu verlieben. Sie vermutete den Grund für Melissas Verbitterung in der glühenden Hoffnung des Mädchens, ihre Eltern würden sich aussöhnen und wieder heiraten. Jedes Kind wünschte sich eine intakte Familie. Und als Anne Marie und Robert heirateten, war Melissa gerade erst im Teenageralter. Anne Marie nahm es Roberts Tochter nicht übel, dass sie so abweisend reagierte, aber seine Ehe mit Pamela war schon längst gescheitert, bevor Anne Marie in sein Leben trat. Dennoch, all ihren Versuchen zum Trotz, war es ihr nie gelungen, mit Melissa auf einen gemeinsamen Nenner zu kommen. Seit Roberts Beerdigung hatte sie nichts mehr von ihrer Stieftochter gehört.

Anne Marie öffnete die Ladentür, als Elise Beaumont sich näherte. Elises Mann Maverick war erst kürzlich nach einem langen Kampf gegen den Krebs gestorben. Mit Mitte sechzig war die ehemalige Bibliothekarin bereits im Ruhestand. Nach fast dreißigjähriger Trennung hatte sie sich mit ihrem Mann ausgesöhnt, nur um ihn nach weniger als drei Jahren erneut zu verlieren – diesmal für immer. Schmächtig, grauhaarig und hager, wirkte sie ausgesprochen streng. Dieser Eindruck wurde allerdings von ihren traurigen Augen abgemildert. Sie war Stammkundin im Buchladen, und in den Monaten von Mavericks Krankheit hatten sie und Anne Marie sich angefreundet. In vielerlei Hinsicht war sein Tod eine Erlösung. Trotzdem hatte Anne Marie Verständnis dafür, wie schwer es war, jemanden loszulassen, den man liebte.

»Ich hatte gehofft, dass du kommst.« Sie begrüßte Elise mit einer raschen Umarmung. Normalerweise half Steve Handley am Donnerstagabend im Laden aus. Damit er in Ruhe Valentinstag feiern konnte, hatte Anne Marie ihren Laden zwei Stunden früher als üblich geschlossen.

Elise legte ihren Mantel ab und hängte ihn über die Rückenlehne eines Polsterstuhls. »Ich habe selbst nicht geglaubt, dass ich kommen würde. Aber dann habe ich entschieden, dass ich genau das heute Abend brauche: die Gesellschaft der anderen Witwen.«

Die Witwen.

Sie hatten sich in einem Lesekreis kennengelernt, den Anne Marie in ihrem Laden organisiert hatte. Nach Roberts Tod schlug sie Lolly Winstons »Himmelblau und Rabenschwarz« als Lektüre vor, einen Roman über eine junge Frau, die sich mit ihrer Witwenschaft arrangiert. In diesem Kreis hatte Anne Marie auch Lillie Higgins und Barbie Foster kennengelernt, und schließlich war Colette Blake ebenfalls zu ihnen gestoßen. Die Witwe hatte die Wohnung über *A Good Yarn*, dem Wollgeschäft von Lydia Goetz, gemietet. Seit dem letzten Jahr war sie wieder verheiratet.

Während sie sich im Lesekreis mit immer neuen Büchern befassten, kamen die Witwen einander auch privat näher und begannen, sich auch anderweitig zu verabreden. Ihre Treffen fanden häufig ganz formlos bei einer Tasse Kaffee im nahe gelegenen *French Café* statt oder bei einem Glas Wein in Anne Maries Wohnung über dem Buchladen.

Lillie und Barbie waren ein besonderes Witwenpaar, nämlich Mutter und Tochter. Beide hatten sie ihre Männer bei einem Flugzeugunglück vor drei Jahren verloren. Anne Marie hatte damals in der Zeitung von dem Absturz der Privatmaschine gelesen. Bei dem tragischen Unfall während der Landung in Seattle waren beide Piloten und auch die Passagiere ums Leben gekommen. Lillies Mann und ihr Schwiegersohn hatten in leitender Position für denselben Parfümhersteller gearbeitet und waren häufig zusammen geschäftlich unterwegs.

Lillie Higgins war in etwa im selben Alter wie Elise, aber sonst hatten die beiden keinerlei Ähnlichkeit miteinander. Man sah Lillie ihr Alter nicht an. Sie wirkte kaum älter als fünfzig, aber da ihre Tochter bereits vierzig war, musste sie schon etwa Mitte sechzig sein. Zierlich und schlank, wie sie war, gehörte sie zu den wenigen Frauen, die scheinbar nicht alterten. Ihre Garderobe bestand aus immens teuren Strickwaren und Goldschmuck. Anne Marie hatte den Eindruck, dass Lillie, wenn sie wollte, den Buchladen zehnmal hätte kaufen können.

Barbie Foster, ihre Tochter, war ihrer Mutter sehr ähnlich, und ihr Name passte – jedenfalls, was die äußere Erscheinung anging. Sie hatte lange blonde Haare, die anscheinend nie in Unordnung gerieten, wunderschöne kristallblaue Augen und eine absolut makellose Figur. Kaum zu glauben, dass ihre Zwillingssöhne bereits achtzehn waren und gerade ans College gewechselt hatten; Anne Marie wäre jede Wette eingegangen, dass die meisten Leute sie eher für die Schwester als die Mutter ihrer Söhne hielten. Wenn Barbie ihr nicht so sympathisch gewesen wäre, hätte sie leicht eine Abneigung gegen sie entwickeln können, weil die Frau so ... vollkommen war.

»Danke, dass du heute früher geschlossen hast. Ich bin viel lieber hier, als schon wieder einen Abend allein zu verbringen«, sagte Elise und unterbrach damit Anne Maries Gedanken.

Da war das Wort wieder.

Allein.

Trotz ihrer eigenen Befürchtungen hinsichtlich des Valentinstages rang Anne Marie sich ein Lächeln ab. Sie deutete zum hinteren Teil des Ladens hinüber. »Luftpolsterfolie und alles andere liegen im Hinterzimmer bereit.«

Letzten Monat, als sie über einen Roman von Elizabeth Buchan diskutierten, war der Valentinstag zur Sprache gekommen. Von ihren Freundinnen erfuhr Anne Marie, dass dieser Tag für Witwen wohl der schmerzlichste Tag des Jahres war, und so beschloss ihr kleiner Kreis, ein eigenes Fest zu planen. Statt der romantischen Liebe und der Ehe wollten sie die Freundschaft feiern, so den mitleidigen Blicken der Welt die Stirn bieten, auf vergangene Liebe und Hoffnung für die Zukunft anstoßen.

Elise lächelte zittrig und spähte in das Hinterzimmer des Ladens. »Luftpolsterfolie?«

»Habe ich tonnenweise«, entgegnete Anne Marie. »Du kannst dir nicht vorstellen, wie viele Versender Luftpolsterfolie verwenden.«

»Aber warum liegt sie auf dem Boden?«

»Nun ja …« Jetzt, wo sie versuchen sollte, das zu erklären, kam Anne Marie die Sache ziemlich dumm vor. »Ich habe immer den unwiderstehlichen Drang, die kleinen Blasen platzen zu lassen. Also dachte ich, wir machen das gemeinsam – indem wir darauf herumlaufen.«

»Du willst, dass wir auf der Luftpolsterfolie herumlaufen?«, fragte Elise sichtlich verwirrt.

»Betrachte es als Valentinstanz und Feuerwerk in einem.«

»Aber Feuerwerk gibt es doch nur am Unabhängigkeitstag oder vielleicht zu Neujahr.«

»Genau das ist der Sinn der Sache«, bekräftigte Anne Marie. »Es geht um Neuanfänge.«

»Werden wir auch Champagner trinken?«

»Darauf kannst du wetten. Ich habe ein paar Flaschen echten Champagner besorgt. Veuve Clicquot.«

»Veuve bedeutet Witwe, weißt du das? Der Sekt der Witwe Clicquot – wie passend. Was sollten wir sonst trinken!«

Die Tür öffnete sich, und Lillie und Barbie traten ein, gehüllt in eine Wolke eleganter Düfte. Gleich nach ihrem Eintreten schloss Anne Marie den Laden ab.

»Partyzeit«, verkündete Lillie und reichte Anne Marie eine weiße Schachtel mit Backwaren.

»Ich habe Schokolade mitgebracht«, erklärte Barbie und hielt eine Schachtel mit dunklen belgischen Pralinen hoch. Sie trug einen roten Hosenanzug mit einem breiten schwarzen Gürtel, der ihre schmale Taille betonte. Gab es in dieser Welt eigentlich keine Gerechtigkeit? Die Frau hatte die Figur einer Göttin und aß *Schokolade*?

»Ich habe gelesen, dass Zartbitterschokolade und Rotwein eine Menge gesundheitsfördernder Stoffe enthalten«, meinte Elise.

Davon hatte Anne Marie auch gelesen.

Lillie schüttelte gespielt erstaunt den Kopf. »Erst Wein und jetzt auch Schokolade – das Leben ist herrlich.«

Anne Marie führte die Gruppe ins Hinterzimmer und dimmte das Licht vorn im Laden. Hinten standen nicht nur Champagner und passende Gläser bereit, auch eine Kristallvase mit roten Rosen schmückte den Raum. Die Rosen waren ein Geschenk von *Susannah's Garden*, dem Blumenladen gleich nebenan. Die Ladeninhaber in der Blossom Street waren alle miteinander befreundet. Von Alix Turner vom *French Café*, die ebenfalls von der kleinen Feier gehört hatte, stammte das Tablett mit Käse, Crackern und kernlosen grünen Weintrauben, das Anne Marie auf ihrem Arbeitstisch abgestellt hatte. Das Spitzentuch, das als Tischdecke diente, hatte Lydia ihnen für die Feier überlassen. Es war so schön, dass es in Anne Marie erneut den Wunsch weckte, stricken zu lernen.

Sie wünschte, sie könnte in den Geschenken ihrer Freundinnen mehr sehen als nur ein Zeichen von Anteilnahme, aber ihre Gefühlslage ließ das nicht zu. Trotzdem war sie wegen der anderen Witwen und um ihret- wie ihrer selbst willen entschlossen, es wenigstens zu versuchen.

»Das wird Spaß machen«, verkündete Elise und erklärte den anderen, warum Anne Marie die Luftpolsterfolie auf dem Boden ausgebreitet hatte.

»Was für eine tolle Idee!«, rief Barbie.

»Soll ich einschenken?«, fragte Anne Marie, bemüht, sich nicht anmerken zu lassen, wie bedrückt sie war. Jetzt fühlte sie sich schon seit Monaten so elend. Dabei hatte sie doch erwartet, das Leben sähe nach so langer Zeit längst wieder rosiger aus. Vielleicht brauchte sie eine Therapie. Eines war jedenfalls sicher: Irgendetwas brauchte sie.

»Unbedingt!«, erwiderte Lillie und deutete auf den Champagner.

Anne Marie öffnete die Flasche und füllte die vier Champagnerkelche. Dann prosteten sie einander zu und stießen miteinander an.

»Auf die Liebe«, sagte Elise. »Auf Maverick.« Ihre Stimme brach.

»Auf die Schokolade!« Barbie zog eine Grimasse, vielleicht um von Elises Tränen abzulenken.

»Auf den Champagner der Witwe«, warf Lillie ein.

Anne Marie schwieg.

Obwohl es bereits neun Monate her war, schien ihre Trauer weder schwächer noch leichter erträglich zu werden. Sie arbeitete zu viel, aß zu wenig und trauerte um all das, was hätte sein können. Dabei ging es nicht nur um die Tatsache, dass der Mann, den sie geliebt hatte, tot war. Mit seinem Tod war sie gezwungen, all ihre Träume und Hoffnungen in Bezug auf ihre

Ehe zu begraben. Den Traum von einer echten Partnerschaft, den Traum von einer eigenen Familie. Selbst wenn sie sich wieder verlieben sollte, was ziemlich unwahrscheinlich schien, war eine Schwangerschaft im Alter von über vierzig Jahren riskant. Ihr Traum von einem eigenen Kind war mit Robert gestorben.

Schweigend nippten alle vier an ihrem Champagner, jede in ihre eigenen Erinnerungen versunken. Anne Marie sah den Schmerz in Elises Gesicht, den nachdenklichen Ausdruck in Lillies Miene, Barbies halbherziges Lächeln.

»Ziehen wir unsere Schuhe aus, um die Noppenfolie platzen zu lassen?«, fragte Lillie einen Augenblick später.

»Mom hat ein Problem damit, auf Strümpfen herumzulaufen«, meinte Barbie mit einem Blick auf ihre Mutter. »Sie findet es fürchterlich.«

»Das war bei uns einfach nur nicht üblich«, murmelte Lillie.

»Ihr braucht eure Schuhe nicht auszuziehen«, erklärte Anne Marie. »Es geht nur darum, Spaß zu haben. Ein bisschen Krach zu machen, unsere Freundschaft und unsere Erinnerungen zu feiern.«

»Dann lasst uns loslegen«, meinte Elise, hob einen ihrer Füße, die in festen Schuhen steckten, und trat auf eine Blase, bis sie mit einem leisen Knall zerplatzte.

Barbie ging als Nächste festen Schrittes ans Werk, und ihre hochhackigen Pumps machten gleich einer ganzen Reihe von Blasen den Garaus.

Pop. Pop. Pop.

Pop.

Lillie folgte ihrem Beispiel, allerdings vorsichtig und eher zaghaft.

Pop.

Anne Marie folgte als Letzte. Es fühlte sich … gut an. Wirklich gut, und das Geräusch der platzenden Blasen trug zu dem unerwarteten Gefühl von Spaß und Heiterkeit bei. Zum ersten Mal seit Beginn ihrer kleinen Feier lächelte sie.

Nach einer Weile waren alle hochrot im Gesicht vor lauter Aufregung, und der Champagner trug ebenfalls seinen Teil dazu bei. Die anderen kicherten aufgekratzt miteinander. Ganz so weit war Anne Marie noch nicht, aber sie spürte, dass nicht mehr viel fehlte. Die Fähigkeit, ihrer Freude Ausdruck zu verleihen, war ihr abhandengekommen, als Robert starb, und das war nicht das Einzige, was sie verloren hatte. Früher hatte sie gern gesungen, frei heraus und ungehemmt. Aber nach Roberts Beerdigung musste sie feststellen, dass sie nicht mehr singen konnte. Sie konnte es einfach nicht mehr. Ihr schnürte sich die Kehle zu, wann immer sie es versuchte. Was dabei herauskam, waren gequälte Töne, die kaum Ähnlichkeit mit Musik hatten, und nach einer Weile gab sie es auf. Schon seit Monaten hatte sie nicht einmal mehr versucht, ein Lied anzustimmen.

Immer noch platzten knallend Blasen, während sie gemeinsam auf der Luftpolsterfolie herumspazierten und dabei hin und wieder stehen blieben, um einen Schluck Champagner zu trinken. Sie marschierten so feierlich auf der Folie herum, als wären sie Soldaten auf einer Parade, und prosteten einander mit ihren Champagnerkelchen zu.

Und Anne Marie stellte fest, dass sich dank ihrer Freundinnen ihre Stimmung allmählich zu heben begann.

Kurz darauf hatten sie alle Blasen zum Platzen gebracht. Mit ihren Champagnergläsern zogen sie sich auf die Stühle im schwach beleuchteten Laden zurück, wie sie es auch in ihren Lesekreisen immer machten, und hoben erneut die Gläser.

Anne Marie lehnte sich zurück und versuchte, sich zu entspannen. Obwohl sie gerade noch gelacht und diesen Abend mit ihren Freundinnen verbracht hatte, stiegen ihr Tränen in die Augen. Sie blinzelte sie weg, aber neue drängten nach, und es dauerte nicht lange, bis Barbie darauf aufmerksam wurde. Ihre Freundin legte ihr tröstend eine Hand aufs Knie.

»Wird der Schmerz jemals geringer?«, fragte Anne Marie, angelte nach einem Taschentuch in ihrer Hosentasche und tupfte sich die Augen ab. Sie hasste es, so die Fassung zu verlieren. Am liebsten hätte sie erklärt, dass sie früher nicht so nah am Wasser gebaut gewesen war. Sentimentalität war ihr eigentlich fremd, aber alle ihre Gefühle hatten sich intensiviert, seitdem Robert tot war.

Lillie und Barbie wechselten wissende Blicke. Die beiden waren am längsten verwitwet.

»Das tut er«, versprach Lillie und wurde ebenfalls ernst. »Aber es dauert.«

»Ich fühle mich so allein.«

»Nichts anderes war zu erwarten«, meinte Barbie und hielt ihr die Schachtel Pralinen hin. »Hier, nimm noch eine. Dann fühlst du dich besser.«

»Das hat schon meine Großmutter immer gesagt«, fügte Elise hinzu. »Iss etwas, und schon sieht die Welt besser aus.«

»Meine hat immer gesagt, du wirst dich wie neugeboren fühlen, wenn du etwas für jemand anderen tust«, sagte Lillie. »Sie schwor darauf, dass Freundlichkeit gegenüber anderen jede Form von Traurigkeit heilen kann.«

»Sport hilft auch«, fügte Barbie hinzu. »Ich habe viele, viele Stunden im Fitnessstudio verbracht.«

»Kann ich mir nicht einfach etwas kaufen?«, fragte Anne Marie klagend und stieß dabei einen hicksenden Lacher aus.

Die anderen lächelten.

»Ich wünschte, es wäre so einfach«, meinte Elise feierlich.

Seit Monaten hatte Anne Marie keinen Appetit mehr, und

die Vorstellung, ein Fitnessstudio zu besuchen, übte keinerlei Reiz auf sie aus. Auf einem Laufband nirgendwohin zu laufen kam ihr ziemlich sinnlos vor. Ihr war auch nicht nach ehrenamtlicher Arbeit zumute, jedenfalls nicht gerade jetzt – obwohl es ihr womöglich tatsächlich helfen könnte, diese Krise, diese Zeit der Selbstbefangenheit, zu überwinden, wenn sie jemand anderem half.

»Wir suchen alle nach einem schnell wirkenden Heilmittel, nicht wahr?«, fragte Barbie leise.

»Vielleicht.« Lillie ließ sich in ihren Stuhl zurücksinken. »Von allen Möglichkeiten könnte mich nur eine wirklich reizen: etwas zu kaufen.«

»Geht mir genauso«, meinte Barbie lachend.

»Ich weiß, dass ihr Witze macht – na ja, zum Teil wenigstens –, aber materielle Dinge helfen nicht«, warnte Elise und holte sie damit zurück in die Wirklichkeit. »Jede Erleichterung, die ein Kaufrausch mit sich bringt, ist immer nur vorübergehend.«

So verlockend der Gedanke, sich selbst ein Geschenk zu kaufen, auch war, Anne Marie vermutete, dass Elise recht hatte.

»Wir alle müssen uns um unseren Körper kümmern. Anständig essen. Sport treiben«, fuhr Elise nachdenklich fort. »Außerdem ist es wichtig, die Finanzen in Ordnung zu bringen.«

»In dem Punkt sind wir uns absolut einig«, sagte Lillie.

»Lass uns doch all unsere Vorschläge aufschreiben«, redete Elise weiter, griff nach ihrer Handtasche und holte ein kleines spiralgebundenes Notizbuch heraus.

»Wenn ich eine solche Liste aufstellen würde«, meldete Lillie sich zu Wort, »dann kämen dort ganz bestimmt nicht Dinge wie Blumenkohl essen und Joggen drauf. Ich würde mir vornehmen, ein paar der Dinge zu tun, die ich seit Jahren vor mir herschiebe.«

»Zum Beispiel?«, fragte Anne Marie.

»Oh, irgendetwas, was Spaß macht. Zum Beispiel eine Reise nach Paris.«

Anne Marie durchfuhr es wie ein Blitz. Als sie frisch verheiratet waren, hatte Robert ihr versprochen, sie eines Tages mit nach Paris zu nehmen. Sie hatten es sich oft ausgemalt. Jede Facette ihrer Reise in die Stadt des Lichts hatten sie diskutiert. Die Museen, die sie besuchen, die Plätze, auf denen sie umherstreifen, die leckeren Dinge, die sie essen wollten …

»Ich möchte mit jemandem, den ich liebe, nach Paris«, flüsterte sie.

»Ich möchte mich wieder verlieben«, erklärte Barbie entschlossen. »Bis über beide Ohren verlieben wie schon einmal. Ich wünsche mir eine Liebe, die mein Leben verändert.«

Für einen Augenblick wurden alle ganz still und dachten über ihre Worte nach.

Anne Marie konnte kaum glauben, dass Barbie auf männliche Begleitung verzichten musste. Sie hatten zwar nie über das Thema gesprochen, aber es überraschte sie, dass eine so attraktive Frau nicht von Männern umschwärmt wurde. Wobei, vielleicht wurde sie das ja sogar. Vielleicht hatte sie einfach nur hohe Ansprüche. Wenn das der Fall war, hatte Anne Marie dafür volles Verständnis.

»Wir möchten alle geliebt werden«, sagte Lillie. »Das ist ein grundlegendes menschliches Bedürfnis.«

»Ich hatte Liebe«, erwiderte Elise. Ihre Stimme war belegt und verriet ihren Schmerz. »Ich glaube nicht, dass ich eine solche Liebe noch einmal finden kann.«

»Ich hatte sie auch«, sagte Barbie.

Wieder wurden alle still.

»Mir gefällt die Idee, dass wir eine Liste aufstellen«, erklärte Elise mit Nachdruck. »Eine Liste mit Dingen, die man tun möchte.«

Anne Marie nickte und spielte mit einem ausgemusterten Dekorationsstück zum Valentinstag. Die Idee hatte ihr Interesse geweckt. Sie brauchte etwas, für das sie sich begeistern konnte. Sie brauchte Inspiration und Motivation. Eine Liste konnte ihr dabei womöglich helfen. Schließlich neigte sie sowieso dazu, Listen zu schreiben, aber diese würde ganz anders sein – nicht der übliche Katalog von Terminen und alltäglichen Aufgaben.

»Ich für mein Teil brauche keine weitere Aufgabenliste«, murmelte Lillie und fasste damit Anne Maries Gedanken in Worte. »Davon habe ich schon mehr als genug.«

»Diese wäre anders«, erwiderte Anne Marie und schaute Elise fragend an. »Dies wäre eine ... eine Art Inventurliste von Wunschvorstellungen«, fuhr sie fort, laut zu denken. Ihr wurde bewusst, dass zum Leben als Witwe eine ganze Menge Dinge gehörten, die angepackt werden *sollten*. Dahingehend hatten ihre Freundinnen recht: Sie musste ihre finanziellen Dinge regeln und auf ihre Gesundheit achten.

»Zwanzig Wünsche«, platzte sie plötzlich heraus.

»Warum zwanzig?« Elise beugte sich gespannt vor. Ihr Interesse war offensichtlich.

»Ich weiß nicht. Das klingt einfach gut.« Anne Marie zuckte leicht die Achseln. Die Zahl war ihr in den Sinn gekommen, ohne dass sie wirklich wusste, warum. Zwanzig. Zwanzig Wünsche, die ihr helfen würden, das Leben wieder interessant und aufregend zu finden. Zwanzig Wünsche, die sie niederschreiben wollte. Zwanzig Gründe, nach vorn zu schauen, statt sich in ihrer Trauer zu vergraben. Sie konnte nicht so weitermachen, sich nicht weiter von einem Tag zum nächsten schleppen, gefangen in Schmerz und tiefem Kummer, nur weil Robert tot war. Sie brauchte ein neues Ziel, das ihrem Leben Sinn verlieh. Das war sie sich schuldig. Und ihm.

»Zwanzig Wünsche«, wiederholte Barbie bedächtig. »Ich glaube, das funktioniert. Zwanzig ist eine überschaubare Menge. Anders als hundert zum Beispiel.«

»Und es sind nicht zu wenige – wie zwei oder drei«, fügte deren Mutter hinzu.

Anne Marie spürte, dass ihre Freundinnen ihren Vorschlag ernst nahmen. Das bestärkte sie darin, es für eine gute Idee zu halten. »Wünsche und Hoffnungen für die Zukunft.«

»Lasst es uns tun!«, rief Lillie.

Barbie richtete sich auf ihrem Stuhl auf. »Du solltest Französisch lernen«, sagte sie lächelnd zu Anne Marie.

»Französisch?«

»Für deine Reise nach Paris.«

»In der Highschool hatte ich zwei Jahre Französisch.« Allerdings war als Einziges hängen geblieben, wie man die Verben *être* und *avoir* konjugierte.

»Frische es wieder auf.« Barbie rutschte auf ihrer Sitzfläche nach vorn.

»Vielleicht mach ich das wirklich.«

»Ich könnte Bauchtanzen lernen«, meinte Barbie als Nächstes.

Die anderen schauten sie überrascht an; Anne Marie grinste beifällig.

»Lillie hat es schon mal erwähnt, aber ich glaube, es würde uns allen unglaublich guttun, eine ehrenamtliche Aufgabe zu übernehmen«, meinte Elise. »Ich engagiere mich als Lunch-Patin in der Schule, die mein Enkel besucht, und ich freue mich jedes Mal auf die Zeit, die ich mit Malcolm verbringe.«

»Lunch-Patin? Was ist das denn?«

»Ein Programm für Kinder, die soziale Schwierigkeiten haben. Einmal wöchentlich besuche ich die Schule und esse gemeinsam mit einem Jungen in der dritten Klasse zu Mittag. Malcolm ist so ein liebes Kind, und er blüht richtig auf, seitdem ich Zeit mit ihm verbringe. Wenn er mich sieht, wie ich die Schule betrete, rennt er auf mich zu, als hätte er die ganze Woche auf meinen Besuch gewartet.«

»Ihr esst also gemeinsam zu Mittag?«

»Ja, genau, aber er zeigt mir auch gern, was er gerade in der Schule macht. Er hat Schwierigkeiten mit dem Lesen, bemüht sich aber sehr. Ab und an liest er mir etwas vor, oder ich lese ihm etwas vor. Ich habe ihm ein paar von den Kinderbüchern von Lemony Snicket mitgebracht, und er liebt sie über alles.«

»Du gibst ihm also Nachhilfeunterricht?«

»Nein, nein, er hat einen Nachhilfelehrer fürs Lesen. Darum geht es nicht bei dem Programm. Ich bin seine Freundin. Ein bisschen wie eine zusätzliche Oma.«

Die Idee klang toll, fand Anne Marie, aber sie wusste nicht recht, ob dieses Programm das Richtige für sie war. Sie würde darüber nachdenken müssen. Mittwochs hatte sie frei, außerdem jeden zweiten Samstag, wenn Theresa im Laden aushalf. Sie musste zugeben, dass eine ehrenamtliche Tätigkeit an einer Grundschule ihr etwas zu tun geben könnte, etwas anderes, als nur sich selbst zu bemitleiden.

Es war eigentlich kein Wunsch, aber Elise beharrte darauf, dass sie sich mit ihrem Ehrenamt besser fühlte. Vielleicht lag darin ja der Schlüssel zum persönlichen Glück: einem anderen zu helfen.

Gegen halb zehn lösten sie ihre kleine Feier auf, und nachdem Anne Marie alle verabschiedet hatte, verschloss sie die Ladentür. Dann stieg sie die Treppe hinauf in ihre winzige

Wohnung über dem Buchladen. Ihr treu ergebener Hund Baxter wartete schon auf sie und wuselte so lange um ihre Beine herum, bis sie sich zu ihm hinabbeugte, ihn hochnahm und ihm die Aufmerksamkeit schenkte, die er wollte, bevor sie noch eine kurze Runde mit ihm Gassi ging.

Als sie in ihre Wohnung zurückkehrte, musste sie immer noch an das neue Projekt der Witwen denken. Also brühte sie sich eine Tasse Tee auf, schnappte sich einen Notizblock, schlug eine leere Seite auf und setzte sich auf die Couch, wo Baxter sich neben ihr zusammenrollte. Oben auf die Seite schrieb sie:

Zwanzig Wünsche

Sie brauchte sehr lange, um auch nur einen ersten Punkt zu Papier zu bringen, doch schließlich stand er da:

1. Einen guten Aspekt am Leben entdecken

Es berührte sie beinahe peinlich, dass ihr nichts Besseres einfiel als so ein wehleidiger, jämmerlicher Wunsch, der nur zu deutlich ihre seelische Verfassung erkennen ließ. Sie lehnte sich zurück, schloss die Augen und versuchte sich daran zu erinnern, wovon sie früher geträumt und was sie sich in jüngeren Jahren mehr oder weniger explizit gewünscht hatte.

Dann schrieb sie einen zweiten Punkt nieder, auch wenn er ihr reichlich dumm vorkam.

2. Ein Paar rote Cowboystiefel kaufen

In ihren Zwanzigern, lange bevor sie Robert heiratete, hatte Anne Marie ein solches Paar in einem Schaufenster gesehen. Damals war sie wie angewurzelt stehen geblieben. Sie hatte gewusst, dass sie sie haben musste, unbedingt. Also hatte sie den Laden betreten und sie anprobiert. Sie passten perfekt. Absolut perfekt. Leider passte das Preisschild ganz und gar nicht. Unter keinen Umständen hätte sie tausendfünfhundert Dollar für ein Paar Cowboystiefel ausgeben können! Nur widerwillig hatte sie das Geschäft verlassen und ihren kleinen Traum begraben.

Damals hatte sie in Teilzeit im Universitätsbuchladen gearbeitet und konnte sich eine solche Extravaganz nicht leisten. Aber seitdem hatte sie immer wieder einmal an diese Stiefel gedacht. Auch heute war der Wunsch noch lebendig, und der Preis war längst nicht mehr so abschreckend, wie er es vor so vielen Jahren war. Irgendwie würde sie ein Paar dekadente Cowboystiefel für sich auftreiben. In Rot.

Weiter – was wünschte sie sich noch? Sie kaute auf dem Ende ihres Stiftes herum, während sie darüber nachgrübelte. Verflixt, so schwierig sollte das doch eigentlich nicht sein …

Dann fiel ihr ein: Wenn sie sich rote Cowboystiefel kaufte, dann sollte sie darüber nachdenken, was sie darin tun konnte.

3. Line Dance lernen

Zwar hegte sie den Verdacht, dass Line Dance in Seattle ein bisschen aus der Mode gekommen war – anders als beispielsweise in Dallas –, aber der Vorteil an der Sache war, dass sie dafür keinen Partner brauchte. Sie konnte einfach hingehen und ihren Spaß haben, ohne sich darüber Gedanken machen zu müssen, dass sie allein war und nicht Teil eines Paares. Sie war noch nicht bereit für eine neue Beziehung; vielleicht irgendwann einmal, aber jetzt definitiv noch nicht. Nach ein paar Minuten strich sie diesen Wunsch wieder. Ihr fehlte die Tatkraft für gesellige Unternehmungen. Sie las noch einmal ihren ersten Wunsch und strich ihn ebenfalls. Wie sollte sie abschätzen, ob sie tatsächlich einen guten Aspekt am Leben gefunden hatte? Der Wunsch war einfach nicht spezifisch genug.

Verschiedene Möglichkeiten gingen ihr durch den Kopf, aber sie verzichtete darauf, sie in ihre Liste einzutragen.

Lillie hatte recht. Als Erstes musste sie ihre Geldangelegenheiten regeln. Diesen Punkt schrieb sie allerdings auf ein zweites Blatt Papier, dazu den jährlichen Check-up beim Arzt und – vielleicht – die Mitgliedschaft in einem Fitnessstudio. Auf ihrer ersten Liste, der Wunschliste, blieb nur eine Sache stehen: das Paar Cowboystiefel.

Jetzt hatte sie also zwei Listen – eine für Wünsche und eine weitere für die praktischeren Dinge des Lebens. Natürlich würde letztlich jeder Wunsch auch eine eigene Aufgabenliste nötig machen, aber darüber konnte sie sich ein anderes Mal den Kopf zerbrechen. Sie schloss die Augen und versuchte zu ergründen, was sie sich am meisten wünschte, welchen Wunsch sie sich unbedingt erfüllen wollte. Die nächsten paar Ideen waren allesamt vernünftiger Natur: zum Beispiel Termine vereinbaren, die sie seit Monaten auf die lange Bank schob. Es war schon traurig, dass ihr einziger Wunsch, die tiefste Sehnsucht ihres Herzens, ein völlig überteuertes Paar Stiefel war.

Aber genau da lag das Problem: Sie wusste einfach nicht mehr, was sie wollte. Im dichten Nebel ihrer Trauer und ihrer geplatzten Träume war ihr die Freude abhandengekommen, genau wie das Lachen und das Singen.

Bisher war ihre zweite Liste deutlich länger als die Wunschliste. Darauf standen unter anderem Terminvereinbarungen mit einem Steuerberater, einem Rechtsanwalt, dem Tierarzt und mehreren Ärzten. Traurig, traurig, traurig. Sie konnte sich gut vorstellen, wie die Listen von Lillie und Barbie aussehen würden. Die beiden sprudelten sicher über von wunderbaren

Ideen: Orte, die sie besuchen, Erfahrungen, die sie auskosten, Menschen, die sie kennenlernen wollten.

Anne Marie starrte auf ihre Liste mit dem einen lächerlichen Punkt. Sie war versucht, das Blatt zusammenzuknüllen.

Aber sie tat es nicht. Aus Gründen, die sie selbst nicht benennen konnte, ließ sie die Liste auf der Arbeitsplatte in der Küche liegen. Listen waren wichtig, das wusste sie. Im Laufe der Jahre hatte sie genug darüber gelesen, wie man sich Ziele setzte, um zu erkennen, wie viel es brachte, Dinge aufzuschreiben. Auch in ihrem Buchladen bot sie eine ganze Reihe von Bestsellern an, die sich mit genau diesem Thema befassten.

Na schön, es war ein Anfang. Sie würde die Idee nicht einfach ad acta legen, und sie hatte wenigstens die dringendsten Notwendigkeiten ins Auge gefasst. Sie hatte herausgefunden, was sie tun *musste*.

Irgendwann später würde sie auflisten, was sie tun *wollte*.

Mit dem Finger strich sie über das Wort Stiefel. Dumm, unpraktisch, lächerlich – aber es war ihr egal. Sie war wild entschlossen, sich diese Dinger zu kaufen.

Schon jetzt zeigte der Gedanke, ihre Wünsche aufzulisten, Wirkung. Schon jetzt spürte sie einen winzigen Funken Hoffnung, eine Spur von Erregung. Tauwetter hatte eingesetzt.

Am Ende würden ihr andere Sehnsüchte, andere Wünsche in den Sinn kommen. Noch waren neunzehn offen. Sie hatte das Gefühl, der Dschinn sei endlich aus der Lampe entkommen und warte nur darauf, von ihren größten Wünschen zu hören. Jetzt musste sie nur noch ihrem Herzen lauschen, und wenn ihr das gelang, würden ihre wildesten Träume wahr werden.

Wenn das Leben doch nur so einfach sein könnte.

Natürlich war es das nicht, aber Anne Marie beschloss, so zu tun, als ob.

2. Kapitel

In der ganzen nächsten Woche warf Anne Marie immer wieder mal einen Blick auf ihre Liste. Aus dem Blatt Papier mit der Überschrift »Zwanzig Wünsche« wurde ein Flickenteppich aus Hingekritzeltem und wieder Ausgestrichenem. Sie schrieb »Ich möchte wieder singen«, überlegte es sich dann anders und entschied, es sei unnötig, einen Wunsch auf etwas zu verschwenden, von dem sie überzeugt war, dass es sich ganz von allein irgendwann ergeben würde.

Schließlich übertrug sie die Liste, so wie sie war, auf einen gelben Notizblock, auf dem ihre Wünsche irgendwie offizieller wirkten. Dann kam sie am Mittwoch, ihrem freien Tag, auf dem Rückweg vom Steuerberater an einem Laden für Hobbyartikel vorbei und entdeckte im Schaufenster Bastelmaterial für selbst gestaltete Sammelalben. Sie betrachtete die wunderschön beklebten Seiten, die dort zur Schau gestellt waren. Früher hatten sie gern Dinge dekoriert und gebastelt. Sie war sich nicht sicher, ob sie immer noch ein Händchen dafür hatte, aber die Vorstellung, für ihre magere Wunschliste solche Seiten zu gestalten, war verlockend: ein Sammelalbum, um ihre Wünsche zusammenzutragen, ihre Pläne zu schmieden und ihre Bemühungen um Verwirklichung zu dokumentieren. So konnten ihre Wünsche sie ermutigen, nach vorn zu schauen, sich mit einem Optimismus auf die Zukunft zu konzentrieren, der ihr seit der Trennung von Robert fehlte.

Diesen Gedanken im Hinterkopf, kaufte Anne Marie sich

die benötigten Bastelmaterialien und machte sich auf den Heimweg. Dabei kam sie an *A Good Yarn* vorbei, dem Wollgeschäft, das nur zwei Türen von ihrem Buchladen entfernt lag. Einem Impuls folgend, trat sie ein. Zum einen wollte sie Lydia für die Tischdecke danken und zum zweiten … nach einem Strickkurs fragen.

Stricken wollte sie als Nächstes auf ihre Wunschliste setzen. Sie fragte sich, warum sie nicht schon früher auf diese Idee gekommen war. Elise konnte perfekt stricken und versuchte oft, die anderen zu ermuntern, es auch zu lernen. Wenn sie davon sprach, wie viel Befriedigung ihr Stricken gab, klang das so verlockend, dass Anne Marie schon öfter mit dem Gedanken geliebäugelt hatte, einen Kurs zu belegen. Lydia Goetz, die Inhaberin von *A Good Yarn*, war in der Blossom Street sehr beliebt und wurde allgemein bewundert. Anne Marie war mit ihr befreundet und war schon oft in dem Laden gewesen, obwohl sie nie ernstlich daran gedacht hatte, Stricken zu lernen. Jetzt aber erfüllte die Aussicht darauf, selbst zu stricken, sie mit ungewohnter Begeisterung.

Lydia saß mit ihrer Schwester Margaret an einem Tisch im hinteren Teil des Ladens. Neben der zierlichen, anmutigen Lydia wirkte ihre Schwester eher grobknochig und ein bisschen ungelenk. Auf den ersten Blick mochte man kaum glauben, dass die beiden verwandt waren. Sobald man aber die erste Überraschung überwunden hatte, die es unweigerlich gab, wenn man erfuhr, dass die beiden Schwestern waren, dann sah man auch die Ähnlichkeiten: die Form der Augen, des Kinns.

Als Anne Marie den Laden betrat, waren die beiden Schwestern offensichtlich in ein Gespräch vertieft. Lydia strickte dabei, Margaret häkelte. Die Glocke über der Tür ließ sie beide aufschrecken.

Sofort zeigte sich ein Lächeln auf Lydias Gesicht. »Anne Marie, wie schön, dich zu sehen! Ich freue mich, dass du vorbeischaust.« Mit ihrer natürlichen Herzlichkeit schaffte Lydia es, jedem Kunden sofort das Gefühl zu vermitteln, willkommen zu sein.

»Guten Morgen«, begrüßte Anne Marie die beiden Frauen lächelnd. »Lydia, ich wollte dir noch einmal für die wunderschöne Tischdecke danken.«

»Oh, gern geschehen. Weißt du, eigentlich ist das ein Spitzenschal, den ich vor Jahren gestrickt habe. Ich hoffe, du wirst Gelegenheit haben, ihn öfter zu verwenden.«

»Ganz bestimmt.«

»Ich wollte übrigens im Buchladen vorbeischauen«, fuhr Lydia fort. »Mir ein paar neue Krimis holen. Wie war denn eure Valentinsparty?«

»Herrlich«, antwortete Anne Marie und schaute sich um. Wann immer sie das Wollgeschäft betrat, staunte sie aufs Neue über die Auswahl an schönen Farben und einladenden Garnen. Sie ging hinüber zu den Garnen in Blau-, Grün- und Petroltönen, die einen Teil der Regale belegten, stellte ihre Einkäufe auf den Boden und befühlte ein Knäuel unwiderstehlich weicher Wolle.

»Kann ich dir helfen, etwas Bestimmtes zu finden?«, fragte Lydia.

Anne Marie nickte und spürte, wie sie zögerte. »Ich würde gern Stricken lernen.« Dies war ihr erster positiver Schritt, um die Wünsche ihrer Liste Wirklichkeit werden zu lassen. Sie hatte überlegt, womit sie anfangen sollte, und Stricken kam ihr sehr geeignet vor. »Ich … habe die Ankündigung im Schaufenster gesehen. Letzte Woche. Für einen Anfängerkurs. Aber jetzt ist sie nicht mehr da. Hast du für die nähere Zukunft noch einen neuen Kurs geplant?«

»Zufällig haben Margaret und ich gerade über einen Anfängerkurs gesprochen, der jeden Donnerstagnachmittag laufen soll.«

Anne Marie schüttelte den Kopf. »Donnerstags arbeite ich den ganzen Tag.«

»Ich ziehe auch in Erwägung, einen neuen Kurs für Berufstätige anzubieten. Wie sieht es bei dir Dienstagmittag aus? Würdest du dich dafür einschreiben wollen?«

Bevor Anne Marie reagieren konnte, war Margaret aufgesprungen. »Das sind zu viele Kurse«, grummelte sie. »Lydia gibt viel zu viele Kurse. Das laugt sie aus.«

»Margaret!«, protestierte Lydia und warf ihrer Schwester einen verzweifelten Blick zu.

»Stimmt doch. Du brauchst hier noch jemanden zusätzlich, der Kurse gibt. Ich tue schon, was ich kann, aber manchmal habe ich mehr Kunden, als ich bewältigen kann, und du bist mit all diesen Kursen ausgelastet.«

Lydia ignorierte ihre Schwester. »Anne Marie, wenn du Stricken lernen möchtest, bringe ich es dir selbst bei.«

Anne Marie wurde bewusst, dass sie tatsächlich einen Kurs besuchen wollte, keinen Einzelunterricht. Line Dance hatte sie wieder verworfen, weil sie das Gefühl hatte, mit so vielen Leuten auf einmal überfordert zu sein; ein kleiner Strickkurs dagegen wirkte viel weniger bedrohlich. Außer der Valentinsparty mit den Witwen hatte sie seit Roberts Tod nicht mehr viel unternommen oder war gar ausgegangen. Bis jetzt war ihr schon der bloße Gedanke daran, sich mit irgendwem außerhalb ihres Buchladens fröhlich zu unterhalten, unvorstellbar. Sie kam zu dem Schluss, den Wiedereinstieg in gesellschaftlichen Umgang mit einem Strickkurs leichter bewältigen zu können. Ein paar Frauen mit ähnlichen Vorstellungen, alle konzentriert auf dieselbe Aufgabe …

»Danke für das Angebot, ich weiß das zu schätzen«, sagte sie zu Lydia. »Aber Margaret hat vermutlich recht. Du hast schon genug um die Ohren. Gib mir Bescheid, wenn deine Planung für den mittäglichen Anfängerkurs konkret wird.«

»Natürlich.«

Sie verabschiedeten sich, Anne Marie nahm ihre Einkäufe wieder an sich und verließ das Wollgeschäft. Als sie am Schaufenster vorbeiging, entdeckte sie Whiskers, Lydias Katze, die sich in einem Korb mit roter Wolle zusammengerollt hatte. Wenn Anne Marie mit ihrem Hund Baxter spazieren ging, dann richtete er sich oft am Schaufenster auf, stützte sich mit den Vorderpfoten an der Scheibe ab und war voll auf Lydias Katze fixiert – die nichts mit ihm zu tun haben wollte.

Anne Marie schleppte ihre Einkaufstaschen nach oben, stellte sie auf dem Küchentisch ab, nahm ihren Hund auf den Arm und streichelte sein seidiges Fell. »Hallo, Mr. Baxter. Ich habe gerade deinen Freund Whiskers gesehen.«

Er wand sich aufgeregt auf ihrem Arm, also setzte sie ihn auf den Boden zurück und holte ihm einen Hundekuchen aus einer Dose auf der Arbeitsplatte. »Bitte sehr!« Lächelnd schaute sie zu, wie er lautstark das Leckerli wegknusperte und anschließend jeden Krümel sorgfältig aufleckte. »Vielleicht stricke ich dir irgendwann ein Mäntelchen … oder vielleicht auch nicht.«

Jetzt, wo der Strickkurs womöglich gar nicht gesichert war, stellte Anne Marie geschockt fest, wie sehr sie das demotivierte. Ein Hindernis, und schon war sie bereit aufzugeben. Vor nicht einmal einem Jahr hätte nichts sie so schnell bremsen können, aber in letzter Zeit nahmen ihr schon die alltäglichsten Probleme den Mut.

Immerhin waren Baxters Bedürfnisse überschaubar und leicht zu befriedigen, und er hing unerschütterlich an ihr. Das tat gut und tröstete sie.

Und jetzt wollte sie sich erst einmal ihrem Projekt Sammelalbum widmen und machte sich ans Werk. Sie hatte ein schwarzes Ringbuch mit einem Klarsichtfach auf der Vorderseite gekauft. Die nächsten dreißig Minuten verbrachte sie damit, Buchstaben auszuschneiden, sie mit Glitzerkleber zu verzieren und auf einen leuchtend rosa Karton zu kleben. Diesen schob sie anschließend in das Klarsichtfach, sodass auf der Vorderseite des Ringbuchs der Titel »Zwanzig Wünsche« zu sehen war. Passend zum Ringbuch hatte Anne Marie zwanzig Klarsichthüllen gekauft, eine für jeden Wunsch.

Sie war so vertieft in ihre Arbeit, dass es schon weit nach ein Uhr war, als ihr auffiel, dass sie noch gar nicht zu Mittag gegessen hatte. Sie öffnete eine Dose mit Suppe, gab den Inhalt in eine Schale und erhitzte sie in der Mikrowelle. Da klingelte ihr Telefon.

Überrascht nahm sie den Hörer schon beim ersten Klingeln ab. Zugleich gab die Mikrowelle piepsend zu verstehen, dass ihr Essen fertig war.

»Hallo«, meldete sie sich, den Hörer zwischen Schulter und Ohr geklemmt, um ihr Essen auf den Tisch zu stellen. Zu Hause rief sie nur noch selten jemand an. In den Wochen nach Roberts Beerdigung hatten sich einige Paare, mit denen sie beide befreundet gewesen waren, noch häufig gemeldet, aber nach und nach hatten sich all diese Leute zurückgezogen, nachdem Anne Marie sich keine große Mühe gegeben hatte, den Kontakt zu halten. Es war so viel leichter, sich in ihrer Trauer zu vergraben.

»Anne Marie, ich bin es, Lillie. Du wirst es nicht glauben«, sprudelte ihre Freundin atemlos hervor.

»Was?« Angesichts der Aufregung in Lillies Stimme hob sich ihre eigene Stimmung.

»Weißt du noch, was du am Valentinsabend gesagt hast?«

Anne Marie runzelte die Stirn. »Nicht genau. Ich habe Verschiedenes gesagt. Was davon meinst du?«

»Oh, du weißt schon. Elise sprach davon, dass man essen solle, um sich besser zu fühlen, und dann brachte jemand anders – ich glaube, das war ich – ehrenamtliche Tätigkeit zur Sprache, und du sagtest ...« Sie kicherte. »Du hast gefragt, ob wir uns nicht einfach irgendwas kaufen können.«

Anne Marie lächelte. Sie hatte das scherzhaft gemeint, aber Lillie schien sie ernst genommen zu haben. »Willst du mir damit sagen, dass du dir etwas gekauft hast?«

»Und ob ich das habe«, erwiderte Lillie vergnügt.

»Nun lass mich doch nicht so lange zappeln. Was hast du dir gekauft?«

Wieder kicherte Lillie. »Ein brandneues, leuchtend rotes Cabrio.«

»Nein!« Anne Marie tat so, als wäre sie schockiert.

»Doch. Kannst du dir vorstellen, dass ich mir mit dreiundsechzig einen Sportwagen kaufe?«

»Was für einer ist es?« Anne Marie hatte so gut wie keine Ahnung von Autos. Deshalb war sie Mitglied in einem Automobilclub. Tatsächlich war auch Robert in Sachen Autos ziemlich hilflos gewesen.

»Ein BMW.«

Der musste teuer gewesen sein, so viel wusste Anne Marie immerhin. Nun ja, Lillie konnte sich das leisten. Der Parfümhersteller war nach dem Flugzeugunglück mehr als großzügig ihr und ihrer Tochter gegenüber, und sie waren beide finanziell abgesichert.

»Magst du eine Spritztour mit mir machen?«

Im ersten Moment wollte Anne Marie ablehnen, aber sie überlegte es sich beinahe sofort anders. Warum nicht? Lillies

Aufregung war so ansteckend, dass sie nicht widerstehen konnte.

»Sehr gern«, antwortete sie herzlich.

»Großartig. In zwanzig Minuten unten vor dem Buchladen.«

»Ähm, was ist mit Jacqueline?« Sie wusste, dass Lillie noch viele andere Freundinnen hatte und dass sie und Jacqueline Donovan sich besonders nahestanden. Sie hatten gemeinsam ihre Kinder großgezogen, waren Mitglieder im gleichen Country Club und diverser Wohltätigkeitsorganisationen. Auch Jacqueline war eine regelmäßige Kundin von *Blossom Street Books*, ebenso wie von allen anderen Läden in der Straße.

»Keine Sorge, sie kommt auch noch dran«, erklärte Lillie. »Also, möchtest du nun mitkommen oder nicht?«

»Ich möchte. Ich dachte nur ... ach, egal. Ich würde sehr gern in deinem glänzenden roten Cabrio mitfahren.«

Hastig aß sie ihre Suppe, schnappte sich dann ihren Mantel und ging nach unten, um am Straßenrand zu warten. Lillie fuhr absolut pünktlich vor. Das Auto war tatsächlich knallrot und glänzend. Obwohl der Himmel bedeckt war, hatte Lillie das Verdeck heruntergelassen.

Anne Marie trat näher und bestaunte das Schmuckstück. »Lillie, das ist traumhaft schön.«

Die ältere Frau grinste. »Das sehe ich auch so.«

»Was hat Barbie dazu gesagt?«

Lillie schüttelte den Kopf. »Sie weiß es noch nicht. Niemand weiß es. Ich hatte den Wagen gerade aus dem Ausstellungsraum gefahren, als ich dich angerufen habe.«

»Warum gerade mich?«

»Weil du mich auf die Idee gebracht hast. Es ist also nur angemessen, dass du auch als Erste mitfahren darfst.«

Anne Marie erinnerte sich gut an das Gespräch – »iss

etwas«, »tu etwas« –, aber sie hätte niemals erwartet, aufgrund dieses Gesprächs zu einer Spritztour in einem brandneuen BMW zu kommen.

»Zum ersten Mal in meinem Leben habe ich mir selbst ein Auto gekauft. Ich habe die ganzen Verkaufsverhandlungen selbst geführt«, verkündete Lillie stolz. »Und ich wusste ganz genau, was ich wollte, bevor ich den Laden überhaupt betreten habe. Diese Verkäufer werfen nur einen Blick auf mich, und in ihren Augen leuchten die Dollarzeichen. Ich musste ihnen – und auch mir selbst – beweisen, dass ich kein leichtes Opfer bin.«

»Ich bin sicher, das hast du geschafft – und noch viel mehr.«

Lillie nickte. »Ich habe im Internet gesucht und eine Website gefunden, die den Preis auf der Rechnung nennt und dann die üblichen Gewinnmargen und die Werbekosten des Händlers aufdeckt.«

Anne Marie war von Minute zu Minute stärker beeindruckt. »Du hast wirklich gründlich recherchiert.«

»Meine Liebe, du findest nahezu alles im Internet.« Sie hob die Augenbrauen. »Ich habe auch herausgefunden, dass in den Händlerkosten ein Einbehalt für den Gewinn enthalten ist.« Lillie lächelte verschmitzt und fuhr fort. »Der Verkäufer war sehr charmant, ich muss schon sagen. Er ging davon aus, dass er mit einer mehr als ansehnlichen Provision aus dem Deal hervorgeht, aber die Vorstellung habe ich ihm schnell ausgetrieben.«

Anne Marie starrte sie erstaunt an. »Wie hast du das angestellt?«

»Wir haben verhandelt, und ich hatte ihn schon fast so weit, dass er mein Angebot annehmen wollte. Da fiel mir ein, dass Händler manchmal Anreize und Rabatte für verkaufte Autos bekommen.«

»Das hast du auch erwähnt?«

»Selbstverständlich, und er war mit meinen Bedingungen einverstanden.«

»Herzlichen Glückwunsch, Lillie.« Anne Marie hatte keine Ahnung gehabt, dass die ältere Frau so geschäftstüchtig war. Soweit sie wusste, hatte Lillie noch nicht einen einzigen Tag in ihrem Leben gearbeitet, jedenfalls nicht außerhalb ihres Hauses. Barbie war in vielerlei Hinsicht eine jüngere Ausgabe ihrer Mutter. Beide Frauen hatten jung geheiratet, und zwar einen Mann, der etwa zehn Jahre älter war als sie. Das war etwas, was Anne Marie mit ihnen gemeinsam hatte; aber beide Frauen waren Mutter geworden, Anne Marie nicht. Sie hatten beide prompt das erwartete Kind zur Welt gebracht beziehungsweise in Barbies Fall Zwillingssöhne. Wenn Anne Marie sich recht entsann, dann waren Eric und Kurt Foster beide an verschiedenen Colleges an der Ostküste eingeschrieben. Elite-Colleges natürlich.

»Es fühlt sich so gut an, ein Auto zu fahren, um das ich selbst gefeilscht habe«, sagte Lillie. »Und das habe ich dir zu verdanken.«

»Also wirklich, ich habe doch nur eine Bemerkung gemacht.«

»Dabei ging es nicht nur darum, mein Auto selbst zu kaufen«, fuhr Lillie fort, als hätte Anne Marie gar nichts gesagt. »Es ging auch darum, alles selbst in die Hand zu nehmen, statt jemand anderem die Aufgabe zu übergeben. Ich hatte schon immer das Gefühl, ich könnte eine gute Geschäftsfrau sein, wenn ich nur Gelegenheit dazu bekäme.« Mit der Hand rieb sie über das Lenkrad. »Niemand schien mir zuzutrauen, dass ich meine Angelegenheiten selbst regeln kann. Ironischerweise war ich diejenige, bei der die meiste Überzeugungsarbeit geleistet werden musste. Dank dir ist es mir gelungen.«

Anne Marie war ein wenig unbehaglich zumute. Lillie schrieb ihr viel mehr zu, als sie verdiente.

»Komm schon«, sagte Lillie, »steig ein.«

Anne Marie öffnete die Beifahrertür, stieg in das Cabrio und schnallte sich an.

Lillie packte das Lenkrad fest mit beiden Händen und warf fröhlich den Kopf in den Nacken. »Eines muss ich dir sagen, diese Zwanzig-Wünsche-Geschichte wird mehr und mehr mein Ding.«

»Geht mir genauso«, meinte Anne Marie. »Als du angerufen hast, war ich gerade dabei, mir ein Sammelalbum zu basteln – eine Seite für jeden Wunsch. Ich werde Fotos aus Zeitschriften ausschneiden, um sie zu visualisieren, und jeden einzelnen Schritt dokumentieren.«

Lillie wandte sich lächelnd ihr zu. »Was für eine tolle Idee.«

Das Lob machte ihr Mut, und rasch fuhr Anne Marie fort zu beschreiben, was für Materialien sie im Bastelladen gekauft hatte. »Meine Liste steckt zwar inhaltlich noch in den Anfängen, aber ich arbeite daran. Wie sieht es bei dir aus?«

Einen Moment schwieg Lillie. »Ich habe beschlossen, ich möchte mich verlieben.« Aus ihren Worten sprach so viel Entschlossenheit, wie Anne Marie sie noch nie von ihr gehört hatte.

»Barbie sagte dasselbe auf der Valentinsparty.«

»Ich weiß.«

Anne Marie wartete schweigend.

»Viele Männer wollen sich mit mir verabreden«, fuhr Lillie fort. »Ich will nicht selbstgefällig klingen, aber an den meisten bin ich nicht interessiert.«

Anne Marie nickte. Es überraschte sie nicht, dass »viele Männer« Lillie attraktiv fanden.

»In den letzten sechzig Jahren und ein paar zerquetschten

habe ich ein oder zwei Dinge dazugelernt«, fuhr Lillie fort, »und ich bin nicht mehr so leicht mit Reichtümern oder Beziehungen zu beeindrucken wie früher. Wenn ich mich verliebe, dann wünsche ich mir einen rechtschaffenen Mann. Ich möchte mich in jemanden verlieben, der anständig und nett und …« Sie suchte anscheinend nach dem richtigen Wort. »Und ehrenhaft ist. Ich möchte mich in einen ehrenhaften Mann verlieben.« Anscheinend machte es sie verlegen, ihren Wunsch laut ausgesprochen zu haben, und sie beugte sich vor, um den Wagen anzulassen. »Du hast es vermutlich schon erraten: Meine Ehe war – anders als die meiner Tochter – keine besonders gute. Ich möchte nicht die Fehler wiederholen, die ich als junges Mädchen gemacht habe.« Der Motor erwachte röhrend zum Leben, um dann zu schnurren wie ein Kätzchen.

Ein prüfender Blick nach hinten, und Lillie fuhr aus ihrem Parkplatz auf der Blossom Street heraus. Sie steuerte den Wagen in Richtung Freeway und schlug vor, durchs Kent Valley und am Green River entlangzufahren. Anne Marie war einverstanden.

Sie schloss die Augen und ließ den kalten Februarwind an sich vorbeiziehen. Lillie schaltete das Autoradio ein, als der DJ gerade einen Hit aus den späten Sechzigern ankündigte. Bald darauf summte sie »Did You Ever Have To Make Up Your Mind« von *The Lovin' Spoonful* mit. Anne Maries Mutter hatte dieses Lied oft gesungen, als sie noch ein Kind war. Vielleicht war es seltsam, mit einer Frau befreundet zu sein, die so alt war wie ihre Mutter. Leider stand sie ihrer nicht sonderlich nahe, obwohl sie Einzelkind war. Anne Maries Eltern hatten sich scheiden lassen, als sie in der sechsten Klasse war, und die Verbitterung, die vor allem ihre Mutter entwickelte, hatte die nachfolgenden Jahre bis heute überschattet. Dass Anne Marie ihrem Vater ähnelte, trug nicht gerade zur Verbesserung der

Situation bei. Nach der Scheidung hatte sie kaum noch Kontakt zum Vater, und er starb bei einem Bootsunfall auf dem Lake Washington, als sie fünfundzwanzig war. Ihre Mutter hatte nie wieder geheiratet.

Weil ihre Beziehung so problematisch war, vermied Anne Marie allzu häufige Besuche zu Hause, achtete aber darauf, ihre Mutter wenigstens einmal im Monat anzurufen, auch wenn sie anscheinend nicht viel zu bereden hatten – trotz der Seltenheit der Anrufe. Jedenfalls hatte Anne Marie sehr viel mehr mit Lillie gemein als mit ihrer eigenen Mutter.

Während Lillies Stimme lauter wurde, blieb Anne Marie still. Sie befürchtete, sich zu blamieren, wenn sie versuchte mitzusingen. Nach etwa zwanzig Minuten fuhr Lillie vom Freeway ab und bog auf die Straße ein, die am Ufer des Green River entlangführte.

Soweit Anne Marie sich erinnern konnte, hatte sie seit Roberts Tod keinen so vollkommenen Augenblick mehr erlebt. Die Straße gehörte ihnen allein. Die Sonne schien ihr ins Gesicht, der Wind zerzauste ihre Haare, und das hätte ihr nicht gleichgültiger sein können.

Lillie hingegen hatte einen Seidenschal um ihren Kopf geschlungen, sodass ihre elegante Frisur kein bisschen in Unordnung gebracht wurde.

Beim Herumkurven auf den ländlichen Straßen zeigte Lillie, was für eine gute Autofahrerin sie war. Dann aber, mitten in einer scharfen Kurve, stieß sie einen leisen Schreckensruf aus.

»Was ist los?« Sofort war Anne Marie nervös. Sie klammerte sich am Haltegriff der Beifahrertür fest, während Lillie sich bemühte, den Wagen unter Kontrolle zu bringen.

»Das Lenkrad«, keuchte Lillie. Sie fuhr an den Straßenrand und schaltete den Motor aus. Dann schaute sie Anne Marie aus schreckensgeweiteten Augen an. »Irgendwas stimmt nicht mit der Lenkung.«

»Das ist ein funkelnagelneues Auto!«

»Das musst du mir nicht sagen«, quetschte Lillie zwischen zusammengebissenen Zähnen hervor. Sie öffnete die Fahrertür und stieg aus, holte ihre Handtasche hinterm Sitz hervor, nahm ihr Mobiltelefon heraus und atmete langsam und kontrolliert aus. »Zum Glück habe ich die Nummer des Händlers in der Liste der Anrufer.« Während sie darauf wartete, dass am anderen Ende jemand abnahm, schlang sie einen Arm um ihre Taille.

»Hallo«, sagte sie ohne die leiseste Spur von Verärgerung in der Stimme. »Lillie Higgins hier. Ich war heute am frühen Nachmittag in Ihrem Laden. Könnte ich bitte Darryl Pierpont sprechen? Er hat mich bedient.« Dann wartete sie. Anscheinend war der Verkäufer gerade nicht erreichbar, denn als Nächstes bat sie darum, den Geschäftsführer zu sprechen. Auch der war anscheinend nicht in seinem Büro. »Na schön«, sagte Lillie schließlich. »Eine Frage: Haben Sie den Scheck, den ich ausgestellt habe, bereits eingelöst?« Sie wandte sich Anne Marie zu, ihr Blick verriet ihren Zorn. »Dann schlage ich vor, dass Sie das auch nicht tun, denn ich bin drauf und dran, ihn bei der Bank sperren zu lassen.«

Das trug ihr ganz schnell die Aufmerksamkeit ein, die sie wollte. Nachdem sie erklärt hatte, was geschehen war, einen Moment zugehört und dann beschrieben hatte, wo sie sich gerade befanden, beendete Lillie das Telefonat.

»Der Händler schickt einen Abschleppwagen, und der Kundendienstleiter bringt mir ein Ersatzauto für die Zeit, bis sie herausgefunden haben, was mit meinem nicht stimmt.«

»Na das ist ja wohl das Mindeste.«

»Bis dahin müssen wir hier warten.«

Sie stiegen wieder ins Auto und unterhielten sich etwa eine halbe Stunde, bis ein anderer BMW auftauchte, gefolgt von einem Abschleppwagen. Ein südländisch aussehender Mann stieg aus dem Auto. »Ms. Higgins?«, fragte er mit leichtem mexikanischem Akzent an Lillie gewandt.

»Ja.«

»Ich bin Hector Silva, der Kundendienstleiter, und ich möchte mich persönlich bei Ihnen für diese Unannehmlichkeit entschuldigen.«

»Ich habe den Wagen gerade mal knapp zwei Stunden!«

Hector schüttelte den Kopf. »Ich gebe Ihnen mein Wort, dass wir die Ursache für das Problem finden und beseitigen werden. Bis dahin stellt Ihnen unser Autohaus diesen Leihwagen zur Verfügung.«

Anne Marie fand den Mann auf Anhieb sympathisch. Er war schätzungsweise in Lillies Alter, hatte eine schön gebräunte Haut und grau-schwarz melierte Haare. Er reichte Lillie ein paar Dokumente, die sie unterzeichnen musste, und dann die Schlüssel für den Leihwagen.

»Soll ich Sie zum Autohaus mitnehmen, Mr. Silva?«, bot Lillie zu Anne Maries Überraschung an.

»Nein, danke. Ich werde im Abschleppwagen mitfahren und persönlich dafür sorgen, dass Ihr Cabrio ordnungsgemäß abgeliefert wird. Sie erhalten den Wagen so schnell wie möglich zurück.«

»Danke.«

Er neigte leicht den Kopf. »Es ist mir ein Vergnügen, Ms. Higgins.«

Während Hector Silva und der Fahrer des Abschleppwagens das weitere Vorgehen besprachen, stiegen Lillie und Anne Marie in den zweiten Wagen, eine Luxuslimousine.

»Er war so nett«, bemerkte Anne Marie. Der Kundendienstleiter hätte kein bisschen zuvorkommender oder höflicher sein können.

»Dabei hatte ich mich schon gefreut, den Leuten im Autohaus die Meinung zu geigen«, meinte Lillie seufzend. »Aber wie könnte ich, wenn doch alle so wunderbar reagieren? Na ja«, fügte sie grinsend hinzu, »jedenfalls, nachdem ich gedroht hatte.«

»Das betrifft aber wohl nicht Mr. Silva.«

»Ja, das sehe ich genauso. Er schien mir aufrichtig zu sein.«

Sie machten sich wieder auf den Weg, wobei Lillie jetzt direkt in Richtung Stadt zurückfuhr und Anne Marie vor *Blossom Street Books* absetzte.

»Danke, Lillie«, sagte Anne Marie, als sie ausstieg. »Ich hatte noch nie so viel Spaß bei einer Spritztour.«

»Bye!« Mit einem Lächeln, das nicht nur in ihren Augen leuchtete, sondern direkt von Herzen kam, fuhr Lillie davon.

3. Kapitel

Anne Marie atmete tief durch, als sie vor der Woodrow-Wilson-Grundschule stand. Elise Beaumont hatte ihr mehrfach das Lunch-Paten-Programm empfohlen. Elise selbst war an einer anderen Schule Lunch-Patin – der Schule, die ihr Enkel besuchte –, aber Woodrow Wilson lag näher an der Blossom Street. Elise hatte ihre Erfahrungen so positiv dargestellt, dass Anne Marie sich schließlich dazu durchgerungen hatte, in der Schule anzurufen. Ein Ehrenamt war inzwischen zum dritten Punkt auf ihrer Liste der zwanzig Wünsche geworden, gleich hinter den roten Stiefeln und Stricken lernen.

Lilly hatte sich ein rotes BMW-Cabrio gekauft und war trotz der Probleme, die gleich am ersten Tag aufgetreten waren, immer noch begeistert von ihrem Kauf. Beflügelt von diesem Hochgefühl, hatte sie beschlossen, ihre finanziellen Angelegenheiten, die sie bisher anderen überlassen hatte, stärker selbst in die Hand zu nehmen. Genau wie Barbie und Elise arbeitete sie an ihrer Liste.

In der vergangenen Woche hatte Elise verkündet, sie wolle sich um einen Teilzeitjob bewerben. In den letzten drei Jahren der Krankheit ihres Mannes hatte sie Mavericks Pflege übernommen. Jetzt, wo ihr Mann tot war, brauchte Elise irgendeine Arbeit, um ihre Zeit zu füllen. Maverick hätte nicht gewollt, dass sie zu Hause hockte und Trübsal blies, meinte sie.

Zwar war Anne Marie dem Pokerprofi Maverick Beaumont nur ein- oder zweimal begegnet, aber sie hatte das Gefühl, Elise sah das richtig. Maverick war ganz offensichtlich ein

Mann der Tat gewesen. Er hätte seine Frau dazu gedrängt, in den ihr verbleibenden Jahren etwas Konstruktives und Sinnvolles zu tun. Das Lunch-Paten-Programm war ein guter Anfang, aber Elise hatte Zeit, viel Zeit, und eine Menge Energie.

Anne Marie war sich nicht sicher, wie Robert auf ihr ehrenamtliches Engagement als Lunch-Patin reagiert hätte – ganz zu schweigen von ihrer Liste der zwanzig Wünsche. Hätte er das albern gefunden? Egozentrisch? Oder hätte er das für eine gute Idee gehalten, eine gute Möglichkeit, wieder Freude am Leben zu entwickeln? Sie waren fast elf Jahre verheiratet gewesen, und dennoch gab es Tage, an denen Anne Marie das Gefühl hatte, ihren Mann nie richtig gekannt zu haben.

Robert war sehr zurückhaltend, hatte seine Gefühle vor der Welt und manchmal sogar vor ihr verborgen. Als sie ihm zum ersten Mal gesagt hatte, sie wünschte sich ein Kind, hatte er einfach das Zimmer verlassen. Erst drei Tage später war er bereit, auch nur über das Thema zu reden. Er sagte ihr, eine zweite Familie komme für ihn nicht infrage. Soweit er wusste, hätten sie diese Entscheidung vor ihrer Heirat gemeinsam getroffen. Damit hatte er recht. Sie hatte sich einverstanden erklärt, auf Kinder zu verzichten. Er schien jedoch nicht zu verstehen oder anerkennen zu können, dass sie bei ihrer Heirat an einem vollkommen anderen Punkt ihres Lebens war. Sie war viel zu jung, um zu erkennen, wie intensiv das Verlangen nach einem Baby im Laufe der Jahre werden würde.

Robert blieb bei seinem Standpunkt. Er habe bereits eine Familie, und es sei an der Zeit, über Enkelkinder nachzudenken, nicht über eigene Kinder. Damals sei sie mit seiner Bedingung einverstanden gewesen, und jetzt müsse er sich darauf verlassen können, hatte er gesagt.

Anne Marie versuchte, ihre Sehnsucht nach einem Kind zu ignorieren. Ermuntert und unterstützt von Robert, kaufte sie *Blossom Street Books* – von dem kleinen Erbe ihrer Großeltern, das sie Jahre zuvor gewinnbringend investiert hatte. Aber das löste das Problem nicht, genauso wenig wie Baxter, der Yorkshireterrier, mit dem Robert sie eines Abends überraschte. Sosehr sie Robert, ihren Buchladen und ihren Hund auch liebte, sie sehnte sich immer noch nach einem Baby. Im Gegenteil zu dem, was sie damit eigentlich erreichen wollte, wurde das Verlangen immer stärker, je länger sie versuchte, es zu ignorieren.

Sie wollte ein Kind. Roberts Kind. Das Versprechen, das sie ihm gegeben hatte, lag mehr als elf Jahre zurück. Sie hatte ihre Meinung geändert, aber er weigerte sich, es ihr gleichzutun. Sie bettelte und schmeichelte, vergebens.

Verschärft wurde die Situation dadurch, dass Robert diese persönliche und vertrauliche Angelegenheit mit seiner Tochter besprach, die natürlich für ihn Partei ergriff. Dadurch wurde Anne Maries Beziehung zu Melissa – und auch zu Robert – noch schwieriger.

Melissa hatte Anne Marie von dem Tag an gehasst, an dem diese Robert heiratete. Zwar war das Mädchen damals gerade mal dreizehn Jahre alt, hatte aber dennoch alle Annäherungsversuche Anne Maries ganz entschieden zurückgewiesen. Je älter sie wurde, desto ablehnender und intoleranter wurde ihre Haltung. Roberts Tochter war immer Daddys kleines Mädchen gewesen, und in ihrer Abneigung gegen Anne Marie war sie unnachgiebig. Melissa tat alles, um ihr das Gefühl zu geben, nicht dazuzugehören. Sie lud Anne Marie nicht zu Schulabschlüssen, Geburtstagen oder anderen Familienfeiern ein. Ihr Stiefsohn Brandon hingegen hatte sie von Anfang an akzeptiert, und sie hatten ihre eigenen kleinen Feste gefeiert. In den ersten Jahren hatte Robert noch versucht, eine Brücke zwischen ihr und seiner Tochter zu bauen, aber diese Versuche fielen auf unfruchtbaren Boden, und nach einiger Zeit gaben sie und Robert beide auf. Seine Beziehung zu Melissa wurde zu einer separaten Angelegenheit, die nichts mit ihrer Ehe zu tun hatte.

Dennoch oder gerade deswegen fühlte Anne Marie sich zutiefst verraten, als ihr Mann eine so vertrauliche Angelegenheit zwischen ihr und ihm mit seiner Tochter besprach. Damit verhielt er sich ihr gegenüber illoyal. Schlimmer noch als das war der Umstand, dass Melissa ihr Wissen alles andere als geheim hielt und Anne Marie mit dem verhöhnte, was sie wusste. Die Demütigung schmerzte in Verbindung mit ihrem Kummer noch stärker.

Als Anne Marie weinend ihren Zorn über Robert ausschüttete, hörte er nur ungerührt zu. Nichts, was sie sagte, schien ihn zu berühren. Seine Miene war ausdruckslos, und ein paar Tage später packte er einen Koffer und zog aus. Einfach so.

Den Schock darüber konnte Anne Marie wochenlang nicht verwinden. Nach einem Monat, in dem sie ihn nicht ein einziges Mal anrief, weil sie ihm diese Befriedigung auf keinen Fall gönnte, kam Robert kurz nach Hause, um ihr eine Trennung vorzuschlagen.

Anne Marie reagierte so unemotional, wie ihr nur irgend möglich war, und stimmte zu. Vielleicht war es am besten, eine Weile getrennt zu leben und sich derweil über ihre Optionen klarzuwerden. Zu diesem Zeitpunkt war Anne Marie bereits sauer. Okay, mehr als das – sie kochte vor Wut. Und fragte sich, ob Robert sie wirklich jemals geliebt hatte. Wie egoistisch, unfair und … männlich er sich doch verhielt.

Anne Marie hielt es für unabdingbar, dass Robert wusste, wie ernst sie es mit ihrem Kinderwunsch meinte. Er zog aus dem Haus aus, und sie tat es ihm gleich, sodass das Haus leer zurückblieb. Glücklicherweise hatte sie die Wohnung über dem Buchladen, die erst kurz zuvor frei geworden war. Sie hoffte, ein so drastischer Schritt würde Robert klarmachen, dass sie mehr als in der Lage war, auf eigenen Beinen zu stehen – und ihr Leben ohne ihn zu leben. In seinem Trotz bot Robert das Haus, das auf seinen Namen lief, zum Verkauf an, und zu ihrer beider Überraschung fand sich schon in der ersten Woche ein Käufer. Anne Maries Sachen, alles, was sie nicht mit in die Wohnung nehmen konnte, mussten eingelagert werden. Das Ganze war so kleinlich, so unreif.

Ihre Trennung wurde zu einem Kampf, wer den stärkeren Willen hatte, und sie hatten beide nur ein Ziel, nämlich zu zeigen, wie unnötig und überflüssig der jeweils andere war. Es schien so unausweichlich, dass sie letztendlich vor dem Scheidungsrichter landen würden, bis Anne Marie entschied, dass sie genug hatte. Immerhin war dies der Mann, den sie liebte. Trotz allem – trotz ihrer Enttäuschung, ihrem Zorn auf Melissa – hatten sich ihre Gefühle ihrem Mann gegenüber nicht geändert. Der Tag, an dem sie Robert im Büro anrief, war der Wendepunkt. Sie gestand ihm, dass sie ihn vermisste und dass es ihr leidtat, wie übel sich alles entwickelt hatte. Er schien überrascht, von ihr zu hören, und zugleich erfreut. Er sagte, auch ihm tue es leid, und sie verabredeten sich zum Abendessen.

Es gab nur eine Vorbedingung: Dass Anne Marie sich ein Baby wünschte, durfte nicht angesprochen werden. Zwar gefiel ihr das nicht, aber sie stimmte zu. Das Abendessen verlief wunderbar, und Robert gab sich alle Mühe, den Abend so romantisch zu gestalten wie nur möglich.

Wenn Robert Roche wollte, konnte er wirklich charmant sein, und in dieser Nacht schaffte er es damit direkt in ihr Bett. Ihr Liebesspiel hatte schon immer einen besonderen Reiz gehabt, und es fühlte sich so unfassbar gut an, wieder mit ihm zu schlafen. Doch als sie am Morgen erwachte, stellte Anne Marie fest, dass er mitten in der Nacht verschwunden war. Es war wie ein Schlag ins Gesicht. Wütend dachte sie, es geschehe ihm nur recht, wenn er sie geschwängert hätte.

Hatte er aber nicht.

Sie trafen sich auch weiterhin regelmäßig und redeten miteinander, aber in jener Nacht hatten sie das letzte Mal miteinander geschlafen.

Anne Marie schüttelte den Kopf, um die Erinnerungen zu verscheuchen, und ihr wurde bewusst, dass sie nun schon zehn Minuten vor der Grundschule stand, ohne sich zu rühren. Es kostete sie einige Willensanstrengung, das Gebäude zu betreten.

Sie hatte um halb elf einen Termin bei der Schulpsychologin, Ms. Helen Mayer, und sie war schon fünf Minuten zu spät dran.

Kaum, dass Anne Marie die Schule betreten hatte, füllte sich der Gang mit lärmenden Kindern, die es alle eilig hatten, an ihr vorbei nach draußen zu gelangen. Aber zum ersten Mal an diesem Tag wagte sich die Sonne zwischen dunklen Wolken hervor, und sie nahm das als gutes Zeichen.

Es dauerte einen Moment, bis Anne Marie das Schulsekretariat gefunden hatte. Hier gab es einen kleinen Wartebereich, einen großen Tresen, der sich durch den ganzen Raum erstreckte, und eine Reihe von Büros dahinter.

»Kann ich Ihnen helfen?«, fragte die Frau am Tresen.

»Ich bin Anne Marie Roche und habe einen Termin mit Ms. Mayer.«

»Wegen des Lunch-Paten-Programms?«

»Richtig.« Nervös strich sich Anne Marie die glatten schulterlangen Haare aus dem Gesicht. Sie trug eine Wollhose und einen weißen Rollkragenpullover. Jetzt, wo sie im Sekretariat stand, überfiel sie erneut Unsicherheit. Sie war nicht davon überzeugt, dass dieses Ehrenamt das Richtige für sie war, Wunschliste hin oder her. Mit Schulkindern im Grundschulalter, nein, das stimmte eigentlich nicht, ganz allgemein mit Kindern jeden Alters, kannte sie sich überhaupt nicht aus. Ihre Erfahrungen mit Melissa hatten ihr Vertrauen darin, mit Kindern umgehen zu können, alles andere als gestärkt.

»Es gibt erst eine Einführung. Ms. Mayer bespricht mit Ihnen und den anderen Ehrenamtlichen alles Wichtige in Zimmer 121«, erklärte die Frau.

»Okay«, antwortete Anne Marie nickend. Eine Einführung konnte ihr vermutlich bei der Entscheidung helfen. »Wie komme ich zu Zimmer 121?«

»Ganz einfach. Gehen Sie zurück, wie Sie gekommen sind, wenden Sie sich dann nach links, und gehen Sie den Gang hinunter bis zum Ende.«

»Danke.«

»Gern geschehen«, murmelte die Sekretärin und wandte sich wieder ihrem Computerbildschirm zu.

Im Geiste die Wegbeschreibung wiederholend, verließ Anne Marie das Sekretariat. Sie zögerte einen Moment, überlegte, dass sie jetzt noch die Möglichkeit hatte, einfach kehrtzumachen und zu gehen. Sie kannte keine kleinen Kinder und konnte sich nicht einmal vorstellen, worüber man sich mit ihnen unterhalten sollte. Aber sie zögerte nur kurz. Allein die Vorstellung, Elise beichten zu müssen, dass sie es nicht einmal versucht hatte, brachte Anne Marie dazu, sich auf die Suche nach Zimmer 121 zu machen.

Zwei weitere Frauen und ein Mann saßen bereits auf Metallklappstühlen an einem langen Besprechungstisch. Eine Tafel hing an der Wand hinter ihnen. Helen Mayer hieß sie mit einem Wink zu einem freien Stuhl hin willkommen.

»Sie müssen Anne Marie sein«, sagte sie. »Darf ich vorstellen: Maggie, Lois und John.«

Anne Marie nickte den anderen ehrenamtlichen Helfern zu und rückte sich einen Stuhl zurecht. Immer noch verspürte sie das Bedürfnis, sich zu entschuldigen und wieder zu gehen. Das konnte sie aber nicht. Jedenfalls nicht, ohne sich wenigstens die Einführung anzuhören.

»Ich glaube, damit sind wir vollzählig«, meinte Helen, nahm sich ein Stück Kreide, trat an die Tafel und schrieb ihre Namen auf.

In den nächsten dreißig Minuten erfuhr Anne Marie, dass sie sich auf ein viermonatiges Engagement einließ. Sie musste sich bereit erklären, diese vier Monate lang ihr Lunch-Paten-Kind zuverlässig einmal in der Woche zu treffen.

»Jede Woche?«, fragte eine der beiden anderen Frauen.

»Ja, nach Möglichkeit immer am selben Wochentag, aber falls es mal nötig sein sollte, an einem anderen Tag zu kommen, haben wir dafür Verständnis. Für die Kinder ist es am besten, wenn sie sich auf eine feste Routine verlassen können und darauf vertrauen, dass Sie für sie da sein werden.«

Die anderen nickten alle. Etwas verspätet tat das auch Anne Marie.

»Des Weiteren bitten wir darum, dass Sie in der Cafeteria essen. Die Kinder bekommen dank staatlicher Förderung ihr Mittagessen gratis. Sie als Lunch-Paten bekommen es für einen geringfügigen Betrag. Wenn Sie doch einmal Lebensmittel mitbringen, erkundigen Sie sich vorher, ob das Kind, das wir Ihnen zuteilen, Lebensmittelallergien hat.«

Vernünftig, dachte Anne Marie.

»Nach dem Essen können Sie mit dem Kind in den jeweiligen Klassenraum gehen. Oder auch nach draußen in den Pausenhof, falls Ihnen das lieber ist. Der Grundgedanke besteht darin, dass Sie die ganze Mittagspause mit dem Ihnen zugewiesenen Kind verbringen.«

»Springt man heutzutage immer noch Seil?«, fragte Lois.

Ms. Mayer nickte. »Zu denselben Reimen wie wir als Kinder.«

Die Frauen lächelten sich an.

»Wirklich wichtig ist, dass Sie mit dem Kind zusammen spielen«, fuhr die Schulpsychologin fort. »Es kennenlernen und eine Freundschaft aufbauen.«

»Wie sieht es mit Treffen außerhalb der Schule aus?« Die Frage kam von Maggie, Anne Marie schätzte sie auf Anfang fünfzig.

»Dafür müssen die Eltern beziehungsweise die Erziehungsberechtigten des Kindes ihr Einverständnis geben.«

Anne Marie konnte sich nicht vorstellen, »ihr« Kind woanders zu treffen als in den geschützten vier Wänden der Schule. Sie wollte sich nicht emotional binden. Außerdem gehörte das nicht zu der Beschaffenheit dieser ehrenamtlichen Aufgabe. Dazu gehörte nur, regelmäßig zu kommen und mit ihrem kleinen Schützling Mittag zu essen. Wenn er oder sie ihr dann noch die Schularbeiten zeigen wollte, ging das in Ordnung, aber da lag auch schon die Grenze dessen, was Anne Marie bewältigen konnte. Sie hatte bereits genug um die Ohren und brauchte nicht noch zusätzliche Herausforderungen. Jede Beziehung mit einem gefährdeten Kind musste beiläufig bleiben. Sie durfte nicht über die grundlegendsten Verpflichtungen hinausgehen.

Die Einführungsbesprechung dauerte die ganze halbe Stunde. Es wurden noch zahlreiche Fragen gestellt, aber Anne Marie hörte nur mit halbem Ohr zu. Während die anderen plauderten, kämpfte sie mit sich selbst und fragte sich immer wieder, ob das hier wirklich das Richtige für sie war. Sie konnte nicht begreifen, warum Elise sie anscheinend für eine perfekte Lunch-Patin hielt. Anne Marie fühlte sich ganz und gar nicht perfekt. Sie fühlte … nichts. Überhaupt nichts. Sie war geistesabwesend. Emotional tot. Desinteressiert.

Ms. Mayer teilte jedem ein Kind zu. Anne Marie war als Letzte dran. Offenbar hatte die Lehrerin gespürt, dass sie Zweifel hegte. »Haben Sie noch irgendwelche Fragen?«, wandte sie sich an sie.

Anne Marie schüttelte den Kopf. »Nicht wirklich. Ich frage mich nur, ob ich tatsächlich ein guter Kandidat für diese Aufgabe bin.«

»Warum versuchen Sie es nicht einfach? Ich vermute, es wird Ihnen Spaß machen. Fast allen macht es Spaß.«

Die Ermunterung durch die andere Frau tat gut. »Okay, das werde ich.«

»Das Kind, das ich Ihnen zuweisen möchte, heißt Ellen Falk«, redete Ms. Mayer weiter. »Ellen ist acht Jahre alt und geht in die zweite Klasse. Wegen des Datenschutzes darf ich Ihnen nichts über ihren familiären Hintergrund und ihre Lebensumstände erzählen. Ich darf Ihnen aber sagen, dass Ellen zurzeit bei ihrer Großmutter mütterlicherseits lebt.«

»Besucht sie diese Schule schon lange?«

»Seit zwei Jahren.«

»Verstehe.«

Bevor Anne Marie fragen konnte, warum die Schulpsychologin ihr ausgerechnet dieses Kind zuteilen wollte, fuhr Helen Mayer fort. »Ellen ist ein gefühlstiefes Kind. Sehr still. Schüchtern. Sie redet nicht viel, aber lassen Sie sich davon nicht entmutigen.«

»Okay.«

»Reden Sie mit ihr, und üben Sie sich in Geduld. Sie wird mit Ihnen reden, wenn sie so weit ist.«

Na toll. Sie sollte also wer weiß wie viele Wochen die ganze Unterhaltung allein bestreiten. »Gibt es einen Grund, warum Sie mir dieses Kind zuweisen?«, fragte Anne Marie. Bestimmt gab es noch ein anderes Kind, ein anderes kleines Mädchen, das zugänglicher war. Annie Marie war zurzeit selbst nicht gerade redselig, und sie war sich nicht sicher, ob es funktionieren würde, wenn man sie mit einem gefühlstiefen, verschlossenen Kind zusammenbrachte.

»Das ist eine ausgezeichnete Frage«, erwiderte Helen Mayer sichtlich erfreut. »Ellen liest gern, und da Ihnen *Blossom Street Books* gehört … nun ja, es schien mir sehr passend.«

»Oh.«

»Ellen ist in der ersten Mittagsgruppe. Das Essen beginnt in ein paar Minuten. Wenn Sie mitkommen wollen, stelle ich Sie gleich vor.«

Zwar war Anne Marie immer noch nicht überzeugt, bereit zu sein, aber wenn nicht jetzt, dann nie. Sobald sie diesen Raum verließ, würde sie nicht wiederkommen, wenn sie das Kind nicht sofort kennenlernte – so viel wusste Anne Marie mit Sicherheit.

Ms. Mayer führte sie den Gang hinunter zu einer Reihe von Klassenzimmern. Die Türen trugen sowohl die Klassennummer als auch den Namen des Klassenlehrers oder der Klassenlehrerin. Ellen war in Ms. Peterskis Klasse. Helen Mayer wartete, bis eine junge Frau – offensichtlich Ms. Peterski – und etwa zwanzig Kinder den Raum verlassen hatten. Dann betrat sie ihn. Anne Marie folgte ihr.

Als Erstes fiel ihr auf, wie unglaublich klein die Tische waren. Als Zweites entdeckte sie das Kind, das ganz allein in einer Ecke saß, mit gesenktem Kopf, die glatten Haare ins Gesicht gefallen, sodass sie seine Augen verbargen.

»Ellen«, wandte sich die Schulpsychologin voller Begeisterung an das Mädchen. »Ich möchte dir deine Lunch-Patin vorstellen.«

Das kleine Mädchen, gekleidet in schmutzige Sportschuhe, Jeans und ein rotes T-Shirt, rutschte von seinem Stuhl und kam näher, den Blick zu Boden gesenkt.

»Anne Marie, das ist Ellen.«

»Hallo, Ellen«, begrüßte Anne Marie sie pflichtbewusst. Sie sprach bewusst leise und betont.

Ellen reagierte nicht.

Nach kurzem, unbehaglichem Schweigen setzte Ms. Mayer erneut an. »Ellen, möchtest du deinem Gast vielleicht einmal den Speisesaal zeigen?«

Zur Antwort nickte Ellen und verließ rasch das Klassenzimmer. Vor der Tür blieb sie stehen, bis Anne Marie sie eingeholt hatte.

»Ein hübsches T-Shirt trägst du da«, sagte Anne Marie, um einen Anknüpfungspunkt zu finden. »Rot ist eine meiner Lieblingsfarben.«

Keine Reaktion.

Der Lärm aus der Cafeteria wurde lauter, während sie den Gang hinuntergingen. Ellen reihte sich in die Schlange der Kinder an der Essensausgabe ein, und Anne Marie stellte sich hinter sie.

»Was gibt es denn heute zum Essen?«, fragte Anne Marie.

Ellen deutete auf eine Schülerin an einem nahe gelegenen Tisch, die sich Makkaroni mit Käse in den Mund schob. »Das.«

Endlich! Die Achtjährige hatte tatsächlich eine Stimme.

Die Schlange bewegte sich voran. »Makkaroni mit Käse war früher eines meiner Lieblingsgerichte«, meinte Anne Marie. »Magst du es auch?«

Ellen zuckte die Achseln.

»Was isst du denn am liebsten?«

Sie erwartete die übliche Antwort: Pizza.

»Chili mit Maisbrot«, sagte Ellen stattdessen.

»Das mag ich auch.« Nun ja, sie verabscheute es nicht, aber zu Anne Maries Lieblingsspeisen zählte es nicht. Bisher schienen sie nicht allzu viel gemein zu haben.

Ihr Mittagessen bestand aus Makkaroni mit Käse, Wackelpudding, Möhrenstiften, Milch und einem Hafercookie. Mit ihrem Tablett beladen, folgte Anne Marie dem Mädchen zu einem Tisch weit hinten in der Cafeteria. Ellen setzte sich ans äußerste Ende, möglichst weit weg von den anderen Kindern.

Anne Marie stellte ihr Tablett auf dem Platz Ellen gegenüber ab, zog sich einen Stuhl heran und setzte sich. Ellen senkte den Kopf und faltete ihre Hände im Schoß. Schweigend verharrte sie einen Moment, bevor sie zu ihrem Besteck griff. Offensichtlich sprach sie ein Tischgebet, bevor sie zu Mittag aß.

Anne Marie nahm einen Schluck Milch, sobald Ellen angefangen hatte zu essen. »Ms. Mayer sagte, du liest gern«, sagte sie im Plauderton.

Ellen nickte.

»Mir gehört ein Buchladen. Hast du schon eines der Harry-Potter-Bücher gelesen?«

Ellen schüttelte den Kopf. »Meine Grandma sagt, die sind zu schwierig für mich. Sie meinte, ich kann sie in der vierten Klasse lesen.«

»Damit hat deine Grandma vermutlich recht.«

Ellen knusperte einen Möhrenstift.

»Und wer ist dein Lieblingsautor?«, fragte Anne Marie weiter, ermuntert durch die Reaktion des Mädchens.

Ellen schluckte herunter, bevor sie antwortete. »Ich mag viele Autoren.«

Noch ein Fortschritt. In gewissem Sinne. Außerdem redete das Mädchen nicht mit vollem Mund. Irgendwer hatte ihr also Benehmen beigebracht.

»In deinem Alter waren Bücher meine besten Freunde.« Anne Marie erinnerte sich, wie sie in ihrem Schlafzimmer gelesen hatte, die Tür fest geschlossen, damit sie die Streitereien ihrer Eltern nicht so laut hören musste.

Ihre Bemerkung war offenbar keine Antwort wert. Anne Marie nahm noch einen Bissen von ihrem Mittagessen, während sie im Geiste durchging, worüber sie sich sonst noch mit Ellen unterhalten könnte. Es fiel ihr schwer, sich daran zu erinnern, was sie interessiert hatte, als sie acht Jahre alt war. Sie glaubte nicht, dass Ellen von ihren verwitweten Freundinnen hören wollte oder von ihrer Wunschliste.

Sie aßen schweigend weiter, bis ihr ein Gedanke kam. »Magst du Hunde?«

Ellen nickte energisch.

»Ich habe einen Hund.«

Zum ersten Mal, seitdem sie am Tisch saßen, blickte Ellen auf. »Einen Hundejungen oder ein Hundemädchen?«

»Einen Jungen. Er heißt Baxter.«

»Baxter.« Die Andeutung eines Lächelns trat in die Augen des Kindes.

Erleichterung durchflutete Anne Marie. Sie war auf eine Goldader gestoßen: Ellen mochte Hunde. »Er ist ein Yorkshireterrier. Weißt du, was für ein Hund das ist?«

Ellen schüttelte den Kopf.

»Baxter ist klein, aber er hat das Herz eines Tigers. Er hat keine Angst – vor nichts und niemandem.«

Ellens Augen begannen zu leuchten.

»Würdest du ihn gern irgendwann kennenlernen?«

Ellen nickte erneut. »Welche Farbe hat er?«

»Überwiegend schwarz, aber sein Gesicht ist hellbraun, und er hat lustig aussehende Ohren, die hochstehen.«

»Meine Ohren stehen auch ab«, meinte Ellen ernsthaft.

Anne Marie musterte das Kind. Sie konnte die Konturen ihrer Ohren schwach unter den glatten Haaren sehen, die ihr bis knapp unters Kinn reichten. »Solche Ohren hatte ich in deinem Alter auch«, sagte Anne Marie. »Dann bin ich gewachsen, und meine Ohren sind so geblieben, während alles andere größer wurde.«

Ellen nahm noch einen Bissen von ihren Makkaroni mit Käse.

Anne Marie tat es ihr gleich. Den Rest der Mittagspause erzählte sie Geschichten von Baxter. Ellen stellte Dutzende von Fragen und kicherte sogar einmal.

Nach und nach verließen die anderen Kinder den Speisesaal und gingen hinaus auf den Schulhof. Man konnte sie durch die Fenster draußen spielen hören. Anne Marie schaute etliche Male nach draußen, aber als sie Ellen fragte, ob sie auch auf den Schulhof gehen wolle, lehnte das Mädchen ab.

Schließlich klingelte es, und die Mittagspause war vorbei. Ellen stand auf.

Anne Marie ebenfalls.

Ellen trug ihr Tablett mit dem benutzten Geschirr in die Küche und zeigte Anne Marie, wo es abgestellt werden musste.

»Ich schätze, du musst jetzt wieder in den Unterricht«, sagte Anne Marie.

Ellen nickte. Anne Marie begleitete sie zu ihrer Klassentür und wollte gerade gehen, als Ellen etwas flüsterte, was sie nicht ganz verstand.

»Was hast du gesagt?«

Ellen schaute hoch. »Danke«, wiederholte sie lauter.

»Gern geschehen, Ellen. Wir sehen uns nächsten Mittwoch.«

Ellen lächelte, betrat dann still das Klassenzimmer und ging zu ihrem Tisch.

Anne Marie schaute ihr nach und spürte, wie ein fremdartiges Gefühl ihr die Brust zusammenzog. Fremdartig, aber gut – ein Gefühl, ausgelöst davon, dass sie Kontakt zu einem anderen Menschen suchte.

Elise hatte recht; Anne Marie fühlte sich besser dank ihrer ehrenamtlichen Aufgabe. Die kleine Ellen Falk brauchte eine Freundin.

Die Ironie der Geschichte lag darin, dass Anne Marie noch viel dringender eine Freundin brauchte.

4. Kapitel

Nachdem sie die Woodrow-Wilson-Grundschule verlassen hatte, erledigte Anne Marie ein paar Dinge in der Nachbarschaft. Sie kaufte Lebensmittel ein, ging zur Post und holte Kleider aus der Reinigung. Normalerweise war der Mittwoch ausgebucht mit Terminen und anfallenden Arbeiten.

Als sie die Lebensmittel in ihre Wohnung brachte, sah sie das Licht an ihrem Anrufbeantworter blinken. Sie begrüßte ihren verschlafenen Hund, packte die verderblichen Lebensmittel in den Kühlschrank, nahm Stift und Papier und drückte auf den Knopf, um die Nachrichten abzuhören.

Der erste Anruf war von der Schulpsychologin. »Anne Marie, hier ist Helen Mayer. Ich wollte mich erkundigen, wie es mit Ellen gelaufen ist. Wenn Sie noch Fragen haben, rufen Sie mich einfach in der Schule an.« Sie nannte die Durchwahlnummer. »Wir sehen uns am nächsten Mittwoch.«

Der zweite Anruf begann. »Anne Marie …« Melissa Roches Stimme ließ Anne Marie erstarren.

»Könntest du mich so bald wie möglich anrufen?« Kurzes Zögern folgte auf diese Bitte. Dann: »Es ist wichtig.«

Die Aufnahme endete damit, dass Melissa ihre Telefonnummer durchgab. »Das ist eine neue Nummer. Wenn ich heute nichts von dir höre, rufe ich dich im Buchladen an.«

Das klang fast wie eine Drohung.

Anne Marie grübelte über Melissas Bitte, während sie die restlichen Lebensmittel einräumte. Als das erledigt war, griff sie zögernd nach dem Telefon. Es musste etwas Ernstes anliegen, wenn Melissa sich bei ihr meldete, auch wenn sie sich nicht vorstellen konnte, worum es gehen mochte. Sie hörte das Freizeichen, dann klingelte es am anderen Ende zwei Mal. Der Aufschub, auf den Anne Marie hoffte – vielleicht nahm ja niemand ab –, wurde ihr nicht gewährt.

»Hallo«, meldete sich Melissa knapp, beinahe abwehrend.

»Anne Marie hier.« Sie versuchte, so emotionslos wie nur irgend möglich zu klingen.

»Ich weiß, wer da ist. Deine Nummer wird angezeigt.«

»Du hast mir eine Nachricht hinterlassen«, erinnerte Anne Marie sie. Immer noch herrschte Feindseligkeit zwischen ihnen, obwohl Robert längst nicht mehr lebte.

»Ich muss mit dir reden«, erklärte Melissa.

»Ich habe jetzt Zeit.« Sie wollte es möglichst schnell hinter sich bringen.

»Ich meine, ich muss mit dir persönlich reden.«

Genau das hatte Anne Marie vermeiden wollen. Natürlich war sie misstrauisch, warum Melissa sie plötzlich unbedingt treffen wollte. »Warum?«

»Anne Marie, bitte. Ich würde nicht darum bitten, wenn es nicht notwendig wäre.«

Anne Marie atmete langsam aus. »Na schön. Wann?«

»Wie sieht es morgen Abend aus? Wir könnten uns zum Essen treffen …«

»Donnerstags habe ich die Schlussschicht im Laden. Es ginge also erst nach acht.«

»Wie wäre es dann mit Freitagabend?«, schlug Melissa vor.

»In Ordnung.« Anne Marie war klar, dass ihr Widerwille vermutlich unüberhörbar war. Ihr fiel gleich ein Dutzend Dinge ein, die sie lieber am Freitagabend getan hätte, als ausgerechnet ihrer Stieftochter an einem Tisch gegenüberzusitzen.

Melissa schlug ein Restaurant vor, und sie vereinbarten

einen Zeitpunkt. Schon wenige Augenblicke später beendeten sie das Gespräch, und als Anne Marie das Telefon beiseitelegte, verspürte sie leichte Übelkeit. Alles an dieser kurzen Unterhaltung machte sie nervös. So unvorbereitet zu einem Treffen mit Melissa zu gehen war ihr zutiefst zuwider, aber dann fiel ihr ein, dass Brandon vielleicht wusste, was los war. Sie hatte schon seit ein paar Wochen nicht mehr mit ihrem Stiefsohn gesprochen, und diese Sache war ein guter Grund, sich mal wieder bei ihm zu melden. Hoffentlich konnte er das Geheimnis lüften. Wenn er auch nur ansatzweise wusste, warum Melissa sie nach so vielen Monaten kontaktierte, dann würde er es ihr sicher sagen.

Anne Marie zog die Küchenschublade auf, in der sie ihr Telefonregister aufbewahrte, und blätterte darin, bis sie die Büronummer ihres Stiefsohns fand.

Brandon meldete sich sofort, offensichtlich erfreut, von ihr zu hören.

»Anne Marie! Wie geht es dir?« Obwohl Robert sich mit seiner Schwester ausgezeichnet verstand, war die Beziehung zu seinem Vater eher angespannt gewesen.

»Gut. Und dir?«

»Schön zu hören. Mir geht es auch gut. Was kann ich für dich tun?«

Brandon war Schadensachbearbeiter bei einer Versicherung, und ihr war bewusst, dass er keine Zeit mit belanglosem Geplauder verschwenden konnte.

»Melissa hat sich heute Nachmittag bei mir gemeldet.«

»Melissa hat dich angerufen?« Das war merkwürdig genug, um ihn sofort hellhörig werden zu lassen. »Was wollte sie?«, fragte er neugierig.

»Mit mir reden. Sagt sie jedenfalls. Wir treffen uns demnächst zum Essen. Kannst du mir sagen, worum es geht?«

»Melissa hat dich angerufen?«, wiederholte Brandon, ganz offensichtlich total verwirrt. »Ich habe nicht den leisesten Schimmer, was sie von dir wollen könnte.«

Anne Marie seufzte. »Ich komme auch einfach nicht dahinter. Sie besteht darauf, dass wir persönlich miteinander reden.«

»Soll ich sie anrufen?«

»Nein, ist schon in Ordnung. Ich werde früh genug erfahren, was los ist.« Was es auch sein mochte, mit Brandon hatte es offenbar nichts zu tun.

»Halt mich auf dem Laufenden, ja?«

»Du hast nichts von ihr gehört?« Brandon und Melissa hatten sich schon immer recht nahegestanden, obwohl er die Einstellung seiner Schwester gegenüber Anne Marie offen missbilligte.

»Schon seit ein paar Wochen nicht mehr. Das ist untypisch für sie. Nach Dads Tod hat sie sich praktisch jeden Tag gemeldet. In letzter Zeit jedoch macht sie sich rar.«

»Hast du sie denn nicht angerufen?«

»Ich habe ihr ein paar Mal auf Band gesprochen. Anscheinend verbringt sie ihre ganze Freizeit mit dem Typen, mit dem sie gerade zusammen ist. Wenn ich die Situation richtig einschätze – für mich sieht das so aus, als sei die Sache zwischen ihr und Michael etwas Ernstes.«

»Ist das eine gute oder eine schlechte Nachricht?«

»Ich glaube, eine gute. Ich mag Michael, und soweit ich das beurteilen kann, liegt ihm Melissa wirklich sehr am Herzen.«

»Du hast ihn also kennengelernt?«

»Ja, wir sind uns ein paar Mal begegnet. Er war auch auf Dads Beerdigung.«

Anne Marie war an dem Tag so von Trauer überwältigt, dass sie sich nicht entsinnen konnte, wer alles da gewesen war;

außerdem wäre Michael für sie sowieso ein Fremder gewesen, einer von vielen.

Wollte Melissa sie etwa wegen dieses jungen Mannes ins Vertrauen ziehen? Sie konnte es zwar kaum glauben, aber jetzt war Anne Maries Neugier erst recht geweckt.

Sie legte das Telefon zurück in die Ladeschale und schaute nachdenklich aus dem Küchenfenster hinunter in die schmale Gasse hinter der Blossom Street. Ihr blieb nichts anderes übrig, als bis Freitag zu warten, um zu erfahren, was hinter Melissas Anruf steckte.

Sie hatten sieben Uhr ausgemacht, und Anne Marie erreichte das Restaurant am Freitag kurz vorher. Aus Erfahrung rechnete sie damit, dass Melissa zu spät kam; das war der Normalfall, insbesondere wenn es um ein Ereignis ging, an dem auch Anne Marie beteiligt war – zum Beispiel ein Essen bei Robert und ihr zu Hause oder einen gemeinsam verbrachten Feiertag. Damit brachte Melissa zum Ausdruck, wie sehr sie ihre Stiefmutter verachtete. Aber als Anne Marie ankam, war Melissa schon da und wanderte ruhelos vor dem Restaurant auf und ab. Das war, gelinde gesagt, ein Schock für Anne Marie.

Melissa hatte ein beliebtes Fischrestaurant am Wasser in der Nähe des Pike Place Market vorgeschlagen. Wenn sie schnell ging, brauchte Anne Marie etwa zwanzig Minuten zu Fuß vom Buchladen, und sie hatte sich zusätzlich einen Pullover angezogen, um sich gegen den kalten Wind aus der Elliot Bay zu schützen.

Ihre Stieftochter blieb abrupt stehen, als sie sie kommen sah. Dank ihrer langen unglücklichen Geschichte blieb Anne Marie auf der Hut. Sie konnte gar nicht anders. Zu oft schon hatte sie unerwartete Tiefschläge einstecken müssen, sei es durch eine verschlagene fiese Bemerkung oder eine offene Beleidigung.

»Hallo, Melissa«, sagte sie und versuchte dabei bewusst gelassen und abweisend zu wirken. »Du siehst gut aus.« Ihre Stieftochter war eine attraktive Frau, hochgewachsen und athletisch. Ihre Haare fielen in dunklen Naturlocken um ihr Gesicht. Sie trug eine schwarze Jeans und einen offensichtlich teuren dreiviertellangen Regenmantel in Khaki. Schon als Mädchen war sie völlig fasziniert von Mode und Äußerlichkeiten, ihr Vater hatte sie darin sogar noch bestärkt.

»Du siehst auch gut aus«, meinte Melissa achtlos. »Triffst du dich mit jemandem?«

Anne Marie biss sich auf die Zunge. »Nein. Wenn du darüber mit mir reden willst, halte ich es für besser, wenn ich gleich wieder gehe.«

»Nun reg dich ab«, gab Melissa scharf zurück. »Es geht hier nicht darum, dass du mit jemandem ausgehst.«

Da war sie wieder, die verächtliche, höhnische Einstellung ihr gegenüber, und Anne Marie fragte sich nicht zum ersten Mal, warum sie es überhaupt noch versuchte. Ihre Stieftochter wirkte völlig unzugänglich – jedenfalls für sie –, und das war so, seitdem sie sich das erste Mal begegnet waren.

»Ich … ich hätte nicht fragen sollen«, murmelte Melissa. Das hätte als Entschuldigung durchgehen können, wenn in ihrer Stimme nicht immer noch ausgeprägte Feindseligkeit gelegen hätte. »Es geht mich wirklich nichts an.«

»Wollen wir hineingehen?« Der Wind nahm zu, und es sah ganz so aus, als würde es jeden Moment anfangen zu regnen.

»Ja«, stimmte Melissa zu und wandte sich rasch der Tür zu.

Melissa hatte reservieren lassen, und wenig später saßen sie an einem Tisch am Fenster. Das Wasser war genauso dunkel wie der Himmel, aber Anne Marie schaute nach draußen auf die Lichter, die im Nebel verschwommen zu sehen waren, bevor sie sich der Speisekarte zuwandte. Sowohl sie als auch

Melissa schienen entschlossen, sie ganz genau zu studieren. Anne Marie war so nervös, dass sie kaum Appetit hatte. Sie entschied sich für eine Muschelsuppe in der Brotschüssel, und als der Kellner kam, nahm sie überrascht zur Kenntnis, dass Melissa das Gleiche bestellte.

»Dazu noch einen Kaffee«, fügte Melissa hinzu.

»Für mich auch, bitte.«

Als der Kellner gegangen war, griff Melissa nervös nach ihrer Leinenserviette und breitete sie sich sorgfältig über den Schoß. Dann ordnete sie ihr Besteck neu.

»Bist du bereit, mir zu erzählen, worum es eigentlich geht?«, fragte Anne Marie. Nettigkeiten auszutauschen war sinnlos.

Einen Moment schwieg Melissa. »Vermutlich ist es unfair, damit ausgerechnet zu dir zu kommen«, sagte sie schließlich, »aber ich wusste nicht, was ich sonst tun sollte.«

Anne Marie schloss kurz die Augen. »Statt anzudeuten, was du zu sagen hast, warum sagst du es nicht einfach?«

Melissa legte die Hände in den Schoß und senkte den Kopf. »Ich … mir geht es nicht gut, seit Dad gestorben ist.«

Anne Marie nickte. »Mir auch nicht.«

Melissa blickte auf, biss sich auf die Unterlippe. »Er fehlt mir so sehr.«

Anne Marie musste schlucken, so eng wurde ihr plötzlich die Kehle. »Mir auch.«

»Ich dachte, es würde mir besser gehen, wenn ich in sein Büro gehe und mit seinen Freunden rede.«

Der Kellner brachte den Kaffee, und Anne Marie war froh über die Ablenkung. Sie spürte, dass ihr die Tränen kamen, und wollte sich nicht dadurch blamieren, dass sie vor Melissa anfing zu weinen.

Als sie wieder allein waren, kippte Melissa Zucker in ihren Kaffee, bevor sie weitersprach. »Wie schon gesagt, ich beschloss, in sein Büro zu gehen«, murmelte sie, nahm sich drei Portionsbecher Kaffeesahne und öffnete sie. »Dad war immer so stolz auf seine Position im Unternehmen.«

Dazu hatte Robert auch allen Grund gehabt. Er hatte für eine Firma gearbeitet, die Datenträger herstellte, und zwar beinahe von ihrer Gründung an. Ein Großteil des Erfolges der Firma war auf sein Engagement zurückzuführen. Er hatte seinen Job geliebt, obwohl er mehr und mehr von seiner Zeit in Anspruch genommen hatte. Drei aufeinanderfolgende Jahre lang hatte Robert geplant, mit Anne Marie zum Hochzeitstag nach Paris zu reisen. Jedes Jahr hatte er diesen Urlaub erneut aus geschäftlichen Gründen storniert.

»Bestimmt haben sich alle gefreut, dich zu sehen«, meinte Anne Marie höflich.

Melissa zuckte die Achseln. »Obwohl es noch nicht lange her ist, hat sich eine Menge verändert.«

Verständlich. Robert war vor fast zehn Monaten gestorben, und das Leben ging nun mal weiter, ohne sich um die Umstände zu scheren.

»Erinnerst du dich an Rebecca Gilroy?«

»Natürlich.« Die junge Frau war Roberts persönliche Assistentin. Soweit Anne Marie sich entsann, hatte Rebecca etwa ein Jahr vor Roberts Herzinfarkt ihren Arbeitsplatz in der Firma angetreten.

»Sie hat ein Baby.«

»Ich wusste nicht, dass sie schwanger war.« Hätte sie es gewusst, hätte Anne Marie ihr ein Geschenk geschickt. Sie war Rebecca nicht nur ein paar Mal begegnet, sie mochte sie auch.

»Sie ist nicht verheiratet.« Melissa starrte ihr unverwandt in die Augen.

Das fand Anne Marie ziemlich unwichtig. »Das spielt heutzutage wohl kaum noch eine Rolle.«

Melissa griff nach ihrer Kaffeetasse, und Anne Marie fiel auf, dass ihre Hände zitterten.

»Weißt du noch genau, wann du und mein Dad euch getrennt habt?«

Anne Marie stieß ihren Atem aus. »Das ist etwas, das ich wohl kaum vergessen werde, Melissa. Natürlich weiß ich es noch. Er … verließ mich am 18. September vor zwei Jahren.« Sie hob die Schultern und atmete tief ein, fühlte sich plötzlich aufgewühlt und verletzlich. »Ich fühlte mich elend ohne deinen Vater. Ich fühle mich immer noch so.« Sie hatte keine Ahnung, wohin dieses Gespräch führte, und es fiel ihr schwer, geduldig zu bleiben. »Obwohl du mich nicht magst, hatten wir immer etwas Wichtiges gemeinsam. Wir haben beide deinen Vater geliebt.«

Melissa tat, als hätte sie diese Bemerkung nicht gehört, und senkte den Blick auf die Tischplatte. »Eines Abends, ein paar Monate nach eurer Trennung, wollte ich Dad mit einem Abendessen eine Freude machen. Er arbeitete viel zu viel und blieb oft bis spät am Abend im Büro.«

Das war während ihrer Ehe ziemlich häufig der Fall, häufig genug, um als typisch bezeichnet zu werden. Als leitender Angestellter machte Robert regelmäßig Überstunden.

»Also besorgte ich ein paar Sandwiches und seine Lieblingssuppe und fuhr hin, um ihn zu überraschen.«

Anne Marie nickte geduldig, während sie sich fragte, wann ihre Stieftochter endlich auf den Punkt kommen würde.

»Der Wachmann ließ mich rein, und als ich sein Büro betrat …«

Der Kellner trat mit ihrer Bestellung an den Tisch; Melissa verstummte und schien sogar dankbar für die Unterbrechung.

Anne Marie probierte von ihrer Muschelsuppe und fand sie köstlich, obwohl sie keinen Appetit hatte. Da Melissa keine

Anstalten machte, den Faden wieder aufzunehmen, winkte sie ihr mit dem Löffel. »Weiter. Du hast das Büro betreten. Und dann?«

Melissa nickte und griff zögernd nach ihrem eigenen Löffel. »Rebecca war auch da.«

»Überstunden zu leisten, wann immer sie anfielen, gehörte zu diesem Job.«

»Sie war nicht direkt am … Arbeiten.«

Anne Marie runzelte die Stirn. »Was willst du damit sagen?«

Melissa funkelte sie wütend an. »Muss ich es dir buchstabieren? Na schön, wenn ich es unbedingt aussprechen soll, bitte. Rebecca und mein Vater … sie hatten Sex miteinander.«

Anne Maries Löffel fiel klappernd auf die Tischplatte, als der Schock sie überwältigte. Ihr Körper fühlte sich wie taub an, und ihr Verstand weigerte sich zu akzeptieren, was sie gerade gehört hatte. Das war genauso wie an dem Tag, als der Firmenchef den Buchladen betreten hatte, um ihr persönlich mitzuteilen, dass Robert tot war. Genau die gleiche betäubende Ungläubigkeit.

»Es tut mir leid, Anne Marie«, flüsterte Melissa. »Ich … ich hätte nicht so direkt sein sollen, aber ich wusste nicht, wie ich es dir sonst sagen sollte.«

Ganz allmählich formten Melissas Worte in ihrem Kopf ein zusammenhängendes Bild. Robert und Rebecca hatten Sex miteinander. Rebecca war schwanger und unverheiratet. *Rebecca hat ein Kind.*

Anne Marie bekam keine Luft mehr.

»Rebeccas Baby …«

Melissa hielt ihren Blick fest. »Ich bin mir nicht sicher … aber ich glaube, ja. Du kennst sie besser als ich. Ich hatte sie vorher nur einmal gesehen … mit Dad. Und dann wieder an jenem Abend. Ich … ich hatte den Eindruck, dass sie nicht der

Typ ist, der wahllos durch die Betten turnt. Ach ja, zur Beerdigung war sie auch da.«

Anne Marie schloss die Augen und schüttelte den Kopf. Urplötzlich drängten die paar Löffel Suppe, die sie geschluckt hatte, wieder in ihre Kehle zurück. Hastig griff sie nach ihrer Serviette, presste sie sich auf den Mund und sprang auf, torkelte zwischen den Tischen hindurch, rannte zur Damentoilette und schaffte es gerade noch rechtzeitig hinein. Sie stolperte in eine leere Kabine und übergab sich heftig. Als es endlich vorbei war, fühlte sie sich so schwach, dass sie nicht gleich wieder auf die Beine kam.

Melissa wartete im Waschraum auf sie, als sie die Kabine verließ, und reichte ihr ein angefeuchtetes Papierhandtuch. Tränen hatten nasse Spuren auf den Wangen der jüngeren Frau hinterlassen. »Es tut mir so leid … ich hätte dir das nicht erzählen dürfen … ich wusste einfach nicht, was ich tun sollte.«

Anne Marie drückte mit beiden Händen das kalte, nasse Tuch auf ihr Gesicht. Schock, das Gefühl, verraten worden zu sein, Wut – all diese Empfindungen tobten so mächtig in ihr, dass sie nicht wusste, auf welche sie zuerst reagieren sollte.

»Ich hätte mit Brandon reden sollen«, flüsterte Melissa, lehnte sich gegen die Wand und ließ sich langsam zu Boden gleiten. »Ich hätte es dir nicht sagen sollen … Ich hätte es dir nicht sagen sollen.«

Eine Kellnerin betrat den Waschraum. »Ist alles in Ordnung?«, fragte sie besorgt. »Der Geschäftsführer hat mich gebeten zu fragen, ob mit Ihrem Essen etwas nicht stimmte.«

Während Melissa langsam aufstand, versuchte Anne Marie die Frau zu beruhigen und ihr zu versichern, dass das Geschehene nichts mit dem Essen zu tun hatte. »Uns geht es gut. Es war nicht die Suppe … Sie haben keinen Grund, sich Sorgen zu machen.«

»Sie bekommen selbstverständlich keine Rechnung für Ihr Essen.«

»Nein, bitte, ich möchte es bezahlen.« Der Zorn verlieh ihr jetzt allmählich Kraft, und sie wusch sich mit so grimmiger Entschlossenheit die Hände, dass keinerlei Keime auch nur die geringste Überlebenschance hatten.

Melissa wartete neben der Tür, bis sie fertig war, und begleitete sie zurück an den Tisch. Anne Marie griff sich ihre Handtasche und klatschte zwei Zwanzig-Dollar-Scheine auf den Tisch. Das sollte mehr als ausreichend sein, um Suppe und Kaffee zu bezahlen. Wie ein streunender Hundewelpe folgte ihre Stieftochter ihr nach draußen, immer ein, zwei Schritte hinter ihr.

Inzwischen hatte es richtig angefangen zu regnen. Es goss in Strömen. Große Tropfen spritzten beim Aufprall auf den Gehweg nach allen Seiten. Anne Marie drückte sich an die Mauer des Gebäudes, während sie zu begreifen suchte, was sie gerade erfahren hatte. Es schien unmöglich. Unglaublich.

Das *konnte* doch einfach nicht stimmen. Robert wäre niemals das Risiko eingegangen, Rebecca zu schwängern. Selbst in der einen Nacht, die sie zusammen ... Sie erstarrte. Sie hatten keinen Schutz verwendet. Sie hatte ihm gesagt, dass sie die Pille nicht mehr nahm, und er hatte reagiert, als ob das für ihn keine Rolle mehr spielte. Seine Unbesorgtheit hatte Anne Marie begeistert. Sie hatte darin den ersten Riss in seiner halsstarrigen Weigerung gesehen, ihr Verlangen nach einem Baby zu akzeptieren.

»Anne Marie ...« Ihr Name kam nur als ein Flüstern über Melissas Lippen. Immer noch liefen Tränen über die Wangen ihrer Stieftochter und mischten sich dort mit den Regentropfen. Die Haare hingen ihr klatschnass ums Gesicht, aber sie schien das nicht einmal zu bemerken. »Irgendwer muss mit Rebecca reden – sie fragen ...«

»Ich nicht.«

»Ich kann nicht«, jammerte Melissa.

»Warum nicht? Welchen Unterschied macht es jetzt noch?«

»Wenn es Dads Baby ist, dann … dann ist es mit mir verwandt. Und wenn das Baby wirklich von Dad ist, dann … muss ich es wissen. Ich habe das Recht, es zu erfahren.«

Anne Marie fragte sich, ob Roberts Tochter wohl auch einem Kind von ihr so tolerant begegnet wäre. »Hat Rebecca … hat sie einen Jungen oder ein Mädchen?«

»Einen Jungen.«

Der Schmerz traf sie wie ein glühendes Eisen auf ihrer Haut. Sie brauchte einen Moment, ihre Stimme wiederzufinden. »Wenn es Roberts Kind ist, warum hat Rebecca dann nichts gesagt?«

»Ich … ich weiß es nicht«, flüsterte Melissa. »Ich hätte es dir nicht sagen sollen …«

»Du wolltest mir wehtun«, erklärte Anne Marie kalt.

»Nein!«, protestierte Melissa sofort.

»Zwischen uns gibt es keine Sympathie.« Anne Marie hegte keine Illusionen bezüglich der Motive ihrer Stieftochter. »Du magst mich nicht. Du hast mich nie gemocht. All die Jahre hast du versucht, es mir heimzuzahlen, mich zu bestrafen, und jetzt hast du es geschafft.«

Melissa gab sich nicht die Mühe, sich gegen die Anschuldigung zu wehren, sondern vergrub das Gesicht in den Händen und begann, hemmungslos zu weinen. »Es tut mir leid, so leid.«

Am liebsten hätte Anne Marie sich umgedreht und Roberts Tochter einfach stehen lassen. Aber sie ertrug es nicht, sie weinen zu hören. Obwohl sie die Betrogene war, legte sie die Arme um Melissa und zog sie an sich.

Die beiden Frauen klammerten sich aneinander, ohne sich um die Leute zu scheren, die an ihnen vorbeieilten.

Anne Maries Zurückhaltung brach in sich zusammen, und der Schmerz über Roberts Verrat an ihr begrub sie unter einer gewaltigen Welle. Sie weinte, wie sie noch nie geweint hatte, nicht einmal bei Roberts Beerdigung. Ihre Schultern zuckten, lautes, gequältes Schluchzen brach aus ihr hervor.

Und dann war es Melissa, die sie hielt und sie tröstete. Nach all den Jahren der Suche nach einem gemeinsamen Nenner zwischen ihr und ihrer Stieftochter hatte Anne Marie ihn endlich gefunden.

Im Verrat ihres Mannes.

5. Kapitel

Barbie Foster stand in der Schlange vor der Kasse des Multiplexkinos, um sich eine Eintrittskarte zu kaufen, nach Möglichkeit für eine Komödie. Sie brauchte einen Grund zum Lachen. Ihr Tag hatte früh begonnen, als sie ihre Boutique *Barbie's*, nur zwei Blocks von der Blossom Street entfernt, geöffnet hatte. Der Laden war edel, exklusiv und *sehr* teuer. Zu ihrer Kundschaft gehörten Frauen, die es sich problemlos leisten konnten, vierstellige Beträge für ein Kleid hinzublättern. Barbie sorgte dafür, dass sie eine angemessene Gegenleistung erhielten, erteilte Modeberatung, empfahl passende Accessoires und bot Änderungen gratis an. Sie hatte ein paar Stammkundinnen, die ihre gesamte Garderobe ausschließlich bei ihr kauften. Ihr eigenes Stilgefühl war ihr bei ihrem Geschäft eine große Hilfe.

Ohne selbstgefällig klingen zu wollen, war Barbie sehr wohl bewusst, dass sie eine attraktive Frau war. Seit Garys Tod brauchte sie über einen Mangel an Verehrern nicht zu klagen. Männer hatten gern eine Frau wie sie am Arm. Außerdem waren sie vermutlich auf ihr Geld scharf. Barbie war jedoch nicht so leicht durch Schmeichelei zu gewinnen. Sie war in ihrer Ehe glücklich gewesen und hatte ihren Mann geliebt. An diesem Punkt ihres Lebens war sie nicht bereit, sich mit einer bloßen Partnerschaft oder gar mit unverbindlichem Sex zufriedenzugeben. Sie wollte Liebe. Sie sehnte sich nach einem Mann, der sie wie eine Prinzessin behandelte, so wie Gary das getan hatte. Ihre Freundinnen meinten, diese Einstellung sei aus der Mode gekommen; Barbie war das egal. Leider waren Prinzen jedoch rar geworden.

Sie hatte jung geheiratet. Im Rückblick war ihr klar, welches Glück sie gehabt hatte, Gary zu finden und sich in ihn zu verlieben. Er war zehn Jahre älter als sie und mit dreißig schon so gebildet, dass er viel älter wirkte. Außerdem war er ungeheuer liebevoll und loyal. Damals arbeitete er für ihren Vater und kam oft zu ihnen nach Hause. Zuerst war es nur eine spielerische Verliebtheit, doch mit der Zeit wurde daraus aufrichtige Liebe. Trotzdem brauchte sie ein paar Jahre, um zu erkennen, wie aufrichtig diese Liebe tatsächlich war. Mit neunzehn versuchte sie, immer zu Hause zu sein, wenn er vorbeischaute, und genoss es, auf dem Weg zum Pool durchs Haus zu stolzieren – natürlich im Bikini. Sie musste immer noch lächeln, wenn sie daran dachte, wie Gary überallhin geschaut hatte, nur nicht in ihre Richtung.

Als sie heirateten, war sie einundzwanzig, und überraschenderweise gaben sowohl ihr Vater als auch ihre Mutter ihnen beiden ihren Segen. Schon in der ersten Woche ihrer Flitterwochen wurde Barbie schwanger, und als die eineiigen Zwillingsjungen auf die Welt kamen, schwebte Gary im siebten Himmel. Aber die Schwangerschaft war nicht einfach, und so erklärte er entschieden, zwei Kinder seien genug.

Die Zwillinge Eric und Kurt wurden ihrer beider Lebensinhalt, und sie schwelgten in glücklicher Idylle. Natürlich gab es zwischen Barbie und Gary auch Meinungsverschiedenheiten und Auseinandersetzungen, aber wenn sie sich gestritten hatten, vergaben sie einander schnell, und sie verwechselten unterschiedliche Meinungen nie mit Zorn. In ihrer Familie ging es ruhig, ordentlich und zufrieden zu.

Das Flugzeugunglück setzte alldem ein Ende. Barbie hatte ihren Söhnen schon immer nahegestanden, aber nach dem tragischen Tod von Gary und seinem Vater rückten die drei noch enger zusammen. Sie halfen einander, die Trauer zu überstehen, und redeten auch jetzt noch fast jeden Tag miteinander.

Ihre Söhne waren es auch, gemeinsam mit ihrer Mutter, die Barbie dazu überredeten, ein Jahr nach Garys Tod ihr eigenes Unternehmen zu gründen. Die Boutique half ihr, nicht ständig über ihre Einsamkeit zu grübeln, und gab ihr ein Ziel. Ihre Söhne waren inzwischen achtzehn und wurden unabhängiger. Schon bald würden sie ganz flügge sein. Wie es der Zufall wollte, besuchten sie ausgerechnet Schulen ganz am anderen Ende der Vereinigten Staaten. Barbie kämpfte ihren natürlichen Instinkt, sich an die Kinder zu klammern, nieder, flog mit ihnen nach Boston und New York, half ihnen, an ihrer jeweiligen Schule Fuß zu fassen, und flog anschließend wieder nach Hause. Während des gesamten fünfstündigen Flugs zurück an die Westküste weinte sie wie ein kleines Kind.

Ohne die Jungs schien ihr das Haus so leer – das Haus und ihr Leben. Nie hatte sie sich so allein gefühlt wie seit letztem September, als sie Kurt und Eric an ihren Colleges an der Ostküste abgeliefert hatte. Sie war froh, dass die beiden sowohl zu Thanksgiving als auch an Weihnachten nach Hause kamen.

Der Laden hielt sie beschäftigt, aber die kleine Valentinsparty mit den anderen Witwen hatte ihr ganz andere Möglichkeiten gezeigt.

Barbie hatte begonnen, ihre Liste der zwanzig Wünsche zusammenzustellen – in der Hoffnung, ein neues Ziel zu entdecken, das anzustreben sich lohnte. Ihre Mutter hatte die Idee mit so viel Enthusiasmus aufgegriffen, wie sie seit Jahren nicht mehr gezeigt hatte, und das hätte Barbie schon gereicht, es ihr gleichzutun. Sie taten oft Dinge zusammen, und tatsächlich war ihre Mutter gleichzeitig auch ihre beste Freundin.

Die Schlange bewegte sich voran. Barbie trat vor die Kassiererin, die noch ein Teenager war, und reichte ihr einen Zehn-Dollar-Schein.

»Welcher Film?«

Barbie lächelte sie an. »Entscheiden Sie. Vorzugsweise eine Komödie.

Das Mädchen musterte ihr Gesicht. »Zurzeit laufen drei oder vier. Es ist Ihnen egal, welche?«

»Im Grunde schon.« Im Grunde wollte sie nur der Wirklichkeit für zwei Stunden entfliehen, nichts weiter.

Das Mädchen nahm das Geld, schob ihr eine Eintrittskarte zu und das Wechselgeld. »Saal zwölf«, erklärte sie. »Der Film fängt sechzehn Uhr fünfundzwanzig an.«

Zwar war sie nicht hungrig, aber als sie die Lobby betrat, stieg ihr der Geruch von Popcorn in die Nase, und das Wasser lief ihr im Munde zusammen. Also kaufte sie eine kleine Tüte und eine Limo, bevor sie zu Saal zwölf ging.

Dort lief bereits das Vorprogramm, und Barbie fand schnell einen Sitz in einer Mittelreihe. Sie machte es sich mit Popcorn und Limo bequem und legte die Handtasche auf den leeren Sitz neben sich.

Als sie sich umschaute, sah sie nur Paare, die meisten schon etwas älter und vermutlich im Ruhestand. Sie knabberte ihr Popcorn, und schlagartig schnürte es ihr die Kehle zusammen. Die ganze Welt schien nur aus Verliebten zu bestehen. Neid auf die anderen Frauen im Saal mit ihren langjährigen Beziehungen, ihrer immerwährenden Liebe kam in ihr auf. Das hätten sie und Gary haben sollen. Sie wollte eine zweite Chance. Sie war attraktiv, wohlhabend, ein netter Mensch – und allein. Sich noch einmal zu verlieben war der erste Wunsch auf ihrer Liste. Aber sie wollte nicht einfach irgendeinen Partner. Es musste schon ein Mann wie Gary sein, und von der Sorte schien es nicht allzu viele zu geben.

Bevor die anderen Witwen angefangen hatten, über diese blöden Wünsche zu reden, war Barbie eigentlich einigermaßen zufrieden mit ihrem Leben. Die Liste ihrer Mutter war fast vollständig. Ihre eigene nicht. Sie hatte noch ein paar andere Dinge aufgeschrieben: Sie wollte Bauchtanz lernen. Sie und Gary hatten vor Jahren bei einem Kurzaufenthalt in Kairo eine Bauchtanzaufführung gesehen, und die sinnlichen, überaus femininen Bewegungen hatten sie fasziniert. Außerdem hatte sie noch ein paar Kleinigkeiten hinzugefügt: Schnorcheln auf Hawaii, Shoppen in Paris, Besichtigungen in London – all das hatte sie mit Gary getan, und es hatte ihr Freude gemacht. Aber sie wollte das alles nicht allein tun.

Im Moment schien ihr Wunsch, sich wieder zu verlieben, ihr nicht mehr als ein unerreichbarer Traum zu sein. Sie suchte auch nicht direkt nach einer Beziehung. Wenn sie wirklich lieben und geliebt werden wollte, musste sie für Liebe empfänglich sein, offen und bereit, das Risiko, den Schmerz eines Verlustes zu riskieren.

Kopfschüttelnd sagte sie sich, dass es sinnlos war, daran zu glauben, eines Tages könne ein Mann sie so lieben wie Gary. Nicht ihr Geld, nicht ihre Schönheit, sondern sie selbst.

Urplötzlich kamen ihr die Tränen, und sie wischte sie zornig weg. Es gab keinen Grund für sie zu weinen, nicht einen einzigen. Dutzende von Frauen, ach was, Hunderte würden sie um ihr Leben beneiden. Sie hatte keine Geldsorgen, ihre Kinder waren verantwortungsbewusste Erwachsene, und mit vierzig sah sie keinen Tag älter aus als mit dreißig. Ihre Tränen machten überhaupt keinen Sinn, und dennoch flossen sie.

Sie griff nach ihrer Handtasche, holte eine Packung Papiertaschentücher heraus, nahm eines davon und putzte sich lautstark die Nase.

Immer noch lief das Vorprogramm auf der Leinwand – offensichtlich eine Vorschau auf verschiedene Komödien, denn das Publikum fand die kurzen Filmausschnitte lustig. Immer wieder ertönte ringsumher Gelächter.

Schniefend und die Tränen abtupfend bemerkte sie, dass ein Mann im Rollstuhl sich ihrer Sitzreihe näherte. Er starrte sie an, was nicht ungewöhnlich war. Männer schauten sie gern an. Doch in seinem Blick sah sie weder Gefallen noch Anerkennung. Er schien sie eher verärgert zu mustern.

Nachdem er seinen Rollstuhl auf den freien Platz neben ihr manövriert hatte, wandte er sich ihr zu und funkelte sie böse an. »Falls Sie es nicht bemerkt haben, Sie sitzen in der Reihe, die für Rollstuhlfahrer und ihre Begleiter reserviert ist.«

»Oh.« Das war Barbie tatsächlich nicht aufgefallen, obwohl, jetzt, wo er es erwähnte, sah sie, dass die Reihe eindeutig gekennzeichnet war.

»Sie müssen woanders sitzen.« Keine Spur von Freundlichkeit lag in seiner Stimme.

Demnach war er wohl in Begleitung und wollte ihren Platz für ebendiese Person. Kein Wunder, dass er sie so missbilligend betrachtete, als hätte sie unbefugt sein Grundstück betreten.

Also nahm sie ihre große Handtasche an sich, hängte sie sich über die Schulter, griff nach ihrem Popcorn und ihrer Limo und stand auf. Statt den langen Weg durch die leere Reihe zu nehmen, versuchte sie, an ihm vorbeizukommen.

Bemüht, ihr ein wenig Platz dafür zu machen, rollte er seinen Rollstuhl ein Stück zurück, und dabei blieb der Saum ihrer Hose irgendwie an dem Gefährt hängen. Barbie geriet ins Straucheln. Es gelang ihr zwar, sich zu fangen, dabei leerte sie aber den kompletten Inhalt ihres Limobechers in seinen Schoß.

Der Mann schnappte schockiert nach Luft, als die Limo seine Hose durchnässte und Eiswürfel zu Boden glitten.

»Oh, das tut mir so leid.« Hastig kramte Barbie in ihrer Handtasche nach den Taschentüchern und leerte dabei die Tüte Popcorn über ihn.

»Ich ... es tut mir unendlich leid«, murmelte sie. Die Sache war ihr peinlicher als je etwas zuvor.

»Würden Sie freundlicherweise einfach *verschwinden.*«

»Ich ...«

Er deutete in die Richtung, die sie seiner Meinung nach einschlagen sollte, und schüttelte angewidert den Kopf.

Barbie sah zu, dass sie so schnell wie nur irgend möglich aus der Sitzreihe kam. Sie fühlte sich wie ein tollpatschiger Trottel, als sie in die leere Lobby rannte. Dort zog sie eine Handvoll Servietten aus dem Spender und eilte rasch zurück in den Kinosaal.

Der Mann war noch dabei, Popcorn von seinem Schoß zu fegen, als sie ihm die Servietten hinhielt.

»Kann ich noch etwas für Sie tun?«, flüsterte sie laut.

Aus tiefblauen Augen funkelte er sie zornig an. »Ich glaube, Sie haben schon genug getan. *Jetzt lassen Sie mich am besten endlich in Ruhe.*«

»Oh.«

So grob brauchte er wirklich nicht zu sein. »Ich sagte doch, es tut mir leid.«

»Fein. Entschuldigung angenommen. Jetzt, wenn möglich, würde ich gern den Film sehen.«

Barbie biss die Zähne zusammen. Ihr war danach, ihm noch eine Limo über den Kopf zu gießen. Schließlich hatte sie ihr Getränk nicht absichtlich auf ihn verschüttet. Ihr Bedauern wandelte sich in Verärgerung über seine unhöfliche Reaktion.

Da er mehr als deutlich zu verstehen gegeben hatte, dass er

sie am liebsten in weiter Entfernung von sich wusste, wählte Barbie einen leeren Sitz am Gang fünf Reihen hinter der Rollstuhlreihe. Sie bemühte sich nach Kräften, sich auf den Film zu konzentrieren, der vor etwa zehn Minuten angefangen hatte.

Es war eine Komödie, genau wie sie gewünscht hatte, aber jetzt war ihr nicht mehr nach Lachen zumute. Stattdessen klopfte sie zwanghaft mit dem Fuß auf den Boden und funkelte zornig zu dem unfreundlichen Mann ein paar Reihen vor ihr hinüber. Als sie merkte, dass sie damit andere nervte, schlug sie die Beine übereinander und ließ den Fuß frei schwingen. In ihrem ganzen Leben war ihr noch nie jemand begegnet, der so unglaublich unhöflich war. Er hatte es verdient, dass die Limo auf seinem Schoß gelandet war.

Das Publikum lachte über die Witze auf der Leinwand. Barbie hätte vielleicht auch gelacht, wenn es ihr gelungen wäre, sich auf den Film zu konzentrieren. Aber beinahe gegen ihren Willen wanderte ihr Blick immer wieder hinüber zu dem Mann im Rollstuhl. Das kleine Mädchen in ihr hätte ihm am liebsten die Zunge herausgestreckt.

Er hatte sie gebeten, sich einen anderen Platz zu suchen, aber niemand saß neben ihm. Ja, die ganze Reihe, in der er saß, war leer. Er war ohne Begleitung hier, wollte offenbar nur nicht, dass sie neben ihm saß.

Was war so schlimm an ihr? Eine Menge Männer hätten sich gefreut, wenn sie neben ihnen gesessen hätte. Und sie hätten auch auf das kleine Missgeschick höflicher reagiert. Sie war in Versuchung, diesem … Neandertaler die Meinung zu geigen. Wie konnte er es wagen, sie ihres Platzes zu verweisen? Dies war ein freies Land, und sie konnte sitzen, wo immer es ihr beliebte, verdammt noch mal.

Barbie verließ den Saal nach der Hälfte des Films und ging verärgert in der Lobby auf und ab. Was hatte er davon, sich wie ein Idiot zu benehmen – und ihr obendrein das Gefühl zu geben, selbst eine Idiotin zu sein? Das Mädchen, das ihr die Eintrittskarte verkauft hatte, beobachtete sie ein paar Minuten.

»Alles in Ordnung?«, rief sie schließlich.

Barbie wirbelte herum, sie regte sich immer mehr auf. »Ich bin gerade beleidigt worden«, sagte sie, obwohl das Mädchen daran nichts ändern konnte. »Ohne es zu bemerken, habe ich mich in die für Rollstuhlfahrer reservierte Sitzreihe gesetzt, und dieser Typ hat mir gesagt, ich solle verschwinden.«

Das Mädchen senkte den Blick, aber Barbie hatte trotzdem bemerkt, dass sie lächelte.

»Halten Sie das etwa für witzig?«

»Nein, nein, tut mir leid. Sie hätten Ihren Platz nicht räumen müssen, wenn Sie das nicht wollten.«

»Das wusste ich zu dem Zeitpunkt nicht. Ich dachte, er wäre in Begleitung da, und ich hätte dem- oder derjenigen den Platz weggenommen.«

»Er war allein.«

»Sieht ganz so aus. Außerdem habe ich mein Getränk nicht absichtlich über ihn verschüttet. Das war ein Unfall.«

Das Mädchen riss die Augen auf. »Sie haben Ihr Getränk verschüttet? Über ihn?«

»Auf seinen Schoß.«

Der Teenager kicherte und legte rasch eine Hand auf seinen Mund. »Ist er wütend geworden?«

»Nun ja, ja, aber es war ein Unfall. Das mit dem Popcorn auch.«

Wieder ertönte ein Kichern. »Du meine Güte!«

Barbie zog die Brauen hoch. Worüber amüsierte sich das Mädchen eigentlich so? »Ich bin in meinem ganzen Leben noch keinem unvernünftigeren oder unhöflicheren Mann begegnet«, erklärte sie mit Nachdruck.

»Das ist mein Onkel Mark«, erläuterte das Mädchen und griente jetzt ganz offen.

»Er ist Ihr ... Onkel.« Barbie tappte offenbar von einem Fettnäpfchen ins nächste. Jedes Wort, das sie sagte, würde vermutlich »Onkel Mark« brühwarm übermittelt werden. Na schön. Irgendwer sollte diesem arroganten, anmaßenden Hitzkopf wirklich mal die Meinung sagen. Wofür hielt er sich eigentlich?

»Leider kann er ein bisschen schwierig sein«, meinte das Mädchen.

»Wem sagen Sie das.«

»Ärgern Sie sich nicht über ihn.«

Barbie öffnete den Mund, entschied dann aber, dass das Mädchen recht hatte. Sie hatte ihre Eintrittskarte bezahlt, genauso wie er, und konnte sitzen, wo immer sie wollte. Wenn sie sich im Rollstuhlbereich niederließ, war das ihre Sache, solange niemand den Platz wirklich brauchte. Und das war nicht der Fall.

»Warum gehen Sie nicht einfach wieder rein?«, fragte das Mädchen. »Der Film ist sehr witzig, wissen Sie.«

»Danke – das werde ich.« Barbie marschierte zurück in den Filmsaal, wild entschlossen, sich zu setzen, wohin sie wollte.

Und verlor gleich wieder den Mut.

Es lag ihr einfach nicht, eine Szene zu machen. Stattdessen ging sie wieder zu dem Platz, auf dem sie vorher gesessen hatte, setzte sich, behielt ihre Handtasche auf dem Schoß und starrte auf die Leinwand. Was im Film geschah, rauschte allerdings völlig an ihr vorbei.

Also gab sie es auf, der Handlung folgen zu wollen, und fixierte stattdessen den Hinterkopf des Mannes. Offenbar spürte er, dass sie ihn beobachtete, denn er wurde unruhig, als sei ihm unbehaglich. Das war ihr nur recht.

Nach weiteren dreißig Minuten endete der Film, und die Lichter gingen an. Der Saal leerte sich, nur Barbie blieb sitzen. Mark Wie-auch-immer blieb ebenfalls, wo er war. Erst als der letzte Kinobesucher gegangen war, fuhr er seinen Rollstuhl in Richtung Ausgang.

»Sind Sie immer so unhöflich?«, fragte sie und folgte ihm.

Er wirbelte herum und schien für einen Moment überrascht, sie zu sehen.

»Ich bin unhöflich, wenn die Situation es erfordert«, erklärte er.

Im abgedunkelten Saal hatte Barbie nicht viel von ihm sehen können. Jetzt sah sie ihn genauer an – und musste beinahe zwei Mal hinschauen. Der Mann sah umwerfend aus. Allerdings war er auch so giftig wie eine Schlange. Gary hätte niemals so mit einer Frau gesprochen wie dieser Mann. Er war immer respektvoll und höflich geblieben.

»Ich wünschte, ich hätte mich nicht entschuldigt«, murmelte sie. »Verdient haben Sie das nicht.«

»Hören Sie, tun Sie, was immer Sie wollen. Aber halten Sie sich von mir fern. Mehr verlange ich nicht von Ihnen.«

»Mit Vergnügen.« Und mit aller Selbstgerechtigkeit, die sie aufbringen konnte, ging sie ihm voraus. Bevor sie das Kino verließ, suchte sie jedoch noch einmal die Toilette auf.

Sie kam gerade wieder heraus, als sie sah, dass Mark in die Lobby rollte.

»Er war ziemlich verärgert«, meinte seine Nichte leise und trat zu Barbie.

»Ich habe ihm klipp und klar gesagt, was ich von ihm halte.«

Das Mädchen lächelte vergnügt. »Wirklich?«

Barbie nickte. »Und noch ein bisschen mehr.« Obwohl sie allmählich der Verdacht beschlich, überreagiert zu haben.

»Die meisten schleichen nur auf Zehenspitzen um ihn herum.«

»Ich nicht.« Sie und Gary hatten an die Gleichbehandlung aller Menschen geglaubt. Tat man das nicht, war das eine Form von Diskriminierung: Man sah die Behinderung und nicht die Person.

»Das liegt daran, dass jeder in der Familie ihn bemitleidet, und das hasst er.«

»Oh.« Nun, sie hatte ihm mit Sicherheit kein Mitleid gezeigt. Vielleicht war sie sogar selbst ein wenig unhöflich geworden.

»Ich bemitleide ihn nicht«, fuhr das Mädchen fort. »Das ist einer der Gründe, warum er an den Abenden ins Kino geht, an denen ich hier arbeite.«

»Kommt er oft hierher?« Barbie war sich nicht sicher, was sie zu dieser Frage veranlasste.

»Onkel Mark kommt *jeden Montagabend* ins Kino.« Das Mädchen schaute ihr besonders lange in die Augen. »Ich heiße übrigens Tessa, und mein Onkel heißt Mark Bassett.« Sie streckte ihr ihre Hand entgegen.

Barbie schüttelte sie. »Ich bin Barbie.«

»Sie kommen doch wieder, oder?«, fragte Tessa.

»Ich wohne ganz in der Nähe.« Nun ja, mehr oder weniger. Sie brauchte zwanzig Minuten mit dem Auto, aber dieses Kino war das nächstgelegene Multiplex in der Gegend.

»Ich würde mich freuen, wenn Sie das tun«, sagte Tessa, begleitete sie zu den Glastüren, die auf den Parkplatz hinausführten, und hielt ihr eine auf. »Bis demnächst, ja?«

Barbie holte ihren Autoschlüssel aus ihrer Handtasche. »Bis demnächst.« Als sie im Wagen saß, ging sie in Gedanken die Unterhaltung mit Tessa noch einmal durch. Im Grunde hatte Tessa sie gebeten, am nächsten Montag wieder ins Kino zu kommen. Und sie hatte das mehr oder weniger versprochen. Darüber musste sie nachdenken. Tatsächlich fühlte sie sich zu dem Mann hingezogen, das ließ sich nicht leugnen. Obendrein war er eine Provokation für sie, und das versetzte sie in ein gewisses Hochgefühl. Tatsache war, dass sie schon lange nicht mehr so heftig auf jemanden reagiert hatte. Seit Jahren nicht mehr. Und sie verstand selbst nicht, warum ihre Reaktion so intensiv ausfiel.

Wie immer, wenn sie verärgert oder durcheinander war, rief sie ihre Mutter an. Lillie meldete sich sofort.

»Süße, wo warst du?«

»Ich war im Kino. Ich rufe vom Handy aus an.«

»Ich habe dir auf Band gesprochen«, erwiderte ihre Mutter. »Ich würde mich freuen, wenn du vorbeikommen und mit mir zu Abend essen könntest.«

Plötzlich spürte Barbie, wie hungrig sie war. Sie hatte praktisch den ganzen Tag nichts gegessen außer einem Toast und einer Handvoll Popcorn.

»Danke. Soll ich irgendwas mitbringen?«

»Nein, ich habe schon eingekauft.«

»Hast du inzwischen deinen Wagen wieder?« Das knallrote Cabrio war schon wieder in der Werkstatt. Immer noch mit demselben Problem. Jetzt hatte man sich dort schon zwei Mal die Lenkung vorgenommen.

»Nein, aber darüber mache ich mir keine Sorgen.«

»Ich staune, wie gelassen du das hinnimmst.« Barbie wunderte sich über die Geduld ihrer Mutter. Sie hatte sich noch kein einziges Mal beschwert.

»Ist alles in Ordnung, meine Liebe?«, fragte ihre Mutter. »Du klingst irgendwie aufgewühlt.«

»Das bin ich auch, jedenfalls ein bisschen.« Dann erzählte Barbie, was ihr passiert war, wobei sie aus irgendeinem Grund unterschlug, dass der Mann im Rollstuhl saß. Zu ihrer Bestürzung lachte ihre Mutter über die Geschichte.

»Mutter! Das ist nicht witzig.«

»Ich weiß … Es ist nur schwer vorstellbar, dass du so ungeschickt warst.«

»Es war seine Schuld«, betonte Barbie. »Im Grunde hatte er Glück, dass ich nicht auf seinem Schoß gelandet bin.«

Sofort tauchte ein Bild vor ihrem geistigen Auge auf, und zu ihrem Schrecken war es keineswegs eine unangenehme Vorstellung. Barbie sah sich auf Marks Schoß sitzen, ihre Arme um seinen Nacken geschlungen, ihm tief in die Augen sehend, ihre Lippen … Sie schüttelte den Kopf. Woher diese Vision plötzlich kam, war ihr nicht klar, denn der Mann war so … widerwärtig.

»Du kannst mir alles genau erzählen, wenn du hier bist«, meinte Lillie.

»Gut. Ich bin in ein paar Minuten bei dir.« Barbie wollte gerade auflegen, als die Stimme ihrer Mutter sie innehalten ließ. »Ach, Barbie, fast hätte ich es vergessen. Jacqueline Donovan hat uns zu einem kleinen Kreis am nächsten Montag eingeladen. Du kannst doch kommen, oder?«

»Montag? Um welche Uhrzeit?«

»Gegen sechs.«

»Tut mir leid, Mom«, fiel ihre Entscheidung. »Da habe ich leider schon etwas anderes vor.«

Mark Bassett würde sie nicht so leicht loswerden, wie er zweifellos hoffte.

6. Kapitel

Anne Marie befand sich gefühlsmäßig im freien Fall, seitdem sie am Freitagabend Melissa zum Essen getroffen hatte. Sie versuchte, das Gespräch aus ihren Gedanken zu verdrängen, aber erfolglos. Roberts Untreue hing wie eine dicke, schwere Wolke jede Minute jedes Tages über ihr – der Verrat, der Schmerz, der Zorn. Vielleicht hätte es nicht gar so sehr wehgetan, wenn sie sich nicht so verzweifelt ein Kind von ihrem Mann gewünscht hätte. Aber dass er ihr das entschieden verweigert hatte und dann mit einer anderen Frau ins Bett gestiegen war, einer Frau, die inzwischen ein Kind hatte, das womöglich seines war, das grenzte an Grausamkeit.

Ihre Stieftochter machte das Ganze noch komplizierter. Anne Marie wollte nicht glauben, dass Melissa sie absichtlich verletzt und gedemütigt hatte, auch wenn ihr Misstrauen sich hartnäckig hielt. Aber sie hatte eben auch das Gefühl, dass Melissa unter dem litt, was ihr Vater getan hatte. Vermutlich war es die Wahrheit, als sie gesagt hatte, sie hätte nicht gewusst, an wen sie sich sonst wenden sollte. Nur, warum sie sich nicht ihrem Bruder anvertraut hatte, das verstand Anne Marie nicht. Wenn sie sich an Brandon gewandt hätte, wäre das normaler gewesen. War sie etwa zu Anne Marie gekommen, weil sie von Frau zu Frau darüber hatte reden wollen? Oder weil sie wusste, dass niemand Robert so geliebt hatte? Eines stand jedenfalls fest: In dem Moment, in dem Melissa erkannt hatte, wie sehr sie Anne Marie verletzt hatte, hatte es ihr aufrichtig leidgetan. Am Ende war *sie* es, die ihre Stiefmutter getröstet hatte.

Am Sonntag verkroch Anne Marie sich in ihrer kleinen Wohnung allein mit Baxter. Sie ging nicht ans Telefon, schaute nicht nach E-Mails und SMS. Es war ihr selbst schleierhaft, wie sie es geschafft hatte, den halben Samstag zu arbeiten. Gegen Mittag schob sie eine Migräne vor und überließ den Laden Theresa. Glücklicherweise war er sonntags sowieso geschlossen.

Sie verließ die Wohnung nur, um kurze Spaziergänge mit Baxter zu machen. Ansonsten wanderte sie ruhelos von Zimmer zu Zimmer, eine Schachtel Papiertaschentücher in der Hand, und ließ ihrem Schmerz und ihrer Trauer freien Lauf.

Wie konnte Robert das nur tun? Wie konnte er sie so fundamental betrügen? Das Telefon klingelte etliche Male, aber sie nahm nicht ab. Laut Anruferanzeige kamen die meisten Anrufe von Melissa, und sie war die Letzte, mit der sie sich jetzt unterhalten wollte. Irgendwann war die Mobilbox voll. Anne Marie war es egal. Je weniger Kontakt sie mit der Außenwelt hatte, desto besser, fand sie.

Am Montag musste sie wieder arbeiten. Intuitiv erfassten ihre Mitarbeiter – Theresa Newman und eine Collegestudentin namens Cathy O'Donnell –, dass sie in Ruhe gelassen werden wollte. Soweit möglich, blieb sie in ihrem Büro hinten im Laden und stürzte sich auf den angesammelten Papierkram. Im Moment fühlte sie sich außerstande, auf Kunden einzugehen.

Um halb eins betrat Theresa das Büro. »Vorn ist jemand, der dich sprechen möchte.«

»Ein Kunde?«

»Ähm …« Theresa war sichtlich unsicher. »Ich glaube, es ist deine Stieftochter.«

Anne Marie war sofort angespannt. Wenn Melissa in den Buchladen gekommen war, dann höchstwahrscheinlich nicht nur zum Plaudern. Nach dem, was am Freitag vorgefallen war,

war Anne Marie auf der Hut. Sie fühlte sich im Moment viel zu angreifbar, um mit weiteren Überraschungen fertigzuwerden, die ihre Stieftochter womöglich in petto hatte.

»Anne Marie?« Melissa drängte sich einfach an Theresa vorbei und betrat das Büro.

Theresa warf Anne Marie einen entschuldigenden Blick zu und zog sich zurück.

Melissa blieb verlegen in der Tür stehen. »Warum bist du nicht ans Telefon gegangen?«, klagte sie an. »Ich habe wieder und wieder angerufen. Es war, als wärst du vom Erdboden verschluckt.«

Eigentlich hätte die Antwort auf diese Frage klar ersichtlich sein müssen. »Mir … mir war nicht danach, mit jemandem zu reden.«

»Ich habe mir Sorgen gemacht deinetwegen. Brandon auch.«

»Du hast es ihm erzählt?«

Melissa nickte. »Er war stinksauer auf mich. Er sagte … er sagte, ich hätte dir das niemals erzählen sollen.«

Eine scharfe Erwiderung lag ihr auf der Zunge. Sie wünschte wirklich, Melissa hätte sich zuerst an ihren Bruder gewandt. Aber vermutlich wäre sie irgendwann doch von allein hinter die Wahrheit gekommen. Ob nun jetzt oder später, spielte das wirklich eine Rolle?

Melissa war anscheinend den Tränen nahe. »Brandon hat recht.« Ihre Stimme zitterte. »Es tut mir leid, Anne Marie. In dem Moment dachte ich … ich hatte das Gefühl, es dir sagen zu müssen. Ich wusste, dass es ein Schock für dich sein würde, genau wie für mich, aber mir war nicht klar, wie sehr es dich verletzen würde. Das war dumm und gedankenlos von mir. Es tut mir so leid.«

Jetzt wäre es leicht gewesen, gleich wieder in Tränen auszubrechen. Anne Marie musste sich anstrengen, ihre Gefühle unter Kontrolle zu behalten. »In gewisser Weise hast du das Richtige getan«, sagte sie, bemüht, ruhig zu sprechen. »Irgendwann hätte ich doch von diesem Baby erfahren müssen.«

Melissa trat einen Schritt weiter ins Büro hinein. »Trotzdem fühle ich mich grässlich.«

»Lass uns damit abschließen«, sagte Anne Marie. Die junge Frau würde nie erfahren, wie viel es sie kostete, ihr dieses Angebot zu machen. Instinktiv wollte sie ihr die Schuld für ihren Schmerz geben, aber sie stellte fest, dass sie das nicht konnte. Nachdem sie jahrelang versucht hatte, eine Beziehung zu ihrer Stieftochter aufzubauen, wollte sie den hauchdünnen Faden, der sie jetzt verband, nicht zerstören.

»Kann ich irgendetwas tun, um das wiedergutzumachen?«, flehte Melissa.

Anne Marie schüttelte den Kopf.

»Kann ich irgendetwas für dich besorgen?«, lautete die nächste Frage.

Sie holte tief Luft. »Hast du ein neues Herz für mich?«, fragte sie zurück. Sie hoffte, lässig und witzig zu klingen, aber der traurige Ausdruck in den Augen ihrer Stieftochter zeigte ihr, dass ihr das nicht gelungen war.

»Vielleicht sollte ich einfach gehen.« Mit hängenden Schultern wandte Melissa sich ab.

»Warum essen wir nicht bald mal gemeinsam zu Abend?«, schlug Anne Marie vor.

»Dazu wärst du bereit?«, fragte Melissa ungläubig.

»Du bist Roberts Tochter, und egal, was du von mir hältst, ich habe deinen Vater geliebt«, erklärte Anne Marie. Sie wollte nicht unaufrichtig sein.

»Sogar jetzt noch? Obwohl du weißt, dass er dich betrogen hat?«

Liebe ließ sich nicht einfach erklären. Roberts Verhalten

hatte sie schwer getroffen. Am liebsten hätte sie ihn zur Rede gestellt und ihn gezwungen, ihr den Betrug zu gestehen, aber diese Möglichkeit bestand einfach nicht mehr. Und doch … liebte sie ihn.

»Dad hat dir sehr wehgetan, nicht wahr?«

»Ja. Dafür könnte ich ihn hassen, aber …«

»Ich würde es«, warf Melissa ein, und ihre Augen wurden schmal.

»Und was würde das nützen?«, fragte Anne Marie. »Wem wäre damit geholfen? Glaub mir, ich habe mir das wieder und wieder durch den Kopf gehen lassen. Ich könnte unter dieser Neuigkeit zusammenbrechen – und für kurze Zeit war das auch der Fall.«

»Ich weiß … Daran gebe ich mir die Schuld.«

»Keine Sorge. Ich meinte ernst, was ich vorhin gesagt habe. Lassen wir das hinter uns. Ich werde mit allem fertig, so gut ich kann. Zuerst hätte ich am liebsten um mich geschlagen, aber was hätte das genützt. Mein Schmerz und mein Zorn ändern nichts, oder?«

Melissa starrte sie einen langen Augenblick an. »Du bist ein besserer Mensch als ich.«

»Das bezweifele ich – nur ein bisschen lebenserfahrener, ein bisschen gebrochener und zerbeulter.« Sie hätte nie erwartet, dass Melissa ihr ein Kompliment machen würde. »Du bist noch jung. Früher oder später verpasst das Leben jedem von uns einen Schlag ins Gesicht.« So negativ hatte es gar nicht klingen sollen, aber an diesem Punkt war es anders kaum möglich. »Ich weiß es zu schätzen, dass du dich vergewissern wolltest, wie es mir geht.«

»Was mein Vater getan hat, macht mir sehr zu schaffen. Und die Neuigkeit von Rebeccas Baby erst recht. Also hab ich mich an dich gewandt. Das hätte ich nicht tun sollen.«

Anne Marie winkte ab. »Wie schon gesagt, darüber bin ich hinweg.« Das entsprach nicht ganz der Wahrheit. Sie glaubte nicht, sich jemals von Roberts Verrat erholen zu können. Und davon, wie sie davon erfahren hatte.

Melissa blieb noch ein paar Minuten und ging dann, um zu ihrem Nachmittagsunterricht zu kommen. Die Einladung zum Abendessen stand, aber einen Termin hatten sie absichtlich nicht ausgemacht. Anne Marie wollte sie anrufen, wenn sie sich besser … vorbereitet fühlte.

Eine Stunde später hatte sie sich wieder so weit gefangen, dass sie sich mit Kunden abgeben konnte. Cathy hatte Feierabend gemacht, und während Theresa ihre Mittagspause nahm, stand Anne Marie an der Kasse. Montags war meistens nicht viel los, und sie hatte nur zwei Kunden, die beide keine Hilfe brauchten. Sie hatte ihr inneres Gleichgewicht noch nicht wiedergefunden, obwohl sie zugeben musste, dass sie sich nach dem Gespräch mit ihrer Stieftochter ein wenig besser fühlte. Dass Melissa und auch Brandon sich Sorgen um sie machten, hatte sie wenigstens ein bisschen trösten können.

Die Ladentür wurde geöffnet, und Elise Beaumont trat ein. Sie musterte sie fragend, aber wenn ihr auffiel, wie blass und mitgenommen Anne Marie aussah, erwähnte sie es nicht.

»Hallo, Elise«, gab Anne Marie sich fröhlich. »Ich habe dir ein paar Neuerscheinungen beiseitegelegt, die dir gefallen könnten.«

»Danke.« Elise trat an die Kasse. »Ich bin gekommen, weil ich wissen möchte, wie es beim Lunch-Paten-Programm letzte Woche gelaufen ist.«

Ihr ehrenamtliches Projekt hatte sie fast völlig vergessen. »Ach ja. Es war ganz nett.«

»Hat die Schule dir ein Kind zugewiesen?«

Anne Marie nickte. »Die Kleine heißt Ellen Falk und geht in die zweite Klasse.« Sie brauchte einen Moment, um sich Ellens Gesicht vor Augen zu rufen und sich zu erinnern, wie schüchtern und befangen das Mädchen sich verhalten hatte.

Elise nahm eines der Bücher zur Hand, die Anne Marie vor ihr abgelegt hatte, und schlug es auf. »Allzu enthusiastisch klingt das nicht.«

»Ich bin mir nicht sicher, ob Ellen und ich gut zusammenpassen.« Sie erzählte, dass die Achtjährige während der ganzen Mittagspause kaum ein Wort gesagt hatte. Jeglicher Optimismus, den sie nach dem ersten Treffen empfunden hatte, hatte sich im Laufe des Wochenendes in Luft aufgelöst.

»Es ist noch zu früh für ein Urteil. Lass dir Zeit«, drängte Elise.

»Das werde ich.« Dennoch hegte Anne Marie Zweifel hinsichtlich des Projektes. Bis zum Ende des Schuljahres wollte sie dabeibleiben, aber dann würde sie sich nach einer anderen ehrenamtlichen Tätigkeit umschauen. »Ich muss die Schulpsychologin anrufen«, sagte sie. »Ellen hat erst echte Begeisterung gezeigt, als ich ihr von Baxter erzählt habe.«

»Das Kind interessiert sich für Hunde?«

»Ich glaube schon. Ich denke, wenn man mir erlaubt, Baxter mit in die Schule zu nehmen, würde Ellen sich freuen.« Baxter war ein gutmütiger Hund, der hervorragend mit Kindern zurechtzukommen schien, und Anne Marie machte sich keine Sorgen, er könnte sich danebenbenehmen.

»Das ist eine ausgezeichnete Idee.«

Elise entschied sich für eines der von Anne Marie empfohlenen Bücher, das Erstlingswerk einer ehemaligen Journalistin, und schaute sich dann ein wenig im Laden um. Als ehemalige Bibliothekarin war sie eine eifrige Leserin und eine sehr gute Kundin. Tatsächlich wusste sie häufig mehr über Bücher und

Autoren als Anne Marie. Ein zweites Buch in der Hand, kam sie zum Kassentresen zurück.

»Irgendwas belastet dich«, stellte sie fest und musterte Anne Marie aufmerksam.

»Ich … mir geht es prima«, wehrte Anne Marie ab.

»Nein, ganz und gar nicht, und deine Fassade bröckelt bereits. Du brauchst jemanden zum Reden. Ich stehe zur Verfügung.«

Elise kam gern schnell auf den Punkt. Sie gehörte nicht zu den Leuten, die lange um ein Thema herumschlichen. Normalerweise wusste Anne Marie die Direktheit ihrer Freundin zu schätzen, aber im Moment war sie noch nicht bereit, ihr Herz auszuschütten.

»Nun?«

»Ich … ich habe am Freitag etwas Schockierendes erfahren, aber ich komme damit klar.«

Elise wartete geduldig, dass sie weiterredete.

Anne Marie warf einen Blick über die Schulter zu einem anderen Kunden hinüber, der den Laden gerade betreten hatte und die Regale in Augenschein nahm. »Ich möchte hier nicht darüber reden.«

Elise tätschelte ihr die Hand. »Das verstehe ich. Warten wir also einfach, bis …«

Wie auf ein Stichwort wurde die Ladentür geöffnet, und Theresa kam aus ihrer Mittagspause zurück. »Im *French Café* gibt es heute eine fantastische Kürbissuppe«, meinte sie leichthin. »Die solltest du unbedingt probieren.«

»Vielleicht tue ich das.« Anne Marie hatte seit Freitagabend nicht viel gegessen. Sie war ohnehin schon zu dünn, aber sie hatte einfach meistens keinen Hunger, und die schockierende Nachricht hatte nicht gerade zu ihrem Appetit beigetragen.

»Ich hatte ohnehin vor, einen Happen zu essen. Leiste mir Gesellschaft«, sagte Elise.

Das war mehr ein Befehl als eine Bitte, aber Anne Marie ließ sich trotzdem darauf ein. Elise hatte vermutlich recht. Es würde helfen, über die Sache zu reden *und* zu essen. Theresa übernahm für sie, Anne Marie griff sich ihre Handtasche und wandte sich der Tür zu.

»Du solltest mehr als einen Pullover anziehen«, meinte die ältere Frau.

Anne Marie zuckte halbherzig die Achseln. »Allmählich klingst du wie meine Mutter«, murmelte sie.

»Wenn ich dich so anschaue, würde ich sagen, dass du genau die brauchst.«

Diese Bemerkung ließ ihr sofort die Tränen in die Augen schießen. Anne Marie versuchte sie zu verbergen, indem sie in ihr Büro zurückeilte, um sich ihre Jacke zu holen. Sie nahm sich ein Papiertaschentuch, putzte sich die Nase und warf es in den Abfalleimer. Ganz sicher würde sie nicht mit ihrer Mutter über das reden, was sie erfahren hatte. Laura Bostwick würde nur sofort die Gelegenheit ergreifen, ihr wieder eine Predigt zu halten, was für ein gewaltiger Fehler ihre Heirat mit Robert gewesen war. Laura war von Anfang an gegen diese Ehe. Selbst permanent unglücklich, schien sie ein bösartiges Vergnügen daran zu haben, anderen Menschen die Freude zu verderben.

Elise hakte sich bei Anne Marie ein, als sie die Straße überquerten. »Du bist inzwischen so dünn, dass ich Angst habe, ein starker Windstoß könnte dich fortwehen.«

»Ach, komm, Elise. Jetzt übertreibst du aber.«

»Ich wünschte, ich hätte dieses Problem«, murmelte Elise. »Als Maverick starb, habe ich meinen Kummer mit Essen betäubt. Ist das nicht irre, wenn man bedenkt, wie sehr ich immer darauf geachtet habe, was er aß?« Unerwartet huschte ein Lächeln über ihr Gesicht. »Er sagte, er esse wie ein Spatz – Leinsamen, Blaubeeren, Weizenkeime … Maverick hatte so einen köstlichen Humor. Manchmal frage ich mich, ob er jemals aufhören wird, mir zu fehlen.« Sie schüttelte den Kopf und wandte ihre Aufmerksamkeit wieder Anne Marie zu.

Das *French Café* war das beliebteste Restaurant in der Blossom Street. Selbst jetzt, um zwei Uhr am Nachmittag, war es noch voller Mittagsgäste.

Alix Turner, die für das Gebäck zuständig war, gehörte zu einem von Anne Maries Lesekreisen und empfahl ihren Buchladen sehr oft weiter.

Als sie an der Reihe waren, ihre Bestellung aufzugeben, entschieden sich Anne Marie und Elise beide für die Kürbissuppe, und während sie darauf warteten, dass sie serviert wurde, tranken sie schluckweise ihren Kaffee.

»Jetzt sag mir, was los ist«, kam Elise wieder aufs Thema zurück.

»Warum warten wir nicht bis nach dem Essen?«, murmelte Anne Marie. Sie hatte es kein bisschen eilig, über Roberts Untreue zu reden.

Elise betrachtete sie streng. »Nicht aufschieben. Was immer geschehen ist, es zerreißt dich innerlich. Du wirst dich besser fühlen, wenn du darüber redest – wenn nicht mit mir, dann mit jemand anderem. Offen gesagt, bin ich deine beste Option.«

Anne Marie musste lachen; manches, was Elise so von sich gab, grenzte an Selbstgefälligkeit. Glücklicherweise kannte sie die Frau gut genug, um es ihr nicht übelzunehmen.

»Reden wir doch lieber über unsere zwanzig Wünsche«, schlug Anne Marie vor. »Arbeitest du an deiner Liste?«

»Aber ja.« Elise lächelte. »Ich habe beschlossen, eine Fahrt im Heißluftballon zu machen. Das steht ganz oben auf meiner

Liste.« Kurzes Zögern. »Und ich habe noch einen anderen Wunsch …«

»Und der wäre?«

»Versprichst du mir, dass du mich nicht auslachst oder mir das auszureden versuchst?«

»Natürlich.« Schließlich standen auf ihrer Liste ja jene roten Cowboystiefel …

»Ich werde mir ein Tattoo stechen lassen.«

Was? Elise? Anne Marie hätte sich beinahe verschluckt. »Hast du schon entschieden, wo?«

»Es gibt am Wasser ein Tattoostudio, und …«

»Nein, ich meine: wo an deinem Körper. Auf der Schulter oder …«

»Oh, das weiß ich noch nicht so genau. Maverick hatte eines. Auf dem rechten Arm.« Die ältere Frau wirkte verlegen. »Aber wir wollten nicht über mich reden. Sag mir, was dich bedrückt.«

Anne Marie hätte das Thema lieber gemieden. Zugleich war sie aber auch froh über die Chance, sich bei jemandem auszusprechen, den sie kannte und dem sie vertraute. Sie seufzte. »Ich bin am Freitagabend mit meiner Stieftochter essen gegangen.«

»Ich gehe davon aus, dass es kein angenehmer Abend war.«

»Nein … Melissa war kürzlich in Roberts Büro und erfuhr, dass seine persönliche Assistentin ein Baby bekommen hat.«

Elise straffte ihre Schultern. »Ein Baby …«, wiederholte sie sinnend. »Von Robert?«

Anne Marie zuckte die Achseln. »Ich halte es für sehr wahrscheinlich.«

Elise verengte die Augen. »Aber sicher weißt du es nicht?«

»Nein.«

»Du wirst es herausfinden, oder?«

»Ich … ich habe das Gefühl, nicht das Recht zu haben, etwas dazu zu sagen oder zu unternehmen.«

»Natürlich hast du das! Wer sonst, wenn nicht du? Robert war dein Mann.«

»Aber …«

»Und im Moment ist die Identität des Vaters reine Spekulation.«

»Nun, ja, in gewisser Weise. Offensichtlich hat Melissa ihren Vater und Rebecca in einer, ähm, kompromittierenden Situation überrascht, während wir in Trennung lebten. Neun Monate später hat Rebecca ein Baby. Was sonst soll ich da glauben?«

Elise schürzte die Lippen. »Es sieht tatsächlich verdächtig aus. Aber um sicher zu sein, musst du sie schon fragen.«

Anne Marie war klar, dass es sinnvoll war, Rebecca direkt anzusprechen, aber sie konnte es nicht, und sie wusste nicht, ob sie jemals den Mut dazu aufbringen würde. »Brandon und Melissa sind diejenigen, die es wissen müssen.«

»*Du*, meine Liebe, warst Roberts Frau. Ja, mir ist klar, dass ihr in Trennung gelebt habt. Er hat sich ausgetobt, und ich bin sicher: Wenn er hier wäre, würde er dir sagen, wie sehr er bedauert, was geschehen ist.«

»Er wollte keine Kinder mehr … Vielleicht wollte er einfach nur keine Kinder *mit mir*.«

»Sag das nicht. Denk es nicht einmal«, gab Elise scharf zurück. »Wenn Robert noch am Leben wäre, wäre er entsetzt.«

»Du hast ihn nie kennengelernt.«

»Aber *dich* kenne ich. Nach dem, was du mir erzählt hast, hat Robert dich geliebt.«

»Das habe ich zumindest geglaubt.« Plötzlich war Anne Marie sich nicht mehr sicher. Sie hatte Robert durch einen Herzinfarkt verloren, und jetzt war auch noch ihr Bild von dem Mann, den sie so verzweifelt geliebt hatte, in Scherben gegangen. Zugleich waren alle ihre Zukunftsträume und Hoffnungen, an die sie sich während ihrer Trennung geklammert hatte, wie Seifenblasen zerplatzt.

»Zieh keine voreiligen Schlüsse, bevor du nicht mit Rebecca persönlich gesprochen hast«, warnte Elise. »Niemand hat mehr Anrecht auf die Wahrheit als du.«

Elise ließ alles so einfach klingen, so eindeutig und unkompliziert.

Der Kellner brachte ihnen die dampfende Suppe, und Anne Marie sog tief den Duft nach Ingwer ein. Zum ersten Mal seit Tagen war ihr nach Essen zumute. Elise beugte sich über den Tisch und legte eine Hand auf ihren Unterarm.

»Versprich mir, dass du Rebecca kontaktierst und sie fragst. Tu das für dich selbst«, sagte sie.

»Ich kann nicht …«

»Du kannst, und du wirst«, beharrte die andere Frau. »Du weißt doch, was in der Bibel steht? Die Wahrheit wird euch frei machen. Solange du die Wahrheit nicht kennst, bleibst du eine Gefangene deiner Befürchtungen und Zweifel.«

Anne Marie nickte nur und kostete von ihrer Suppe. Sie war köstlich. Es war Kokosmilch mit drin, vermutete sie und ließ sich für einen Moment von ihren tristen Gedanken ablenken.

»Finde es heraus«, drängte Elise noch einmal und griff nach ihrem Löffel. »Gib dich nicht mit Spekulationen und halbgaren Informationen zufrieden. Vielleicht hat Melissa die Situation völlig falsch eingeschätzt.«

»Ich … glaube nicht.« Natürlich *wollte* Anne Marie glauben, dass Robert sie nie betrogen hatte, aber sie musste auch realistisch bleiben.

»Aber du weißt es nicht, und du wirst es auch nicht wissen, solange du nicht mit dieser Frau redest.«

Anne Marie musste sich eingestehen, dass Elise recht hatte.

»Du tust es also?«

Zögernd nickte sie. Allerdings noch nicht jetzt, nicht, solange der Schmerz noch so frisch war und sie so aufwühlte.

»Du wirst mich doch nicht enttäuschen, oder?« Elise schaute sie lange prüfend an.

»Nein«, versprach Anne Marie. »Ich werde Kontakt zu Rebecca aufnehmen und sie fragen.«

Erst jetzt lächelte Elise. »Denk dran: Die Wahrheit wird dich befreien.«

7. Kapitel

Kaum hatte Anne Marie mit Baxter an der Leine das Schulgelände von Woodrow Wilson betreten, war sie von Kindern umringt, die offenbar in einer späten Vormittags- oder einer frühen Mittagspause draußen spielten. Baxter schaute erwartungsvoll zu ihr hoch, und da sie fürchtete, ihr kleiner Hund könnte überfordert sein, nahm sie ihn auf den Arm.

»Ich habe Baxter mitgebracht, damit er Ellen Falk kennenlernt«, erklärte sie den Kindern, die sich um sie drängten.

Als sie es endlich bis ins Schulhaus geschafft hatte, war Ellens Klasse bereits in die Mittagspause entlassen worden. Sie fand das Mädchen im Gang vor dem Speisesaal, wo es auf sie wartete. Ellen stand mit dem Rücken an die Wand gelehnt und blickte zu Boden.

»Hallo, Ellen«, begrüßte Anne Marie sie leise, um sie nicht zu erschrecken.

Ellen schaute auf, und als sie Baxter sah, huschte ein zaghaftes Lächeln über ihr Gesicht. »Du hast ihn mitgebracht!«

»Ich habe in der Schule angerufen, und Ms. Mayer sagte, es gehe in Ordnung, wenn ich Baxter mitbringe, damit ihr beiden euch kennenlernen könnt.« Sie beugte sich zu ihrem treuen Freund und Begleiter hinunter. »Baxter«, sagte sie, »das ist Ellen.«

Ellen starrte den Hund an. »Hi«, sagte sie und hielt ihm die Hand zum Schnuppern hin. »Darf ich ihn streicheln?«, fragte sie sehnsüchtig.

»Ich bin sicher, ihm würde das gefallen.«

Trotz Anne Maries ausdrücklicher Genehmigung hob Ellen

nur zögernd die Hand und berührte sanft Baxters Kopf. Als wäre ihm klar, wie dringend dieses kleine Mädchen einen Freund brauchte, leckte er über ihre Hand.

»Er mag dich«, erklärte Anne Marie. »Möchtest du ihn auf den Arm nehmen?«

Ihre Augen wurden riesengroß. »Darf ich das?«

»Aber natürlich. Komm, ich zeige dir, wie man ihn trägt.« Sie machte Ellen vor, wie man Baxter am besten auf dem Arm hielt. Dann reichte sie ihr den Hund.

Baxter wedelte mit dem Schwanz, und Ellen konnte gar nicht mehr aufhören zu lächeln.

»Was hältst du davon, wenn wir uns jetzt etwas zu essen holen?«, fragte Anne Marie. »Ms. Mayer meinte, wir müssten das Essen mit ins Klassenzimmer nehmen. Bist du damit auch einverstanden?«

»Ja.« Ellen schaute sie besorgt an. »Baxter darf aber mitkommen, oder?«

»Natürlich. Wir machen das so, ich hole uns etwas zu essen, während du auf Baxter aufpasst.«

Der Yorkshireterrier erregte jede Menge Aufmerksamkeit, als Ellen mit ihm vor der geschäftigen Cafeteria wartete.

Heute gab es Chili mit Maisbrot, Ellens Lieblingsessen, wie Anne Marie wieder einfiel. Für sich selbst wählte sie einen frischen Salat und eingemachte Pfirsiche zum Dessert. Allmählich kehrte ihr Appetit zurück. Seitdem sie am Vortag mit Elise zum Essen gegangen war, hatte sie tatsächlich so etwas wie Hunger entwickelt. Das Gespräch mit ihrer Freundin hatte ihr etwas innere Ruhe geschenkt und sie rationaler reagieren lassen. Dennoch war Anne Marie noch nicht bereit, Rebecca zu konfrontieren. Irgendwann würde sie es tun, aber erst musste sie emotional darauf vorbereitet sein, damit umzugehen, was die andere Frau ihr sagen würde.

Als sie mit dem vollen Tablett die Cafeteria verließ, hatten sich bereits etliche Kinder um Ellen versammelt und fragten sie über Baxter aus.

»Ich muss jetzt gehen«, erklärte die Kleine, und Anne Marie grinste, wie wichtig das klang. Ellen folgte ihr brav den Gang hinunter zu ihrem Klassenzimmer. Sie trug den Hund auf ihrem Arm, als wäre er die kostbarste Last, die man sich nur vorstellen konnte.

Die Tür stand offen, und Ellen ging voran zu ihrem Tisch. Anne Marie setzte das Tablett ab und zog sich einen Stuhl heran.

»Was ist mit Baxter?«, fragte Ellen und setzte ihn vorsichtig zu Boden. »Wir können doch nicht einfach essen, und er muss zusehen, oder? Das wäre unhöflich.«

»Ja, das wäre es«, stimmte Anne Marie zu. Wohlweislich hatte sie eine kleine Dose Gourmet-Hundefutter mitgebracht. Die bekam Baxter nur selten als besondere Leckerei. Als sie die Dose aus ihrer Tasche holte, überschlug der Hund sich beinahe vor Freude.

Ellen kicherte, bedeckte ihren Mund mit der Hand und kicherte erneut. »Er ist so witzig.«

»Ja, das ist er«, meinte Anne Marie lächelnd.

Ellen zeigte deutlich mehr Interesse an Baxter als an ihrem Mittagessen. Sie sah zu, wie er sein Futter verschlang, bevor sie sich ihrem eigenen Teller zuwandte. »Mama hat mir mal versprochen, sie kauft mir einen Hund.«

Da sie wusste, dass die Kleine bei ihrer Großmutter lebte, war Anne Marie nicht sicher, wie sie darauf reagieren sollte.

»Was für einen Hund hättest du denn gern?«

Ellen schaute von ihrem Chili auf. »Egal, irgendeinen. Aber Mama hat viele Versprechen gemacht, die sie nie gehalten hat. Jetzt lebe ich bei meiner Grandma Dolores.«

»Hat sie einen Hund?«

Ellen schüttelte den Kopf. »Sie sagt, sie ist zu alt, um sich um einen Hund zu kümmern.«

»Wie alt ist sie?«

Ellen überlegte einen Moment. »Wirklich, wirklich alt. Ich glaube, sie ist über fünfzig.«

Es gelang Anne Marie, ihr Lächeln zu verbergen. *»So alt«*, erwiderte sie betont. Ihre Vermutung ging dahin, dass die Frau in Wirklichkeit erheblich älter war.

»Sie schläft viel.«

»Oh.«

»Das macht mir nichts aus. Sie lässt mich fernsehen, solange ich meine Hausarbeiten immer erledige.«

»Sie hat dich sehr lieb, nicht wahr?«

Ellen schluckte einen Bissen Maisbrot. »Und ich habe sie lieb«, murmelte sie.

»Das glaube ich dir.«

»Nur … nur Grandma ist zu alt, um mir einen Hund zu holen.«

»Wenn du möchtest, können wir uns Baxter teilen«, bot Anne Marie an.

In Ellens Augen leuchtete reine Freude auf. »Versprochen?«

»Ich bin doch deine Lunch-Patin, oder?«

Ellen nickte enthusiastisch. Sie nahm noch einen Löffel Chili und hielt kurz inne, um Baxter zu streicheln.

»Wenn du aufgegessen hast, sollten wir ein bisschen mit ihm rausgehen.« Anne Marie hatte Plastikbeutel mitgenommen für den Fall, dass Baxter draußen sein Geschäft erledigen musste.

»Ich bin satt«, erklärte Ellen kurz entschlossen und drückte beide Hände auf ihren Bauch.

»Ganz sicher?«

»Ja. Können wir gehen?«

Gemeinsam brachten sie das Tablett mit dem schmutzigen Geschirr zurück zur Cafeteria, und Anne Marie trug es hinein. Ellen hatte ihr in der Woche zuvor ja gezeigt, wohin damit. Nachdem sie alles abgestellt hatte, gingen die beiden nach draußen.

Typisch für Anfang März im pazifischen Nordwesten fiel ganz leichter Nieselregen. Die meisten Kinder ignorierten das Nass von oben, genau wie Ellen und Anne Marie. Sie schlenderten über den Hof, steuerten einen kleinen grasbewachsenen Bereich außerhalb, aber ganz in der Nähe an, und Anne Marie überließ Ellen die Hundeleine. Ein Dutzend Kinder folgte ihr, als wäre sie der Rattenfänger von Hameln. Wahrscheinlich wären sie Ellen und Baxter auch vom Schulhof gefolgt, wenn die Pausenaufsicht nicht eingegriffen hätte.

Wie immer musste Baxter jeden Quadratzentimeter der für ihn neuen Umgebung abschnuppern, während er auf das Tor des Schulhofs zulief. »Wie läuft es in der Schule?«, fragte Anne Marie, die neben der Achtjährigen herging. Sie hoffte, Ellen allmählich besser kennenzulernen, aber anscheinend musste sie ihr jedes Fitzelchen an Information einzeln aus der Nase ziehen. Bisher wusste sie nur, dass Ellen Hunde liebte und bei ihrer Großmutter lebte, die über fünfzig und deshalb »wirklich alt« war.

»Gut.«

Sehr hilfreich war diese Antwort nicht. »Hast du Probleme in Mathe?«

»Nee. Grandma Dolores sagt, ich bin klug.«

»Darauf würde ich wetten.«

Mehr schien Ellen nicht sagen zu wollen. Sie konzentrierte sich auf den Hund, lobte ihn und beugte sich immer wieder zu ihm hinunter, um seine seidigen Ohren zu streicheln.

Anne Marie hatte für heute auf größere Fortschritte gehofft.

Ein bisschen war sie tatsächlich vorangekommen, was einzig und allein Baxter zu verdanken war, aber jetzt, wo sie sich dem Programm und Ellen verschrieben hatte, hoffte sie ungeduldig auf den nächsten Durchbruch.

»Kann er irgendwelche Kunststücke?«, fragte Ellen.

»Baxter? Er macht Sitz, wenn man es ihm sagt.«

Ellen schien erfreut. Sie blieb stehen. »Sitz«, sagte sie streng.

Der Yorkie gehorchte sofort, und Ellen strahlte. »Er ist auch klug.«

»Ja, das ist er. Er kann aber keine Rolle machen. Ich habe versucht, ihm das beizubringen, aber er versteht einfach nicht, was ich von ihm will.«

»Ich hole mir ein Buch aus der Schulbücherei und bringe es ihm bei«, bot Ellen sofort an. »Bringst du ihn nächsten Mittwoch wieder mit?«

Anne Marie hatte darüber mit Ms. Mayer gesprochen. Ziel des Lunch-Paten-Programms war es, dass sich eine Freundschaft zwischen Ellen und Anne Marie entwickelte. Helen Mayer hegte die Befürchtung, dass Ellen eine Bindung zu Baxter aufbauen würde und nicht zu Anne Marie. Deshalb hatte sie vorgeschlagen, den Hund nur einmal im Monat mitzubringen.

»Ich fürchte, Baxter kann nächstes Mal nicht dabei sein«, erklärte Anne Marie. »Aber ich bringe ihn bald mal wieder mit.«

Das Leuchten in Ellens Augen erlosch. Ergeben nahm sie diese Antwort hin. »Ich mag Baxter«, sagte sie einige Minuten später.

»Das sehe ich, und er mag dich auf jeden Fall auch.«

Zwar lächelte das Kind, aber es war ein schwaches Lächeln, als hätte es schon vor langer Zeit gelernt, Enttäuschungen hinzunehmen.

Ihre Unterhaltung, soweit danach noch davon die Rede sein konnte, drehte sich nur um Baxter. Als die Schulglocke das Ende der Pause verkündete, blieb Ellen noch zögernd auf dem Schulhof stehen.

»Wir sehen uns nächste Woche«, versprach Anne Marie.

Ellen senkte den Blick und nickte.

Offensichtlich war sie daran gewöhnt, dass Erwachsene Versprechungen machten, die sie nicht halten konnten oder wollten. Anne Marie hätte dem Kind gern versichert, dass sie tatsächlich kommen würde, wenn sie das ankündigte, aber Taten sprachen lauter als Worte. Sie hoffte, dass Ellen im Laufe der Zeit lernen würde, ihr zu vertrauen.

»Darf ich Baxter zum Abschied umarmen?«

»Natürlich.«

Ellen hockte sich hin, streichelte den Hund, nahm ihn auf den Arm und drückte ihn. »Danke, dass du ihn mitgebracht hast.«

»Gern geschehen, Ellen.«

Dann rannte das Mädchen zum Schulgebäude zurück. Sie war die Letzte, die durch die große Tür verschwand, und Anne Marie konnte nur hoffen, dass sie nicht zu spät zum Unterricht kam.

»Tja, Baxter«, wandte sie sich an ihren Hund. »Du hast eingeschlagen wie eine Bombe.« Auf dem Weg zum Parkplatz sah sie Helen Mayer aus dem Schulgebäude kommen und rasch auf sie zueilen.

»Wie lief es diesmal mit Ellen?«, fragte sie. Sie fror in ihrem dünnen Pullover und schlang ihre Arme um sich.

»Ganz gut, glaube ich. Das habe ich vor allem Baxter zu verdanken.«

»Ich hatte vermutet, dass es so kommen würde.«

»Sie wollte, dass ich ihn nächste Woche wieder mitbringe,

aber ich habe ihr gesagt, dass das nicht geht und dass ich allein kommen werde.«

»Die Kleine hat eine Menge durchgemacht«, erklärte Ms. Mayer und senkte die Stimme. »Wie schon erwähnt, die Datenschutzbestimmungen erlauben mir nicht, Ihnen mehr zu sagen, aber seien Sie versichert: Ellen braucht dringend eine Freundin.«

Sofort plagte Anne Marie ein schlechtes Gewissen, weil sie sich gewünscht hatte, eine andere ehrenamtliche Aufgabe zu finden. Aber sie hatte sich für vier Monate verpflichtet und war entschlossen, durchzuhalten. Keineswegs wollte sie eine von vielen Erwachsenen in Ellens Leben werden, die ihre Versprechen nicht hielten.

Die Schulpsychologin begleitete sie zum Parkplatz. »Am nächsten Dienstagnachmittag gibt es in der Schule eine Vorführung.«

Anne Marie nickte.

»Ellen hat eine kleine Rolle übernommen.«

»Ellen?«

»Sie singt im Chor.«

»Wie schön. Das hat sie mir gar nicht erzählt.«

Ms. Mayer wirkte nicht überrascht. »Das hätte mich auch gewundert. Sie ist ein sehr schüchternes Kind. Aber sie singt gern und gut, wissen Sie.«

»Das wird ihrem Selbstbewusstsein bestimmt guttun, wenn sie beim Singen Anerkennung bekommt.« Dass sie selbst früher gern gesungen hatte, erwähnte Anne Marie nicht. Auch nicht, dass sie es schon seit Monaten nicht mehr konnte.

»Oh, das sehe ich genauso. Das ist eine wunderbare Chance für Ellen«, erwiderte Ms. Mayer. »Sie ist die einzige Zweitklässlerin im Chor.«

»Das ist doch großartig.« Es gab keinen persönlichen Grund

für Anne Marie, stolz auf Ellen zu sein, aber sie war es trotzdem.

»Ihre Großmutter wird die Aufführung nicht besuchen können.«

Ohne es zu wollen, grinste Anne Marie. »Ihre Großmutter ist wirklich alt, wissen Sie. Sie ist mindestens fünfzig.«

Die Schulpsychologin lächelte. »Es würde Ellen ungemein viel bedeuten, wenn Sie zur Aufführung kommen könnten.«

»Ich?« Sie dachte an ihre Terminplanung für Dienstag. Sie hatte einen Termin mit einem Verlagsvertreter und einen mit ihrem Buchhalter. Soweit irgend möglich erledigte sie all ihren Papierkram dienstags.

»Ellen hat niemanden sonst, der dabei sein kann«, fuhr Ms. Mayer fort. »Wenn also die Möglichkeit besteht …«

Anne Marie unterdrückte einen Seufzer. »Um welche Uhrzeit findet die Aufführung denn statt?«

»Dienstagnachmittag um zwei.«

Genau, was sie befürchtet hatte. »Da habe ich einen wichtigen Termin. Es tut mir leid, aber ich kann nicht.«

Ms. Mayer verbarg ihre Enttäuschung nicht. »Sind Sie sicher, dass es nicht geht? Es würde Ellen so viel bedeuten.«

Anne Marie zögerte, während sie hastig überlegte, wie sie ihre Termine verschieben konnte. Vielleicht konnte sie Theresa bitten, das Gespräch mit dem Verlagsvertreter zu übernehmen, der sich für zwei Uhr angemeldet hatte.

»Ich weiß, dass Sie viel zu tun haben …«

»Jeder hat viel zu tun«, sagte Anne Marie. Ihr Leben unterschied sich nicht von dem anderer Leute. Sie fragte sich, ob Ms. Mayer sich genauso für die anderen Kinder engagierte wie für Ellen. »Ich werde schauen, ob eine meiner Angestellten den Termin für mich wahrnehmen kann. Wie lange genau wird die Aufführung dauern?«

Ms. Mayer lächelte strahlend. »Höchstens eine Stunde. Und nach der Aufführung servieren die Kinder Kekse und Saft.«

»Ich sehe, was ich tun kann«, versprach Anne Marie.

»Das wäre wunderbar. Vielen, vielen Dank.« Ms. Mayer war sichtlich erleichtert und erfreut. »Ich muss jetzt zurück in die Schule, aber ich kann Ihnen wirklich gar nicht genug danken«, fügte sie mit einem Blick über die Schulter hinzu.

Anne Marie öffnete die Wagentür und setzte Baxter ins Auto. Dieses Ehrenamt verlangte ihr mehr Zeit und Engagement ab, als sie ursprünglich erwartet hatte. Das Problem war, sie konnte nicht Nein sagen.

Zurück in der Blossom Street, brachte sie ihren Hund hinauf in die Wohnung und eilte dann in den Buchladen, um mit Theresa zu sprechen. Die Teilzeitstelle war für Theresa geradezu ideal. Sie hatte drei Kinder, von denen das erste schon auf der Highschool war. Die beiden jüngeren besuchten noch die Junior High.

»Wie läuft es?«, fragte Anne Marie zur Begrüßung.

»Super«, meinte Theresa lächelnd. »Ich habe gar nicht mit dir gerechnet.«

Anne Marie versuchte sich mittwochs weitestgehend von ihrem Geschäft fernzuhalten, denn sowie sie aufkreuzte, blieb sie unweigerlich den halben Tag im Laden. »Ich schaue nur für ein paar Minuten herein«, sagte sie und schwor sich, das diesmal auch wahr zu machen.

»Ms. Higgins hat nach dir gefragt. Sie hat vergessen, dass heute dein freier Tag ist.«

»Konntest du ihr helfen?«

»Oh, sie wollte nichts kaufen. Sie wollte mit dir reden.«

Anne Marie beschloss, Lillie später anzurufen. Sie hoffte, das Problem mit dem neuen Wagen sei inzwischen behoben.

»Außerdem hat jemand angerufen. Ein Mitarbeiter bei

einem deiner Lieferanten. Er bittet um Rückruf, sobald es dir passt. Ich habe notiert, was er gesagt hat.«

»Darum kümmere ich mich morgen früh.« Anne Marie zögerte. Sie bat ihre Angestellten immer nur sehr ungern, für sie einzuspringen, und schob so etwas deswegen gern auf die lange Bank. »Theresa, könntest du gegebenenfalls nächsten Dienstagnachmittag arbeiten?«

»Nächsten Dienstag?« Nachdenklich kaute Theresa auf ihrer Unterlippe. »Ich glaube schon, aber ich muss nachsehen. Reicht es, wenn ich dir heute Abend Bescheid gebe?«

»Natürlich. Weißt du, ich bin Lunch-Patin für ein kleines Mädchen namens Ellen und … nun ja, sie nimmt an einer Aufführung in ihrer Schule teil, und die Schulpsychologin meinte, es wäre schön, wenn ich kommen könnte.« Sie wusste selbst nicht, warum sie überhaupt von dieser Sache erzählte, schließlich war das nicht Theresas Problem.

»Ich bin mir ziemlich sicher, dass es geht, aber ich muss mich erst mit Jeff absprechen.«

»Danke, und wenn es nicht geht, mach dir keine Gedanken. Ich kann ja noch Cathy oder Steve fragen.«

Anne Marie ging wieder hinauf in ihre Wohnung. Baxter, der in seinem Hundebettchen schlief, rührte sich nicht. Der Ausflug zur Schule hatte ihn offenbar müde gemacht. »Du bist mir vielleicht ein Wachhund, Mr. Baxter«, murmelte sie.

Für den Nachmittag hatte sie sich vorgenommen, endlich ihre Wunschliste zu vervollständigen. Seit ihrem Essen mit Melissa hatte sie sie beinahe vergessen.

1. Rote Cowboystiefel kaufen
2. Stricken lernen
3. Ehrenamt – Lunch-Patin werden
4. Französischunterricht nehmen

Dann, weil es ihr so unwahrscheinlich und doch zugleich so nötig erschien, setzte sie den ersten Wunsch wieder auf die Liste, den sie eigentlich schon wieder gestrichen hatte.

5. Einen guten Aspekt am Leben entdecken

Sie holte das Ringbuch hervor, das sie gekauft hatte, die Sammelalben-Materialien und die wenigen Bilder, die sie schon ausgeschnitten hatte. Einen handgestrickten Pullover aus einer Zeitschrift. Ein Foto vom Eiffelturm. Sie brauchte ein Foto von Ellen und … Ganz plötzlich schien es ihr sinnlos weiterzumachen, angesichts dessen, was sie über Robert und ihr eigenes bedauernswertes Leben herausgefunden hatte.

Da sie nicht erst richtig in eine Depression abgleiten wollte, griff sie nach dem Telefon und rief Lillie an, und sie verabredeten sich zum Essen in einem thailändischen Restaurant, das sie beide mochten.

An diesem Abend war Lillie als Erste da und belegte schon einmal einen Tisch. »Ich bin so froh, dass du angerufen hast«, sagte sie und küsste sie zur Begrüßung auf die Wange. »Ich habe dir eine Menge zu erzählen.«

»Ich kann es kaum erwarten.«

»Es geht um die Liste.«

»Die zwanzig Wünsche?« Vorhin hatte es sie regelrecht heruntergezogen, ihre Liste auch nur zu lesen. Sie war überzeugt davon, ihr würde nie wieder nach Träumen zumute sein, weil sie sich so offensichtlich in Bezug auf ihr ganzes Leben geirrt hatte.

»Die Liste hat mir unglaublich viel Energie gegeben«, erklärte Lillie. »Ich habe meinen Freundinnen davon erzählt, und jetzt schreiben sie alle selbst eine Liste.«

»Tatsächlich?«

»Listen sind in heutzutage. Hättest du das gedacht?« Lillies Augen funkelten vor Vergnügen. »Ich habe meine praktisch jeden Tag ergänzt und überlege immer wieder, was ich alles tun möchte. Dinge, über die ich seit Jahren nicht nachgedacht habe. Alles fing damit an, dass ich dieses rote Cabrio gekauft habe.«

»Apropos …«

Lillie winkte ab, bevor Anne Marie ihre Frage aussprechen konnte. »Nur ein kleineres Problem. Der nette Mann von der Kundendienstabteilung kümmert sich um alles.«

»Willst du damit sagen, dass du immer noch den Leihwagen fährst?«

»Ja, aber das ist unwichtig. Alles ist unter Kontrolle, und die Sache wird kein bisschen lästig.«

»Sie sollte auch nicht lästig werden. Du hast den Wagen gekauft!«

Lillie vertiefte sich in die Speisekarte. »Ich sterbe vor Hunger. Was ist mit dir?«

Darüber musste Anne Marie erst nachdenken und stellte überrascht fest, dass sie tatsächlich hungrig war. »Geht mir genauso.«

»Großartig. So, wie ich mich im Moment fühle, bin ich in Versuchung, alles zu bestellen, was auf der Speisekarte steht. Lass uns mit einer Vorspeisenplatte beginnen, dann ein grüner Mangosalat …«

»Und Phat Thai. Ich liebe ihr Phat Thai«, fügte Anne Marie hinzu, angesteckt von der Stimmung ihrer Freundin.

Die perfekt gewürzten Speisen und Lillies erfrischende Gesellschaft schafften es, Anne Marie für kurze Zeit aus der leichten Depression herauszuholen, in der sie zu versinken drohte. Als sie ein paar Stunden später wieder in ihrer Wohnung saß, fiel ihr Blick erneut auf das Ringbuch und die Bastelmaterialien, die sie auf dem Küchentisch ausgebreitet hatte.

Sie setzte sich an den Tisch und las sich noch einmal ihre Liste durch. Vielleicht waren ihre Wünsche ja doch nicht so abwegig und unerfüllbar.

8. Kapitel

Lillie Higgins widmete sich am Freitagmorgen ganz besonders aufmerksam ihrem Make-up und tadelte sich selbst dafür. Wenn jemand auch nur den Verdacht hegte, sie könne sich für den Kundendienstleiter eines Autohauses so herausputzen, man würde sie auslachen.

Lillie konnte nichts zu ihrer Verteidigung vorbringen. Sie fand Hector Silva einfach nur anziehend; er war nett und großzügig und unfehlbar höflich. Und bei alldem war er ganz natürlich. Sie war es gewohnt, dass Männer, die ihr gegenüber ihren Charme spielen ließen, meistens eher unsicher wirkten und sich viel zu sehr bemühten, Eindruck zu schinden. Hector Silva war ganz anders. Seine Arbeitsmoral, seine Würde und sein Anstand … Sie konnte gar nicht genug von ihm schwärmen.

Zweimal hatten sie sich kurz unterhalten, und jedes Mal war Lillie hinterher guter Laune. Nein, sogar ausgesprochen beschwingt. Sie mochte ihn – so einfach war das –, und sie unterhielt sich gern mit ihm. Beide Male hätte sie sich gewünscht, ihre Unterhaltungen hätten länger gedauert.

Jetzt, wo der Wagen repariert und Hector mit dem Ergebnis zufrieden war, hatte sie keine Ausrede mehr, um mit ihm zu plaudern. Also beschloss sie, das Beste aus der heutigen Begegnung zu machen, die wahrscheinlich ihre letzte war.

Lillie fuhr exakt zur mit Hector abgemachten Zeit mit ihrem Leihwagen beim Autohaus vor. Sie trug einen rosa Leinenhosenanzug und hatte sich einen Seidenschal mit Blumendruck um den Kopf gebunden. Letzteres hatte ihr ziemliche Probleme bereitet. Schließlich wollte sie weder wie ein russisches Mütterchen noch wie ein in die Jahre gekommener Hippie aussehen. Aber schließlich war es ihr doch gelungen, den Schal so zu binden, dass er ein attraktives Accessoire darstellte. Desirée, die temperamentvolle französische Friseurin, zu der nicht nur Lillie, sondern auch Jacqueline Donovan ging, hatte darauf bestanden: Wenn Lillie schon unbedingt ein Cabrio fahren wollte, dann musste sie ihre Frisur vor dem Fahrtwind schützen.

Als Lillie auf den Parkplatz vor dem Kundendienstbereich einbog, trat Hector sofort aus der Tür, als hätte er drinnen gestanden und nach ihr Ausschau gehalten.

»Guten Morgen, Mrs. Higgins«, begrüßte er sie und machte eine angedeutete Verbeugung.

»Guten Morgen, Mr. Silva.«

»Bitte, nennen Sie mich Hector.«

»Nur, wenn Sie mich Lillie nennen. Nach allem, was wir mit diesem Auto gemeinsam durchgemacht haben, glaube ich, dass wir Freunde geworden sind. Was meinen Sie? Und Freunde nennen einander beim Vornamen.« Ihn als Freund zu bezeichnen war vielleicht ein wenig vermessen, aber sie konnte nicht anders.

Er grinste, und in seinen dunklen Augen blitzte es vergnügt. »Ich sehe das ganz genauso.« Nach einem winzigen Zögern setzte er ihren Namen hinzu. »Lillie.« Ihr gefiel, wie er ihren Namen aussprach, auf jeder Silbe gleichermaßen betont. Noch nie hatte sie gehört, dass jemand ihn so in die Länge zog. Er ließ ihn irgendwie … sinnlich klingen. So ganz anders als das knappe »Lil«, das ihr Mann verwendet hatte.

»Ihr Fahrzeug ist fertig.« Damit deutete er hinüber zu dem roten Cabrio, das in der Nähe abgestellt war.

»Haben Sie herausgefunden, wo der Fehler lag?«, fragte sie, obwohl sie das in Wahrheit gar nicht interessierte.

»Soweit ich das sehen kann, war eine Luftblase in der Hydraulikleitung. Ich habe selbst an dem Wagen gearbeitet und habe ihn von meinem besten Mechaniker noch einmal checken lassen. Er hat mir versichert, dass der Fehler behoben ist. Ab sofort sollten Sie keine Probleme mehr mit der Lenkung haben.«

»Wenn Sie das sagen, bin ich sicher, dass es so ist.« Instinktiv war sie überzeugt, dass Hectors Aussage die einzige Garantie war, die sie brauchte.

»Ich habe eine Testfahrt damit gemacht, und nach meiner Einschätzung fährt er sich ganz wunderbar. Wenn Sie wollen, mache ich aber gern noch eine kurze Probefahrt mit Ihnen.«

Lillie wusste, dass dieses Angebot weit über alles Notwendige hinausging. Trotzdem hätte sie vor Freude am liebsten gejuchzt. Oh, jetzt benahm sie sich wirklich unmöglich. Und sie war fest entschlossen, das auch noch ein wenig länger zu tun.

»Das würde ich wirklich sehr schätzen«, erklärte sie ernst. »Aber nur, wenn ich Sie damit nicht von Ihrer Arbeit abhalte.«

»Sie sind unsere Kundin, Lillie, und unser Autohaus verfolgt das erklärte Ziel, die Erwartungen seiner Kunden stets zu übertreffen.«

»Oh.« Sein Pflichtbewusstsein ließ ihre Vorstellung, er tue das für sie und nur für sie allein, wie eine Seifenblase zerplatzen. Tatsächlich klang es, als hätte er aus einem Handbuch zitiert. Das gab ihr zu denken. Vielleicht bildete sie sich ihre Gefühle für ihn ja nur ein, vielleicht war der Wunsch Vater des Gedankens. Aber im Grunde wusste sie, dass dem nicht so war. Die Frage blieb, ob Hector ihre Gefühle erwiderte.

Er hielt ihr die Fahrertür auf.

Lillie setzte sich hinters Steuer, während er um den Wagen herumging und auf dem Beifahrersitz Platz nahm. »Sind Sie sicher, dass Sie Zeit dafür haben?«, hakte sie noch einmal nach.

»Ja, Lillie, ich bin mir völlig sicher.« Ein aufmunterndes Lächeln begleitete diese Aussage.

Sie drehte den Zündschlüssel herum, und der Motor erwachte augenblicklich zum Leben. »Haben Sie eine bestimmte Vorstellung, wohin ich fahren sollte?«, fragte sie in der Hoffnung, er werde eine Strecke vorschlagen.

»Green River im Kent Valley sollte eine gute Teststrecke sein.«

Das war der Ort, an dem der Wagen das erste Mal liegen geblieben war. Bis dort waren es zwanzig Minuten Fahrzeit. Deutlich mehr als eine kurze Testfahrt, dachte sie aufgeregt. Mehr als nur eine geschäftliche Sache.

Dennoch redeten sie beide kein einziges Wort, während sie den Freeway entlangfuhr. Erst, als sie sich dem Fluss näherten, sagte Hector etwas.

»Der Motor ist in perfektem Zustand«, erklärte er feierlich.

»Können Sie das nur anhand des Motorengeräuschs beurteilen?«

»Oh ja. Als meine Frau noch lebte, zog sie mich immer damit auf. Sie meinte, ich könnte Autos besser verstehen als Menschen, und sie hatte recht damit.«

»Sie sind verwitwet?« Lillie hatte bemerkt, dass er keinen Ehering trug, war aber davon ausgegangen, dass er es wegen seiner Arbeit nicht tat.

»Ja, seit fast zehn Jahren.«

»Das tut mir leid.« Lillie kannte den Schmerz, den der Verlust eines Lebenspartners auslöste, selbst wenn die Ehe nicht vollkommen gewesen war.

»Angelina war eine gute Frau und vor allem eine wunderbare Ehefrau«, erklärte Hector. »Und eine hingebungsvolle Mutter. Wir haben drei wunderbare Kinder.«

»Mein Mann starb vor drei Jahren bei einem Flugzeugunglück.«

»Es tut mir leid wegen Ihres Verlustes.«

Lillie wandte ihre Aufmerksamkeit wieder der Straße zu, obwohl die Unterhaltung viel interessanter war. Möglicherweise interpretierte sie zu viel in das Gespräch hinein, aber sie hatte das Gefühl, Hector wollte sie wissen lassen, dass er Witwer war. Und sie wollte ihm verdeutlichen, dass sie ebenfalls ungebunden war.

»Wie alt sind Ihre Kinder?«, fragte sie, ohne auf seine Beileidsbekundung einzugehen. Sie war ihr ein wenig unangenehm. David war ein hervorragender Ernährer und fähiger Ehemann gewesen, aber er hatte seine Schwächen, und zu denen gehörten andere Frauen.

Viele Jahre hatte Lillie weggeschaut. Es war einfacher, als sich der hässlichen Wahrheit über die Untreue ihres Mannes zu stellen. In den letzten zehn Jahren ihrer Ehe hatte es keine echte Intimität mehr zwischen ihnen gegeben. Lillie hatte ihren Stolz hinuntergeschluckt und so getan, als wüsste sie nichts von den Affären ihres Mannes – solange er diskret geblieben war.

»Meine Kinder sind inzwischen alle erwachsen«, erzählte Hector. »Sie haben ihren Collegeabschluss gemacht und sich in ihren Fachgebieten weitergebildet und spezialisiert. Manuel ist Anwalt, Luis ist Arzt, und meine Tochter Rita ist Lehrerin.« Es war offensichtlich, dass er stolz auf seine Familie war.

»Meine Güte, Ihre Kinder haben es ja ganz schön zu was gebracht.«

»Ihre Mutter und ich glaubten fest an den Wert einer höheren Bildung.« Er schaute sie an, als sie den Wagen abbremste, um eine scharfe Kurve zu nehmen. »Haben Sie Kinder?«

»Eine Tochter. Ihr Mann war zusammen mit meinem in dem Flugzeug, das abgestürzt ist.«

»Er ist ebenfalls gestorben?«

»Leider ja.«

Hectors Augen wurden dunkel vor Mitgefühl. »An einem Tag hat Ihre Tochter sowohl den Mann als auch den Vater verloren.«

»Ja.« Es war ein schrecklicher Tag, kein Tag, an den Lillie jetzt denken wollte. David und Gary waren auf dem Rückweg von einer Geschäftsreise. Auch der Pilot und der Copilot hatten nicht überlebt.

Die Flugsicherheitsbehörde hatte den Unfall untersucht und nach gründlicher Ermittlung aller Tatsachen festgestellt, dass ein plötzliches katastrophales Versagen des Motors zum Absturz geführt hatte. Das Wissen darum änderte allerdings nichts am Schock und an der Trauer, die er ausgelöst hatte.

»Ihre Tochter hat Familie?«

»Zwei Söhne.«

»Sie sind also Großmutter?«

Die beiden Jungen waren das größte Glück ihres Lebens. »Ich habe zwei Enkelsöhne, Kurt und Eric. Sie sind Zwillinge und haben dieses Jahr mit dem College begonnen.«

»Nein.« Hector wirkte hocherstaunt. »Es kann nicht sein, dass Sie Enkelkinder haben, die schon so alt sind.«

»Sowohl meine Tochter als auch ich haben jung geheiratet.« Obwohl sie normalerweise nicht über ihr Alter sprach, hatte sie bei Hector überhaupt keine Hemmungen. »Ich bin dreiundsechzig.«

Er riss die Augen auf. »Ich hätte Sie eher auf Mitte vierzig geschätzt.«

Bei jedem anderen Mann hätte Lillie mit einer solchen Schmeichelei gerechnet. Aber Hector war das, was David einen ehrlichen Charakter genannt hätte. Er machte keine Komplimente, die er nicht ernst meinte.

»Ich bin vierundsechzig«, gestand er ein. »In ein paar Monaten gehe ich in Rente.«

»Wie lange arbeiten Sie schon in dem Autohaus?«

»Vierunddreißig Jahre.«

»Im selben Autohaus?« So etwas gab es heutzutage praktisch nicht mehr.

»Ich habe als Hausmeister angefangen und ging nebenher zur Abendschule, um Mechaniker zu werden. Als ich meinen Gesellenbrief hatte, bot mir der damalige Kundendienstleiter einen Job an. Ich habe hart gearbeitet, und innerhalb von zehn Jahren wurde ich zum Chefmechaniker.«

»Und wann wurden Sie zum Kundendienstleiter?«

Hector musste nicht lange überlegen. »Vor fast zwölf Jahren. Ich wäre früher in Rente gegangen, aber die Kosten fürs College machten das unmöglich.« Er zog eine Grimasse. »Private Colleges.«

»Alle Ihre Kinder waren zur gleichen Zeit auf dem College?«

»Ja. Glücklicherweise haben sie alle finanzielle Unterstützung durch Stipendien und Beihilfen bekommen. Aber ich muss schon sagen, die Kosten waren dennoch schwindelerregend hoch.«

Das wusste Lillie, denn Barbie hatte ihr von den Studiengebühren für Eric und Kurt erzählt, ebenso von all den anderen Ausgaben, die zu Studienbeginn anfielen. Auch jetzt noch konnte Lillie es kaum fassen, und entsprechend beeindruckt war sie, dass Hector es geschafft hatte, von seinem Gehalt als Kundendienstleiter drei Kinder erfolgreich durchs College zu bekommen. Zweifellos verdiente er nicht schlecht, aber trotzdem …

»Ihre Tochter war auch auf dem College?«, fragte er.

Lillie schüttelte den Kopf. »Barbie hat wie gesagt jung geheiratet, genauso wie ich. David und ich, wir waren beide etwas enttäuscht, aber letztlich waren wir mit der Heirat einverstanden. Sie wusste, was sie wollte, und ich wage zu behaupten, dass sie und Gary sehr glücklich waren.«

»So ist es manchmal mit der Liebe, nicht wahr?«, meinte er und warf ihr einen Blick zu. »Manchmal weiß wirklich nur das Herz, was für uns das Beste ist.«

Ihr eigenes Herz sprach im Moment sehr laut und deutlich.

Inzwischen waren sie seit über einer Stunde unterwegs, und es wurde Zeit, zum Autohaus zurückzufahren. Beide wurden still. Minuten zuvor hatten sie sich noch angeregt unterhalten, aber jetzt holte die Wirklichkeit sie ein, und es schien plötzlich, als gäbe es nichts mehr zu sagen.

Als Lillie auf den Parkplatz einbog, durchfuhr sie ein Stich des Bedauerns. Das war es also; die Fahrt – und ihre Beziehung mit Hector – war zu Ende. Es gab keine Gründe mehr, ihn wiederzusehen, und sie würden sich unter normalen Umständen nie wieder begegnen.

Um ihr zu zeigen, wo sie den Wagen abstellen konnte, deutete er auf einen freien Parkplatz.

»Danke für alles, was Sie für mich getan haben, Hector«, sagte sie gezwungen lächelnd.

»Es war mir ein Vergnügen.«

Sie saßen im Wagen, und er schien genauso unwillig, sich zu rühren, wie sie.

»Ich sollte mich wieder an die Arbeit machen«, sagte er schließlich.

»Ja, natürlich.«

Seine Hand lag auf dem Türgriff. »Ich habe nicht jeden Tag Gelegenheit, mit einer so schönen Frau eine Testfahrt zu machen«, meinte er höflich, stieg aus und schloss sachte die Tür. Dabei vermied er es, ihr in die Augen zu sehen. »Auf Wiedersehen, Lillie.«

»Auf Wiedersehen, Hector.«

Er war Kundendienstleiter eines Autohauses und sie eine wohlhabende Witwe. Sie akzeptierte, dass ihre Wege sich wohl nie wieder kreuzen würden. Dennoch konnte sie ihm noch einen Dienst erweisen. Zu Hause angekommen, rief Lillie im Autohaus an und hinterließ dem Eigentümer Steve Sullivan eine Botschaft. Sie lobte, wie viel Mühe Hector sich für sie gegeben hatte, und betonte, was für ein ausgezeichneter Mitarbeiter er war.

So konnte sie wenigstens eine kleine, aber positive Rolle in Hectors Leben spielen.

Es war zu wenig, musste aber reichen.

9. Kapitel

Am Montagabend tauchte Barbie ein bisschen später als in der vorigen Woche im Kino auf. Tessa Bassett saß wieder am Schalter und verkaufte Eintrittskarten. Als sie Barbie sah, hellte sich ihre Miene deutlich auf.

»Soll ich wieder einen Film empfehlen?«, fragte sie gut gelaunt.

»Bitte, tun Sie das.« Der übellaunige Mark Bassett war der einzige Grund, warum Barbie wieder hier war. In der letzten Woche hatte sie viel über ihn nachgedacht. Sie fühlte sich seltsam belebt durch die Herausforderung, die er für sie darstellte, aber da war noch mehr. Sie spürte die Anziehungskraft, die von ihm ausging. Nicht nur, weil er so gut aussah, sondern weil sie erkannte, dass er sich genauso einsam fühlte wie sie selbst seit dem Tod ihres Mannes. Wenn sie erst einmal die Schranken überwunden hatte, die er gegen die Welt errichtet hatte, konnten sie vielleicht Freunde werden. Vielleicht auch mehr. Dass er körperbehindert war, war ihr egal. Sie fand es auch nicht besonders abschreckend. Sie wusste, dass eine Körperbehinderung nicht den Menschen an sich ausmachte oder seine Persönlichkeit definierte, genauso wenig, wie es ihr Äußeres tat.

Tessa schlug einen Film vor, von dem Barbie noch nie gehört hatte, und reichte ihr die Eintrittskarte sowie ihr Wechselgeld.

»Sicher, dass das ein guter Film ist?«, fragte Barbie.

Tessa schaute ihr direkt in die Augen. »Es ist der perfekte Film.«

Barbie war bereit, dem Mädchen zu glauben. In der Kinolobby kaufte sie wieder eine kleine Tüte Popcorn und eine eisgekühlte Limo, dann betrat sie den schwach beleuchteten Kinosaal.

Sie sah, dass Mark bereits im Rollstuhlbereich saß. Tessa hatte recht: Es war der perfekte Film.

Ohne zu zögern, ging Barbie hintenherum und betrat die Sitzreihe von der gegenüberliegenden Seite. Einen freien Platz zwischen sich und Mark lassend, setzte sie sich hin.

Kaum, dass sie saß, wandte er sich ihr zu und funkelte sie wütend an. »Dieser Bereich ist für Rollstuhlfahrer reserviert.«

»Ich weiß«, erwiderte sie und schlug die Beine übereinander. Dann begann sie ihr Popcorn zu essen, als sei ihr das völlig schnuppe. Einerseits kam sie sich albern vor, andererseits wagemutig, als sie ein Stückchen in die Luft warf und es mit dem Mund fing. Stolz auf sich selbst, grinste sie Mark triumphierend an.

Der war ganz offensichtlich unbeeindruckt von ihrer Geschicklichkeit. »Würden Sie sich freundlicherweise woandershin setzen?«

Sein Tonfall fiel noch unfreundlicher aus als beim letzten Mal.

»Ich habe ganz und gar das Recht, hier zu sitzen, wenn ich es möchte«, gab sie förmlich zurück und hielt ihm ihre Tüte Popcorn hin. »Bitte«, sagte sie.

Er runzelte die Stirn. »Pardon?«

»Ich biete Ihnen von meinem Popcorn an.«

»Wie kommen Sie darauf, dass ich Ihr Popcorn will?«

»Sie haben schlechte Laune. Meine Jungs kriegen schlechte Laune, wenn sie Hunger haben. Ich dachte, vielleicht liegt da Ihr Problem.«

Er wandte sich demonstrativ ab.

»Wenn Sie kein Interesse haben, lautet die angemessene Antwort: Nein, danke.«

Das ignorierte er, also mümmelte Barbie ihr Popcorn und ließ ihr Bein schwingen.

»Lassen Sie das.«

»Was?«

»Ihr Bein wie ein Pendel hin- und herzuschwingen.«

Also schlug sie das andere Bein über und schwang stattdessen das.

Mark stöhnte auf.

Im Saal wurde es dunkel, und das Vorprogramm begann. Barbie hatte die kleine Tüte Popcorn bereits leer gegessen. Jetzt waren ihre Hände fettig, aber in ihrer Eile, in den Kinosaal zu gelangen, hatte sie vergessen, sich eine Serviette mitzunehmen. Sie hatte auch keine Papiertaschentücher dabei, weil sie ihren kompletten Vorrat beim letzten Kinobesuch verbraucht hatte. Sie stand auf, um noch einmal in die Lobby zu gehen. Statt die ganze Sitzreihe entlang zurückzumarschieren, beugte sie sich zu Mark hinüber und stupste ihn an.

»Entschuldigung.«

»Wollen Sie gehen?« Er wirkte tatsächlich erfreut.

»Nein, ich brauche eine Serviette. Kann ich Ihnen etwas mitbringen, wenn ich schon auf den Beinen bin?«

»Nein«, murmelte er.

Sie seufzte hörbar. »Sind Sie immer so unhöflich, oder können Sie mich nur nicht leiden?«

»Ich kann Sie nicht leiden.«

Davon ließ sie sich nicht provozieren; stattdessen interpretierte sie seine Antwort als Eingeständnis, dass er sich ihrer bewusst war. Bewusst und interessiert an ihr.

»Sie tun so, als würde Sie das freuen«, stellte er überrascht fest.

»Nun, es verletzt meine Gefühle nicht, falls das in Ihrer Absicht lag. Lassen Sie mich jetzt vorbei? Bitte?«

Mit übertriebener Mühe rollte er seinen Rollstuhl zurück und gab ihr so die Möglichkeit, die Sitzreihe zu verlassen.

Barbie schob die Ärmel ihres weichen Kaschmirpullovers ein Stück höher und hängte sich ihre Handtasche über die Schulter. »Machen Sie es sich nicht zu bequem«, warnte sie ihn. »Ich bin in ein paar Minuten zurück.«

»Meinetwegen brauchen Sie sich nicht zu beeilen.«

»Das habe ich auch nicht vor.«

Beim Betreten der Lobby stellte sie fest, dass Tessa jetzt am Verkaufsstand saß. Das Mädchen schaute neugierig zu ihr hinüber, und Barbie nickte. Sie nahm sich ein paar Servietten, um sich die Hände abzuwischen, ging dann zum Stand und wartete, bis sie an der Reihe war. Dann kaufte sie spontan etwas und lächelte dabei in sich hinein.

»Wie läuft's?«, fragte Tessa, als sie ihr das Wechselgeld herausgab.

»Er möchte, dass ich gehe.«

Tessas Blick verriet Besorgnis. »Das tun Sie aber nicht, oder?«

Barbie schüttelte den Kopf. »Auf gar keinen Fall.«

Beinahe hätte Tessa sich vor Freude die Hände gerieben. »Das ist so cool.«

»Was ist so cool?«

Der Teenager zuckte die Achseln. »Ach, Sie wissen schon. Sie und mein Onkel Mark. Er braucht jemanden in seinem Leben. Er glaubt das nicht, aber … nun ja, es wäre einfach obercool, wenn dieser Jemand Sie wären.«

»Mach dir lieber keine Hoffnungen, Tessa«, fühlte Barbie sich genötigt, sie zu warnen. »Ich sollte besser zurückgehen. Der Film muss gleich anfangen.«

»Lassen Sie sich ja keinen Scheiß von ihm gefallen«, riet das Mädchen. »Hoppla, ich meine natürlich keine Unverschämtheiten.«

Barbie grinste und nickte zustimmend.

Unverschämtheiten war vielleicht nicht das richtige Wort, dachte sie auf dem Weg zurück in den Kinosaal. Eher Abwehrverhalten. Es war nicht schwer zu erkennen, dass seine Ruppigkeit ein Versuch war, sich vor Verletzungen und Zurückweisung zu schützen. Wenn es etwas gab, worin sie sich bestens auskannte, dann waren es die Unsicherheiten heranwachsender junger Männer. Sie vermutete, dass er nach seinem Unfall in dieses unreife negative Verhalten zurückgefallen war. Hinter all der Feindseligkeit steckte ein Mensch, der so einsam und verloren war wie sie.

Der Film fing gerade an, als sie ihre Sitzreihe erreichte. Sie blieb im Gang stehen und wartete darauf, dass er seinen Stuhl zurückrollte.

»Entschuldigung«, sagte sie schließlich, weil er so tat, als hätte er sie nicht bemerkt. »Ich möchte mich gern hinsetzen.«

»Muss das sein?«, fragte er sarkastisch.

»Ja, das muss sein.« Sie ergriff die Initiative, hob ein Bein und versuchte, über seinen Schoß zu klettern. Diesmal begriff er schnell, da sie ihm dabei einen fantastischen Ausblick auf ihr Hinterteil bot. Er schoss so heftig zurück, dass er auf den leeren Platz zwei Reihen weiter hinten rollte.

Barbie nahm wieder auf ihrem Sessel Platz und warf ihm dann einen Schokoriegel zu. »Oh, hier, für Sie. Ich dachte, das versüßt Ihnen vielleicht die Stimmung.«

Er warf es ihr zurück. »Meine Stimmung ist so gut, wie sie nur sein kann. Schokolade wird daran nichts ändern.«

»Na schön, dann esse ich sie eben.«

Von da an ignorierte sie ihn, und er ignorierte sie.

Den Film, eine romantische Komödie, fand sie herrlich, und sie ließ sich schnell von der Geschichte einfangen. Sie und Mark wechselten kein Wort miteinander, bis der Abspann über die Leinwand rollte und die Beleuchtung wieder eingeschaltet wurde.

»Das war richtig gut«, sagte sie an niemanden persönlich gewandt.

»Das war kitschig«, grummelte Mark.

»War ja klar, dass Sie das sagen würden. Glauben Sie nicht an die Macht der Liebe?«

»Nein.«

Warum hatte er sich dann diesen Film ausgesucht? »Nun, ich glaube zufällig daran.«

»Schön für Sie.« Er rollte zurück und machte sich daran, den Kinosaal zu verlassen. Barbie blieb fünf Schritte hinter ihm. Tessa, immer noch am Verkaufsstand beschäftigt, schaute gespannt zu ihr herüber. Sie gab dem Teenager ein triumphierendes Daumen hoch, und das Mädchen grinste breit.

Unmittelbar vor dem Kinogebäude drehte er seinen Rollstuhl unerwartet schwungvoll herum und stellte sich ihr in den Weg. »Wollen Sie eine Gewohnheit daraus machen?«, fragte er. Seine Mundwinkel verzogen sich dabei verächtlich.

»Woraus?«, gab sie sich ahnungslos.

»Montagabend ins Kino zu kommen. Sie sind doch nur aus einem Grund hier, nämlich um mich zu belästigen.«

»Mir war nicht bewusst, dass ich für so etwas Geld bezahlen muss. Könnte ich nicht einfach hier draußen sitzen und mir das gratis gönnen?«

Er presste die Lippen wütend zusammen.

»Ich gehe gern ins Kino, und Montagabend passt mir sehr gut.«

»Kommen Sie an einem anderen Abend.«

»Das will ich aber nicht.«

Frust zeigte sich in seiner Miene. »Warum tun Sie das?«

»Warum tue ich was?«, spielte sie die Unschuldige. »Meinen Sie, warum ich zwei Wochen hintereinander am Montagabend ins Kino gehe?«

»Ja.«

»Nun, wie schon gesagt, Montagabend passt mir sehr gut, und ich schaue mir liebend gern Filme zur Unterhaltung an.«

Ein Blick sagte ihr, dass er ihr kein Wort glaubte. »Und wie kommt es dann, dass Sie sich für dieselben Filme entschieden haben wie ich?«

Sie versuchte den Eindruck zu erwecken, das Thema langweile sie. »Wenn ich mich recht entsinne, habe ich letzte Woche als Erste auf meinem Platz gesessen. Sie haben sich dazugedrängt.«

Er zog die Brauen hoch, als hätte er dieses Detail vergessen. »Mag sein, aber diese Woche war es kein Zufall.«

»Sie scheinen übermäßig von Ihrem Charme überzeugt zu sein.« Sein Mund öffnete sich, und er schien kontern zu wollen, aber sie ließ ihm keine Chance. »Und jetzt entschuldigen Sie mich bitte. Ich gehe jetzt nach Hause. Gute Nacht, Mark.«

Er runzelte die Stirn. »Woher kennen Sie meinen Namen?«

»Ich habe danach gefragt. Ich bin übrigens Barbie. Barbie Foster.«

»Barbie«, wiederholte er und kicherte fies in sich hinein. Dann brach er in Gelächter aus. »Barbie. Das passt. Sie sind genau solch eine Plastikpuppe.«

»Und Sie sind der unhöflichste Mann, der mir jemals über den Weg gelaufen ist.«

»Dann halten Sie sich von mir fern, und schon sind wir beide glücklich.«

»Vielleicht«, erwiderte sie leichthin und kramte nach ihrem Autoschlüssel, der tief in ihrer übergroßen Handtasche verbuddelt war. »Vielleicht aber auch nicht. Ich habe mich noch nicht entschieden.« Und damit ließ sie ihn stehen und ging mit ausgeprägtem Hüftschwung davon. Hoffentlich brannte sich dieses Bild ihm für lange Zeit ein.

10. Kapitel

Am Dienstag lief das Geschäft im Buchladen gut. Das war untypisch für diesen Wochentag. Anne Marie hatte sich eine durchdachte Methode erarbeitet, wie sie den Überblick über ihren Warenbestand behielt und besonders gut gehende Titel, Klassiker und Neuerscheinungen in ihren Regalen verteilte. Es war immens wichtig, eine große Bandbreite verschiedener Titel vorrätig zu haben. Da sie noch recht neu im Geschäft war, lernte sie durch die Praxis. Erste Erfahrung hatte sie bei einem Teilzeitjob im Buchladen der University of Washington gesammelt. Auch ihr früherer Beruf als Kundenberaterin einer nationalen Versicherungsgesellschaft hatte ihr einige wertvolle Fertigkeiten vermittelt, aber sie hatte ihn nie geliebt. Entsprechend gern hatte sie ihn, auf Anraten Roberts, aufgegeben, um im Buchladen zu arbeiten. Schon damals hatte sie in Erwägung gezogen, den Laden eines Tages selbst zu übernehmen.

Da sie keiner Buchhandelskette angehörte, sondern selbstständig war, musste sie etwas Besonderes bieten, um mit den großen Ketten mithalten zu können. Jeder Buchladen, ob nun als Teil einer Kette oder als Einzelgeschäft, war auf seine eigene Weise wichtig. *Blossom Street Books* diente der Gemeinschaft. In den letzten vier Jahren seit der Umgestaltung der gesamten Nachbarschaft hatte der Laden einen treuen Kundenstamm gewonnen und sich die Loyalität der Anwohner verdient. Anne Marie hatte sich nie auf Krimis, Kochbücher oder Kinderbücher spezialisieren wollen, wie einige andere Einzelhändler das taten. Sie zog es vor, die Bücherwünsche aller ihrer Kunden abzudecken. Sie bestellte Bücher für sie, leitete mehrere Lesekreise, gab wettbewerbsfähige Rabatte auf Bestseller und sorgte für eine gemütliche, intime Atmosphäre. Den Laden hatte sie so gemütlich wie nur irgend möglich gestaltet, mit bequemen Stühlen, einer Gastherme und warmem Licht.

Ihre Kunden verließen sich auf ihre Empfehlungen, ihre Hinweise auf Neuerscheinungen von Autoren und Verlagshäusern. Sie hatte den Laden geleitet, bevor sie ihn kaufte, um sicherzugehen, dass sie wirklich ihr eigenes Geschäft führen wollte, und hatte sich im Laufe dieses Prozesses in die Materie eingearbeitet.

Schon als Kind hatte Anne Marie alles gelesen, was ihr in die Finger fiel. Sie fand ihre Abenteuer zwischen den Seiten von Büchern. Nie sonderlich extrovertiert oder geneigt, sich in den Vordergrund zu drängen, war sie von ihrer Persönlichkeit her das Gegenteil von ihrem Mann. Robert war immer gesellig und kontaktfreudig, und sie hatten einander hervorragend ergänzt. Seine Gesellschaft hatte einfach Spaß gemacht, und das hatte sie sofort angezogen. Über den Altersunterschied hatte sie sich nie Gedanken gemacht. Er hatte nie älter gewirkt. Außer, wenn es um die Frage ging, ob er noch ein Kind wollte …

Bevor sie wieder in eine Depression versank, machte Anne Marie sich lieber daran, die Auslage auf dem Ladentisch neu zu gestalten. Bücher warfen nur eine geringe Gewinnmarge ab. Den eigentlichen Gewinn machte sie mit Karteikarten, Schreibwaren, Spielen und anderem Kleinkram. Sie arbeitete am Thema St. Patrick's Day. Dazu gehörten Sachbücher, zum Beispiel »Wie die Iren die Zivilisation retteten«. Außerdem Romane von Maeve Binchy, Marian Keyes, Edna O'Brien und anderen beliebten irischen Autoren. Rings um die Bücher arrangierte sie Grußkarten mit Kleeblättern, grüne Kerzen und

Papierservietten mit entsprechenden Motiven. Sie trat zurück. Mit dem Ergebnis konnte sie zufrieden sein.

Die Vorbesitzerin des Ladens, Adele Morris, hatte in Fremont einen Buchladen, und sie hatte zugegriffen, als sich ihr die Gelegenheit bot, einen zweiten in der Blossom Street zu eröffnen. Wegen der Sanierungsarbeiten in der Straße war ihr eine günstige Miete angeboten worden, und in den ersten Jahren hatte sie ihre Zeit zwischen den beiden Läden aufgeteilt. Das war allerdings nicht so einfach, wie sie sich das vorgestellt hatte, und so hatte sie Anne Marie als Geschäftsführerin eingestellt; erst später hatte die den Laden dann ganz übernommen. Robert hatte sie dazu ermuntert. Er hatte gehofft, dass auch der Buchladen ein Teil der Lösung ihres Problems wäre: Wenn Anne Marie im Laden zu tun hatte, vergaß sie vielleicht, dass sie sich ein Baby wünschte.

Um halb zwei betrat Theresa das Geschäft, und einen Moment lang konnte Anne Marie sich nicht erinnern, warum sie ausnahmsweise an einem Dienstag zur Arbeit kam.

»Ellen!«, entfuhr es ihr dann. Natürlich, sie wollte in die Schule, um Ellens Auftritt zu sehen.

Theresa nickte. »Ja, du hattest gesagt, dass dein Lunch-Paten-Kind an einer Schulaufführung mitwirkt, die du besuchen wolltest.«

»Richtig.« Anne Marie eilte ins Büro, griff sich ihre Handtasche und warf sich ihre Jacke über. Dann gab sie Theresa noch ein paar letzte Anweisungen für das Gespräch mit dem Verlagsvertreter, bevor sie eilig den Laden durch den Hinterausgang verließ, in dessen Nähe sie ihren Wagen abgestellt hatte.

Glücklicherweise war es nicht allzu weit bis zur Schule, und sie brauchte nur zehn Minuten Fahrzeit. Dort angekommen, musste sie jedoch feststellen, dass der Parkplatz und die umliegenden Straßen bereits komplett zugeparkt waren, und sie fragte sich, ob sämtliche Eltern aus drei Bundesstaaten beschlossen hatten, sich diese Schulaufführung anzusehen. Sie brauchte weitere zehn Minuten, um einen Parkplatz drei Häuserblocks von der Schule entfernt zu finden. Hastig schloss sie den Wagen ab und rannte zur Woodrow-Wilson-Grundschule.

Die Musik spielte bereits, als sie verschwitzt und außer Atem die große Aula betrat. Der Saal war rappelvoll mit Eltern und Schülern, und wenn es noch einen freien Platz gab, konnte sie ihn nicht finden.

Jeder Erwachsene im Saal schien eine Kamera dabeizuhaben. Anne Marie hatte nicht einmal daran gedacht, eine mitzubringen, und hätte sich dafür am liebsten in den Hintern getreten. Ellens Großmutter hätte sich sicher über ein Foto ihrer Enkelin auf der Bühne gefreut.

Entschuldigungen murmelnd, schlüpfte Anne Marie an etlichen Leuten vorbei, bis sie sich an eine Stelle quetschen konnte, von der aus sie einen guten Blick auf die Bühne hatte. Und richtig, da stand Ellen auf einem Podium zusammen mit den anderen Chormitgliedern. Sie trug ihr bestes Sonntagskleidchen, das ihr eine Nummer zu klein war, und dazu weiße Lacklederschuhe. Die Bühnendekoration bestand aus zwei großen gemalten Bäumen und einer Burg und war offensichtlich von den Schülern selbst gebastelt worden. Anne Marie konnte sich nicht erinnern, ob ihr jemand gesagt hatte, welches Stück gespielt wurde, aber vielleicht hatte sie es auch nur wieder vergessen. Es handelte sich aber offensichtlich um ein klassisches Märchen.

Anne Marie beobachtete Ellen, die sich in der Mitte der ersten von drei Reihen Kinder sichtlich unwohl fühlte.

Als hätte sie Anne Maries Blick gespürt, schaute Ellen zu ihr hinüber. Ihr Gesicht erstrahlte in freudigem Lächeln, als sie

Anne Marie entdeckte. Angesichts dieser Freude war Anne Marie sehr froh, sich die Mühe gemacht zu haben, zu kommen. Sie winkte dem Mädchen kurz zu, und Ellen winkte zurück.

Die Musik wurde leiser und verstummte, als der Chorleiter vor den Chor trat und beide Hände hob. Sofort hatte er die Aufmerksamkeit der Kinder auf dem Podium.

Die Aufführung, eine recht kreative Version von »Schneewittchen«, dauerte vierzig Minuten. Es war alles andere als eine professionelle Theateraufführung, aber die Zwerge waren umwerfend komisch, der Gesang angenehm flott. Anne Marie nickte im Takt.

Nach dem Ende der Aufführung trat der Schuldirektor vor das Publikum und verkündete, in den Klassenräumen würden Saft und Kekse serviert werden. Anne Marie warf einen Blick auf ihre Uhr. Sie sollte eigentlich schnellstens zurück in den Laden, aber auf ein paar Minuten kam es vermutlich nicht an.

Als sie sich auf den Weg zu Ellens Klassenzimmer machte, wäre sie fast mit Helen Mayer, der Schulpsychologin, zusammengestoßen.

»Anne Marie! Ich bin so froh, dass Sie es einrichten konnten, zu kommen.«

»Ja, die Aufführung war sehr schön«, meinte Anne Marie herzlich. »Danke, dass Sie mir davon erzählt haben.«

»Nein, ich danke Ihnen. Ich danke Ihnen so sehr.«

Ein rasches Lächeln, und die Lehrerin eilte davon.

Anne Marie stand neben Ellens Tisch, als die Kleine mit vor Freude leuchtenden Augen das Klassenzimmer betrat. »Hast du mich gehört?«, fragte sie. »Hast du gehört, wie ich gesungen habe?«

Zwar hatte sie Ellens Stimme zwischen den anderen nicht heraushören können, aber in diesem Fall hielt sie eine Notlüge für angemessen. »Das habe ich, und du warst großartig.«

Das Lob ließ Ellen erröten.

»Du hast mir nicht erzählt, dass du gern singst.«

Das Mädchen nickte. »Mrs. Maxwell sagt, ich habe eine gute Stimme. Sie ist die Musiklehrerin.«

»Wie viele andere Zweitklässler haben im Chor gesungen?«, fragte Anne Marie, obwohl sie die Antwort bereits kannte.

»Nur ich.«

»Nur du?« Anne Marie gab sich überrascht.

»Ja, nur ich. Mrs. Maxwell sagt, wenn ich in der vierten oder fünften Klasse bin, darf ich vielleicht ein Solo singen.«

»Ellen, das ist großartig. Ich gratuliere.« Anne Marie hatte das Mädchen noch nie so aufgeregt erlebt.

Inzwischen hatten sich auch andere Kinder oder Eltern im Klassenzimmer eingefunden.

»Möchtest du vielleicht ein bisschen Saft?«, fragte Ellen höflich. Saft und Kekse waren auf einem Tisch ganz vorn aufgebaut.

Wie Anne Marie jetzt erst bemerkte, reichten die anderen Schüler ihren Eltern Erfrischungen.

»Das wäre sehr nett. Danke, Ellen.«

Das Mädchen wartete, bis es an der Reihe war. Dann füllte es für Anne Marie einen kleinen Pappbecher mit etwas, das vermutlich verdünnter Fruchtsaft war. Außerdem brachte sie ihr zwei kleine Kekse, ganz offensichtlich keine selbst gebackenen, sondern gekaufte.

»Du hast dir selbst nichts genommen«, stellte Anne Marie fest.

»Man soll immer seinen Gästen zuerst etwas geben«, erklärte Ellen feierlich.

»Natürlich«, murmelte Anne Marie, »wo habe ich nur meine Manieren.«

Schweigend stand Ellen neben ihr.

Anne Marie beugte sich zu ihr hinunter. »Was geschieht als Nächstes?«, fragte sie leise.

»Nichts. Du sollst nur deinen Saft trinken und deine Kekse essen.«

»Aha.« Anne Marie kostete einen der Kekse, der schon beim ersten Bissen zerkrümelte. Sie spülte ihn mit einem Schluck von dem viel zu süßen Saft hinunter. Ellen wartete, bis Anne Marie fertig war, bevor sie für sich selbst Saft und zwei kleine Kekse holte.

»Baxter wollte, dass ich dir von ihm Hallo sage«, erklärte Anne Marie, als das Mädchen zurückkam.

Ellen schluckte den Keks, an dem sie gerade kaute, herunter und nickte. »Er ist ein lieber Hund.«

»Allerdings ein bisschen verwöhnt.«

»Wenn du ihn das nächste Mal mit zur Schule bringst, bringe ich ihm die Rolle bei«, versprach Ellen. »Ich habe mir in der Bücherei ein Buch ausgeliehen und gelesen, wie man Hunden Kunststücke beibringt. Baxter ist schlau. Ich weiß, wie ich ihm beibringen kann, die Rolle zu machen.«

»Ich hoffe, du kannst mir auch zeigen, wie man ihm etwas beibringt.«

»Das werde ich.«

»Ich habe versucht, Baxter neue Kunststücke beizubringen, aber er scheint nicht zu verstehen, was ich von ihm will.« Anne Marie hielt es nur für fair, Ellen zu warnen; sie wollte das Mädchen weder entmutigen noch sie in dem Glauben lassen, das sei eine leichte Aufgabe.

Eine der anderen Mütter schaute nachdenklich zu Anne Marie und Ellen hinüber und näherte sich ihnen dann. »Sind Sie Ellens Mutter?«, fragte sie Anne Marie.

»Nein, bin ich nicht, ich bin ihre Freundin.«

»Anne Marie ist meine Lunch-Patin«, erläuterte Ellen stolz.

»Sie hat mir ihren Hund mitgebracht, damit ich ihn kennenlerne.«

»Oh.« Die andere Frau zog ein kleines langhaariges Mädchen an sich heran. »Ich bin Shelly Lombard, und das ist meine Tochter Cassie. Sie ist mit Ellen befreundet.«

»Hi, Shelly. Cassie«, grüßte Anne Marie lächelnd. »Freut mich, euch kennenzulernen.«

»Ich wollte fragen, ob Ellen mal am Nachmittag zum Spielen kommen kann. Wäre das möglich?«

Das war keine Frage, die Anne Marie beantworten konnte. »Da müssen Sie Ellens Großmutter fragen.«

»Ellen lebt also bei ihrer Großmutter?«

Anne Marie nickte.

»Oh … nun, ich weiß nicht recht. Ich hatte eigentlich gehofft, dass die Kinder ab und zu im Wechsel bei uns und bei Ihnen spielen könnten.«

»Verstehe.«

»Manchmal habe ich nach der Schule einen Termin, und es ist nicht einfach, jemanden zu finden, der nur für eine oder zwei Stunden auf Cassie aufpasst.«

»Sie können natürlich Ellens Großmutter fragen«, wiederholte Anne Marie.

»Ja, natürlich, aber wenn sie nicht einmal zu Ellens Auftritt kommen konnte, wird sie wohl eher nicht auch noch auf ein zweites Kind aufpassen können.«

Damit hatte Shelly vermutlich recht. Anne Marie fiel wieder ein, dass Ellen gesagt hatte, ihre Großmutter schlafe viel. Vielleicht war die Frau ja krank.

Shelly schlenderte davon, um mit anderen Eltern zu sprechen. Anne Marie wäre gern gegangen, aber es war unübersehbar, dass Ellen sich nichts sehnlicher wünschte, als dass sie blieb. Also überlegte sie, worüber sie sich unterhalten konnten.

»Möchtest du mir deine Schularbeiten zeigen?« Ihr fiel wieder ein, dass diese Möglichkeit in der kurzen Einführung für die Lunch-Paten erwähnt worden war.

»Okay.« Ellen setzte sich auf ihren kleinen Stuhl und öffnete ihren Tisch, um ein Heft herauszuholen. In dem Fach herrschte penibelste Ordnung.

Ellen legte das Heft auf den Tisch und schlug es auf, damit Anne Marie hineinschauen konnte. Auf nahezu jeder Seite standen lobende Anmerkungen der Lehrerin.

»Du bist eine hervorragende Schülerin«, stellte Anne Marie fest.

»Grandma Dolores lässt mich jeden Abend lernen.« Besonders glücklich klang das nicht.

»Das ist gut, nicht wahr?«

»Vermutlich.« Ellen zuckte die Achseln.

»Und anschließend darfst du fernsehen, richtig? Das hast du mir jedenfalls erzählt.«

Sie nickte eifrig. »Wir schauen uns Sendungen auf dem Religionskanal an.«

»Wie steht es mit Zeichentrickfilmen?«

»Grandma Dolores glaubt, dass Zeichentrickfilme nicht gut für Kinder sind. Sie hat einmal South Park gesehen und sich sehr aufgeregt. Sie hat mein Gesicht in ihrer Schürze versteckt und angefangen, zu Jesus zu beten.«

Anne Marie biss sich auf die Unterlippe, bemüht, nicht zu lächeln.

Ein Summer ertönte und verkündete das Ende des Schultages. Relativ rasch begannen Kinder und Eltern, das Klassenzimmer zu verlassen. Ellen schaute zu Anne Marie hinauf. »Ich muss zu meinem Bus.«

»Möchtest du, dass ich dich nach draußen begleite?«

»Ja, bitte.«

Während Ellen ihre Jacke anzog und ihre Sachen zusammenpackte, ging Anne Marie zur Lehrerin, um sich vorzustellen. Ms. Peterski lächelte. »Ich freue mich so, dass Sie kommen konnten.«

»Ich auch«, sagte Anne Marie und spürte, dass sie es ernst meinte.

Gemeinsam gingen sie und Ellen auf den Schulhof hinaus und schlängelten sich zwischen den lachenden, sich laut unterhaltenden Menschen hindurch.

»Wir sehen uns morgen Mittag«, meinte Anne Marie, als sie sich dem Bereich näherten, in dem die Kinder auf ihre Busse warteten.

»Du kommst morgen auch?«

»Wir sind doch zum Mittagessen verabredet, oder nicht?«

Ellen blinzelte überrascht. Offensichtlich brachte es sie aus der Fassung, dass Anne Marie sie tatsächlich an zwei Tagen hintereinander besuchen wollte.

»Baxter kann ich aber nicht mitbringen«, erinnerte Anne Marie das Mädchen.

»Das ist schon in Ordnung.« Sie näherten sich der Bushaltestelle, und plötzlich griff Ellen nach Anne Maries Hand.

Die Wärme dieser kleinen Hand schien bis in ihr tiefstes Inneres auszustrahlen.

11. Kapitel

Am späten Mittwochabend, als Anne Marie sich bereits bettfertig machte, klingelte ihr Telefon. Sie putzte sich gerade die Zähne. Stirnrunzelnd spuckte sie die Zahncreme ins Waschbecken, drehte den Wasserhahn zu und wischte sich den Mund ab, bevor sie in die Küche ging.

Wer sollte sie abends nach elf Uhr noch anrufen? Auch mit der Anzeige auf dem Display konnte sie nichts anfangen. Dort stand nur »Privater Anruf«. Vermutlich war es eine der Witwen. Wenn Elise, Lillie oder Barbie so spät anriefen, musste etwas passiert sein, auch wenn sie sich nicht vorstellen konnte, was das sein sollte.

»Hallo«, meldete sie sich vorsichtig. Spätabendliche Anrufe bedeuteten meistens schlechte Nachrichten, und davon hatte sie schon lange genug.

»Spreche ich mit Anne Marie?« Die Stimme, offensichtlich die einer älteren Frau, war kaum zu hören.

»Ja.«

»Anne Marie Roche?«

»Ja.«

»Ich brauche … Hilfe.« Die Frau, diese Fremde am anderen Ende der Leitung, stand offenbar kurz davor, in Panik auszubrechen.

»Wer ist da bitte?«

»Dolores. Dolores Falk.«

»Wer?«

»Ellens Großmutter.«

Anne Marie zog heftig die Luft ein, während ihr ein Dutzend schrecklicher Vorstellungen durch den Kopf schossen. »Geht es Ellen gut?«, fragte sie, bemüht, ihre eigene aufkommende Panik zu unterdrücken.

»Ja … nein. Ich bin diejenige, die Hilfe braucht … Ich würde Sie nicht anrufen, wenn es jemand anderen gäbe.« Jedes Wort schien ihr Mühe zu bereiten.

Anne Marie hatte keine Ahnung, was sie für die Frau tun konnte. »Soll ich jemanden informieren?«, fragte sie und überlegte, wie sie der älteren Frau helfen konnte. Sie hatte doch bestimmt eine Nachbarin oder eine Freundin, die sie kontaktieren konnte. Anne Marie war eine Fremde für sie.

»Nein, der Notarzt ist schon unterwegs.« Die Frau begann keuchend und unregelmäßig zu atmen. »Bitte … kommen Sie einfach. Beeilen Sie sich.«

Anne Marie begriff nicht. »Sie wollen, dass ich zu Ihnen nach Hause komme?«

»Bitte. Beeilen Sie sich.«

»Aber …« Woher hatte Ellens Großmutter ihre Telefonnummer? Und was wollte sie? Es ging ihr offensichtlich nicht gut, aber womit sollte Anne Marie helfen?

»Ich habe niemanden, der Ellen nehmen könnte«, keuchte Dolores.

»Ich? Sie wollen, dass ich Ellen zu mir nehme? Aber ich kann nicht …« Das kam überhaupt nicht infrage. Anne Marie hatte keinen Platz für ein Kind.

»Man wird mich ins Krankenhaus bringen. Bitte. Ich werde nicht mitfahren, wenn Sie nicht kommen.«

Wenn das keine emotionale Erpressung war! In den wenigen Minuten, die Anne Marie mit Ellens Großmutter telefonierte, war ihr bereits klar geworden, dass die ältere Frau dringend ärztliche Hilfe brauchte. Und sosehr sie sich auch dagegen sträubte, Anne Marie blieb keine andere Wahl. Sie musste zu ihr fahren und dann später versuchen, die Situation zu klären.

»Wie lautet die Adresse?«

Dolores gab sie ihr und flehte noch einmal: »Beeilen Sie sich! Bitte, beeilen Sie sich.«

»Ich komme, so schnell ich kann.« Verärgert legte sie auf und atmete heftig aus. Wie war sie in diese Situation geraten? Sie hatte sich auf ein Ehrenamt als Lunch-Patin eingelassen, nicht auf … sie wusste selbst nicht, worauf.

Während sie sich Jeans und ein Shirt anzog, klagte sie Baxter ihr Leid und versprach ihm, so schnell wie möglich wiederzukommen. Mit der Adresse, die sie hastig auf einen Kassenzettel gekritzelt hatte, eilte sie zu ihrem Auto. Mit vor Aufregung zitternden Fingern schloss sie den Wagen auf, stieg ein und ließ den Motor an.

Anne Marie war nicht sehr überzeugt von ihren Fähigkeiten, sich um anderer Leute Probleme zu kümmern. Wenn sie die Telefonnummer der Schulpsychologin gehabt hätte, hätte sie Ms. Mayer angerufen und ihr den ganzen Schlamassel aufs Auge gedrückt. Ihr Lunch-Paten-Kind mitten in der Nacht zu retten gehörte sicher nicht zu ihren ehrenamtlichen Verpflichtungen.

Dolores Falks Haus lag nur etwa vier Meilen entfernt, trotzdem war Anne Marie noch nie in diesem ehemaligen Arbeiterviertel gewesen und kannte sich hier nicht aus. Als Anne Marie eintraf, standen der Notarztwagen sowie ein Rettungswagen mit Sanitätern vor dem Haus. Etliche Nachbarn waren auf ihre Veranden herausgetreten und beobachteten das Geschehen.

Anne Marie parkte auf der gegenüberliegenden Straßenseite ein Stück entfernt von Rettungs- und Notarztwagen und ging dann zielstrebig zum Haus hinüber.

Kaum hatte Ellen sie erblickt, sprang sie auch schon die

Verandastufen hinunter, rannte durch den Vorgarten und schlang die Arme um Anne Maries Taille.

»Was ist hier los?«, fragte Anne Marie und legte dem Kind die Hände auf die Schultern.

»Die Männer bringen Grandma ins Krankenhaus«, schluchzte Ellen und klammerte sich an Anne Marie.

»Aber sie werden ihr dort helfen. Das wollen wir doch, oder?«

»Neein! Sie stirbt vielleicht«, weinte das Mädchen.

»Ich werde mal mit ihnen reden«, sagte Anne Marie und löste sich sanft aus der Umklammerung des Kindes. Sie führte Ellen zurück zur Veranda, wo das Mädchen sich immer noch schluchzend auf die oberste Stufe setzte.

»Sind Sie Anne Marie Roche?«, fragte einer der Sanitäter, der aus dem Haus kam.

»Ja.«

»Gut. Die Großmutter hat sich geweigert, sich ärztlich behandeln zu lassen, bevor Sie hier sind.«

»Warum ich?«

»Das müssen Sie sie schon selbst fragen.«

»Dann lassen Sie mich mit ihr reden.«

Er schüttelte den Kopf. »Es wäre besser, wenn Sie das im Krankenhaus täten.«

»Ich brauche nur eine Minute«, beharrte Anne Marie.

»Die Großmutter hat uns gesagt, dass Sie das Kind zu sich nehmen«, erklärte der Sanitäter und wandte sich wieder der Haustür zu.

»Ich bin Lunch-Patin der Kleinen.« Sie wollte damit erklären, dass ihre einzige Rolle im Leben dieses Kindes darin bestand, einmal wöchentlich mit ihm Mittag zu essen. Sie hatten sich jetzt gerade erst viermal getroffen, wenn man die kurze Begrüßung nach der Einführung im letzten Monat mitzählte.

Mittagessen. Darin hatte ihr ganzes Engagement bestehen sollen.

Niemand hatte etwas davon gesagt, Ellen mit zu sich nach Hause zu nehmen. Damit verstieß sie vermutlich sowieso gegen die Vorschriften, und von denen schien es eine Menge zu geben.

»Gibt es denn niemanden sonst?«, fragte sie, während sie dem Sanitäter ins Haus folgte.

»Anscheinend nicht.« Er eilte voran zu einem Schlafzimmer im hinteren Teil des Hauses, Anne Marie folgte ihm auf den Fersen.

Dolores Falk lag bereits auf einer fahrbaren Trage. Ihr Gesicht hatte eine kränkliche graue Farbe angenommen, und jeder keuchende Atemzug schien ihr Schmerzen zu bereiten. Ihre Hand ruhte auf ihrem Herzen, die Augen hatte sie fest geschlossen. Ellen hatte gesagt, ihre Großmutter sei über fünfzig. Nach Anne Maries Einschätzung musste sie Mitte sechzig sein, sah aber älter aus.

»Fahrt sie raus«, wandte der Sanitäter sich an die anderen beiden.

Die Frau riss die Augen auf. »Wartet.«

»Ich bin hier«, versicherte Anne Marie ihr rasch.

Dolores streckte die Hand aus und packte die von Anne Marie mit erschreckend festem Griff. »Lassen Sie nicht zu, dass man Ellen in ein Pflegeheim steckt. Wenn man das tut, verliere ich sie.«

»Aber Mrs. Falk … wohin soll ich sie denn bringen?«

Die Frau schloss wieder die Augen. »Nach Hause. Nehmen Sie sie mit zu sich nach Hause.«

»Zu mir? Ich kann nicht …«

»Sie müssen …«

In dem Moment entschieden die Sanitäter, dass es höchste

Zeit war, dass die ältere Dame ins Krankenhaus kam, und schoben die Trage durch den Flur nach draußen. Wieder konnte Anne Marie ihnen nur folgen. Hilflos sah sie mit an, wie Ellens Großmutter in den Rettungswagen gehoben wurde und dieser mit jaulender Sirene davonfuhr.

Ellen saß immer noch schluchzend und zitternd auf der Verandatreppe, die Hände vors Gesicht geschlagen. Ihr jammervolles Weinen wurde vom Sirenengeheul des sich entfernenden Rettungswagens übertönt.

Anne Marie kauerte sich vor ihr nieder, damit sie mit dem Mädchen auf Augenhöhe war. »Deine Großmutter wird jetzt zu den Ärzten gebracht, und die werden sie wieder gesund machen.« Innerlich betete sie, dass diese Aussage sich bewahrheiten würde.

Ellen nickte. Ihre Wangen waren tränenüberströmt. »Wann wird sie wieder nach Hause kommen?«

»Das weiß ich nicht, Schatz.« Anne Marie war dermaßen überfordert mit der Situation, dass ihr der kalte Schweiß ausbrach.

»Wohin soll ich jetzt?«, fragte Ellen.

»Heute Nacht«, erklärte Anne Marie mit aller Begeisterung in der Stimme, die sie nur irgend aufbringen konnte, »kommst du mit zu mir nach Hause.«

Ellen ließ die Hände lange genug sinken, um zu Anne Marie hochzuschauen. »Zu dir?«

»Ja. Deshalb hat deine Großmutter mich angerufen.«

»Ist Baxter da?«

Anne Marie nickte. Daran hätte sie früher denken können. Ellen liebte Baxter, und er würde helfen, sie auf andere Gedanken zu bringen und davon abzulenken, was mit ihrer Großmutter geschah.

»Baxter wartet darauf, dass wir in meine Wohnung zurückkommen. Er freut sich auf dich. Hast du nicht gesagt, du wolltest ihm die Rolle beibringen?«

»Ja.« Zum ersten Mal seit Anne Maries Eintreffen hörte die Achtjährige auf zu weinen. Sie biss sich auf die Unterlippe, und es gelang ihr, das Schluchzen zu unterdrücken.

»Wir sollten ein paar Dinge für dich zusammenpacken.«

»Ich habe meinen Rucksack.« Ellen wirkte so klein, so verloren und verängstigt.

»Gute Idee. Dort packen wir hinein, was du brauchst.« Anne Marie nahm das Kind an die Hand und ging mit ihm ins Haus. Es war ein älteres einstöckiges Gebäude, das vermutlich schon kurz nach dem Zweiten Weltkrieg errichtet worden war. Der Fußbodenbelag bestand aus Linoleum, die Möbel waren abgewohnt und alt. Vom Flur gingen drei Schlafzimmer ab.

Ellens Zimmer lag ganz am Ende des Flurs auf der rechten Seite. Darin standen ein Einzelbett, eine Kommode, ein Kindertisch und ein Kinderstuhl. Der Kleiderschrank war nur schmal, war aber bei Weitem groß genug für Ellens wenige Kleidungsstücke.

»Pack nur ein, was du morgen für die Schule brauchst«, sagte Anne Marie. Am nächsten Morgen wollte sie Ellen zur Schule fahren und dann mit Ms. Mayer sprechen, um eine Lösung für das Kind zu finden.

»Ich habe mir schon die Zähne geputzt«, sagte Ellen, kniete sich auf den Läufer neben ihr Bett und packte eine sorgfältig gebügelte Jeans und einen rosa Pullover in ihren Rucksack.

»Vergiss deine Schuhe und Socken nicht«, sagte Anne Marie. Ellen trug Hausschuhe und einen abgetragenen Schlafanzug, über den sie ein Sweatshirt gezogen hatte. »Hattest du Hausaufgaben auf?«

Ellen nickte, lief in die Küche und kam mit einem kleinen Ringbuch zurück. »Für Mathe«, erklärte sie, stopfte es ebenfalls in den Rucksack und packte noch ihre Tennisschuhe und ein Paar Socken ein.

»Du müsstest schon längst im Bett liegen«, meinte Anne Marie.

»Grandma hat gesagt, dass es ihr nicht gut geht, als ich von der Schule nach Hause kam«, erzählte Ellen. »Sie sagte, ich könnte Cornflakes zum Abendessen haben.«

»Und hast du welche gegessen?«

Ellen schüttelte den Kopf. »Ich hatte keinen Hunger.«

Anne Marie vermutete, dass die Sorge um ihre Großmutter ihr den Appetit verdorben hatte. »Wer hat denn den Rettungswagen gerufen?«

»Das war ich.«

»Du?«

»Grandma sah gar nicht gut aus, und sie hat nicht geantwortet, wenn ich mit ihr geredet habe. Da habe ich Angst bekommen.«

»Das war sehr klug von dir.« Anerkennend stellte Anne Marie fest, wie weitsichtig die Kleine gehandelt hatte. »Weißt du, woher deine Großmutter meine Telefonnummer hatte?«

»Nein.« Ellen senkte den Blick. »Aber ich bin froh, dass sie sie hatte.«

Jetzt, wo Anne Marie selbst gesehen hatte, was los war, war sie ebenfalls froh darüber. Und dankbar über ihre Entscheidung, zu kommen. Sie konnte höchstens erahnen, wie viel schrecklicher dieser Abend für Ellen gewesen wäre, wenn jemand Fremdes vom Jugendamt sich um sie gekümmert und sie womöglich zeitweilig in ein Pflegeheim gebracht hätte.

»Hast du alles? Bist du bereit?«

Ellen nickte feierlich und griff nach Anne Maries Hand. Das Mädchen schaltete überall das Licht aus, blieb auf der Veranda stehen und holte den Hausschlüssel unter einem Blumentopf hervor. Dann schloss sie die Haustür ab und legte den Schlüssel an seinen Platz zurück.

»Werde ich Grandma im Krankenhaus besuchen dürfen?«, fragte Ellen und schaute aus riesengroßen Augen zu Anne Marie auf.

»Danach werde ich mich morgen früh für dich erkundigen, in Ordnung?«

»Ja, bitte«, flüsterte die Kleine, und die jammervolle kleine Stimme brach Anne Marie das Herz.

Auf der Fahrt zur Blossom Street schwiegen sie beide, und Anne Marie vermutete, dass Ellen unterwegs einschlafen würde, aber sie schien hellwach. Anne Marie parkte das Auto wieder in der kleinen Gasse hinter dem Buchladen.

»Ist das dein Haus?«, fragte Ellen.

»Ich habe eine kleine Wohnung über dem Buchladen.«

»Du wohnst über einem Buchladen?«, flüsterte die Kleine, als hätte sie soeben erfahren, dass Anne Marie in einem verwunschenen Schloss lebte.

»Allerdings. Außerdem würde ich darauf wetten, dass Baxter schon hinter der Wohnungstür sitzt und auf uns wartet.« Der Yorkshireterrier kannte offenbar das Geräusch ihres Wagens und wartete immer schon am Hintereingang, wenn sie nach Hause kam.

Und richtig, kaum hatte Anne Marie aufgeschlossen, schoss Baxter auf sie zu und hüpfte aufgeregt auf und ab.

»Baxter!« Den Schrecken des Abends und ihrer Angst zum Trotz konnte Ellen nicht verbergen, wie sehr sie sich freute, den Hund wiederzusehen. Sie fiel auf die Knie, und der Terrier begrüßte sie, schleckte ihr Gesicht und Hände ab.

»Ellen bleibt heute Nacht hier«, erklärte ihm Anne Marie. »Komm mit«, wandte sie sich an das Mädchen, »ich zeige dir, wo du schlafen wirst.«

»Okay.« Zögernd ließ Ellen den Hund los und folgte Anne Marie durch die Wohnung.

Das zweite Schlafzimmer, das Anne Marie als Arbeitszimmer diente, war nicht als Gästezimmer eingerichtet, aber wenigstens stand darin eine Schlafcouch. Sie holte Bettlaken aus dem Schrank im Flur, richtete die Couch rasch her und legte ein paar Decken und ein Kissen bereit.

»Möchtest du einen Becher warme Milch?«, fragte sie, als das Bett fertig bezogen war. »Vielleicht kannst du dann besser einschlafen.«

Ellen verzog das Gesicht und schüttelte den Kopf.

»Klingt ekelhaft, nicht wahr?« Das Angebot hatte Anne Marie dem Mädchen nur gemacht, weil ihre eigene Mutter ihr immer warme Milch gegeben hatte. Gemocht hatte sie das auch nicht.

»Wäre es in Ordnung …« Ellen zögerte.

»Was denn, Ellen?«

»Darf Baxter bei mir schlafen?«

Anne Marie lächelte. Diesen Vorschlag hätte sie selbst machen sollen. »Natürlich darf er das. Er wird sich freuen.«

»Danke.«

Anne Marie musste gähnen. Sie war übermüdet und wusste, dass es Ellen bestimmt genauso ging. »Mach dich fertig, und ich steck dich ins Bett«, sagte sie, »und dann kommt Baxter dazu.«

»Danke«, flüsterte Ellen. Sie legte ihr Sweatshirt und ihre Hausschuhe ab und kletterte in das frisch gemachte Bett.

Als sie unter der Decke lag, steckte Anne Marie sie rechts und links fest. Dann setzte sie den Yorkie auf das Bett. Als würde er verstehen, dass das Kind einen Freund brauchte, rollte Baxter sich sofort an Ellen gekuschelt zusammen.

»Gute Nacht, Ellen«, sagte Anne Marie und wollte das Zimmer verlassen.

»Betest du mit mir?«

»Beten?« Anne Marie konnte sich nicht erinnern, wann sie das letzte Mal gebetet hatte.

»Grandma macht das immer.«

»Ist gut, aber du sprichst das Gebet.«

»In Ordnung.« Brav schloss Ellen die Augen, und obwohl ihre Lippen sich bewegten, sprach sie nicht laut. Kurz darauf sagte sie: »Amen.«

»Amen«, wiederholte Anne Marie.

»Ich habe für Grandma gebetet«, erklärte Ellen.

»Ich bin sicher, dass Gott die Gebete kleiner Mädchen hört«, sagte Anne Marie und beschloss, das einfach selbst zu glauben. Sie schaltete das Licht aus. Dann fiel ihr ein, dass sie nicht wusste, wann Ellen zur Schule musste. »Ellen«, fragte sie flüsternd. »Wann fängt der Unterricht morgen an?«

»Zwanzig nach acht.«

»Ich stelle den Wecker auf sieben. Dann haben wir jede Menge Zeit.«

»Ist gut.«

Anne Marie verließ das Zimmer und ließ die Tür angelehnt, damit sie hören konnte, falls Ellen sie in der Nacht brauchte. Als Nächstes suchte sie ein Nachtlicht heraus und steckte es im Bad in eine Steckdose.

Anschließend setzte sie sich an ihren kleinen Küchentisch und atmete tief durch. Sie musste zur Ruhe kommen. Elise Beaumont würde etwas zu hören bekommen. Diese Lunch-Paten-Geschichte hatte sich viel komplizierter entwickelt, als sie Anne Marie hatte glauben lassen.

Sie mochte Ellen, und sie half gern – wobei »gern« ein bisschen übertrieben war. Sie fühlte sich *verpflichtet* zu helfen, zumal die Großmutter des Kindes gesagt hatte, sie habe niemanden sonst, den sie darum bitten konnte. Aber am nächsten

Morgen wollte sie Ellen zur Schule fahren und sich den Namen der Kontaktperson für Notfälle geben lassen.

Das war die normale Vorgehensweise. In der Schule würde der Name eines verantwortlichen Erwachsenen hinterlegt sein, der Ellen zu sich nehmen konnte, solange ihre Großmutter im Krankenhaus lag. Jemand, der dafür viel besser qualifiziert war als Anne Marie. Jemand, der wusste, wie man sich um ein verängstigtes Kind kümmerte.

Anne Marie hatte ihre eigenen Probleme, und so gern sie auch helfen wollte, sie war nicht bereit, das Kind länger als eine Nacht zu betreuen.

12. Kapitel

Anne Marie war schon wach, bevor der Wecker klingelte. Als sie nach Ellen schaute, saß diese aufrecht in ihrem Bett, streichelte Baxter und redete mit ihm. Ihre Stimme zitterte leicht.

»Guten Morgen«, sagte Anne Marie, so fröhlich sie konnte. Sie reckte die Arme hoch über den Kopf.

Ellen reagierte nicht.

»Möchtest du einen Orangensaft?«

Das Mädchen schüttelte den Kopf.

»Ganz sicher nicht?«

Ellen nickte.

»Ich gehe mit Baxter eine kleine Runde spazieren. Möchtest du mitkommen?«

»Na gut.« Ellen kletterte aus dem Bett und setzte sich auf den Boden neben ihren Rucksack, den sie am Abend zuvor dort hatte liegen lassen. Während die Kleine sich anzog, brühte Anne Marie sich einen Kaffee auf, zog sich eine Trainingshose an und ein Fleece-Top über.

Normalerweise ging sie mit Baxter Gassi, während die Kaffeemaschine lief. So verschaffte sie sich gleich noch ein bisschen Bewegung. Die Route, die sie dabei nahm, war immer dieselbe: zwei Häuserblocks die Blossom Street hinunter, dann auf die andere Straßenseite, in den kleinen Park hinein, zwei Runden durch den Park und zurück nach Hause. Das dauerte insgesamt zwanzig Minuten. Wieder zu Hause ging Anne Marie dann unter die Dusche, zog sich um, frisierte sich und legte

Make-up auf. An einem guten Tag schaffte sie das alles in unter einer Stunde.

Ellen war fertig, als Anne Marie ihre erste Tasse Kaffee getrunken hatte, und zog ihre Jacke an.

»Möchtest du die Leine nehmen?«

»Ja, bitte.«

Auf dem Weg nach draußen stellte Anne Marie noch mehr Fragen, aber das Mädchen blieb bedrückt und schweigsam. Sie hätte Ellen gern gefragt, was los war, aber im Grunde war das ja klar. Das arme Kind machte sich natürlich Sorgen um die Großmutter und ihre eigene Zukunft. Anne Marie konnte ihr das nicht verübeln, also beschloss sie, vorsichtig vorzugehen. Wenn Ellen nicht reden wollte, dann musste sie das auch nicht.

»Wenn ich dich nachher zur Schule bringe, rede ich mit der Schulpsychologin«, kündigte Anne Marie an, als sie auf dem Rückweg zur Wohnung waren.

»In Ordnung.«

»Hast du Verwandte, die in der Nähe wohnen?«

»Meine Tante Clarisse.«

Anne Marie fiel ein Stein vom Herzen bei dieser Aussage, obwohl sie sich fragte, warum Ellens Großmutter nicht gleich die Tante angerufen hatte. Natürlich konnte es dafür eine Menge Gründe geben. Vielleicht war Clarisse nicht in der Stadt, oder sie arbeitete, oder sie ging nicht ans Telefon oder … Mehr Möglichkeiten fielen Anne Marie nicht ein.

Sie war überzeugt, dass Clarisse ihre Nichte sofort zu sich nehmen würde, sowie sie erfuhr, dass Dolores im Krankenhaus lag. Jetzt, wo sie den Namen eines verantwortlichen Erwachsenen kannte, der einspringen und sich um das Kind kümmern konnte, ließ ihre Anspannung ein wenig nach.

Zurück in der Wohnung warf Anne Marie einen Blick auf

die Uhr. Vierundzwanzig Minuten waren vergangen. Das war gut, besonders mit einer Achtjährigen im Schlepptau.

»Was möchtest du gern zum Frühstück haben?«, fragte Anne Marie, als sie beide die Küche betraten.

Ellen zuckte die Achseln.

»Ich habe kein Müsli für Kinder, aber Weizenkissen. Wäre das was für dich?« Ellen musste Hunger haben, schließlich hatte sie am Abend zuvor nichts gegessen.

»Ja, okay. Danke.«

Während Anne Marie zwei Müslischalen mit den Weizenkissen und Milch füllte, machte Ellen ihr Bett und bürstete sich die Haare. Sie waren glatt und dunkel, in der Mitte gescheitelt, und der Pony musste nachgeschnitten werden. Wenn sie Haarklammern für kleine Mädchen gehabt hätte, hätte Anne Marie sie dem Kind gegeben.

Ellen aß nur eine kleine Portion von ihrem Frühstück und stellte dann ihre Müslischale ins Spülbecken. Es war noch ein bisschen zu früh, um sie an der Schule abzusetzen, aber Anne Marie wollte sicher sein, dass sie genug Zeit hatte, mit der Schulpsychologin zu sprechen.

»Bist du so weit, dass wir gehen können?«, fragte sie.

»Ja. Fragst du heute nach, wie es Grandma Dolores geht?«

»Ich rufe heute früh noch im Krankenhaus an«, versprach Anne Marie. Das würde sie vor zehn Uhr erledigen, bevor sie den Buchladen öffnete.

Als Anne Marie und Ellen an der Schule ankamen, wimmelte der Schulhof bereits von Schülern. Die ersten Schulbusse trafen ein, und Schüler in bunten Jacken hüpften die Stufen hinunter wie Wasser, das über eine Klippe strömt. Sie alle trugen riesige Rucksäcke, unter denen sie aus dem Gleichgewicht zu geraten drohten.

»Zeigst du mir, wo das Sekretariat ist?«, bat Anne Marie das

Mädchen. Sie wollte, dass Ellen das Gefühl hatte, gebraucht zu werden.

»Okay.« Schweigend ging Ellen voran durch den breiten Schulflur.

»Möchtest du jetzt mit deinen Freundinnen spielen?«

Ellen zögerte unsicher.

»Alles wird gut«, versicherte ihr Anne Marie. »Ich rufe an wegen deiner Großmutter und sage dir nachher Bescheid, was ich erfahren habe.«

Ellens Augen begannen zu strahlen, sie nickte und rannte davon.

Anne Marie sah ihr nach, wie sie sich zu ihren Freundinnen gesellte. Dann betrat sie das Sekretariat. Sie bat darum, mit Helen Mayer sprechen zu können, und schon fünf Minuten später wurde sie in das Büro der Schulpsychologin geleitet.

»Ist alles in Ordnung?«, fragte Helen sofort, die Stirn leicht gerunzelt.

»Nicht wirklich …« Anne Marie berichtete, was am Abend zuvor geschehen war.

Ungläubig starrte die Lehrerin sie an. »Du meine Güte.«

»Wie Sie sich sicher vorstellen können, war das Ganze ein Schock.« Anne Marie richtete ihren Blick fest auf die andere Frau. »Ich frage mich, woher sie meine Telefonnummer hatte.«

»Nun, die habe ich ihr gegeben«, gab Helen ein wenig kleinlaut zu. »Sie hat mich letzte Woche angerufen und darum gebeten. Ich sah keinen Grund, sie ihr zu verweigern. Sie sagte, sie wolle mit Ihnen über Ellen reden.«

Fairnesshalber musste Anne Marie zugeben, die Schulpsychologin hatte nicht ahnen können, dass Dolores sie mitten in der Nacht anrufen und in eine so schwierige Lage bringen würde. »Ich brauche die Nummer des Notfallkontakts aus Ellens Akte«, erklärte Anne Marie.

»Ja, natürlich.« Helen drehte sich zu ihrem Computer um und begann zu tippen. »Der Name lautet Clarisse McDonald«, sagte sie nach ein paar Minuten, griff nach einem Stift und schrieb rasch die Nummer auf ein Notizblatt.

Anne Marie nahm das Stück Papier. Sowie sie erfahren hatte, wie es Dolores ging, würde sie Ellens Tante anrufen.

»Wissen Sie, zu welchem Krankenhaus der Rettungswagen mit Dolores gefahren ist?«, fragte die Schulpsychologin.

Am Abend zuvor hatte Anne Marie nicht klar genug denken können, um danach zu fragen, aber sie hatte gehört, dass einer der Sanitäter das Virginia Mason Hospital erwähnte, das nicht weit von der Blossom Street entfernt lag.

Gerade, als sie das Helen Mayer erzählte, ertönte irgendwo in der Ferne die Schulklingel, die den Unterrichtsbeginn verkündete. Der Klang überraschte Anne Marie, und sie zuckte zusammen.

»Man gewöhnt sich an die Klingel«, sagte Helen. »Nach einer Weile hört man sie gar nicht mehr.« Sie lächelte. »Dolores ist also im Virginia Mason.«

»Ja, ich glaube schon.« Als Erstes wollte Anne Marie ins Krankenhaus fahren. Wenn sie sich beeilte, konnte sie es vermutlich schaffen, das zu erledigen und noch vor zehn Uhr zurück zum Laden zu kommen.

Sie stand auf. »Ich rufe Sie an, sowie ich etwas erfahren habe.«

»Danke«, sagte Helen und geleitete Anne Marie zur Tür ihres Büros.

Bevor sie das Gebäude verließ, wollte sie noch einmal nach Ellen schauen. Also warf sie einen Blick durch die Tür des Klassenzimmers. Ellen plauderte mit ihren Freundinnen, als wäre nichts geschehen. Erleichtert ging Anne Marie zurück zum Parkplatz.

Als sie im Krankenhaus ankam, war es bereits Viertel nach neun. Sie erklärte der Frau am Empfang ihre Situation und erfuhr, in welchem Zimmer Dolores Falk lag.

Mit dem Fahrstuhl fuhr sie auf die betreffende Station und fand Dolores allein in ihrem Zimmer vor, angeschlossen an diverse Infusionsschläuche. Sie sah etwas besser aus als in der Nacht zuvor. Als Anne Marie an das Bett herantrat, schlug Dolores die Augen auf.

»Wie geht es Ihnen, Mrs. Falk?«, fragte sie.

»Besser. Wie geht es Ellen?«

»Es geht ihr gut. Machen Sie sich keine Sorgen.«

Tränen stiegen der älteren Frau in die Augen. »Ich kann Ihnen gar nicht genug danken, dass Sie meine Enkelin zu sich genommen haben. Ich weiß nicht, was ich getan hätte, wenn Sie nicht gekommen wären.«

»Ich freue mich, wenn ich helfen kann.« Das entsprach zwar nicht ganz der Wahrheit, aber was hätte sie sonst sagen sollen.

Dolores' Brust hob sich unter einem tiefen Seufzer. »Der Arzt sagt, ich muss am Herzen operiert werden.«

Anne Marie drückte der Frau die Hand. »Sie haben hier hervorragende Ärzte und …«

»Ich mache mir keine Sorgen um mich«, fiel Dolores ihr ins Wort. »Meine einzige Sorge gilt Ellen.«

»Konzentrieren Sie sich einfach darauf, wieder gesund zu werden. Ich habe die Telefonnummer von Ellens Tante Clarisse und …«

»Nein!« Dolores unterbrach sie wieder. Ihre Finger schlossen sich heftig um Anne Maries Hand.

»Sie ist der Notfallkontakt, den Sie der Schule gegeben haben. Deshalb …«

»Clarisse ist im Gefängnis.«

»Gefängnis?« Anne Marie unterdrückte mühsam ihr schockiertes Keuchen.

»Wegen Betrugs.« Dolores schloss wieder die Augen, als wäre ihr das Eingeständnis peinlich. Anne Marie war sicher, dass es das war.

»Was ist mit Ellens Mutter?«

Tränen rollten über die Wangen der Frau und fielen auf das Kissen, das ihren Kopf stützte. »Ihre Mutter ist drogenabhängig. Der Staat Kalifornien hat ihr Ellen weggenommen, als die Kleine drei Jahre alt war. Ich hatte den Kontakt zu meiner Tochter verloren – ich wusste nicht einmal, dass es Ellen gab. Als ich erfuhr, dass ich eine Enkelin habe, hatte sie bereits in mehreren Pflegefamilien gelebt. Ich habe ein ganzes Jahr gebraucht, bis das Kind nachts durchschlafen konnte. Ich werde sie nicht wieder diesem System überlassen. Das tue ich ihr nicht an.«

»Oh, du liebes bisschen …«, sagte Anne Marie schwach. Auf diese Eröffnungen gab es keine angemessene Reaktion.

»Was immer mit mir geschieht, lassen Sie nicht zu, dass sie wieder in Pflege gegeben wird.«

Die Frau wurde immer aufgeregter, und Anne Marie begann sich Sorgen zu machen. »Versprechen Sie mir das«, flehte sie. »Versprechen Sie's mir.«

»Natürlich.« Was sollte sie auch sonst sagen?

Danach entspannte Dolores sich ein bisschen.

»Was ist mit ihrem Vater?«

Dolores schüttelte finster den Kopf. »Meine Tochter weiß vermutlich nicht einmal, wer der Vater ist.«

»Oh.«

»Sie hat niemanden sonst.«

»Vielleicht ist ihre Mutter ja inzwischen clean.« Anne Marie verabscheute es, wie verzweifelt sie klang, aber ihre Optionen schwanden rasch dahin.

»Ist sie nicht. Letztes Jahr hat sie offiziell all ihre Rechte als Ellens Mutter aufgegeben.«

»Oh.« Anne Marie konnte spüren, was jetzt kommen würde. Dolores würde sie bitten, auf Ellen aufzupassen, solange sie im Krankenhaus war. Eine ganze Liste an Ausflüchten, ein Dutzend stichhaltiger Gründe, warum sie das nicht konnte, drängten sich ihr auf die Lippen, aber sie konnte sich nicht dazu überwinden, sie auszusprechen.

»Das Kind ist das einzige Gute, das ich in meinem Leben habe«, flüsterte Dolores gebrochen. »Meine Töchter haben beide Wege eingeschlagen, die sie in den geistlichen und emotionalen Ruin geführt haben. Ich bete jeden Tag für sie.«

»Ich bin sicher, dass Sie das tun, aber …«

»Ich begreife nicht, was ich falsch gemacht habe. Ihr Vater hat uns vor zwanzig Jahren verlassen, und ich habe die beiden allein großgezogen. Ich habe versucht, ihnen den richtigen Weg zu zeigen …«

Anne Marie murmelte ein paar tröstende Worte, obwohl sie wusste, dass es für die ältere Frau keinen Trost gab.

»Mein Leben lang war ich eine stolze Frau«, fuhr Dolores fort. »Ich habe die Regierung nie um Hilfe gebeten, auch wenn ich ein Anrecht darauf gehabt hätte.«

Mit der freien Hand klammerte Anne Marie sich an das stählerne Geländer um das Bett.

»Jetzt bitte ich Sie um Ihre Hilfe.«

Anne Marie schluckte. »Aber … ich bin eine Fremde.«

»Ellen redet ständig von Ihnen. Von Ihnen und Baxter.« Die Andeutung eines Lächelns umspielte ihre Lippen.

Anne Marie war überrascht, dass Ellen sie überhaupt erwähnt hatte. Bisher war sie davon ausgegangen, dass der Hund die eigentliche Attraktion für das Kind war. »Aber … ich bin doch nur ihre Lunch-Patin«, murmelte sie.

»Sie sind viel mehr als das«, erklärte Dolores. »Bitte nehmen Sie Ellen – meinen Schatz –, und kümmern Sie sich für mich um sie.«

»Ich …« Anne Marie wusste nicht, was sie sagen sollte. Ihre Wohnung war nicht kindgerecht eingerichtet. Sie hatte nicht einmal ein richtiges Bett für Ellen. Nachdem sie alle diese Monate – inzwischen über ein Jahr – allein gelebt hatte, war sie sich nicht sicher, ob sie sich daran gewöhnen konnte, mit jemand anderem zusammenzuleben. Mit einem Kind.

Angesichts ihres offensichtlichen Zögerns ergriff Dolores wieder das Wort. »Der Doktor sagte, nach der Operation bin ich wieder wie neu.«

»Sie werden Zeit brauchen, um sich von der Operation zu erholen.« Im Geiste versuchte Anne Marie zu kalkulieren, wie lange wohl. Eine Woche? Zwei? Vielleicht einen Monat. Sie konnte unmöglich einen ganzen Monat mit dieser schwierigen Situation zurechtkommen.

»Okay, ich werde Zeit brauchen, wieder gesund zu werden«, stimmte Dolores zu, »aber das wird viel schneller gehen, wenn ich weiß, dass Ellen in guten Händen ist.« Sie schaute aus großen, flehenden Augen zu Anne Marie hoch. Als diese nicht sofort antwortete, fügte Dolores hinzu: »Bitte. Ich bitte Sie von Herzen. Ich flehe Sie an, lassen Sie nicht zu, dass man mir meine Enkeltochter wegnimmt.«

Anne Marie konnte ihr das nicht ausschlagen. »Na schön«, sagte sie und hoffte, dass sie nicht verärgert klang – oder gar furchtsam.

Dolores stieß einen tiefen Seufzer aus. »Danke, Herr.« Sie deutete auf den Nachttisch neben ihrem Bett. »Da finden Sie eine Vollmacht, Ellen medizinisch versorgen zu lassen, falls das nötig sein sollte. Außerdem eine Vollmacht, Ellen zu sich zu nehmen und sich um sie zu kümmern, solange ich im Krankenhaus liege.«

Ein Pfleger betrat das Zimmer. »Bereit, Mrs. Falk?« Er klang viel zu fröhlich.

»Wohin bringen Sie sie?«, fragte Anne Marie.

Der junge Mann zog die Brauen hoch. »In den OP.«

»Jetzt schon?«

»Wird schon gut gehen«, sagte Dolores. »Mir geht's bald wieder besser.«

Anne Marie fühlte sich grauenhaft; eigentlich hätte sie diejenige sein sollen, die der anderen Trost spendete.

»Ich kümmere mich um Ellen«, versprach sie eindringlich. »Werden Sie nur wieder gesund.«

Der junge Mann erklärte Anne Marie, wie sie zum Schwesternzimmer fand. Dort gab man ihr eine Telefonnummer, unter der sie sich nach der Operation erkundigen konnte, wie es Dolores ging. Anne Marie klammerte sich an das Stück Papier, als wäre es ein Gewinnlos der Lotterie. »Sie wird doch wieder gesund, oder?«, fragte sie den Pfleger.

Der stämmige Mann musterte sie gleichmütig. »Wir tun alles, um dafür zu sorgen, dass sie so bald wie möglich wieder nach Hause kann.«

Und *das* sollte ihr Mut machen? »Danke«, erwiderte sie lahm. »Ich rufe am späten Nachmittag an.«

»Dann werde ich Ihnen schon mehr sagen können. Fragen Sie nach Dana.«

»Das werde ich. Danke.« Sie steckte den Zettel mit der Telefonnummer sowie die von Dolores erwähnten Vollmachten in ihre Handtasche und verließ das Krankenhaus.

Als sie ihren Wagen erreichte, war sie so nervös, dass ihr regelrecht übel war. Erst gestern Nachmittag war sie mit Barbie Foster im *Go Figure*, dem Frauen-Fitnessstudio in der Blossom Street, und heute, keinen ganzen Tag später, trug sie plötzlich die volle Verantwortung für ein achtjähriges Kind.

Endlich im Buchladen angekommen, drehte Anne Marie das Schild auf *Geöffnet* um und zählte Kleingeld für die Kasse ab. Bis etwa ein Uhr hatte sie regelmäßig Kunden im Geschäft. Dann rief sie in der Schule an, um Helen Mayer zu informieren.

»Was haben Sie in Erfahrung gebracht?«

»Ellens Großmutter ist heute Morgen am Herzen operiert worden.«

»Wie geht es ihr?«

»Ich weiß es nicht. Noch habe ich mit niemandem im Krankenhaus sprechen können. Ich wollte Sie aber darüber informieren, dass Ellen bei mir bleiben wird, während ihre Großmutter sich von der Operation erholt.«

»Bei Ihnen? Was ist mit ihrer Tante Clarisse?«

»Offenbar ist sie … umgezogen und nicht erreichbar.« Damit blieb sie so nah wie möglich bei der Wahrheit, ersparte Dolores aber einige Peinlichkeiten.

»Es tut mir leid, das zu hören.«

Nicht annähernd so leid, wie es Anne Marie tat.

»Es ist sehr freundlich von Ihnen, sich um das Kind zu kümmern. Ich bin überrascht, dass Sie sich dazu bereit erklärt haben.«

So gern sie Ellen jemand anderem überlassen hätte, konnte Anne Marie einer kranken Frau doch nicht sagen, dass sie sich lieber nicht um ihre einzige Enkeltochter kümmern wollte.

»Heute Nachmittag hole ich Ellen von der Schule ab. Dann kümmere ich mich darum, dass sie künftig den Bus von der Blossom Street aus nehmen kann.«

»Das kann ich für Sie erledigen«, bot Helen Mayer an. »Wenn ich sonst noch etwas tun kann, lassen Sie es mich einfach wissen. Ich finde es wunderbar, dass Sie bereit sind, so zu helfen.«

Anne Marie beendete das Gespräch wenig später und rief gleich darauf im Krankenhaus an. Dolores hatte die Operation ohne Komplikationen überstanden. Im Moment lag sie noch im Aufwachraum, und wenn sich irgendetwas ergab, wollte der Pfleger sie informieren. Also gab Anne Marie ihm ihre Telefonnummer.

Zum Glück konnte Steve Handley, der donnerstagnachmittags im Laden arbeitete, eine Stunde früher anfangen, obwohl sie erst sehr kurzfristig nachgefragt hatte. Das ermöglichte es Anne Marie, zur Grundschule zu fahren und Ellen abzuholen. Als das Mädchen sie entdeckte, freute es sich sichtlich.

»Wie geht es meiner Grandma?«, fragte sie.

»Sie ist noch im Krankenhaus, und die Ärzte und Pfleger kümmern sich um sie.«

»Wann kommt sie nach Hause?«

»Bald.« Anne Marie beugte sich zu dem kleinen Mädchen hinunter, um ihm in die Augen zu sehen. »Würdest du gern bei mir wohnen, bis deine Großmutter wieder nach Hause kann?«

Ellen antwortete nicht sofort. »Ich glaube, das wäre in Ordnung.«

Das war nicht gerade überwältigende Zustimmung, aber fürs Erste reichte es. »Wir müssen heute Abend noch einmal zu deiner Großmutter nach Hause fahren und einen größeren Koffer für dich packen.«

»Kann Baxter mitkommen?«

»Ich glaube, darüber würde er sich freuen.«

»Ich habe das Buch aus der Schulbibliothek mitgebracht.«

Anne Marie brauchte einen Moment, um zu begreifen, dass Ellen das Buch über Kunststücke für Hunde meinte.

Schweigend fuhren sie zurück zur Blossom Street, und die ganze Zeit starrte Ellen regungslos geradeaus. Nach dem

Abendessen wollten sie ihre Sachen aus dem Haus ihrer Großmutter holen.

Abendessen.

Anne Marie hatte noch keinen Augenblick darüber nachgedacht. Ab sofort konnte sie keine Mahlzeiten mehr ausfallen lassen. Und sich nicht mehr aus lauter Selbstmitleid mit Süßigkeiten vollstopfen. Um Ellens willen musste sie stark sein und ein paar Wochen lang ihr Leben in den Griff bekommen. Das ist vermutlich zu schaffen, dachte Anne Marie.

Zwei Wochen. Vielleicht drei.

Höchstens vier.

Die Zeit würde schnell vergehen. Hoffte sie.

13. Kapitel

Dank ihrer Wunschliste dachte Barbie Foster schärfer nach, unternahm mehr und hatte das Gefühl, ihr Leben sei ein wenig aufregender geworden. Ihre zwanzig Wünsche hatte sie beinahe vollständig beisammen, und ihr gefiel, wie sehr ihr die Liste half zu analysieren, was sie wirklich wollte. Jahrelang hatte sie sich auf Gary und die Zwillinge konzentriert. Aber seitdem ihre Söhne am anderen Ende der Staaten das College besuchten, wusste sie nichts Rechtes mit sich anzufangen und konnte sich einfach nicht wirklich daran gewöhnen, wie sehr sich ihr Alltag verändert hatte. Sie vermisste ihren Mann so sehr, auch jetzt noch. Er hatte immer zu ihr gehört. Aber sie war gerade erst vierzig Jahre alt, und ein Großteil ihres Lebens lag noch vor ihr.

Statt an diesem Samstag in ihrer Boutique zu arbeiten, beschloss Barbie, den Tag freizunehmen und das St. Patrick's-Day-Konzert im Freeway-Park zu besuchen. Anne Marie Roche hatte ebenfalls frei, und die beiden hatten beschlossen, sich gemeinsam einen schönen Nachmittag zu machen. Ein paar Mal hatten sie sich im Fitnessstudio getroffen, und Barbie freute sich, die andere Frau besser kennenzulernen.

Seit der Valentinsparty hatte sich ihre Freundschaft zu Anne Marie vertieft. Bis zu jenem Abend war Anne Marie ihr immer reserviert und etwas steif erschienen. All das hatte sich geändert, als sie begannen, über ihre zwanzig Wünsche zu reden.

Inzwischen hatte sie erkannt, wie ähnlich sie und Anne Marie sich waren, und hatte ihren sarkastischen Sinn für Humor erkannt. Ihre Sympathie hatte sich in Respekt verwandelt, als sie erfuhr, dass Anne Marie sich um die achtjährige Ellen Falk kümmerte, während deren Großmutter sich von einer Operation am Herzen erholte.

Am Tag zuvor hatte Barbie das Kind im Buchladen kennengelernt. Sie hatte nur kurz hereingeschaut, um sich ein paar Liebesromane zu kaufen. Das Kind war allerliebst und bescheiden; ganz offensichtlich betete es Anne Marie an und war völlig vernarrt in den kleinen Baxter. Ziemlich amüsiert hatte Barbie zugesehen, wie Ellen sich bemüht hatte, dem Hund eine Rolle beizubringen – ohne Erfolg.

Ellen würde am Nachmittag mit zum Konzert kommen. Als Barbie kurz nach zwölf beim Buchladen eintraf, waren die Kleine und Anne Marie fertig und warteten schon auf sie.

»Wohin gehen wir?«, fragte Ellen und knöpfte ihren hellgrünen Mantel zu, der nagelneu aussah. Glücklicherweise regnete es nicht, was ungewöhnlich war für Ende März, wo es im pazifischen Nordwesten eigentlich ständig nieselte.

»Wir gehen zu einem Konzert mit irischer Musik«, erläuterte Anne Marie. »Und danach fahren wir meine Mutter in Ballard besuchen.«

»Besuchen wir auch Grandma Dolores?«

»Aber selbstverständlich.« Anne Marie knöpfte ihre eigene Jacke zu. »Gleich, nachdem wir bei meiner Mutter waren.«

Das Kind nickte nachdenklich. »Wie klingt irische Musik?«

Anne Marie zögerte. »Also sie ist meistens ziemlich schnell und …« Achselzuckend gab sie den Versuch auf, die Musik zu beschreiben, und Barbie lachte. »Wart's einfach ab. Du wirst sie bald selbst hören.«

»Wird sie mir gefallen?«, fragte Ellen und legte neugierig den Kopf schief.

»Mir gefällt sie«, erklärte Anne Marie. »Sogar sehr.«

Ellen nickte nachdrücklich. »Dann gefällt sie mir bestimmt auch.«

Da der Freeway-Park ganz in der Nähe der Blossom Street lag, beschlossen sie, zu Fuß hinzugehen. Die Luft war frisch, der Himmel klar und hell. Sie liefen langsam, um sich an Ellens kürzere Schritte anzupassen. Barbie fiel auf, dass das Kind alles um sich herum mit großen, fragenden Augen in sich aufnahm.

Als sie den Park erreichten, der wie eine große Brücke die Interstate 5 überspannte, war er bereits ziemlich voll. Einen Platz zum Sitzen zu finden war gar nicht so einfach, aber schließlich machten ein paar Teenager freundlich Platz, sodass sie sich zu ihnen gesellen konnten. Anne Marie hatte eine Decke mitgebracht, die sie auf dem Gras ausbreitete, sodass sie einen guten Blick auf die Bühne hatten, die extra für das Konzert aufgebaut worden war.

Ellen setzte sich im Schneidersitz auf die Decke, die beiden Frauen ließen sich neben ihr nieder. Seitdem sie Gary verloren hatte, hatte Barbie nichts mehr in dieser Art unternommen. Es erinnerte sie an Familienausflüge zu Zeiten, als ihre Kinder noch klein waren, und sie empfand leise Freude. Allmählich wurde ihr bewusst, dass sie wieder froh sein konnte.

Nach dem Unfall hatte ihre ganze Sorge den Kindern gegolten. Jetzt, wo sie weit fort auf dem College waren, schützten sie sie nicht länger vor dem Schmerz des Verlustes. Genau diesen Schmerz spürte sie auch in Mark Bassett, und das war einer der Gründe, warum sie sich so zu ihm hingezogen fühlte.

Ihre Mutter erlebte die Witwenschaft ein wenig anders. Sie hatten zwar nie darüber gesprochen, aber Barbie wusste von den Fehltritten ihres Vaters. Lillie hatte sich dafür entschieden, diese zu ignorieren, und weil ihre Mutter sie nicht erwähnte, tat Barbie es auch nicht. Sie wusste, dass Lillie um David trauerte. Sie hatte ihn geliebt, aber Barbie glaubte, dass sein Tod in mancher Hinsicht womöglich auch eine Befreiung für ihre Mutter gewesen war auch wenn diese nie etwas in dieser Richtung auch nur angedeutet hatte.

»Wann geht es los?«, fragte Ellen, nachdem sie ein paar Minuten still gesessen hatte.

»Bald.«

»Hast du Hunger?«, fragte Barbie.

Das Mädchen schüttelte den Kopf und schob seine Hände unter die Oberschenkel.

Überall um sie herum herrschte fröhliches Geplauder. Alle schienen guter Laune zu sein, begrüßten Bekannte, lachten, redeten.

»Ellen singt gern«, erläuterte Anne Marie.

»Tatsächlich?«, wandte Barbie sich an die Kleine.

Die Frage ließ Ellen erröten. »Anne Marie sagt, ich bin eine gute Sängerin. Sie hat mich im Schultheater singen hören.« Das Kind hatte offenbar großes Vertrauen in Anne Maries Urteil.

»Vielleicht kann Anne Marie dir ein paar irische Lieder beibringen.«

Überrascht stellte Barbie fest, welche tiefe Traurigkeit schlagartig im Blick ihrer Freundin lag. Sofort legte sie ihr eine Hand auf den Unterarm.

»Früher habe ich gesungen, heute nicht mehr. Ich … kann nicht«, murmelte Anne Marie, den Blick auf die Decke gesenkt. »Nach Roberts Tod habe ich meine Stimme verloren … Ich dachte, sie würde wiederkommen, aber bisher ist das nicht geschehen.«

»Es tut mir leid.« Barbie hatte das Gefühl, um Verzeihung bitten zu müssen, weil sie ihrer Freundin offenbar die Stimmung verdorben hatte.

»Nein, nein, um Himmels willen, es ist doch nicht deine Schuld.« Anne Marie riss sich zusammen und wiegelte kopfschüttelnd ab.

Ellen schaute zu ihr hoch, die Stirn gerunzelt. »Ich wusste nicht, dass du nicht singen kannst.«

»Keine Sorge, Ellen, das wird wieder«, murmelte Anne Marie.

Da Ellen unruhig wurde und vielleicht auch weil Anne Marie das Thema nicht behagte, beschlossen die beiden, eine kurze Runde durch den Park zu drehen, bevor das Konzert begann. Als sie gingen, sah Barbie, wie eng sich das Mädchen an Anne Marie hielt. Die vielen Menschen, die sich hier drängten, waren für ein Kind wahrscheinlich ein bisschen viel. Das musste sie ihrer Freundin hoch anrechnen; es war nicht gerade eine Kleinigkeit, dieses Kind in ihrer Wohnung aufzunehmen, auch wenn es nur für kurze Zeit war.

Tatsächlich kam Anne Marie ihr inzwischen weicher vor, weniger zynisch, offener. Sich um ein so verletzliches Kind zu kümmern und Verantwortung zu übernehmen führte dazu, dass Anne Marie sich weniger auf ihren eigenen Kummer konzentrierte. Entsprach das nicht dem, was Elise immer sagte? Wenn man etwas für jemand anderen tat, fühlte man sich automatisch besser.

Die irische Gesangsgruppe wurde vorgestellt, und sofort begann die Menge zu applaudieren. Ellen und Anne Marie kamen gerade rechtzeitig zum Beginn der Vorstellung zu ihrer Decke zurück.

Die Sänger, Fiedler und Tänzer boten ein mitreißendes Programm, und Barbie genoss jede Minute. Die Musik wirkte ansteckend, und die Tänze – so dynamisch und doch so diszipliniert – hatten denselben Effekt. Ellen saß die ganze Stunde lang, die die Vorführung dauerte, wie hypnotisiert auf ihrem

Platz. Sie schien die Musik förmlich aufzusaugen, jede einzelne Note. Als das Konzert zu Ende war, strahlte sie übers ganze Gesicht.

»Das war so toll«, erklärte sie zu Anne Marie und Barbie gewandt. »Eines Tages möchte ich so singen. Glaubt ihr, dass ich das kann?«

»Ja«, versicherte Anne Marie im Brustton der Überzeugung. »Ich bin sicher, dass du das kannst.«

Allmählich zerstreute sich die Menge und verließ den Park. Es ging nur langsam voran, aber Barbie hatte es nicht eilig. Außerdem taten ihr die Füße weh. Das hatte sie davon, Designerschuhe angezogen zu haben. Sie trug sie, weil sie die perfekte Ergänzung zu ihrer schwarzen Leinenhose und der grünen Seidenbluse waren. Die Sonne hatte inzwischen an Kraft gewonnen, und weil es warm genug war, trug Barbie ihren Regenmantel offen, der Gürtel baumelte rechts und links hinunter.

Während sie und Anne Marie geduldig warteten, dass das Gedränge nachließ, sah sie im Augenwinkel Chrom aufblitzen. Sie drehte den Kopf, und ihr stockte der Atem. Hastig packte sie Anne Marie am Ellenbogen.

»*Er* ist es …« Die Worte wollten ihr kaum über die Lippen. Zutiefst verunsichert ließ sie ihre Hand sinken.

»Wer?«, fragte Anne Marie.

Barbie konnte es ihr nicht sagen, denn sie hatte niemandem erzählt, wie sehr sie sich zu Mark Bassett, dem Mann im Rollstuhl, hingezogen fühlte. Wieder schaute sie zu ihm hinüber, um sich zu vergewissern. Er war allein. Zumindest sah es so aus. Und er wartete anscheinend darauf, dass die Menge sich zerstreute. Mit dem Rollstuhl durchzukommen war schwierig, solange sich so viele Menschen um ihn drängten.

»Du hast einen Bekannten entdeckt?«

»Nicht wirklich.« Barbie bemühte sich, das wilde Klopfen ihres Herzens zu beruhigen. Das war eine unerwartete Überraschung, ein Bonus. Jetzt war sie doch froh, sich so viel Mühe mit ihrer Kleidung und ihrem Make-up gegeben zu haben.

Wenn Mark sie gesehen hatte – ob dem so war, konnte sie nicht feststellen –, weigerte er sich, sie zu grüßen. Barbie biss sich hart auf die Unterlippe, um zu verhindern, dass sie ihm zuwinkte und einen Gruß zurief.

»Kennst du den Mann im Rollstuhl?«, fragte Anne Marie.

»Ich, ähm … eigentlich nicht. Ich bin ihm kürzlich zufällig begegnet.« Dass sie ihm ihre Limo über den Schoß gekippt hatte, erwähnte sie nicht.

»Er ist jedenfalls ein gut aussehender Mann.«

Das war er. Barbie hatte Mühe, den Blick von ihm abzuwenden. Die Menge hatte sich inzwischen weitestgehend zerstreut, und nur wenige Menschen waren übrig geblieben.

»Können wir jetzt bald zu Grandma Dolores?«, fragte Ellen.

Anne Marie lächelte das Mädchen an. »Nachdem wir meine Mom besucht haben, einverstanden?«

Ihre Geduld mit Ellen beeindruckte Barbie.

»Ich glaube, wir sollten uns jetzt auf den Weg machen«, fuhr Anne Marie mit einem Blick auf ihre Armbanduhr fort. »Wir treffen uns zu einem späten Mittagessen mit meiner Mutter, und anschließend wollen wir noch ins Krankenhaus.«

»Natürlich, kein Problem«, meinte Barbie. »Ich habe selbst noch etwas vor.«

Eigentlich passte es ihr ganz gut, dass die beiden gingen, so konnte sie ungestört Mark ansprechen. Barbie hatte zwar keine Vorstellung, was sie sagen oder tun wollte, wenn sie ihn eingeholt hatte, aber das würde sich schon ergeben, wenn es so weit war.

Inzwischen hatte er es geschafft, den Park zu verlassen, und bewegte sich in gleichmäßigem Tempo den Gehweg entlang. Barbie rannte ihm nach, was mit ihren Schuhen nicht ganz einfach war. »Hallo mal wieder«, rief sie fröhlich.

Er ignorierte sie.

»Erinnern Sie sich noch an mich?«

Bei ihrem zweiten Versuch wirbelte Mark seinen Rollstuhl herum. »Was treiben *Sie* denn hier?«

»Ich war hier, um mir das Konzert anzuhören – wie alle anderen auch.«

»Ich wusste nicht, dass es ein Konzert geben würde«, grummelte er.

»Mit anderen Worten: Wenn Sie es gewusst hätten, wären Sie nicht gekommen.«

»Richtig.«

»Aber Sie haben es doch genossen, nicht wahr?«

»Nein.«

Barbie verstand ihn nicht. Sie glaubte auch nicht, dass die Musik keinen Eindruck auf ihn gemacht hatte. »Warum sind Sie so ein Griesgram?«

»Ich bin gern ein Griesgram.«

»Ja, Oscar.«

Er runzelte die Stirn. »Wie bitte?«

»Oscar aus der Mülltonne, der Griesgram aus der Sesamstraße.« Ihre Söhne hatten die Sendung oft gesehen, als sie noch klein waren. Sie baute sich direkt vor seinem Rollstuhl auf und versperrte ihm damit den Weg.

Er fand das kein bisschen lustig.

So unhöflich war sie in ihrem ganzen Leben noch nicht, aber Barbie hatte nicht vor, ihn einfach entkommen zu lassen.

»Was wollen Sie von mir?«

Jetzt, wo er das fragte, wurde ihr bewusst, dass sie sich darüber selbst nicht im Klaren war. Seine Aufmerksamkeit erlangen, ja, aber das konnte sie nicht zugeben. »Mit Ihnen reden, schätze ich.«

Er versuchte, seinen Stuhl um sie herum zu manövrieren, aber sie trat ihm wieder in den Weg. »Ich bin nicht daran interessiert, mit Ihnen zu reden. Ich bin auch nicht im Geringsten an Ihnen interessiert.«

Barbie seufzte tief. »Das ist *so* erfrischend.«

»Wie bitte?«

Sie lächelte auf ihn hinunter. »Sie können sich nicht vorstellen, wie viele Typen mich ständig anbaggern. Aber Sie tun das nicht, und doch scheinen wir eine Vorliebe für dieselben Filme zu haben. Wissen Sie, wir haben vielleicht tatsächlich etwas gemeinsam.«

Er fuchtelte mit dem Zeigefinger. »Ich habe Sie durchschaut. Sie und Tessa stecken unter einer Decke – anders kann es nicht sein. Deshalb wussten Sie, welchen Film ich letzte Woche ansehen würde. Nun, das wird nicht wieder vorkommen.«

Barbie spürte, wie sich Aufregung in ihr breitmachte. »Darauf würde ich nicht wetten. Sie können mir nicht vorschreiben, welchen Film ich mir anschaue und welchen nicht.«

Er musterte sie finster. »Rechnen Sie nicht damit, dass ich überhaupt komme.«

»Das garantiert noch nicht, dass wir uns nicht anderswo zufällig begegnen«, erwiderte Barbie. »Wir sind uns hier begegnet, nicht wahr? Ich glaube, das ist Schicksal.«

»Ich glaube, es ist Pech.«

»Oh, Mark, also wirklich.«

Sein Blick wurde noch finsterer.

»Ihre Nichte scheint Sie sehr zu mögen«, fuhr Barbie im Plauderton fort.

Seine Hände lagen auf den Rädern seines Rollstuhls. »Ich würde jetzt gern weiterfahren, wenn Sie nichts dagegen haben.«

»Ich wollte mich unterhalten, wissen Sie noch?«

»Ich will es nicht.«

»Na schön.« Sie hob resignierend beide Hände. »Ganz, wie Sie wollen.«

»Danke«, erwiderte Mark schroff und rollte an ihr vorbei, kaum, dass sie den Weg freigegeben hatte.

Trotz seines abweisenden Tons folgte Barbie ihm. »Darf ich Sie etwas fragen?«

Mark tat so, als hätte er sie nicht gehört. Offenbar war das eine Gewohnheit von ihm. Er kam erstaunlich schnell voran, und da sie mit ihm Schritt halten wollte, musste Barbie beinahe laufen. Dabei verfing sich einer ihrer Absätze in einer Spalte auf dem Gehweg, und sie stürzte vornüber, kam dabei hart mit Händen und Knien auf.

»Verdammt!«, rief sie in Reaktion auf den plötzlichen scharfen Schmerz. Einen Augenblick benommen, setzte sie sich auf und klopfte sich den Schmutz von den Händen. Blut sickerte durch den Stoff ihrer Hose, und Tränen brannten in ihren Augen.

Mark hielt an, drehte sein Gefährt dann zögernd zu ihr herum. »Was ist passiert?«, fragte er. Allzu viel Mitgefühl klang nicht aus seiner Stimme.

»Ich bin gestolpert.«

»Haben Sie sich verletzt?«

»Ja. Wie Sie sehen, blute ich.«

»Soll ich einen Krankenwagen rufen?«

Er machte sich lustig über sie, aber Barbie war es egal. Sie krempelte ihr Hosenbein hoch, um sich ihr Knie anzuschauen.

»Das haben Sie davon, dass Sie so lächerliches Schuhwerk tragen.«

Diese Beleidigung ließ sie ihm durchgehen.

»Brauchen Sie Hilfe beim Aufstehen?«

»Nein, ich komme schon zurecht.« Während sie sich aufrappelte, stellte sie fest, dass der Absatz ihres linken Schuhs abgebrochen war. »Nun sehen Sie sich das an!«, rief sie. »Wenn Sie wüssten, was ich für diese Schuhe bezahlt habe, wären Sie genauso wütend wie ich.«

»Nächstes Mal rennen Sie mir einfach nicht nach«, gab er zurück. »Ich habe kein Interesse, begriffen?«

»Okay, fein«, fauchte sie zurück.

»Ebenso.« Er begann, sich wieder zu entfernen.

Barbie schniefte und humpelte davon. Sie hatte sich selbst zum Narren gemacht und zahlte jetzt den Preis dafür. So viel zu der vermuteten Verbundenheit zwischen ihnen. Er wollte nichts mit ihr zu tun haben. Na schön, sie hatte die Botschaft vernommen, laut und deutlich.

Mit schmerzendem Knie und dem fehlenden Absatz an ihrem Schuh kam sie nur langsam voran.

»Miss, Miss!«

Barbie drehte sich um. Eine Frau mit einem Erste-Hilfe-Kasten in der Hand eilte ihr nach. »Ich habe gehört, dass Sie gestürzt sind.«

»Wer hat Ihnen das gesagt?«

»Ein Mann im Rollstuhl kam in meinen Laden und meinte, Sie bräuchten vielleicht Hilfe.«

»Tatsächlich.« Mark war also doch nicht so hart, wie er sie glauben machen wollte. Er machte sich Sorgen um sie, wollte es aber nicht zeigen. »Mir geht es gut. Mein Stolz hat mehr gelitten als mein Knie. Ich bin selbst schuld.«

»Sind Sie sicher, dass ich Ihnen nicht helfen kann?«

Lächelnd dankte Barbie der Frau. »Ich glaube, ich gehe einfach nach Hause.« Sie würde ihre Mutter anrufen, um ein bisschen Mitleid zu heischen, und sich dann eine Tasse Tee gönnen.

»Der Mann meinte, Sie würden vermutlich genau das sagen. Wenn Sie sich hinsetzen, schaue ich mir Ihr Knie an.«

»Gehe ich recht in der Annahme, dass Sie keinen Klebstoff haben?«, fragte Barbie und hielt ihren kaputten Schuh hoch.

»Nein, tut mir leid.«

Barbie bedankte sich noch einmal und humpelte weiter in Richtung Blossom Street, wo sie ihren Wagen abgestellt hatte. Ihr Knie hatte nur eine Schürfwunde davongetragen. Ihr verletzter Stolz würde viel länger brauchen, um zu heilen.

Ihr einziger Trost bestand darin, dass Mark trotz allem jemanden geschickt hatte, der nach ihr sah. Viel war das nicht, aber immerhin etwas. Ein winziger Riss in seiner Mauer des Widerstands. Das machte ihr Hoffnung.

Montagabend sah Barbies Knie schon sehr viel besser aus. Obwohl es nicht nötig war, legte sie einen riesigen Verband an und wählte einen kurzen Rock, damit man das verbundene Knie auch sah.

Tessa saß wie üblich am Kartenschalter, als Barbie das Kino betrat.

»Also, welchen Film sollte ich mir anschauen?«, fragte Barbie genau wie in der Woche zuvor.

Tessas braune Augen musterten sie forschend. »Er ist nicht hier.«

»Du meinst, noch nicht hier, richtig?«

»Onkel Mark kommt nicht.«

»Warum nicht?« Selbst wenn sie gewollt hätte, hätte sie ihre Enttäuschung nicht verbergen können.

»Er hat durchschaut, dass ich Ihnen Informationen liefere.« Tessa klang so missmutig, wie Barbie sich fühlte.

Da sie den Verkauf aufhielt, trat Barbie zur Seite, bis der Andrang nachließ.

»Es tut mir leid«, murmelte Tessa. »Er sagte mir, er komme

nicht mehr ins Kino, und ich solle dafür sorgen, dass Sie das erfahren.«

»Oh. Siehst du ihn sonst öfter mal?«

»Gelegentlich.« Tessa zuckte die Achseln.

»Beim nächsten Mal sag ihm, dass ich ihn für einen Feigling halte.«

Tessa sackte der Unterkiefer herab. »Das ist nicht Ihr Ernst.«

»Oh, doch, das ist es. Richte ihm das von mir aus.«

Dann kaufte sie sich eine Eintrittskarte, Popcorn und eine Limo. Aber obwohl sie sich den ganzen Film anschaute, blieb nicht eine einzige Szene bei ihr hängen.

14. Kapitel

Am Montagabend schob Anne Marie einen Hack-Kartoffel-Auflauf in den Ofen. Das war eines der Lieblingsrezepte ihrer Mutter, bestehend aus gemischtem Hackfleisch, rohen Kartoffelscheiben und Tomatensoße, im Backofen gegart. Schon seit Jahren hatte sie das nicht mehr zubereitet, aber da sie das in Ellens Alter sehr gern gegessen hatte, hoffte sie, Ellen würde es auch mögen.

Sie schloss die Backofentür und bemerkte, dass Ellen vor dem großen Eichentisch stand, auf dem ihre Bastelmaterialien für ihren Zwanzig-Wünsche-Ordner lagen.

»Was ist das?«, fragte Ellen und warf ihr einen Blick über die Schulter zu.

»Meine zwanzig Wünsche.«

»Zwanzig Wünsche? Was bedeutet das?«

»Nun, am Valentinstag haben meine Freundinnen und ich eine kleine Party gefeiert. Wir haben angefangen, über all das zu reden, was wir uns so im Leben wünschen, und dann haben wir beschlossen, dass jede eine Liste aufstellt.«

»Nur zwanzig?«

Anne Marie lachte. Bisher war es ihr schon schwer genug gefallen, überhaupt so viele Wünsche zu finden. Genau genommen waren ihr erst etwa halb so viele eingefallen. »Fürs Erste reicht das. Später denke ich über weitere nach«, erklärte sie. »Offen gesagt, arbeite ich noch an den ersten zwanzig.« Sie hatte inzwischen neun: die fünf, die sie schon früher aufgeschrieben hatte, dazu ein paar neuere Ergänzungen.

6. *Einen Grund zum Lachen finden*
7. *Wieder singen*
8. *Ein Zuhause für mich und Baxter finden*
9. *Ein Broadway-Musical besuchen und alle Songs auswendig lernen*

Auch über einen Line-Dance-Kurs dachte sie nach – ein Wunsch, den sie bereits einmal ausgestrichen hatte. Das Konzert am St. Patrick's Day hatte ihr Interesse am Tanzen neu geweckt.

»Die Wünsche brauchen nicht praktisch zu sein«, erklärte Anne Marie weiter. »Deshalb werden sie Wünsche genannt, nicht Vorsätze oder Ziele.«

»Was meinst du damit?«

»Nun, ich erwarte nicht unbedingt, dass sie alle in Erfüllung gehen.«

»Wenn du nicht erwartest, dass sie in Erfüllung gehen«, fragte Ellen und musterte sie verwundert, »warum schreibst du sie dann auf?«

»Weil es *Wünsche* sind.« Sie griff nach einem Stift und fügte einen Wunsch hinzu, den sie nun schon zwei- oder dreimal wieder gestrichen hatte.

10. *Mit jemandem, den ich liebe, nach Paris reisen*

Das umfasste das Wesentliche dessen, wonach sie sich sehnte: Liebe, Abenteuer, neue Erfahrungen.

Ellen starrte auf den neu eingetragenen Wunsch. »Kann jeder so eine Liste schreiben?«

»Natürlich.« Anne Marie programmierte den Timer am Backofen. Im Laufe der letzten fünf Tage hatten sie feste Gewohnheiten entwickelt, und Anne Marie fühlte sich, als lebte

Ellen schon viel länger bei ihr. Was sich am auffälligsten in ihrem Leben geändert hatte, war der Umstand, dass sie jetzt regelmäßig eine warme Mahlzeit zubereitete.

Seitdem sie allein lebte, war sie dazu übergegangen, sich schnell mal eben was nebenbei zu machen oder zu holen oder das Essen ganz ausfallen zu lassen. Letzteres konnte sie sich eigentlich nicht leisten. Aber Ellen brauchte regelmäßige nahrhafte Mahlzeiten und einen strukturierten Tagesablauf. Angesichts dessen, dass das Leben des Mädchens völlig aus der Bahn geworfen worden war, konnte Anne Marie ihr wenigstens das bieten.

Das Telefon klingelte, und Anne Marie nahm das Gespräch an, bevor die Anrufernummer auch nur angezeigt wurde. Sie rechnete damit, dass Elise dran war, die sie schon den ganzen Nachmittag zu erreichen versucht hatte. »Hallo.« Bestimmt wollte Elise ihr das Neueste mitteilen, was Anne Marie aber schon durch den Nachbarschaftsklatsch erfahren hatte. Elise hatte einen Teilzeitjob angenommen und arbeitete für Lydia in *A Good Yarn.*

»Anne Marie, Brandon hier.«

»Brandon! Schön, von dir zu hören«, reagierte sie hocherfreut.

»Ich will dich schon seit Wochen anrufen«, sagte er. »Melissa hat mir erzählt, was sie getan hat. Manchmal glaube ich einfach nicht, was meine Schwester tut. Und was meinen Vater angeht …«

»Mach dir keine Sorgen. Mir geht es gut.« Das entsprach weitestgehend der Wahrheit.

»Ganz sicher?«, hakte Brandon nach. »Der Fairness halber muss ich sagen, ich bezweifle, dass Melissa klar war, wie hart dich die Geschichte mit Dad treffen würde. Und sie war selbst ziemlich fertig.«

»Ehrlich, es ist okay.« Das war gelogen, aber er sollte sich keine Sorgen machen. Außerdem wollte sie wirklich nicht über den Fehltritt ihres Mannes sprechen. Oder auch nur darüber nachdenken. Wann immer ihr die Sache wieder einfiel, durchzuckte sie Schmerz, und sie musste sich ständig dagegen wehren, im Geiste Robert mit Rebecca zu sehen. In seinem Büro, auf der Couch …

»Ganz sicher?« Überzeugt schien er nicht.

»Ja, ganz sicher«, versuchte sie das Ganze so gut wie möglich herunterzuspielen.

Ihr Stiefsohn zögerte einen Moment. »Ich möchte dich heute Abend zum Essen einladen. Ich weiß, es ist sehr kurzfristig, aber wir könnten reden und …«

»Ich kann nicht.« Hoffentlich akzeptierte er diese Aussage einfach und erwartete keine Erklärung.

»Warum nicht?« Enttäuschung klang in seiner Stimme mit.

»Ich habe Besuch.«

Kurzes Schweigen war die Antwort. »Anne Marie, gehst du mit jemandem aus?«, fragte er schließlich finster.

»Nein, natürlich nicht!« Seine Frage amüsierte sie. »Melissa hat mir die gleiche Frage gestellt.«

»*Natürlich* nicht? Warum sagst du das? Du bist jung und schön und …«

»Ich habe … jemanden hier, mit dem ich befreundet bin.«

»Ah, es wird immer mysteriöser.«

»Kein bisschen mysteriös«, reagierte sie lächelnd auf sein neckendes Geplänkel. »Es handelt sich um Ellen. Sie ist acht und wohnt die nächsten ein bis zwei Wochen bei mir.«

»Eine Achtjährige lebt bei dir? Ist sie eine Verwandte?«

»Nein. Ich habe sie in einer nahe gelegenen Schule kennengelernt. Im Lunch-Paten-Programm. Warum kommst du nicht einfach zu uns?«, fügte sie aus einer Eingebung heraus hinzu.

»Ich habe gerade einen Auflauf in den Ofen geschoben, und er braucht noch etwa vierzig Minuten, bis er fertig ist.«

»Du hast gekocht?«

»Tu nicht so schockiert. Ich habe schon sehr oft gekocht.«

»Na schön, das würde mich freuen. Danke. Gib mir ein paar Minuten, um Feierabend zu machen, und dann fahre ich direkt zu dir. Du wohnst immer noch über dem Buchladen, richtig?«

»Fürs Erste.« Sie hoffte wirklich, sich ein Haus kaufen zu können. Wenn Ellen erst wieder bei ihrer Großmutter war, wollte sie sich unbedingt auf die Suche begeben.

»Brandon, eins noch ... Das Gespräch zwischen Melissa und mir ...«

»Ja?«

»Ich möchte nicht darüber reden, okay?«

Er zögerte. »Wenn du es so willst.«

»Will ich«, erwiderte sie fest.

Anne Marie legte auf und drehte sich um. Ellen hockte auf einem Stuhl am Küchentisch und starrte blicklos ins Leere, das obere Ende eines Bleistifts zwischen die Zähne geklemmt.

»Machst du Hausaufgaben?«, fragte Anne Marie.

Ellen schüttelte den Kopf. »Ich schreibe eine Liste mit zwanzig Wünschen.«

»Oh. Tatsächlich?«

Ellen nickte. »Möchtest du hören, was ich bis jetzt aufgeschrieben habe?«

»Und ob ich das möchte.« Anne Marie zog sich einen Stuhl heran und setzte sich neben sie.

»Eins«, verkündete Ellen sehr förmlich. »Einen Garten anlegen.«

»Was für einen Garten?«

»Blumen. Ich habe das Buch gelesen, das du mir gegeben hast. Über den Garten. Weißt du noch?«

Anne Marie lächelte beifällig. Natürlich. Am Sonntag hatte sie ihr ein Exemplar eines Kinderbuchklassikers gegeben: *Der geheime Garten*. Ellen konnte bereits gut lesen und verstand auch schon alles. Gelegentlich fragte sie nach der Bedeutung eines Wortes. Die Vorstellung von dem Garten hinter hohen Mauern, verborgen vor der Welt, hatte ihr sehr gefallen, und sie hatte sich sofort mit der verwaisten Hauptperson, der zehnjährigen Mary, identifiziert.

»Gibt es noch andere Gärten als Blumengärten?«

»Gemüsegärten.«

»Heißt das, man kann Tomaten anpflanzen?« Die Aufregung in Ellens Stimme war unüberhörbar. »Ich mag Tomaten sehr gern, vor allem wenn sie warm von der Sonne sind. Und mit Salz.«

Anne Marie schaute sie neugierig an. »Hattest du schon mal einen Garten?«

Ellen senkte den Blick. »Nein … Grandma Dolores hat mir von sonnenwarmen Tomaten mit Salz erzählt. Ich habe noch nie eine gegessen, aber ich weiß, dass sie sehr gut sind, weil Grandma es sagt.«

»Ich mag Tomaten auch sehr gern.« Anne Marie schloss die Augen, als sie an die Arbeit im Garten des Hauses zurückdachte, das Robert und ihr gehört hatte. Sie hatte den Geruch von Erde in der Nase, spürte die Wärme der Sonne in ihrem Rücken … »Im letzten Sommer habe ich sogar hier Tomaten gezogen. Auf meinem Balkon.«

Das schien das Mädchen heftig zu verwirren.

»Es war ein Topfgarten. Für einen richtigen Garten habe ich keinen Platz.«

»Was ist mit Mais?«

»Das könnte schwierig werden, aber ich werde mich erkundigen. Wenn du magst, können wir Samen in Eierkartons ziehen, und wenn du wieder im Haus deiner Großmutter bist, helfe ich dir, ein kleines Beet für dich in ihrem Vorgarten anzulegen.«

»Wirklich?« Die Kleine strahlte vor Freude. »Ein Garten«, hauchte sie.

»Steht noch etwas auf deiner Liste?«

Ellen nickte. »Ich möchte mit Grandma Dolores Kekse backen.«

»Das würde sie sicher gern tun.«

»Sie hat immer gesagt, wir könnten das tun, aber dann wurde sie müde oder fühlte sich nicht gut, und wir sind nie dazu gekommen.«

Anne Marie legte Ellen den Arm um die Schultern. »Wenn deine Großmutter aus dem Krankenhaus zurück ist, fühlt sie sich wieder viel besser und hat viel mehr Kraft. Ich bin sicher, dann wird sie mit dir Kekse backen wollen.«

»Hafer-Rosinen-Kekse sind meine Lieblingskekse.« Ellen legte den Bleistift zur Seite. »Mehr ist mir nicht eingefallen.«

»Wie wäre es mit etwas Skurrilem?«

Ellen schaute sie verständnislos an.

»Skurril bedeutet seltsam, wunderlich – ein Wunsch, der nicht … ernst ist. Etwas Lustiges, nur so zum Spaß.«

Ellen schob das Bleistiftende wieder zwischen ihre Zähne. »Steht auf deiner Liste etwas Schku… Skurriles?«

Gute Frage. »Noch nicht. Lass uns mal überlegen.« Sie stand auf und holte drei Teller aus dem Küchenschrank.

»Zum Beispiel?«

»Nun …« Anne Marie schaute das Kind an, dann ging sie zu dem Tisch, auf dem ihre eigene Liste lag.

11. Barfuß im Regen tanzen

»Was hast du geschrieben?«, fragte Ellen.

Anne Marie sagte es ihr.

Ellen fing an zu kichern. »Das ist dumm. Hast du keine Angst, dass deine Kleidung nass wird? Oder dass du Schlamm zwischen die Zehen kriegst?«

»Das wäre mir egal, vor allem, wenn ich mit jemandem tanze, den ich liebe.« Sie öffnete den Kühlschrank, nahm einen Römersalat und anderes Gemüse heraus. Ab und zu bereitete sie Salat zum Abendessen zu. Dabei verwendete sie durchaus auch ungewöhnliche Zutaten wie Walnüsse, Cranberrys, grüne Bohnen, chinesische Nudeln, Sonnenblumenkerne, eingelegtes Gemüse, Rote Bete ... Ihre Eigenkreationen kamen mal mehr, mal weniger gut an – die klein gehackten Anchovis eher weniger –, aber interessant waren sie immer.

Wegen Ellen entschied sie sich diesmal für einen konventionelleren Salat aus Kirschtomaten, Möhrenraspeln, Gurke und grüner Paprika. Zum Abschluss streute sie zerkleinerte Brezeln darüber, weil sie nicht widerstehen konnte und sich sicher war, dass Ellen nichts dagegen hatte.

Während sie gemeinsam den Tisch mit einer weißen Tischdecke und ein paar übrig gebliebenen St.-Patrick's-Servietten deckten, erklärte Anne Marie, wer Brandon war, und erzählte, dass er zum Essen kommen würde. Ellen wirkte ein wenig nervös, ihn kennenzulernen. Aber vielleicht teilte sie auch nur nicht gern die Zeit, die sie mit Anne Marie gemeinsam hatte, mit ihm.

Es klopfte an der Hintertür, gerade als Anne Marie den Salat auf den Tisch stellte. »Das ist Brandon«, erklärte sie und ging zur Tür, begleitet von Baxters aufgeregtem Gebell.

Ihr Stiefsohn betrat die winzige Wohnung, beide Hände hinterm Rücken versteckt. Mit großer Geste präsentierte er eine Flasche ihres Lieblingsweins und einen Strauß Blumen. Er küsste Anne Marie auf die Wange und streckte die Blumen dann Ellen hin. »Du musst die reizende Ellen sein. Die sind für dich.«

Ellen lächelte zaghaft. »Ich mag Blumen.«

»Möchtest du Brandon danke sagen?«, fragte Anne Marie.

»Danke.«

»Gern geschehen, Ellen.«

Anne Marie fand eine passende Vase und half Ellen, ihren Strauß zu arrangieren. Dann öffnete Ellen, ohne darum gebeten worden zu sein, die Besteckschublade und suchte heraus, was sie zum Essen brauchen würden, während Anne Marie zwei Weingläser und ein Saftglas auf den Tisch stellte. Als sie alle drei saßen und bereit waren, mit dem Essen zu beginnen, sprach Anne Marie das Tischgebet.

Brandons und Anne Maries Blicke trafen sich, als er den Kopf senkte und »Amen« murmelte. Ellen bestand darauf, vor jeder Mahlzeit zu beten. Ihre Großmutter hatte ihr das beigebracht, und jedes Mal fragte Anne Marie sich, wie die beiden Töchter der Frau, die doch vermutlich genauso erzogen worden waren, so sehr auf die schiefe Bahn hatten geraten können.

Brandon überschlug sich beinahe vor Lob über den Auflauf. »Das ist wirklich fantastisch.«

»Geheimes Familienrezept«, erklärte Anne Marie feixend.

»Gibst du das meiner Grandma?«, fragte Ellen und kratzte die letzten Reste von ihrem Teller.

»Wenn du möchtest.«

»Ich hätte es auch gern«, erklärte Brandon. »Hey, ich gebe es einer meiner Freundinnen, damit die es für mich kocht.«

»Hey, stell dich selbst an den Herd.«

»Na gut«, gab er lachend zurück. »Werde ich tun.«

Sie tranken ihren Wein aus. Dann räumten Brandon und Ellen den Tisch ab, während Anne Marie eine Kanne Kaffee aufbrühte.

»Darf ich in mein Zimmer gehen und lesen?«, fragte Ellen. Sie hatte gerade mit der Buchreihe »Unsere kleine Farm« von Laura Ingalls Wilder begonnen, und Anne Marie wusste, dass sie darauf brannte, so schnell wie möglich zu *Laura im großen Wald* zurückzukehren.

»Ja, Ellen, das darfst du.«

Sie schauten dem Mädchen nach, das mit Baxter auf den Fersen eilig in seinem Zimmer verschwand. Dann lehnte sich Brandon bequem auf seinem Stuhl zurück und wandte sich an Anne Marie. »Du wärst eine gute Mutter«, meinte er nachdenklich.

»Danke.« Leider war das reine Theorie, denn zu einem Kind brauchte sie einen Vater, und sie war nicht einmal annähernd bereit, eine neue Beziehung einzugehen. Schon in wenigen Monaten wurde sie neununddreißig, und es dauerte nicht mehr lange, bis es zu spät war. Sie hatte von Frauen in ihrem Alter gehört, die sich einen beliebigen willigen Samenspender suchten, um schwanger zu werden. Einen Mann, der nicht vorhatte, im Leben seiner Kinder eine Rolle zu spielen. Doch auf keinen Fall würde sie so etwas tun wollen.

Als der Kaffee fertig war, schenkte sie sich und Brandon je einen Becher ein und setzte sich dann wieder zu ihm an den Tisch.

»Hast du schon mit Rebecca gesprochen? Der Assistentin meines Vaters?«

Er verschwendete definitiv keine Zeit und kam direkt zu dem Thema, das ihm auf dem Herzen lag. Dabei hatte sie ihm ausdrücklich gesagt, sie wolle lieber nicht darüber reden. Anne Marie ließ die Frage einen Moment im Raum hängen und gab Sahne und Zucker in ihren Kaffee.

»Du musst es mir nicht sagen, wenn du nicht möchtest«, setzte Brandon leicht sarkastisch hinzu.

Seufzend knickte sie ein. »Die kurze Antwort lautet nein. Die lange Antwort: Ich bin nicht sicher, ob ich es jemals tun werde. Wenn sie den ersten Schritt tut und erklärt, dass das Kind von Robert ist … dann beschäftige ich mich damit. Vorher nicht.«

»Das verstehe ich«, brach Brandon schließlich sein Schweigen. »Ich möchte aber, dass du weißt: Mel bedauert ehrlich, was geschehen ist.«

Anne Marie zuckte wegwerfend mit den Achseln. »Wie geht es deiner Schwester?«

»Wir unterhalten uns ab und zu. Sie scheint mir viel ernsthafter geworden zu sein. Reifer, verstehst du?« Er runzelte die Stirn. »Als ich letzte Woche mit ihr telefoniert habe, sagte sie mir, sie habe sich mit Mom zerstritten.«

Das überraschte Anne Marie. Soweit sie wusste, standen Melissa und Pamela sich sehr nahe. Roberts Ex-Frau lebte in England, wo sie für eine internationale Hotelkette arbeitete. Robert hatte immer gesagt, dass die Tatsache, dass sie sich so sehr auf ihre Karriere konzentriert hatte, die Ursache für ihre Scheidung gewesen war. Pamela hatte eine Stelle angenommen, für die sie häufig reisen musste, obwohl Robert sie gebeten hatte, damit zu warten, bis die Kinder die Schule hinter sich gebracht hatten. Sie hatte sich geweigert und monatelange Trennungen von ihm und ihrer Familie in Kauf genommen.

»Was ist zwischen den beiden vorgefallen?«

Brandon zuckte die Achseln. »Wollte sie mir nicht sagen. Als ich sie gedrängt habe, hat sie das Thema gewechselt. Offensichtlich wollte sie nicht darüber reden, aber sie machte den Eindruck, als sei sie mit dem College voll ausgelastet, und das ist sie wohl auch.«

»Sie wird dieses Jahr ihren Abschluss machen, nicht wahr?«

Melissa studierte Betriebswirtschaft. Nach ihrem Abschluss wollte sie in die Fußstapfen ihrer Mutter treten und im Hotelmanagement arbeiten.

Robert war immer stolz auf seine Kinder gewesen und hatte oft betont, sie seien das einzig Gute, was aus seiner Ehe mit Pamela entstanden sei.

»Ja, im Juni sollte sie fertig sein.«

»Ist sie noch mit Michael zusammen?«

»Soweit ich weiß. Er ist ein guter Kerl. Ich mag ihn lieber als all ihre Ex-Freunde. Einige von denen waren … wie soll ich es sagen?« Er griff wieder nach seinem Kaffee. »Melissa hat ein paar Mal schwer danebengegriffen.«

Bevor Anne Marie reagieren konnte, kam Ellen zurück ins Zimmer, Schreibblock und Bleistift in der Hand. »Ist es ein Wunsch oder ein Ziel, wenn ich einen Goldfisch haben möchte?«

»Hmm, ein bisschen von beidem, würde ich sagen.«

»Okay.«

»Ich dachte, du liest?«

Ellen senkte den Blick zu Boden. Das machte sie immer, wenn sie das Gefühl hatte, in Schwierigkeiten zu sein. »Ich habe gelesen, aber dann ist mir ein neuer Wunsch eingefallen. Ich möchte zwanzig haben, genau wie du.«

»Bisher habe ich erst elf aufgeschrieben.«

Ellen nickte. »Kann ich barfuß im Regen tanzen auch auf meine Liste schreiben?«

»Natürlich.« Anne Marie grinste. »Aber denk dran, dich hetzt niemand. Denke gut über jeden Wunsch nach.«

»Okay.« Damit ging Ellen in ihr Zimmer zurück, leise in sich hineinmurmelnd.

Die Unterbrechung löste eine Reihe von Fragen über Anne Maries zwanzig Wünsche aus. Brandons Interesse störte Anne

Marie nicht; im Grunde war sie sogar dankbar für den Themenwechsel und erklärte in allen Einzelheiten, was sie und die anderen Witwen taten.

Eine halbe Stunde später hatte Brandon seinen Kaffee ausgetrunken und verabschiedete sich. Inzwischen war es halb neun – Zeit für Ellen, schlafen zu gehen.

»Grandma klang müde, als ich heute Nachmittag mit ihr geredet habe«, meinte Ellen, als sie sich ihr Nachthemd über die dünnen Arme zog.

»Sie wird noch lange müde sein. Eine Herzoperation ist belastend. Sie muss sich erst einmal sehr viel ausruhen.«

Das schien Ellen traurig zu machen. »Aber …«

»Du wirst schon bald wieder zu deiner Großmutter nach Hause können«, versprach Anne Marie ihr rasch. Sie ließ sich täglich über die Verfassung der älteren Frau informieren, und sie machte gute Fortschritte – genau wie es sein sollte. In zwei oder höchstens drei Wochen würde sie wieder zu Hause sein, und eine ambulante Pflegekraft würde sich um sie kümmern. Dann konnte Ellen wieder in das einzige stabile Leben zurückkehren, das sie jemals kennengelernt hatte.

Anne Marie schlug das Laken zurück und deckte das Kind zu.

»Können wir noch beten?«, fragte Ellen verschlafen.

»Natürlich.«

»Soll ich laut beten oder nur in meinem Herzen?«, murmelte sie. An den meisten Abenden bewegten sich nur ihre Lippen, während sie schweigend betete und Anne Marie zusah.

»Wie machst du das denn immer mit deiner Großmutter?«

»Sie möchte, dass ich laut bete.«

»Dann tu das.« Der schlichte Glaube des Kindes berührte sie und erinnerte sie an die Zeit, in der auch sie ihre Gebete gesprochen hatte. Anne Marie konnte sich nicht erinnern, wann sie damit aufgehört hatte oder warum. Sie war einfach der Gewohnheit entwachsen, vermutete sie.

Ellen musterte sie. »Du musst meine Hände halten und die Augen schließen. So macht es Grandma Dolores.«

»Gut.« Damit umfasste sie Ellens Hände und schloss die Augen.

Offensichtlich war die Kleine damit zufrieden, denn sie begann zu sprechen. »Gott, ich bin es wieder. Ellen.« Sie betete für ihre Großmutter, dankte Gott für ihre Lehrerin und ihre Freundinnen und handelte eine lange Liste von Themen ab, darunter die Hoffnung, den morgigen Rechtschreibtest gut zu bestehen, und ein Dankeschön an Gott für den neuen grünen Regenmantel.

Anne Marie wollte ihr nicht ins Wort fallen, aber den Mantel hatte sie ihr geschenkt, nicht Gott.

»Und vor allem danke für Anne Marie, weil ich deshalb nicht in ein Pflegeheim musste, und Amen«, flüsterte Ellen.

»Amen«, setzte Anne Marie hinzu. Inzwischen schmerzten schon ihre Knie, und es fiel ihr schwer, auf die Beine zu kommen. Spontan beugte sie sich zu Ellen herab und küsste sie auf die Stirn. »Gute Nacht, meine Süße.«

»Gute Nacht.«

Gegen zehn ging sie noch einmal mit Baxter für fünf Minuten Gassi, nur eine kleine Runde in Sichtweite der Wohnung. Als sie zurückkam, klingelte das Telefon, und Elise Beaumont war dran. »Ich hatte mich schon gefragt, wann du dich melden würdest«, sagte Anne Marie nach der Begrüßung.

»Tut mir leid, dass ich so spät anrufe.«

»Ist schon in Ordnung.«

»Die letzten Male warst du immer beschäftigt, wenn ich im Buchladen war.«

»Ich weiß.«

»Ich wollte fragen, wie das Gespräch mit Rebecca Gilroy verlaufen ist.«

»Oh.« Das Thema ließ sie einfach nicht los, wie es schien. »Ich habe gehört, du arbeitest jetzt für Lydia«, wich sie aus.

»Versuch nicht, mich abzulenken. Hast du mit Rebecca gesprochen?«

Anne Marie begriff nicht, warum jeder zu glauben schien, es läge in ihrer Verantwortung, die andere Frau zur Rede zu stellen.

»Du *hast* doch mit ihr gesprochen, oder?«

»Nein.« Sie hatte gute Gründe, keinen Kontakt zu der Frau aufzunehmen, die mit ihrem Mann ins Bett gestiegen war. Gründe, die niemanden außer ihr etwas angingen.

Warum sollte sie mit dieser Frau reden wollen, die höchstwahrscheinlich Roberts Kind zur Welt gebracht hatte?

15. Kapitel

Unruhig wälzte Anne Marie sich die ganze Nacht im Bett hin und her, und als sie um sieben Uhr aufstand, war sie wie gerädert und ziemlich sicher, keine zwei Stunden Schlaf ergattert zu haben. Jedes Mal, wenn sie kurz weggenickt war, war sie im nächsten Moment schon wieder aufgewacht, weil sie das Bild in ihrem Kopf einfach nicht loswurde: Robert und seine Assistentin, eng umschlungen. Anne Marie war Rebecca Gilroy nur wenige Male begegnet, erinnerte sich aber gut an sie. Hochgewachsen und kurvig, mit kastanienbraunen Haaren, Mitte zwanzig. Und während sie verzweifelt versucht hatte einzuschlafen, hatte sie immer nur die andere Frau vor sich gesehen. Mit dickem Bauch – schwanger.

Mit Roberts Kind.

Seit dem Essen mit Melissa hatte Anne Marie alles getan, um sich zu beschäftigen, nicht nachzudenken, sich nicht mit dem Schmerz zu befassen, der sie unter sich zu begraben drohte. Aber er kam immer wieder zurück, ließ sie einfach nicht los, bis sie ihn zur Kenntnis nahm.

Nein, sie würde Rebecca Gilroy nicht ansprechen. Sie sah keinen Sinn darin, sich dieser Realität zu stellen, wenn es sich umgehen ließ.

Mit Baxter an der Leine begleitete sie Ellen zur Bushaltestelle, wo eine kleine Gruppe Schüler wartete. Ihre Augen brannten wegen des Schlafmangels. Anschließend brachte sie den Hund zurück in die Wohnung, erledigte ein paar Hausarbeiten und ging schließlich um zehn hinunter in den Buchladen, um offiziell zu öffnen.

Lillie tauchte um fünf nach zehn auf. Ein Blick auf Anne Marie genügte ihr. »Du siehst grauenhaft aus«, sagte sie stirnrunzelnd.

»Danke«, gab Anne Marie süß-säuerlich zurück. »Dir auch einen guten Morgen.«

»Stimmt irgendwas nicht?«

»Ich habe letzte Nacht nicht besonders gut geschlafen.«

»Kann ich irgendetwas tun, um zu helfen?«

»Nein, aber danke für das Angebot.« Sie wollte mit niemandem mehr über diese Angelegenheit sprechen, nicht einmal mit einer so warmherzigen und mitfühlenden Freundin wie Lillie.

Während Lillie in den Regalen stöberte, schaltete Anne Marie ihren Computer ein, um den Lagerbestand zu überprüfen. Nach einer Weile lud Lillie einen Arm voll Bücher auf dem Tresen ab. Sie war eine unersättliche Leseratte und kaufte normalerweise gebundene Bücher. Anne Marie konnte sich darauf verlassen, dass sie etwa zehn Bücher pro Monat kaufte. Ihre aktuelle Auswahl enthielt ein paar Liebesromane. Das war etwas Neues; normalerweise las ihre Freundin lieber Krimis und Thriller. Anne Marie tippte die Bücher in die Kasse ein, und Lillie zahlte mit ihrer Kreditkarte.

»Hast du in letzter Zeit mal mit Elise gesprochen?«, fragte Lillie, während sie die Karte wieder in ihre Geldbörse steckte.

»Sie hat gestern Abend angerufen.«

»Hat sie die zwanzig Wünsche erwähnt?«

Elise und Anne Marie hatten sich über verschiedene Themen unterhalten, aber Anne Marie konnte sich an nichts davon erinnern, außer dem ersten, das Elise angesprochen hatte. »Nein.«

Lillie schüttelte den Kopf. »Wir sollten uns wirklich mal wieder treffen und einander auf den neuesten Stand bringen. Ich bin aktiv geworden, und ich weiß, dass du es auch bist.

Über unsere Listen zu sprechen wäre doch ermutigend, meinst du nicht?«

Anne Marie war davon nicht überzeugt, aber eine Diskussion anzufangen erforderte mehr Energie, als sie aufbringen konnte. Lillie schlug einen Termin vor, und Anne Marie nickte zustimmend. »Gut, dann treffen wir uns nächsten Donnerstag, das ist der siebenundzwanzigste, bei mir zu Hause«, ergänzte Lillie nach einem Blick auf einen eleganten kleinen Kalender, den sie aus ihrer Handtasche geholt hatte.

Auch dazu nickte Anne Marie.

»Barbie hat mir erzählt, dass du dich um ein kleines Mädchen kümmerst. Das finde ich großartig!«

Allmählich bekam Anne Marie ein schlechtes Gewissen, weil sie das Lob anderer einfach akzeptierte. Tatsache war nun mal, dass sie mehr als dankbar gewesen wäre, hätte es eine Alternative für Ellen gegeben.

»Mit meinen Wünschen komme ich gut voran«, kam Lillie auf das Thema zurück. »Ich nehme diese Sache sehr ernst. Genau das habe ich gebraucht.« Sie seufzte. »Ich stelle fest, dass ich immer häufiger über Dinge nachdenke, die ich tun und erleben möchte. In mir macht sich eine … eine Art *freudige Erwartung* breit, die ich seit Jahren so nicht mehr gespürt habe«, fügte sie hinzu, die Hand auf ihr Herz gelegt. »Es ist, als hätte ich mir endlich gestattet zu tun, was *ich* will.«

Nichts davon hatte Anne Marie empfunden. Bei den meisten ihrer Wünsche ging es darum, sich von Roberts Tod zu erholen. Zu singen, zu lachen, zu tanzen. Erfüllt hatte sich noch keiner, und bei ihrer jetzigen geistigen Verfassung war sie sich auch nicht sicher, ob das je geschehen würde.

Irgendetwas musste sie jedoch sagen. »Habe ich dir erzählt, dass ich für meine Liste Materialien für ein Sammelalbum und einen Ordner gekauft habe?«

Lillie nickte. »Das hast du, und mir gefällt die Idee ganz ausgezeichnet. Ich hatte vor, das ebenfalls zu tun.«

»Das solltest du unbedingt.« Schließlich beanspruchte sie keine Exklusivrechte an der Idee.

»Ich glaube, wir würden alle davon profitieren, wenn wir einen Ordner für die zwanzig Wünsche anlegen. Meinst du nicht?«

Anne Marie nickte müde lächelnd.

Ein paar Minuten später verließ Lillie den Laden schwer beladen mit zwei vollen Einkaufstüten, und danach kroch die Zeit im Schneckentempo dahin. Anne Marie brachte kaum die Energie auf zu lächeln. Sie hätte Theresa anrufen können, damit sie für sie einsprang, tat es aber nicht. Seit Ellen bei ihr wohnte, hatte sie wieder und wieder auf ihre Teilzeitangestellten zurückgreifen müssen. Da die anderen beiden das College besuchten, hatten sie tagsüber Unterricht. Und sie wollte Theresas freundliche Hilfsbereitschaft nicht ausnutzen, obwohl sie nur zu gern nach oben gegangen und ins Bett gekrochen wäre. Nur Schlaf konnte ihr das Vergessen bieten, das sie so dringend ersehnte.

Als der Schulbus Ellen an der Blossom Street absetzte, kam die Kleine in den Laden gerannt. Ihre Augen funkelten vor Freude. »Ich habe eine Eins im Diktat bekommen!«

Anne Marie versuchte, ihr zu zeigen, wie sehr sie sich darüber freute, war sich aber nicht sicher, dass ihr das auch gelang.

Ellen schien nicht aufzufallen, wie erschöpft sie war. »Darf ich es meiner Grandma zeigen?«, fragte sie gespannt.

»Ich …«

»Du hast gesagt, wir können sie am Dienstag wieder besuchen, weißt du noch?«

Leider entsprach das den Tatsachen. »Natürlich«, sagte sie

und atmete tief durch. Ellen hatte schon zu oft erlebt, dass Versprechen, die man ihr gegeben hatte, gebrochen wurden. Sie wollte nicht dieselbe Schuld auf sich laden. Robert hatte ihr versprochen, eines Tages mit ihr nach Paris zu reisen. Und hatte es nicht getan. Er hatte ihr versprochen, sie zu lieben und ihr treu zu sein. Auch das hatte er nicht getan.

Sie erlaubte Ellen, Baxter nach unten in den Laden zu holen, und die beiden machten es sich auf einem der großen Sessel bequem. Ellen buchstabierte jedes Wort aus ihrem Diktat für den Yorkie, der aufmerksam zuzuhören schien.

Um vier kam Steve Handley. Normalerweise arbeitete er montags bis mittwochs von vier bis sechs Uhr nachmittags, donnerstags und freitags von vier bis acht. Oft schloss er den Laden für sie, und Anne Marie vertraute ihm bedingungslos.

Sie machte ihre Übergabe und zog sich dann mit Ellen und Baxter in ihre Wohnung zurück. Nach Kochen war ihr heute nicht zumute, also wärmte sie den Rest vom Auflauf des Vortages für Ellen auf und ergänzte das Ganze durch einen Apfel und einen gekauften Haferkeks. Sie selbst hatte keinen Appetit.

Das Kind aß schweigend und stellte dann das benutzte Geschirr in die Spüle.

»Bist du so weit, dass wir loskönnen?«, fragte Anne Marie.

Ellen drehte sich zu ihr um, die Augen weit aufgerissen und voller Hoffnung. »Ich darf wirklich Grandma Dolores besuchen?«

»Aber natürlich.« Gott würde sie dafür segnen, redete Anne Marie sich ein.

Ellen rannte in ihr Zimmer und kam mit dem Diktat zurück. Auf dem Weg ins Krankenhaus hörte sie gar nicht mehr auf zu reden, so aufgeregt war sie. Atemlos berichtete sie von Baxters Fortschritten bei den Kunststücken, die sie ihm beibrachte, davon, dass sie Puzzle beinahe nur mit einem z geschrieben hätte, und von hundert anderen Dingen, die sie Dolores erzählen wollte. Anne Marie fühlte sich erbärmlich. Sie war so mit ihren eigenen Problemen beschäftigt, dass ihr gar nicht aufgefallen war, wie sehr das Kind die Großmutter vermisste.

Ellen brauchte die Gewissheit, dass Dolores auf dem Weg der Besserung war und schon bald alles wieder normal werden würde. Anne Marie war nicht die Einzige, deren Leben völlig auf den Kopf gestellt worden war. Ohne die Großmutter, ohne ihre Liebe und Anleitung musste sich das Kind völlig hilflos und verloren fühlen.

Anne Marie hielt regelmäßigen telefonischen Kontakt mit Dolores Falk, und sie rief jeden Tag im Krankenhaus an, um zu erfahren, wie es der älteren Frau ging. Dolores' Zustand verbesserte sich stetig. Schon bald würde sie vom Krankenhaus in eine Rehaklinik verlegt werden und dort mindestens eine Woche bleiben, bevor sie nach Hause entlassen wurde.

Anne Marie hatte Glück und fand einen Parkplatz direkt am Straßenrand. Sie beschloss, das als Belohnung dafür zu betrachten, dass sie Ellens Bedürfnisse wichtiger nahm als ihre eigenen. Mit dem Mädchen an der Hand ging sie rasch zum Haupteingang des Krankenhauses.

»Wird Grandma heute mehr reden können?«, fragte Ellen.

Bei ihrem ersten gemeinsamen Besuch am Samstag zuvor war Dolores noch künstlich beatmet worden. Der Schlauch hatte sie am Sprechen gehindert und nur ein heiseres Flüstern zugelassen. »Den Schlauch hat man ihr abgenommen. Sie sollte also wieder normal reden können«, erklärte Anne Marie.

Dolores hatte jenen Besuch fast vollständig verschlafen, und hinterher war Ellen noch stiller als sonst. Der Kontrast zwischen dem Kind, das den irischen Sängern gelauscht hatte, und dem Kind, das später am Nachmittag das Krankenhaus verließ, war erschreckend. Anne Marie hatte versucht, sie davon zu überzeugen, dass Dolores gute Fortschritte machte, aber Ellen sah nur eine sehr kranke Frau.

»Deine Großmutter wird unheimlich stolz auf dich sein, weil du eine Eins bekommen hast«, meinte Anne Marie.

»Ich weiß.«

Sie kamen am Geschenkeladen vorbei.

»Sollen wir ihr wieder Blumen mitbringen?«, fragte Ellen mit einem Blick auf die Sträuße, die im Schaufenster ausgestellt waren.

»Ich bin sicher, der Strauß von Samstag ist noch frisch.« Nach dem Konzert hatten sie in *Susannah's Garden*, dem Blumengeschäft neben dem Buchladen, weiße Tulpen und gelbe Narzissen gekauft. Dolores schien den Strauß kaum wahrzunehmen, was unter den gegebenen Umständen verständlich war.

Sie gingen direkt zum Aufzug, und Ellen drückte den Knopf für die fünfte Etage, die zur Chirurgischen Abteilung gehörte. Die Aufzugtüren öffneten sich genau gegenüber dem Schwesternzimmer.

Als sie das Krankenzimmer betraten, saß Dolores aufrecht im Bett und verfolgte etwas im Fernseher, der an der Wand hing. Die Vase mit den Blumen stand auf dem Tischchen neben ihrem Bett, und obwohl es ein Zweibettzimmer war, war sie im Moment allein hier untergebracht. Als sie Ellen erblickte, erstrahlte sie vor Glück und Liebe. »Oh, meine kleine Ellen, mein kleiner Sonnenschein.«

»Grandma! Grandma!« Ellen rannte so begeistert auf das Krankenbett zu, dass sie heftig gegen die Matratze stieß.

»Oh, Ellen, ich freue mich so, dich zu sehen.« Dolores schaltete den Fernseher aus und konzentrierte sich jetzt ganz auf ihre Besucher. Sie streckte beide Arme nach ihrer Enkelin aus.

Anne Marie hob Ellen kurz hoch, damit sie ihre Großmutter sanft in die Arme nehmen konnte. Die intensive Herzlichkeit zwischen den beiden rührte sie fast zu Tränen: Das war Liebe in ihrer reinsten Form. Ein Kind und seine Großmutter.

»Ich habe eine Eins im Diktat«, erklärte Ellen und hielt Dolores das Heft hin.

»Oh, Ellen, das ist wunderbar.«

»Sie hat intensiv gelernt«, sagte Anne Marie.

»Und das sind alle Wörter, die wir seit Weihnachten gelernt haben.«

»*Alle* Wörter?« Die Augen der älteren Frau weiteten sich in Anerkennung.

»Ja, und Stevie Logue und ich waren die Einzigen, die eine Eins bekommen haben.«

»Das ist ganz ausgezeichnet, mein Schatz.« Dolores griff nach ihrem Wasserkrug. »Ellen«, bat sie, »tust du mir einen Gefallen? Gehst du bitte ins Schwesternzimmer und fragst, ob ich noch etwas Eis bekommen kann?«

Das kleine Mädchen nickte und nahm den Krug, offensichtlich stolz, eine so wichtige Aufgabe für ihre Großmutter erledigen zu können.

»Wie schlägt sie sich?«, fragte Dolores eindringlich, kaum dass die Kleine draußen war.

Anne Marie lächelte. »Wirklich gut.«

»Ich wusste, dass ich Ihnen vertrauen kann«, erwiderte Dolores, und Tränen schossen ihr in die Augen. »Ich kannte Sie noch gar nicht, da wusste ich schon, dass Sie die Richtige sind. Nach allem, was Ellen über Sie erzählt hat.«

»Ich freue mich, helfen zu können.« Überrascht stellte Anne Marie fest, dass das der Wahrheit entsprach. Ja, inzwischen war es wahr geworden.

»Ellen mag Sie.«

»Ich mag sie auch.«

»Wenn mir irgendetwas zustößt …«, fuhr Dolores fort, beugte sich vor und umklammerte Anne Maries Arm.

Der Schock saß tief. »Sie haben doch keine schlechten Nachrichten, oder?« Bestimmt hätten Ärzte und Pfleger ihr das gesagt, wenn es so wäre. Andererseits, sie gehörte nicht zur Familie, und sie wusste nicht, wie streng die Krankenhausrichtlinien waren, wenn es um Nichtangehörige ging.

»Nein, nein, ich erhole mich gut, behaupten die Ärzte«, beruhigte Dolores sie.

»Oh, Gott sei Dank!« Anne Marie konnte nicht verbergen, wie erleichtert sie war.

»Trotzdem bin ich keine neue Spülmaschine.« Dolores lächelte und ließ Anne Marie los. »Das hat die junge Frau gesagt, die mich operiert hat. Es gibt keine Garantie, dass alle meine Teile die nächsten fünf Jahre einwandfrei funktionieren werden.«

»Natürlich nicht. Das geht jedem so.«

»Aber … ich fühle mich besser als seit Monaten.«

Das war definitiv ein gutes Zeichen.

»Trotzdem«, fügte Dolores nachdenklich hinzu, »man kann nie wissen.«

Anne Marie schluckte. Sie fragte sich, ob Robert wohl irgendwelche Vorahnungen gehabt hatte, als er am letzten Tag seines Lebens aufwachte. Ob er wohl irgendwelche Warnzeichen erlebt hatte. Schmerz? Übelkeit? Kribbeln in den Fingerspitzen? Schmerzen im linken Arm? Hatte er angenommen, der Druck in seiner Brust sei einfach nur Sodbrennen? Wenn sie zu dem Zeitpunkt zusammengelebt hätten, hätte sie dann erkannt, was los war, und ihm helfen können?

Auf all diese Fragen hatte sie keine Antwort, und sie würden sie bis in alle Ewigkeit plagen.

»Man kann nie wissen«, wiederholte sie niedergeschlagen.

»Ich habe zwei Töchter zur Welt gebracht«, sagte Dolores.

»Ich weiß.«

»Ich habe versucht, ihnen eine gute Mutter zu sein, nachdem ihr Vater mich verlassen hatte.«

»Ich weiß.«

Wieder stiegen Tränen in die Augen der älteren Frau. »Ich habe keine Ahnung, wo ich versagt habe, und ich kann nichts mehr ändern. Candace und Clarisse. So hübsche Mädchen«, flüsterte sie. »Und jetzt …«

»Ich verstehe«, sagte Anne Marie besänftigend angesichts der tiefen Traurigkeit der Kranken.

Dolores schien zu einem Entschluss gelangt zu sein. Erneut wandte sie sich Anne Marie zu und griff nach ihrem Arm. Wilde Entschlossenheit lag in ihrem Blick. »Sie müssen mir versprechen, wenn mir etwas zustoßen sollte, dass Sie Ellen nicht zurück zu ihrer Mutter gehen lassen.«

»Aber das liegt nicht in meiner …«

»Sie nimmt Crystal Meth«, unterbrach Dolores sie. »Das letzte Mal habe ich sie im Gerichtssaal gesehen. Ihr fielen die Haare aus, die Zähne verfaulten ihr im Mund, und sie ist doch gerade mal dreißig Jahre alt. Meine Tochter bringt sich langsam um.«

»Sie haben das alleinige Sorgerecht für Ellen?«

»Ja. Versprechen Sie mir, dass Sie Ellen nicht wieder zu ihr lassen.«

»Ich bin sicher, dass das Kinder- und Jugendamt nicht …«

»Versprechen Sie es mir«, beharrte Dolores, während ihr Griff noch fester wurde.

»Aber ich …«

»Ich gebe keine Ruhe, bis ich weiß, dass Ellen zu jemandem kommt, der sie liebt. Versprechen Sie's mir.«

Anne Marie begriff, dass es sinnlos war, zu diskutieren. »Ich verspreche es.« Zwar vermutete sie, dass der Staat ihr gar nicht erlauben würde, ihr Versprechen zu halten, aber sie musste die Frau beruhigen, und es gab keine andere Möglichkeit.

Dolores lockerte ihren Griff um Anne Maries Arm. »Danke«, hauchte sie.

»*Sie* werden Ellen großziehen«, erklärte Anne Marie. »Sie werden wieder gesund, und Ellen kommt wieder nach Hause …«

»Clarisse.« Die Stimme der älteren Frau brach.

Anne Marie wusste bereits, dass ihre zweite Tochter im Gefängnis saß.

»Sie ist genauso schlimm wie ihre Schwester.«

»Es tut mir so leid.«

Dolores wandte den Blick ab. »Vielleicht hätte ich strenger auf sie achten sollen, als sie noch Teenager waren.«

»Ich …«

»Ich habe mein Bestes getan, aber es war nicht genug. Sie gerieten in schlechte Gesellschaft, und bevor ich mich versah, gingen sie von der Schule ab und fingen an, Drogen zu nehmen …«

»Es tut mir so leid.« Wenn ihr doch nur etwas anderes einfallen würde. Etwas Hilfreicheres.

»Der Staat könnte versuchen, Ellen zu Clarisse zu geben, wenn sie aus dem Gefängnis kommt. Ellen darf auch nicht zu ihr. Verstehen Sie?«

»Das werde ich nicht zulassen.« Anne Marie hatte keine Ahnung, wie sie das verhindern sollte, wenn der Staat entsprechend entschied, aber sie beschloss, sich darüber nicht jetzt den Kopf zu zerbrechen. Schließlich würde Dolores vermutlich noch jahrelang leben und sich selbst um Ellen kümmern.

Anscheinend plötzlich erschöpft, schloss Dolores die Augen und sank in ihr Kissen zurück.

Im selben Moment kam Ellen in Begleitung einer Krankenschwester zurück, die aber gleich wieder ging. Ellen trug den Kunststoffkrug mit Eis und stellte ihn sorgsam auf das Tischchen neben die Blumenvase. »Schläft Grandma?«, fragte sie laut flüsternd.

Da Dolores die Augen nicht wieder öffnete, schloss Anne Marie, dass sie entweder eingenickt war oder kurz davorstand. Ihre Unterhaltung hatte sie eine Menge Kraft gekostet. Schließlich erholte sie sich noch von einer schweren Operation. Und obendrein – möglicherweise spielte das die größere Rolle – hatte sie sich den bittersten Kummer ihres Lebens ins Gedächtnis gerufen.

»Ich habe Eis geholt«, sagte Ellen.

»Sie wird dir später dafür danken. Aber wenigstens hattest du die Gelegenheit, ihr das Diktat zu zeigen. Du hast doch gesehen, wie stolz sie auf dich war?«

Ellen nickte zögernd.

»Wir sollten sie schlafen lassen.«

»Okay.« Trotzdem schien Ellen noch nicht bereit zu gehen. »Wäre es in Ordnung, wenn ich noch ein paar Minuten bei ihr sitzen bleibe?«

Neben dem Bett stand nur ein Stuhl, und auf dem saß Anne Marie. Schon bald kletterte Ellen ihr auf den Schoß. Das stetige Heben und Senken des Brustkorbs der Frau im Bett und ihr gleichmäßiger Atemrhythmus lullten Anne Marie ein, sodass auch sie die Augen schloss.

Sie wusste nicht, wie lang sie geschlafen hatte, als ihr Kopf nach vorn kippte und ihr bewusst wurde, dass Ellen sich in ihre Arme gekuschelt und die Wange an ihre Schulter gedrückt hatte. Das Gewicht des Kindes lag warm und seltsam tröstlich an ihrem Körper, und sie hätte noch eine ganze Weile so sitzen bleiben und das genießen können.

»Hat Grandma Dolores dir gesagt, wer mein Daddy ist?«

Anne Marie fragte sich, was diese Frage ausgelöst haben mochte. »Nein …«

»Oh.« Ein enttäuschter Seufzer begleitete diesen Laut.

»Erinnerst du dich an ihn, Ellen?«

»Nein.« Das Mädchen klang so traurig, dass Anne Marie ihren Arm fester um seine dünnen Schultern schlang. »Er steht auf meiner Wunschliste.«

»Dein Daddy?«

»Ja, ich möchte ihn treffen.«

Dolores hatte gesagt, Ellens Mutter wisse vermutlich gar nicht, wer der Vater war. Anne Marie wollte sie nicht dazu ermuntern, ein Ziel zu verfolgen, das sie nur unglücklich machen konnte. Aber wie Dolores auch gesagt hatte: Man konnte nie wissen. Vielleicht trat der Mann ja in dem Moment in das Leben des Kindes, in dem es ihn am meisten brauchte.

»Ich schätze, wir können auf deiner Geburtsurkunde nachsehen.« Vielleicht hatte die Schule eine Kopie, wobei Anne Marie sich keineswegs sicher war, dass man ihr Einblick gewähren würde.

»Ich habe inzwischen sechs Wünsche«, erklärte Ellen stolz.

Sechs Wünsche.

Sechs Gründe zu hoffen.

»Bist du bereit, nach Hause zu fahren?«, fragte Anne Marie. Inzwischen war es bereits neun, und sie wunderte sich, dass man sie nicht darauf hingewiesen hatte, dass die Besuchszeit längst vorbei war.

»In Ordnung.«

Ellen kletterte von ihrem Schoß. »Danke, dass du mich hergefahren hast, damit ich Grandma Dolores besuchen kann.«

»Gern geschehen.«

»Und danke, dass du mir von den Wünschen erzählt hast.«

Anne Marie nickte. Aus irgendeinem Grund hatten sich die finsteren Wolken der Depression gelichtet, und das Bild von Robert und Rebecca war aus ihrem Kopf verschwunden. Das Kind in ihren Armen zu halten ließ alles andere weniger wichtig, weniger dringlich erscheinen.

Dolores schnarchte ganz leise vor sich hin. Anne Marie nahm Ellen bei der Hand und schaltete das Deckenlicht aus, sodass das Zimmer im Dunkel lag. Gemeinsam fuhren sie zurück zur Blossom Street.

16. Kapitel

Lillie Higgins war mit ihrer allerbesten Freundin Jacqueline Donovan zum Mittagessen verabredet. Sie trug einen beigen Leinenrock und eine Jacke, die die Perlenkette, die David ihr in Hongkong gekauft hatte, so richtig schön zur Geltung brachte. Natürlich war ihr klar, dass die Großzügigkeit ihres Mannes ihren Grund gehabt hatte.

Die dreireihige Kette war ein Schuldopfer. Sie wusste nicht, was geschehen war, während er im Fernen Osten unterwegs gewesen war – oder mit wem –, und das war ihr auch lieber so. Doch mit der Zeit hatte sie erkannt, dass ihr Mann zu teuren Geschenken neigte, wenn er wegen irgendetwas ein schlechtes Gewissen hatte. Und *irgendetwas* hing in diesem Fall immer mit einer anderen Frau zusammen.

Nach Davids Tod hatte Lillie die Perlen nur selten getragen. Inzwischen aber war es ihr egal. Die Kette war wirklich wunderhübsch und sie in einer Schublade zu verstecken sinnlos. Sie hatte keinen Grund, sich deswegen schuldig zu fühlen, also trug sie sie inzwischen regelmäßig.

Als sie die dazu passenden Perlenohrringe anlegte, klingelte das Telefon. Lillie zögerte, war in Versuchung, es einfach klingeln zu lassen. Aber Jacqueline kam sowieso fast immer zehn bis fünfzehn Minuten zu spät, also entschied Lillie, den Anruf doch entgegenzunehmen.

»Hallo?«

»Mrs. Higgins?«

Sofort erkannte Lillie die Stimme: Hector Silva, der Kundendienstleiter des BMW-Autohauses.

»Hallo, Mr. Silva«, antwortete sie.

»Ich hoffe, es stört Sie nicht, dass ich anrufe.«

»Ganz im Gegenteil. Ich freue mich.« Und das entsprach der Wahrheit. Eigentlich hatte sie das Gefühl, dass es nicht zu überhören war, dass sie sich freute. Sie hatte nicht damit gerechnet, dass er sich melden würde. Deshalb war es eine wunderbare Überraschung.

»Ich rufe an, um mich dafür zu bedanken, dass Sie mit Mr. Sullivan gesprochen haben.«

»Entschuldigung, mit wem bitte?«

»Mr. Sullivan. Ihm gehört das Autohaus. Sie haben angerufen und ihm eine Nachricht hinterlassen, wie zufrieden Sie mit mir und dem Service sind.«

»Ach ja.« Jetzt fiel es Lillie wieder ein. »Sie haben meine Erwartungen bei Weitem übertroffen, und ich wollte, dass Mr. Sullivan erfährt, was für einen wertvollen Mitarbeiter er in Ihnen hat.«

»Noch einmal danke dafür.«

»Mr. Silva, ich bitte Sie, ich stehe doch in Ihrer Schuld.«

»Hector«, korrigierte er. »Wir hatten uns darauf geeinigt, uns beim Vornamen zu nennen.«

Sie lächelte über die aufrichtige Wärme in seiner Stimme. »Und ich bin Lillie.«

»Ich wollte Sie informieren, Lillie, dass ich dank Ihrer Kommentare zum Angestellten des Monats Februar ernannt worden bin.«

»Das haben Sie auch verdient.«

»Ich ... ähm ...« Er zögerte. Offenbar lag ihm noch etwas anderes auf dem Herzen. »Ich weiß, es ist nicht ...« Wieder verstummte er, als wüsste er nicht weiter.

»Ja?« Das Herz schlug ihr bis zum Halse. Vielleicht war es

ja anmaßend von ihr, aber sie wurde das sichere Gefühl nicht los, dass er vorschlagen wollte, sich wieder zu treffen.

»Ich wünsche Ihnen einen angenehmen Tag«, fuhr er hastig fort.

»Das wünsche ich Ihnen auch.« Die Mühe, ihre Enttäuschung zu verbergen, schenkte sie sich. »Wollten Sie noch etwas sagen, Hector?«, fügte sie trotzdem hinzu in der Hoffnung, ihn zu ermuntern und ihn wissen zu lassen, dass sie sich über eine Einladung freuen würde.

Auf ihre Frage folgte ein langer Moment Schweigen. »Nicht wirklich.«

»Oh.« Sie schluckte.

»Es war sehr nett von Ihnen, Mr. Sullivan anzurufen«, fuhr er hastig fort. »Ich hoffe, Sie haben viel Freude an Ihrem neuen Auto.«

»Danke, Hector, die habe ich.«

»Auf Wiedersehen, Lillie.«

»Auf Wiedersehen.«

Er legte nicht gleich auf, und sie tat es auch nicht. Lillie schloss die Augen, wartete sehnlichst darauf, dass er es aussprach. Wartete darauf, dass er ein Wiedersehen vorschlug. Er tat es nicht, und dann hörte sie, wie er auflegte. Das Herz wurde ihr unendlich schwer. Das war es dann wohl. Vermutlich war es besser so – auch wenn es sich nicht so anfühlte –, sie musste schließlich vernünftig sein. Sein gesellschaftlicher Stand lag weit unter ihrem, und in finanzieller Hinsicht lagen Welten zwischen ihnen. Hector verstand das, auch wenn sie es nicht verstand.

Wenn sie eine Beziehung mit ihm einginge, würden ihre Freundinnen sich fragen, ob sie den Verstand verloren hatte. Nun ja, vielleicht war dem ja so. Aber vielleicht war sie es einfach leid, immer nur die Fassade zu wahren, wie sie es ihr Leben lang getan hatte. Sie hatte ihren Mann geliebt, aber ihre Ehe war nur schöner Schein. Wenn David wieder mal eine Affäre gehabt hatte, hatte sie höflich den Blick abgewandt und so getan, als hätte sie nichts bemerkt. Das Wissen darum und die Scham darüber, dass der Mann, den sie liebte und dem sie immer treu geblieben war, sein Ehegelübde als unverbindliche Richtlinie betrachtete, hatte sie immer belastet.

Sie spielte mit den Perlen um ihren Hals. Nur zu gut erinnerte sie sich an den Abend, an dem David sie ihr geschenkt hatte. Er stand hinter ihr, als sie an ihrer Frisierkommode saß, und legte sie ihr um. In dem Moment musste sie sich unglaublich zusammennehmen, um sich die Kette nicht einfach vom Hals zu reißen. Obwohl David es sich problemlos leisten konnte, ihr solche Perlen zu schenken, war der wirkliche Preis dafür viel zu hoch.

Sie und Hector Silva waren bestenfalls Bekannte, aber Lillie erkannte instinktiv, dass er ein Mann war, der seine Frau niemals hintergehen würde. Anders als David nahm Hector seine emotionalen Verpflichtungen ernst. Natürlich konnte man fragen, woher sie das von einem Mann wissen konnte, dem sie nur ein paar Mal begegnet war. Aber Lillie wusste es. Ob es nun Intuition war oder was auch immer, sie *wusste* es einfach.

Melancholie ergriff sie. Seufzend nahm sie die Wagenschlüssel aus ihrer Handtasche. Wahrscheinlich würde sie nie wieder etwas von ihm hören.

Sie verließ das Haus, um sich mit Jacqueline Donovan im exklusiven *Seattle Country Club* zu treffen, in dem die beiden seit etlichen Jahren Mitglieder waren. Bei zahlreichen Wohltätigkeitsprojekten hatten sie zusammengearbeitet und waren öfter, als sie zählen konnte, im Organisationsausschuss für den Weihnachtsball aktiv gewesen.

Als sie von dem Flugzeugunglück erfahren hatte, bei dem David und Gary ums Leben gekommen waren, hatte Lillie sich an den einzigen Menschen gewandt, von dem sie Trost und Rat erwarten konnte: Jacqueline. Barbie hatte ihre eigene intensive Trauer zu verarbeiten gehabt und musste ihre Söhne trösten. Die drei waren in den Wochen nach dem Unglück zu einem geschlossenen Kreis zusammengewachsen, in den Lillie nicht hineingehörte. Doch Jacqueline war tagelang nicht von Lillies Seite gewichen und hatte ihr geholfen, die unzähligen drängenden Entscheidungen zu fällen. Doch ihre Liebe und Fürsorge endete damit nicht. Sie war Lillie als Freundin erhalten geblieben, während andere sich entfremdet hatten, und war gleichzeitig die Einzige, der Lillie von Davids Affären erzählt hatte.

Lillie hielt vor dem Clubgebäude und wurde sofort von einem Mitarbeiter begrüßt, der den Wagen für sie parkte. Er gab ihr keinen Beleg. Das war nicht nötig. Jeder Angestellte im Club kannte sie und ihr neues Auto.

»Ms. Donovan ist vor zwei Minuten angekommen«, informierte der Mann sie.

»Danke, Jason«, murmelte sie und eilte in das Gebäude.

Und richtig, Jacqueline saß an ihrem üblichen Tisch und blätterte in der Speisekarte. Sie trug die Haare wie immer hochgesteckt und hatte eine Halskette aus venezianischen Glasperlen in Blaugrün und Gold gewählt, die sich von ihrer schwarzen Kleidung wunderbar abhob. Lächelnd legte sie die Speisekarte zur Seite, als Lillie an den Tisch trat.

»Es passt gar nicht zu dir, dass du zu spät kommst«, begrüßte sie Lillie. Sie hatte bereits eine Flasche von ihrem Lieblingswein bestellt, ein Sauvignon Blanc aus Neuseeland, den der Club in erster Linie für sie auf Lager hielt.

»Ich war schon fast draußen, da hat das Telefon geklingelt«, antwortete Lillie und griff nach der Speisekarte, obwohl sie sie praktisch auswendig kannte. Natürlich standen darin keine Preise. Am Ende des Monats würde wie immer eine Sammelrechnung per Post kommen.

»Nichts Wichtiges, hoffe ich.«

»Nicht wirklich.« Kurz dachte Lillie darüber nach, ob sie von Hector erzählen sollte, verwarf den Gedanken aber schnell wieder. Von all ihren Freundinnen vertraute sie Jacqueline am meisten, und doch …

Ein Kellner trat an ihren Tisch, und Lillie entschied sich für den orientalischen Salat. Jacqueline bestellte Jakobsmuscheln.

»Also«, begann Jacqueline und schwenkte den Wein in ihrem Glas. »Was gibt es Neues in Sachen zwanzig Wünsche?«

Als sie sich das letzte Mal zum Essen getroffen hatten, hatte Lillie voller Begeisterung über ihre Liste geredet, ohne Punkt und Komma hatte sie von der Idee geschwärmt und ihre Wünsche beschrieben, angefangen bei dem roten BMW.

»Die Witwen treffen sich nächste Woche. Dann werden wir über unsere Wünsche und die Fortschritte, die wir damit gemacht haben, reden.«

Jacqueline nahm einen Schluck von ihrem Wein. »Das ist eine hervorragende Idee. Seitdem du mir davon erzählt hast, denke ich darüber nach, selbst eine Liste aufzustellen.«

»Tu das«, bestärkte Lillie sie und nickte nachdrücklich.

»Sie hat dir ganz offensichtlich neuen Auftrieb gegeben.«

»Meinst du?«

»Ich habe dich seit Jahren nicht mehr so glücklich gesehen.«

Sie wollte etwas sagen, wollte erklären, dass die zwanzig Wünsche nicht allein für diesen neuen Auftrieb verantwortlich waren. Aber sie konnte nicht. Sie musste akzeptieren, dass sie nie wieder von Hector hören würde. Ironischerweise war er die Verkörperung ihres sehnlichsten Wunsches – ein anständiger, ehrbarer Mann. Ein Mann, den sie nicht haben konnte. Ein

Wunsch, der womöglich nie in Erfüllung ging. Das Ganze war so hoffnungslos.

»Offen gesagt, ich habe jemanden kennengelernt.« Lillie wusste selbst nicht, was sie dazu veranlasst hatte, das auszusprechen. Am liebsten hätte sie die Worte sofort zurückgenommen.

Jacqueline stieß fast ihr Weinglas um. »Wann? Wie? Wen? Du hast kein Sterbenswörtchen davon erwähnt!«

»Nun ja, es ist so …«

»Ja?«

Lillie holte tief Luft. »Bevor du völlig aus dem Häuschen gerätst: Es ist niemand, den du kennst.«

»Er ist nicht Mitglied im Club?« Ein Großteil ihres gesellschaftlichen Lebens drehte sich um den Country Club, obwohl sie beide eine Menge Freunde auch außerhalb des Clubs hatten.

»Nein.«

»Warum machst du so ein Geheimnis daraus?«

»Ich mache kein Geheimnis daraus. Ich hätte das nicht erwähnen sollen.« Lillie spürte, wie sie rot anlief. »Vergiss einfach, was ich gesagt habe.«

»Kommt gar nicht infrage! Du brennst doch darauf, es mir zu erzählen, also raus damit.«

»Ich bin kein einziges Mal mit ihm ausgegangen. Es gibt also nichts zu erzählen.«

Jacqueline zog die Brauen hoch. »Warum nicht?«

»Erstens, er hat nicht gefragt, und … und, nun ja, ich bezweifle, dass er das jemals tun wird. Wir brauchen also nicht darüber zu reden.«

»Er ist jünger als du, richtig?«

»Nein! Wisch dir dieses blöde Grinsen aus dem Gesicht, Jacqueline Donovan. So ist es ganz und gar nicht. Er ist schüchtern, und ich glaube, er würde gern mit mir ausgehen, aber er traut sich nicht zu fragen.« Sie erzählte viel mehr, als sie eigentlich wollte, und wünschte, sie hätte das Thema nie angeschnitten.

Jacqueline lehnte sich in ihrem Stuhl zurück, ein Lächeln spielte um ihre Mundwinkel. »Du solltest ihn um eine Verabredung bitten«, erklärte sie.

»Wie bitte?«

»Ich meine es ernst. In unserer Generation waren es immer die Männer, die die Initiative ergriffen haben, aber die Zeiten haben sich geändert. Wenn dich der Mann interessiert – dieser Fremde, von dem du nicht einmal deiner besten Freundin erzählen magst –, dann kann ich nur sagen: Ergreife selbst die Initiative.«

Lillie starrte sie fassungslos an, und Jacqueline erwiderte ungerührt ihren Blick. »Das kann ich nicht!«

Das widersprach allen Grundsätzen, nach denen sie erzogen worden war. Hector um eine Verabredung bitten? Was für ein absurder Vorschlag! Was für eine ungeheuerliche Idee.

Jacqueline schüttelte einfach nur den Kopf. »Du kannst, und du wirst. Oder … oder ich tue es für dich.«

Jetzt musste Lillie kichern. »Mach dich nicht lächerlich.«

»Was ist daran lächerlich? Du bist eine liebenswerte Frau, Lillie, und eine schöne noch dazu. Du verdienst es, glücklich zu sein. Geht es bei den zwanzig Wünschen nicht genau darum? Dass man das, was man sich im Leben wünscht, aktiv verfolgt? Orte, die man sehen möchte. Menschen, die man kennenlernen möchte. Erfahrungen, die man machen möchte. Nur nicht so zögerlich. Nichts wie ran!«

Hatte Jacqueline womöglich recht?

Jedenfalls würde sie niemals lockerlassen, wenn Lillie nicht irgendein Zugeständnis machte. »Ich werde darüber nachdenken.« Mehr konnte sie im Moment nicht versprechen.

»Gut.« Jacqueline nickte, offensichtlich zufrieden.

Lillie entspannte sich wieder und überlegte, wie sie auf Hector zugehen konnte. Ach, um Himmels willen, was wusste sie schon von solchen Dingen? Wenn David noch am Leben gewesen wäre, hätte sie ihn fragen können. Er war derjenige, der Erfahrung mit Verabredungen hatte. Der Gedanke löste ein hysterisches Kichern aus, das sie erfolglos zu unterdrücken versuchte.

Jacqueline musterte sie aufmerksam. »Was findest du so lustig?«

Peinlich berührt schüttelte Lillie den Kopf. »Dich – dass du sagst, ich sollte meinen Freund ansprechen und mich mit ihm verabreden.« Sie wedelte mit einer Hand. »Ich dachte gerade ... Ach, vergiss es.«

»Nein, erzähl's mir.«

Also tat sie es, und schon bald schütteten sie sich beide vor Lachen aus.

Völlig unbeeindruckt servierte der Kellner das Essen und schenkte ungefragt Wein nach.

»Du wirst es tun«, erklärte Jacqueline mit so viel Nachdruck, dass klar war, dass sie keinen Widerspruch hören wollte. Sie griff nach ihrer Gabel.

»Ich ...«

»Doch, du wirst. Du willst diesen Mann doch treffen, oder?«

Lillie nickte kaum merklich.

»Wenn du möchtest, dass ich dir beistehe und dir Mut mache, dann tue ich das.«

Einen Moment regte sich in Lillie ein Hoffnungsschimmer. Nein, das war unmöglich. Selbst wenn sie den Mut dazu fand, wusste sie immer noch nicht, was sie für eine Verabredung vorschlagen sollte. Vielleicht einen Film? Barbie schien zurzeit ziemlich oft ins Kino zu gehen.

»Du wirkst auf einmal so ernst.«

»Vielleicht sagt er Nein. Vielleicht habe ich ihn völlig falsch eingeschätzt.«

»Na und?« Ihre Freundin zuckte die Achseln, als sei das völlig unwichtig. »Wer nichts wagt, der nichts gewinnt.«

»Aber …«

»Würdest du bitte damit aufhören?«

Lillie hatte noch nicht einen Bissen von ihrem Salat genommen. »Schon gut, schon gut, du hast ja recht.« Sie nahm ihre Gabel in die Hand, legte sie wieder weg. »Das Problem ist, wir haben nichts, aber auch gar nichts miteinander gemein.«

»Abgesehen von der Tatsache, dass du dich zu ihm hingezogen fühlst und er sich vermutlich zu dir.«

»Jacqueline, ja, ich fühle mich zu ihm hingezogen. Wirklich. Ich gehe abends ins Bett und denke an ihn. Ich sehne mich nach ihm …« Verlegenheit ließ sie erröten.

»Hast du mal analysiert, was du an ihm so anziehend findest?«

Die Antwort darauf fiel ihr leicht. »Oh, ja – er ist freundlich, sanft, ehrbar. Er liebt seine Kinder, und ich bin mir sicher, dass er ein treuer Ehemann war.« Allein schon über Hector zu reden ließ ihr Tränen der Sehnsucht in die Augen steigen.

»Du willst ihn?« Die Frage kam im Flüsterton.

»Nicht so, wie du denkst.« Das war mehr als nur körperliches Begehren, obwohl er ein gut aussehender Mann war und sie sich nachts schon Fantasien von seinem Mund und seinen Händen hingegeben hatte … Was sie empfand, war vor allem emotional. Eine Sehnsucht nach echter Geistesverwandtschaft, nach Verschmelzung mit der Seele eines anderen. Sie versuchte, ihrer Freundin ihre Gefühle zu erklären.

»Das muss ein absolut umwerfender Mann sein«, meinte Jacqueline.

»Das ist er.«

»Dann warte nicht länger, Lillie«, fuhr Jacqueline ernst fort. »Ich habe viel zu viele Jahre meines Lebens mit Reese verschwendet, und ich …«

Der Satz verklang, ohne zu Ende gesprochen zu werden, aber Lillie verstand auch so. Jacquelines Ehe war ihrer eigenen sehr ähnlich. Jahrelang hatten sie und Reese wie Fremde nebeneinanderher gelebt. Jacqueline hatte allen Grund zu glauben, dass ihr Mann eine Geliebte hatte, und infolgedessen war sie aus dem gemeinsamen Schlafzimmer ausgezogen. Ihr Umgang miteinander war steif und höflich, und sie hatten sich ignoriert, so gut das bei ihnen zu Hause ging, und den Leuten ein liebendes Paar vorgespielt. Niemand hatte Verdacht geschöpft. Niemand kannte die Wahrheit.

Außer Lillie.

Sie hatte die Zeichen erkannt, denn sie lebte dieselbe Lüge.

Dann, kurz vor Davids tödlichem Unfall, änderte sich etwas zwischen Jacqueline und Reese. Beinahe über Nacht räumten sie ihre Meinungsverschiedenheiten aus und wurden wieder Liebende. Sie waren sogar zu zweiten Flitterwochen nach Griechenland gereist. Die Liebe hatte wieder Einzug in ihre Ehe und ihr Leben gehalten.

Lillie hatte nie erfahren, was genau diesen Wandel bewirkt hatte, obwohl sie vermutete, dass Tammie Lee, die Schwiegertochter der Donovans, etwas damit zu tun hatte. Als Paul seine junge Braut aus Louisiana mit hierhergebracht hatte, war Jacqueline zunächst entsetzt. Tammie Lee mit ihrem Südstaatendialekt war ganz und gar nicht die Schwiegertochter, die sie sich vorgestellt hatte.

Lillie hingegen fand die junge Frau auf Anhieb sympathisch. Sie war gutherzig, ungekünstelt und hatte Humor, selbst wenn sie über Rezepte wie gepökelte Schweinefüße und gekochte Erdnüsse sprach.

Jacqueline hatte Monate gebraucht, um sich an den Gedanken zu gewöhnen, dass ihr einziger Sohn Tammie Lee geheiratet hatte, und dann, ganz allmählich, veränderte sich die Beziehung zwischen den beiden Frauen. Nur wenig später verbesserte sich auch das Verhältnis zwischen Jacqueline und ihrem Mann. Offensichtlich hatten sie und Reese sich irgendwie ausgesöhnt.

Eine Zeit lang war Lillie eifersüchtig. Sie hatte sich dasselbe Glück gewünscht, das Jacqueline in ihrer Ehe wiederentdeckt hatte. Sie hatte selbst auf solch eine Wendung in ihrer eigenen Ehe gehofft, aber vergebens.

Und doch war es noch nicht zu spät für eine Wendung in ihrem Leben. Es war nicht zu spät, sich einen Wunsch zu erfüllen …

Ja, sie würde es tun.

Sie würde auf ihre Erziehung pfeifen und einen Weg finden, sich mit Hector Silva zu verabreden.

17. Kapitel

Am Montagmorgen rechnete Anne Marie gerade den Kauf eines gebundenen Romans für einen ihrer Lieblingskunden, den pensionierten Buchhalter Larry Barber, ab, als Lillie und Barbie *Blossom Street Books* betraten. Mutter und Tochter sahen besser aus denn je. Anne Marie ertappte sich dabei, dass sie die beiden anstarrte. Beide Frauen hatten eine Verwandlung durchgemacht, und obwohl das sonst vermutlich niemandem auffiel, nahm Anne Marie es wahr. Bei dem Versuch, auszumachen, was sich geändert hatte, kam sie zu dem Schluss, dass beide irgendwie lebendiger wirkten. Sie schienen von innen heraus zu leuchten.

Die beiden unterhielten sich angeregt, während Anne Marie kassierte.

Als Larry für die Zahlung mit Kreditkarte unterschrieb, lächelte Anne Marie ihren Freundinnen zum Willkommen zu. Der Kunde hatte es nicht eilig zu gehen. Seit seine Frau tot war, fühlte er sich einsam, und er kam nicht nur in den Buchladen, um sich frischen Lesestoff zu kaufen, sondern auch, um sich mit Anne Marie zu unterhalten. Wenn nicht viel los war, war ihr das recht. Sie wusste, wie es sich anfühlte, allein zu sein und sich nach Gesellschaft zu sehnen. An diesem Morgen jedoch wartete sie ungeduldig darauf, sich mit Lillie und Barbie unterhalten zu können.

Larry musste bemerkt haben, dass die anderen Frauen mit ihr reden wollten. Also nahm er seinen Kauf an sich, dankte Anne Marie und verließ den Laden.

Kaum war er draußen, tänzelte Barbie zum Verkaufstresen. »Ich habe einen Bauchtanzkurs gefunden«, verkündete sie und warf die Arme in die Luft, als wollte sie demonstrieren, was sie meinte.

»Bauchtanz?«, wiederholte Anne Marie. »Davon hast du auf unserer Valentinsparty gesprochen.«

»Das steht auf meiner Wunschliste. Ich bin so aufgeregt, dass ich es kaum noch aushalte.«

Lillie verdrehte spielerisch die Augen. »Manchmal schockiert meine Tochter sogar mich.«

Barbie winkte ab. »Oh, ehrlich, Mutter, ich wollte schon seit Ewigkeiten Bauchtanzen lernen.«

»Davon hast du mir nie was gesagt.«

»Ich weiß. Ich habe viel darüber nachgedacht, aber es kam mir so … ach, ich weiß nicht, dumm vor, glaube ich. Dann habe ich von einem Kurs im Fitnesscenter gelesen und beschlossen, es zu lernen. Ich schiebe es nicht länger auf die lange Bank.«

»Das ist großartig«, meinte Anne Marie. Auch sie hatte eine Neuigkeit für die anderen. »Ich habe mich in einen Strickkurs eingeschrieben.« Am Samstag hatte Lydia ihr gesagt, der immer wieder zurückgestellte Anfängerkurs werde am folgenden Mittwoch um halb eins beginnen.

»Wird Elise den Kurs leiten?«, fragte Lillie.

Anne Marie nickte. Elise hatte ihr erzählt, dass es einer ihrer Wünsche war, im Wollgeschäft zu arbeiten.

Ihre Zwanzig-Wünsche-Listen wirkten sich auf ihrer aller Leben aus. Und auch auf das Leben anderer. So war zum Beispiel Elises Wunsch die Lösung für Lydias Problem, dass sie zu viele Kurse leitete. Anne Marie kam es so vor, als klagte Margaret jedes Mal, wenn sie das Wollgeschäft betrat, dass Lydia etwas kürzertreten müsse. Und jetzt konnte Elise als Verkaufshilfe einspringen, wenn das nötig wurde, und drei Kurse leiten.

Zusätzlich zum Anfängerkurs würde sie einen Kurs zum Stricken mit Perlen anbieten und einen zum Filzen von Taschen.

Im Moment reichte Anne Marie der Anfängerkurs. Wenn sie erst einmal die Grundlagen erlernt hatte, konnte sie sich an kompliziertere Techniken und Projekte wagen.

Schon jetzt konnte sie allerdings sehen, dass sie Spaß am Stricken haben würde. In der Mittagspause wollte sie losgehen und sich die Wolle für ihren Kurs besorgen, der in zwei Tagen beginnen sollte. Zeitlich würde es eng werden, weil sie mittwochs immer noch Ellen zum Mittagessen in der Schule besuchte, auch wenn das Mädchen zurzeit bei ihr wohnte.

»Ich dachte, ich lade alle zum Abendessen ein«, murmelte Lillie und unterbrach damit Anne Maries Gedanken.

Offenbar machte sie ein ziemlich verständnisloses Gesicht, denn Lillie ergänzte sofort: »Unser Treffen? Wir wollten über unsere Wunschlisten reden.«

»Ach ja, richtig.«

»Passt es dir immer noch am Donnerstag?«

»Ja …«, gab Anne Marie mit einigem Zögern zurück. »Aber denk dran, ich bringe Ellen mit.«

»Das geht in Ordnung.«

»Bist du sicher?« Vermutlich würde sie auch jemanden finden, der sich um Ellen kümmerte, wenn das nötig war.

»Natürlich kannst du sie mitbringen«, beeilte Lillie sich zu versichern. »Wir alle hätten Ellen gern dabei.«

Anne Marie grinste, während ihr durch den Kopf ging, wie eifrig Ellen dabei war, ihre eigene Liste zu erstellen. »Habe ich schon gesagt, dass Ellen auch eine Wunschliste hat?«

Mutter und Tochter lächelten einander zu.

»Meine Freundin Jacqueline schreibt ebenfalls eine«, erzählte Lillie. »Immer wenn ich die Idee jemandem gegenüber erwähne, beschließt derjenige, selbst eine Liste zu erstellen.

Jacqueline hat mir gesagt, der erste Wunsch auf ihrer Liste sei ein Kamelritt in Ägypten und ein Besuch der Pyramiden. Außerdem möchte sie unter dem Wüstenhimmel schlafen.«

»Jacqueline? Zelten?«, fragte Barbie ungläubig. »Die Frau liebt ihren Luxus.«

»Ich weiß, ich habe genauso reagiert.« Amüsiert zuckte Lillie die Achseln. »Wer hätte das gedacht?«

»Vermutlich ist das so wie bei mir mit dem Bauchtanz«, meinte Barbie. »Irgendwo hatte ich das die ganze Zeit im Hinterkopf. Ganz vage nur, man könnte es auch eine Schrulle nennen. Aber so richtig bewusst geworden ist es mir erst, als ich angefangen habe, meine Wunschliste zusammenzustellen. Manchmal glaube ich, wir haben Angst zuzugeben, dass wir uns bestimmte Dinge wünschen. Vor allem, wenn es um Dinge geht, die unserem Selbstbild nicht entsprechen.«

»Oder dem Bild, das andere von uns haben«, warf Lillie ein.

»Das auch.«

Ein Kunde betrat den Laden.

Lillie warf ihm über die Schulter einen Blick zu und wandte sich dann wieder Anne Marie zu. »Also Donnerstagabend. Sagen wir sechs Uhr?«

»Gern. Ich freue mich darauf.« Und das entsprach den Tatsachen. Ihre Wunschliste wurde länger, und es fiel ihr nicht mehr so schwer wie zu Anfang, Ideen zu entwickeln. Auf einmal hatte sich ihr eine Welt voller Wünsche, Sehnsüchte und Möglichkeiten aufgetan, auf einmal waren ihr Dinge eingefallen, die ihr vor nur wenigen Wochen unvorstellbar erschienen waren. Vielleicht hatte ihr Herz ja endlich ganz allmählich begonnen zu heilen. Inzwischen hatte sie fünfzehn Wünsche beisammen.

12. Einen Kurs in Tortendekoration belegen und für Ellen eine riesige Geburtstagstorte backen

13. *Mindestens einmal wöchentlich nicht nur zufällig und planlos anderen etwas Nettes oder einen Gefallen tun*
14. *Mit der weltgrößten Achterbahn in Six Flags, New Jersey, fahren*
15. *Das Schlachtfeld des Bürgerkriegs in Gettysburgh und anschließend das Siedlungsgebiet der Amischen besuchen*

Als Anne Marie am Abend die Essensreste in den Kühlschrank räumte, saß Ellen am Küchentisch über ihren Hausaufgaben, die Beine sittsam in Knöchelhöhe gekreuzt, hoch konzentriert.

Vor dem Abendessen hatte Ellen mit ihrer Großmutter gesprochen, Anne Marie ebenfalls. Dolores kam allmählich wieder zu Kräften. Schon bald würde Ellen nach Hause in ihr vertrautes Umfeld zurückkehren können.

»Soll ich mit dir noch Buchstabieren üben?«, fragte Anne Marie, als sie die Arbeitsplatte abwischte.

»Nein, danke.«

»Schreibt ihr morgen nicht einen Test?«

»Ja, aber ich habe mir schon alle Wörter eingeprägt«, gab Ellen sichtlich stolz zurück.

»Am ersten Tag schon?«

Die Kleine nickte. »Das habe ich gemacht, nachdem ich mit Baxter Gassi gegangen bin. Gleich nach dem Nachhausekommen.«

Anne Marie war sich nicht sicher, wie Baxter damit fertigwerden würde, wenn Ellen zu ihrer Großmutter zurückkehrte. Die Achtjährige hatte ihn in der kurzen Zeit, die sie hier wohnte, hemmungslos verwöhnt. Jeden Tag, sobald sie aus dem Schulbus gestiegen war, rannte Ellen die Treppe zu ihrer Wohnung herauf und überschüttete Baxter mit Liebkosungen und Aufmerksamkeit. Normalerweise ging Anne Marie tagsüber zweimal und außerdem jeden Abend mit ihrem Hund Gassi. Den Nachmittagsspaziergang hatte inzwischen Ellen übernommen. Während Anne Marie nur kurz mit ihm vor die Tür ging und dabei in der Gasse hinter dem Laden blieb, führte Ellen ihn voller Stolz die gesamte Blossom Street hinauf und hinunter. Natürlich war Baxter begeistert von diesen Ausflügen.

Lydias Stiefsohn Cody hatte sie kürzlich mit seinem Hund Chase besucht, und die beiden Hunde hatten sich ebenso schnell angefreundet wie die beiden Kinder. Sie gaben ein ulkiges Paar ab: Chase war ein kräftiger Golden Retriever, im Vergleich zu dem Baxter ein Hundezwerg war. Wie viele kleine Hunde ließ er sich durch den Größenunterschied aber nicht einschüchtern, und die beiden stolzierten Seite an Seite nebeneinanderher wie Stan Laurel und Oliver Hardy.

Ellen hatte sich nicht nur mit Lydia angefreundet, sondern mit vielen anderen Ladenbesitzern. Es kam nicht selten vor, dass sie von den Hundespaziergängen mit einer Nelke zurückkam, die Susannah ihr geschenkt, oder mit einem Keks, den Alix im *French Café* ihr zugesteckt hatte.

»Darf ich fernsehen, wenn ich mit den Hausaufgaben fertig bin?«, fragte Ellen und schaute von ihren Rechenaufgaben auf.

»In Ordnung.« Anne Marie freute sich auch schon darauf, sich vor den Fernsehapparat setzen zu können. Sie war in der Mittagspause ins Wollgeschäft geeilt, um sich die nötigen Strickutensilien zu kaufen. Dank der zusätzlichen Kurse und des steigenden Zulaufs an Kunden hatte der Laden jetzt an sechs Tagen in der Woche geöffnet. Elise hatte Anne Marie geholfen, sich Garn und die geeigneten Nadeln auszusuchen. Die Auswahl schien unendlich groß, und nach einiger Diskussion entschied sie sich für eine weiche waschbare Wolle in Lavendel, um eine Reisedecke für Dolores Falk zu stricken.

Weil Anne Marie so sehr darauf erpicht war zu lernen, hatte

Elise ihr bereits gezeigt, wie man die ersten Maschen anschlug, und ihr einfache rechte Maschen beigebracht. Zu ihrer Freude hatte Anne Marie damit überhaupt keine Probleme.

Eine Stunde später saßen sie und Ellen gemeinsam auf dem Sofa und sahen sich einen Familienfilm an. Da sie üben wollte, was sie gelernt hatte, kramte Anne Marie ihre Nadeln und ein Wollknäuel hervor.

»Was machst du da?«, fragte Ellen.

»Ich stricke. Hoffe ich jedenfalls«, schob sie kaum hörbar nach.

»Grandma Dolores hat auch gestrickt.«

Anne Marie nickte.

»Sie hat gesagt, sie bringt es mir bei.«

Wieder nickte Anne Marie kaum merklich, da sie sich darauf konzentrieren musste, Maschen anzuschlagen.

»Ist das schwer?«

»Nicht wirklich.«

»Darf ich zugucken?«

»Natürlich.«

Ellen rutschte näher heran und starrte fasziniert auf Anne Maries Hände, während diese sich an etwas versuchte, das Elise einen aufgestrickten Maschenanschlag nannte. Der Begriff sagte ihr nichts. Sie wollte einfach nur Maschen auf ihre Nadel bekommen.

»Das ist Stricken?«, fragte Ellen.

Anne Marie hielt inne. »Ich glaube schon.«

Ellen zog ihre Schuhe aus und stellte sich aufrecht aufs Sofa, um besser gucken zu können.

Plötzlich sprang sie vom Sofa und rannte in ihr Zimmer, von wo sie nur einen Augenblick später mit Schreibunterlage und Papier zurückkam.

»Wofür brauchst du das?«, fragte Anne Marie, als das Kind

rutschend zum Stehen kam und dabei so gerade eben noch einen Zusammenstoß mit dem Couchtisch vermied.

»Meine zwanzig Wünsche. Ich möchte auch Stricken lernen.«

Anne Marie grinste sie an. »Was hältst du davon, wenn ich dir beibringe, was ich schon weiß?«

»Du meinst – jetzt?« Die Kleine riss die Augen weit auf.

»Warum nicht?«

»Okay.« Damit hüpfte Ellen wieder aufs Sofa und setzte sich dicht neben Anne Marie.

»Elise sagt …«

»Mrs. Beaumont?«

»Ja, Mrs. Beaumont. Sie sagt, es gibt zwei Grundmaschen. Die erste nennt man rechte Masche, die zweite linke Masche.«

»Okay«, wiederholte Ellen und nickte eifrig.

»Bisher weiß ich nur, wie man rechte Maschen strickt. Wie linke Maschen gehen, werde ich in der ersten Kursstunde erfahren.«

»Du hast noch gar nicht bei einem richtigen Kurs mitgemacht?«

»Nein, aber ich habe mich für einen angemeldet.«

»Oh.«

»Mit anderen Worten, Ellen, ich weiß wirklich noch nicht viel, aber was ich kann, zeige ich dir gern. Wenn es dir gefällt, nehme ich dich mit in das Wollgeschäft, wo du dir deine eigenen Nadeln und Garn aussuchen kannst.«

»Wirklich?« Ellen war außer sich vor Aufregung. »*Wirklich?* Wirklich?«

»Ja, wirklich.« Anne Marie lächelte.

In den nächsten vierzig Minuten war das Fernsehprogramm völlig uninteressant, während Anne Marie dem Mädchen zeigte, was Elise ihr an diesem Tag beigebracht hatte. Ellen lernte nicht ganz so schnell wie Anne Marie, aber sie war schließlich auch erst acht Jahre alt.

Ihre Entschlossenheit beeindruckte Anne Marie allerdings sehr, und noch bevor der Abend zu Ende war, hantierte Ellen genauso geschickt mit Nadeln und Garn wie Anne Marie.

»Ich möchte etwas für Grandma Dolores stricken«, erklärte Ellen. »Etwas Hübsches.«

»Wie wäre es mit einem Schal?«, schlug Anne Marie vor. Sie hatte im Laden etliche sehr schöne Schals gesehen, und Elise hatte ihr erklärt, dass diese so kunstvoll gearbeiteten Schals nur mit den rechten Maschen gestrickt worden waren, die sie Anne Marie an ebendiesem Tag beigebracht hatte.

»Einen, den sie zum Kirchgang tragen kann«, fuhr Ellen aufgeregt fort. »Den schenke ich ihr, wenn sie aus dem Krankenhaus nach Hause kommt.«

»Das ist eine ausgezeichnete Idee.«

Ellen beendete die Reihe und wollte gerade die nächste anfangen, als Anne Marie auffiel, wie spät es schon war. Der Abend war förmlich wie im Fluge vergangen, dabei schienen die Stunden, die sie in ihrer Wohnung verbrachte, sonst endlos dahinzuschleichen, und jede Minute kam ihr vor wie eine kleine Ewigkeit.

»Es ist schon neun«, sagte sie. »Du hättest schon vor einer halben Stunde im Bett liegen sollen.«

»Ist es wirklich schon neun?«, protestierte Ellen, musste aber zugleich gähnen.

»Ich fürchte, ja. Morgen Abend stricken wir beide wieder zusammen. Versprochen.«

Ellen legte ihre Nadeln und das Garn aus der Hand. Gähnend wandte sie sich ihrem Zimmer zu.

»Ruf mich, wenn du bereit bist für dein Nachtgebet, Schlafmützchen.«

»In … Ordnung.«

Ein paar Minuten später rief Ellen, sie sei jetzt so weit. Damit folgten sie dem Ritual, das Ellen von ihrer Großmutter kannte: Anne Marie lauschte dem Gebet des Mädchens. In letzter Zeit hatte Ellen immer laut gebetet.

Anne Marie kniete sich neben das Gästebett, stützte sich mit den Ellenbogen auf die Matratze, schloss die Augen und beugte den Kopf. Ellens Gebete unterschieden sich kaum voneinander. Zuerst bat sie Gott, ihrer Großmutter zu helfen, wieder gesund zu werden. Dann bat sie ihn, eine Reihe von Leuten zu segnen, unter anderem Anne Marie und Baxter, wobei sie jeden Einzelnen ausführlich beschrieb. Schließlich dankte sie ihm für die kleinen Siege des Tages. Am Schluss der scheinbar endlosen Liste folgte ihr Amen.

»Amen«, wiederholte Anne Marie. »Gute Nacht, Ellen.« Sie zog die Decken fester um das Mädchen und wollte gerade aufstehen, als Ellen beide Arme um ihren Nacken schlang und sie fest an sich drückte. »Danke, dass du mir Stricken beibringst.«

»Das tue ich gern«, erwiderte Anne Marie und drückte das Mädchen ebenfalls an sich. Dann stand sie auf, schaltete das Licht aus und verließ leise das Zimmer. Wie gewohnt, ließ sie die Tür einen Spaltbreit offen.

Erst, als sie schon im Flur war, wurde ihr bewusst, was gerade geschehen war: Ellen hatte sie zum ersten Mal richtig in den Arm genommen. In jener Nacht, in der Anne Marie zu Dolores Falks Haus gefahren war, war ihr das Kind weinend in die Arme gefallen, aber eine richtige Umarmung war das nicht. Nicht so wie die, die sie gerade erleben durfte.

Anne Marie blieb stehen, wo sie gerade stand, und genoss den Augenblick. Sie fühlte sich geliebt und gebraucht wie niemals zuvor.

Ihr war, als wäre nach dem eisigsten Winter ihres Lebens die Wärme des Frühjahrs zurückgekehrt.

18. Kapitel

»Sie sind gekommen!«, rief Tessa Bassett voll unverhohlener Schadenfreude, als Barbie an den Ticketschalter trat, um sich ihre Eintrittskarte ins Kino zu kaufen. Das Gesicht des jungen Mädchens glühte vor Aufregung, und sie beugte sich vor und senkte die Stimme zu einem Flüstern. »Er ist hier.«

»Mark?« Barbie konnte es kaum glauben. Sie hatte das nicht erwartet, aber eigentlich hätte es sie nicht überraschen dürfen. Mark war ganz offensichtlich fasziniert von ihr, auch wenn er ihr Widerstand leistete. Trotz seiner Feindseligkeit wollte er sie nicht wirklich abschrecken. Vielleicht testete er ja auch nur aus, wie groß ihr Interesse war. Jedenfalls sah Barbie den ersten großen Riss in seiner undurchdringlichen Fassade.

Mark war wieder da. Sie übrigens auch.

»Er hat gesagt, er würde nie wieder an einem Montag kommen, aber heute ist er da. Ich wollte Sie anrufen, aber ich kenne Ihren Nachnamen nicht. Deshalb konnte ich das nicht. Also blieb mir nur zu hoffen, dass Sie wiederkommen würden, und hier sind Sie!« Das alles sprudelte Tessa in einem Atemzug hervor. Dabei schob sie ihr die Eintrittskarte zu und hielt die Hand hin für die Bezahlung.

»Welchen Film schaue ich mir an?«

»Einen Horrorstreifen.«

»Oh …«

»Sie mögen keine Horrorfilme?«

»Nicht unbedingt.«

»Oh.« Tessa war sichtlich enttäuscht. »Wollen Sie etwas anderes sehen? Nein, oder? Ich glaube nämlich, dass mein Onkel Sie mag. Er hat einfach nur Angst, weil seine Frau sich nach dem Unfall von ihm hat scheiden lassen und er nie wieder etwas von ihr gehört hat. Sie sind die erste Frau seitdem, die er überhaupt wahrgenommen hat.«

Barbie starrte sie geradezu entsetzt an. Seine Ex-Frau musste eine oberflächliche, selbstsüchtige Frau sein. Wie war das noch mit dem Versprechen »in guten wie in schlechten Zeiten«? Ehegelübde wurden doch nicht ungültig, wenn einer der Partner krank wurde oder verletzt war. Sie wusste ganz zweifellos, dass sie und Gary zusammengehalten hätten, ganz gleich, was geschehen wäre.

Sie seufzte. »Ich schätze, ich könnte mir einen Horrorfilm ansehen. Wie blutig ist er denn?«

Tessa verzog das Gesicht und rümpfte die Nase. »Sehr blutig.«

»Kommen abgetrennte Körperteile vor?« Das war nach Barbies Ansicht so ziemlich das Schlimmste.

Zögernd nickte Tessa. »Aber er ist wieder da! Das ist einfach großartig.«

Unschlüssig kaute Barbie auf ihrer Unterlippe herum. Tessa hatte recht. Sie hatten beide nicht erwartet, dass Mark wieder ins Kino kommen würde. Barbie war sich nicht einmal sicher, warum sie gekommen war. Macht der Gewohnheit? Hoffnung?

»Nun gehen Sie schon«, drängte Tessa. »Schauen Sie einfach nicht hin. Schließen Sie die Augen, halten Sie sich die Ohren zu. So mache ich das bei solchen Filmen.«

Barbie hätte nicht sagen können, was sie abhielt – außer der Vorstellung, sich anschauen zu müssen, wie Blut und Gedärm durch die Gegend spritzten, untermalt von lauter, hämmernder Musik. Der Film entsprach also nicht gerade ihrem Geschmack. Na und? Sie wäre bei Mark, und war das nicht der einzige Zweck ihres Besuchs hier?

»Okay«, sagte sie tief durchatmend. »Ich tu's.«

»Klasse!«

Sie konnte nur hoffen, dass ihr das nicht für den Rest ihres Lebens Albträume bescheren würde.

»Erzählen Sie mir, was passiert, ja? Mit Onkel Mark, meine ich«, fuhr Tessa fort. »Meine Eltern und meine Großmutter wollen es auch wissen.«

»Okay.« Demnach war die gesamte Familie eingeweiht. Das war ja ermutigend.

Barbie ließ sich Zeit. Sie wollte warten bis zur letzten Minute, bevor sie den Kinosaal betrat. Vorher kaufte sie Popcorn und Limo und hielt sich in der Lobby auf. Erst als der Film beginnen sollte, schlüpfte sie in den Saal und machte sich auf den Weg zu der Sitzreihe, in der Mark seinen Rollstuhl geparkt hatte, also in derselben Reihe wie immer. Und genau wie schon beim letzten Mal ließ sie einen Sitz zwischen ihnen frei.

Er wandte sich ihr zu und tat überrascht. »Was tun Sie denn hier?«, flüsterte er.

Schauspielern konnte sie genauso gut wie er. »Oh, hallo«, entgegnete sie fröhlich. »Sind das etwa wieder Sie?«

Einen Moment lang glaubte sie, den Anflug eines Lächelns auf seinem Gesicht zu sehen. Sie wandte sich gerade rechtzeitig wieder der Leinwand zu, um einen Axtmörder zu erblicken, der seine tödliche Waffe in einer Wand neben dem Kopf einer zitternden Frau vergrub. Unwillkürlich keuchte sie laut auf und hätte fast ihr Popcorn fallen lassen.

»Das macht Ihnen Angst, was?«, fragte Mark viel zu zufrieden. »Darf ich Sie darauf aufmerksam machen, dass das nur die Vorschau ist?«

»Schreck lass nach.« Sie biss die Zähne zusammen.

Mark lachte, was eine Frau hinter ihm dazu brachte, ihm ein »Pst!« zuzuraunen. »Schreck lass nach«, wiederholte er, jetzt ein wenig leiser. »Was Besseres haben Sie nicht auf Lager?«

»Darf ich Sie daran erinnern, dass ich Söhne habe.«

»Und Sie sind eine Lady, richtig?« So, wie er das sagte, klang es wie eine Beleidigung.

»Allerdings«, gab sie steif zurück. »Ich kenne all die Worte, die Sie kennen. Ich vermeide es nur, sie auszusprechen.«

»Das bezweifle ich«, murmelte er und lehnte sich in seinem Rollstuhl zurück, um sich den Film anzusehen, der gerade begonnen hatte.

Er schien seine helle Freude an dem Film zu haben, aber für Barbie war es die reinste Folter. Sie hatte es immer vermieden, auch nur in der Nähe zu sein, wenn ihre Söhne sich mit ihren blutrünstigen Schulfreunden Horror-DVDs ansahen. Jetzt wand sie sich auf ihrem Sitz, bedeckte immer wieder das Gesicht mit den Händen und rannte gleich zweimal aus dem Saal. Es war noch schlimmer, als sie erwartet hatte. Dank ausgeklügelter Spezialeffekte blieb kaum etwas der Fantasie überlassen.

Barbie wusste nur zu gut, dass Mark es genauso geplant hatte. Er hatte vermutet – und zwar richtig vermutet –, dass sie einen Film wie *Der Axtmann kommt* verabscheuen würde, und sie deshalb mit voller Absicht einer anderthalbstündigen Tortur widerlichster Gewaltdarstellung ausgesetzt. Je länger sie darüber nachdachte, desto wütender wurde sie. Und trotzdem war sie wild entschlossen, ihm zu beweisen, dass sie das ertragen konnte. Auch wenn sie es in Wirklichkeit nicht konnte.

Nach ihrer zweiten Flucht, bei der sie ins Foyer geeilt war, um der nächsten grässlichen Szene zu entgehen, beugte Mark sich zu ihr hinüber. »Essen Sie Ihr Popcorn noch auf?«

»Wie können Sie dabei etwas essen?«

Er grinste lausbubenhaft, griff nach ihrer Popcorntüte und nahm sich eine große Handvoll. Oh ja, dachte sie verärgert, er genießt mein Unbehagen.

Der Film war gar nicht mal so furchtbar lang, aber er schien sich dennoch endlos hinzuziehen. Die Musik, die Anspannung, das Blut, die Dümmlichkeit des Ganzen, das war einfach zu viel. Als der Film endlich endete, fühlte Barbie sich völlig ausgelaugt. Das Licht ging wieder an, und die etwa zwanzig Zuschauer verließen den Kinosaal. Mark blieb sitzen, Barbie ebenfalls.

Schließlich wandte sie sich ihm zu. »Das haben Sie mit Absicht gemacht, nicht wahr?«

»Was habe ich gemacht?«, tat er unschuldig.

Barbie ließ sich nicht zum Narren halten. Außerdem war sie zu dem Schluss gekommen: Wenn das Ganze ein Test gewesen war, dann hatte sie ihn nicht bestanden. Er wusste, dass sie bei ihm sein wollte und dass sie deshalb diese … diese Folter auf sich genommen hatte. Sie begann sich zu fragen, ob Tessa und ihre Familie sich nicht doch irrten. Vielleicht fühlte Mark sich gar nicht zu ihr hingezogen. Vielleicht versuchte er nur, sie zu bestrafen. Barbie begann, ihrer eigenen Intuition zu misstrauen. Von ihrer Gewissheit, dass er genauso interessiert an ihr war wie sie an ihm, blieb nicht mehr viel übrig. Wenn er ihr also damit zu verstehen geben wollte, dass sie ihn nicht länger belästigen sollte, dann sollte sie vielleicht auf ihn hören.

Na schön. Das würde sie.

Barbie stand auf und verließ wortlos den Kinosaal.

Tessa, die beide Male beschäftigt gewesen war, als sie während des Films aus dem Kinosaal in die Lobby geflüchtet war, wartete auf sie.

»Und?«, fragte das Mädchen ängstlich.

»Es ist mir egal, ob ich deinen Onkel jemals wiedersehe«, erklärte Barbie knapp.

Tessa sackte die Kinnlade herab.

»Was?«

»Du hast mich schon richtig verstanden. Er ist grob und arrogant und … und …« Sie suchte nach einem Wort, das ihn angemessen beschrieb. »Gemein«, vollendete sie den Satz. Sie dazu zu zwingen, sich diesen grässlichen Unfall von einem Film anzusehen, war einfach nur zutiefst gemein.

»Was hat er gesagt?«, fragte Tessa und begleitete sie ein paar Schritte.

»Er brauchte nichts zu sagen. Ich habe auch so verstanden.«

»Sagen Sie's mir«, flehte Tessa. »Meine Mom und meine Grandma werden mir endlos in den Ohren liegen, wenn ich ihnen nicht sage, was passiert ist.«

»Na schön, dann eben kurz und bündig. Mark hat kein Interesse. Punkt. Wenn ihr glaubt, dass er Interesse an mir hat, dann irrt ihr euch leider.« Sie hörte seinen Rollstuhl hinter sich und drehte sich blitzschnell zu ihm herum, ohne auf die neugierigen Umstehenden zu achten, die auf den nächsten Film warteten. »Das stimmt doch, oder, Mark?«

Mark schwieg.

»Du magst sie doch, nicht wahr, Onkel Mark?«

»Ich bin gekommen, um mir einen Film anzusehen«, gab er ungerührt zurück. »Wenn ich mich auf die Suche nach einer perfekten Partnerin machen wollte, würde ich online gehen. Sie hat recht. Ich bin nicht interessiert.«

Barbie warf dem Mädchen einen Blick zu. *Habe ich es nicht gesagt?* Dann verließ sie steif das Kino. Sie stand schon in der Ausgangstür, als Mark ihren Namen rief.

»Was?«, fragte sie ärgerlich. »Keine Sorge«, fügte sie hinzu, bevor er antworten konnte. »Ich werde nicht noch einmal den Fehler begehen, mich neben Sie zu setzen – in keinem Film.«

Er blinzelte, zuckte dann die Achseln, als wäre es ihm gleichgültig. »Meinetwegen.«

Im Laufe der Jahre hatte Barbie gelernt, dieses Wort und seinen Beiklang jugendlicher Apathie zu hassen. Mit aller Würde, die sie aufbringen konnte, ging sie weiter in Richtung Parkplatz.

Als Tessa ihr nachlief, überraschte sie das. »Er hat es nicht böse gemeint«, meinte das Mädchen außer Atem. »Woher sollte er denn wissen, dass Sie Horrorfilme verabscheuen? Er wollte nur herausfinden, ob Sie bereit sind, sich noch etwas anderes anzusehen als Liebeskomödien. Sie könnten ihm doch wenigstens noch eine Chance geben.«

»Warum gibst du dir so viel Mühe?« Barbie war gewillt, sich einzugestehen, dass sie einen Fehler gemacht hatte, und die Sache abzuhaken. So attraktiv sie Mark auch fand, sie war nicht bereit, ihn förmlich dazu einzuladen, sie wieder und wieder abzuweisen.

»Sie müssen ihm noch eine Chance geben«, flehte Tessa.

»Warum?«

Tessa zögerte. Dann seufzte sie tief. »Weil mein Onkel Mark es verdient, geliebt zu werden.« In ihrem Blick lag eine flehende Bitte. »Das ist neu für ihn. Er hat seine Schulfreundin aus der Highschool geheiratet und nie eine andere geliebt, und dann hat sie ihn nach dem Unfall einfach sitzen lassen …« Tessa holte Atem. »Ich bin ganz sicher, dass er Sie mag. Er weiß nur nicht, wie er das zeigen soll.«

Barbie zögerte. Es gab etwas an diesem Abend, was sie erstaunte, nämlich dass Mark nicht herausgekommen war und seiner Nichte klargemacht hatte, dass sie ihre Nase nicht in seine Angelegenheiten stecken sollte. Also kramte sie in ihrer

Handtasche nach einer Visitenkarte. »Na schön, gut. Gib ihm die, und sag ihm, der nächste Schritt muss von ihm kommen.«

Tessa strahlte vor Eifer, und sie nickte. »Großartig. Vielen, vielen Dank. Danke schön, danke. Sie werden es nicht bereuen. Das verspreche ich.«

Das blieb abzuwarten, dachte Barbie. Sie fühlte sich elend. Und weil sie das immer tat, wenn sie Trost brauchte, fuhr sie zum Haus ihrer Mutter.

Lillie öffnete ihr die Tür und fragte sofort: »Was ist passiert?« Barbie begleitete sie ohne Zögern in die Küche. »Es ist doch nichts mit den Jungs, oder?«

Barbie schluckte und schüttelte den Kopf.

Die Hände in die Hüften gestemmt, stand Lillie mitten in ihrer schönen blitzsauberen Küche. »Soll ich Kaffee aufsetzen, oder brauchst du was Stärkeres?«

Barbie brachte mühsam ein Lächeln zustande. »Diesmal brauche ich beides, glaube ich.«

Lillie holte eine Whiskyflasche aus dem kleinen Spirituosenfach in der Küche und setzte eine Kanne Kaffee auf. Dazu gehörte, dass sie die Kaffeebohnen frisch mahlte, eine Maßnahme, für die Barbie die Geduld fehlte.

»So, und jetzt erzähl mir, was passiert ist«, forderte Lillie sie auf, als sie zwei Tassen heißen Irish Coffee auf den Tisch stellte. Sie setzte sich neben Barbie auf einen der Stühle an der Küchentheke, und sie prosteten einander schweigend zu.

»Ich habe Mark wiedergetroffen.«

Ihre Mutter nickte. »Den Mann, dem du im Kino begegnet bist.«

»Ja.« Sie hatte Lillie nicht viel über ihn erzählt, und das aus gutem Grund. Sowie ihre Mutter erfuhr, dass er im Rollstuhl saß, würde sie ein Dutzend Gründe finden, um sie davon abzubringen, sich um ihn zu bemühen.

Barbie war bereits klar, dass eine Beziehung mit Mark nicht leicht werden würde. Sie hatte ihre Hausaufgaben gemacht. Genauer gesagt, sie hatte sich im Internet ein wenig über Paraplegiker informiert. Selbst sein Zorn auf die Welt war nichts Ungewöhnliches. Bis zu diesem Abend war sie davon ausgegangen, dass sie damit würde umgehen können. Offensichtlich hatte sie sich geirrt.

Lillie bedeutete ihr, weiterzureden. »Und …«

»Und er … er hat kein Interesse an mir.«

Lillie warf ihr einen ungläubigen Blick zu. »Das kann unmöglich sein. Du bist umwerfend schön, jung, intelligent – und ein liebenswerter Mensch. Stimmt irgendetwas nicht mit ihm?«

»Nicht wirklich.« Eine Halbwahrheit.

»Er ist doch nicht …«

»Nein, Mutter, er ist nicht schwul. Auch nicht verheiratet.« Barbie fragte sich, wie viel sie noch erklären sollte.

Lillie musterte sie und zog eine elegant geschwungene Braue in die Höhe. »Was verschweigst du mir?«

Barbie seufzte. »Wenn ich es dir erzähle, wirst du mir das ausreden wollen, fürchte ich, und ich glaube, das könnte ich jetzt nicht ertragen.«

Einen langen Augenblick reagierte ihre Mutter nicht. »Schon seltsam, dass du das jetzt sagst«, meinte sie dann, »vor allem vor dem Hintergrund, dass ich über etwas mit dir reden wollte und … und es bisher nicht getan habe. Aus genau demselben Grund.«

»Was?« Barbies Neugier war sofort geweckt. Sie konnte sich nicht vorstellen, dass ihre Mutter irgendetwas vor ihr geheim hielt. Schließlich stützten sie sich gegenseitig, vor allem seit David und Gary tot waren. Andererseits hätte sie auch nie für möglich gehalten, Geheimnisse vor Lillie zu haben. Offensichtlich hatten sie sich beide getäuscht.

Lillie räusperte sich. »Ich ... ich habe selbst vor Kurzem jemanden kennengelernt.«

Barbie war baff. »Davon hast du kein Wort gesagt.«

Ihre Mutter wich ihrem Blick aus. »Ich hatte Angst, wenn ich meinen ... Freund erwähne, dann würdest *du* versuchen, ihn *mir* auszureden.« Sie griff nach ihrem Kaffeebecher und nahm einen großen Schluck. »Dieser Mann, den ich kennengelernt habe – ich glaube, wir haben beide Angst davor, was andere darüber denken mögen. Jacqueline hat mich dazu gedrängt, dass ich die Initiative ergreife und ihn frage, ob er mit mir ausgehen möchte. Ich glaube nämlich, das würde er gern, aber er hat bisher noch nicht gefragt. Aber Frauen meiner Generation tun so etwas einfach nicht. Und trotzdem finde ich die Vorstellung so reizvoll, dass ich bereit bin, all meine tief verwurzelten Gewohnheiten und Ansichten über den Haufen zu werfen, nur um Gelegenheit zu bekommen, Zeit mit ihm zu verbringen.«

Röte überzog ihre Wangen, und ihre Hände zitterten leicht, als sie den Becher an die Lippen hob. Das konnte durchaus am Whisky liegen, aber Barbie bezweifelte das. An der Sache war mehr. Ihre Mutter war die kompetenteste, unerschütterlichste Frau, die sie kannte, und dass sie wegen eines Mannes so nervös und durcheinander war, passte überhaupt nicht zu ihr.

»Mom, du brauchst dir keine Sorgen darüber zu machen, was ich denke.«

»Tue ich aber. Du bist meine Tochter, und, nun ja ... Na schön, dann spreche ich es eben einfach aus.« Sie straffte ihre Schultern. »Er ist der Kundendienstleiter im Autohaus.«

Unwillkürlich sackte Barbie der Unterkiefer herab. Ihre Mutter fühlte sich zu einem Mechaniker hingezogen? Einem Mann mit Schmieröl unter den Fingernägeln? Lillie Higgins, Dame der feinen Gesellschaft, und ein Mechaniker? Sofort gingen in ihr Warnlichter an. Dieser Mann wusste mit Sicherheit, dass ihre Mutter Geld hatte. Lillie war einsam und verletzlich, leichte Beute. Ganz offensichtlich hatte ihr sonst so gesunder Menschenverstand sie im Stich gelassen, und sie musste vor diesem Gigolo oder was er auch sein mochte, geschützt werden.

Barbie erkannte, dass ihre Mutter auf eine Reaktion wartete. »Ich … verstehe«, sagte sie.

Lillie trank den Rest von ihrem Irish Coffee aus. »Er heißt Hector Silva.«

Das war genauso schockierend wie der Umstand, dass er Mechaniker war. »Ein Hispano? Lebt er legal hier?«

»Ja! Natürlich! Hector ist amerikanischer Staatsbürger. Er ist anständig, tüchtig und liebenswürdig.« Sie hickste einmal, schlug dann die Hände vors Gesicht. »Das ist noch schlimmer, als ich befürchtet habe«, stöhnte sie.

»Nein, Mom, wirklich, es tut mir leid, entschuldige. Das war eine dumme Frage. Es ist nur … ich weiß nicht, was ich denken soll.« Sie war davon ausgegangen, dass ihre Mutter sie nicht überraschen konnte; damit hatte sie sich geirrt. Es gab so viele Männer, die liebend gern mit ihrer Mutter ausgehen würden, und sie verliebte sich ausgerechnet in einen Mechaniker?

Lillie ließ ihre Hände sinken. »Ich glaube, ich weiß, was du versuchst zu sagen«, erklärte sie kühl, »und ich bin sehr enttäuscht von dir.«

»Es tut mir leid«, murmelte Barbie, aber das Bild von ihrer Mutter mit diesem Mann wollte einfach nicht in ihren Kopf.

»Und jetzt du.« Eine auffordernde Geste unterstrich Lillies Worte.

»Aber …«

»Sag mir, wo das Problem mit diesem Mark liegt. Warum

wolltest du nichts sagen? Ist er zu alt? Zu jung? Von irgendetwas abhängig?«

»Nein, nichts dergleichen.« Genau wie ihre Mutter straffte Barbie ihre Schultern und atmete heftig aus. »Er ist von der Taille abwärts gelähmt.«

Lillie schloss kurz die Augen. »Oh, Barbie.«

Genau wie sie erwartet hatte. Verärgert stand Barbie auf. »Ich wusste es! Mir hätte klar sein müssen, dass du so reagieren würdest. Ich wünschte, ich hätte nichts gesagt.« Ihre Verärgerung schlug um in Ernüchterung und dann ebenso schnell in Schmerz. »Du bist der einzige Mensch auf der Welt, von dem ich glaube, dass er mich versteht, und alles, was dir dazu einfällt, ist: *Oh, Barbie?*«

»Du warst mir auch nicht gerade eine große Stütze«, murmelte Lillie.

»Ich bitte dich! Ein Mechaniker? Du willst einen Mechaniker um eine Verabredung bitten und erwartest von mir, dass ich darüber in Jubel ausbreche?« All ihr Frust und ihre Wut, die sich im Laufe des Abends angesammelt hatten, brachen aus ihr hervor. Sie stand da, die Hände zu Fäusten geballt. »Du hast Jacqueline nicht erzählt, wer dieser Mann ist, richtig? Was reizt dich an ihm? Glaubst du, er ist gut im Bett? Ist es das?« Ihre eigenen Worte schockierten sie, aber nicht annähernd so sehr wie die Reaktion ihrer Mutter.

Einen Moment stand Lillie wie erstarrt, die Augen weit aufgerissen vor Entsetzen. Dann tat sie etwas, was sie in ihrem ganzen Leben noch nicht getan hatte.

Sie gab ihr eine Ohrfeige.

Sprach- und fassungslos drückte Barbie ihre Hand auf die Wange, Tränen schossen ihr in die Augen.

Als ihre Mutter erneut das Wort ergriff, zitterte ihre Stimme vor Wut. »Wenigstens *könnte* Hector mit mir schlafen.«

Barbie keuchte auf angesichts dessen, was ihre Mutter damit sagte, griff nach ihrer Handtasche und rannte aus dem Haus. Natürlich hatten sie sich schon öfter gestritten – jede Mutter und jede Tochter taten das –, aber so etwas hatte es noch nie gegeben.

Übelkeit überkam sie, während sie die nicht ganz zwei Meilen nach Hause fuhr. In der Garage angekommen, blieb sie einen Moment im Auto sitzen und schlug die Hände vors Gesicht. Wut, Schmerz und Trauer drohten sie zu überwältigen, und am liebsten wäre sie in heftiges Schluchzen ausgebrochen. Aber sie weigerte sich, diesem Kummer nachzugeben, ließ nicht zu, dass der hässliche Vorfall, der sie und ihre Mutter entzweit hatte, ihre Gefühle noch weiter runterzog.

In dieser und in der folgenden Nacht konnte sie nicht schlafen.

Sie sprach auch nicht mit ihrer Mutter. Mindestens zehnmal griff sie nach dem Telefon. Sie war es gewohnt, mindestens einmal am Tag mit ihr zu reden, oft sogar mehrmals. Jetzt hing das Schweigen wie eine gewaltige Leere über ihr.

Wenn es nach Barbie ging, hatte ihre Mutter sich bei ihr zu entschuldigen. Lillie hatte sie geschlagen – ihre eigene Tochter.

Am Abend des zweiten Tages hielt Barbie es kaum noch aus. Sie vermisste ihre Mutter. Sie *brauchte* sie.

Das Abendessen der Witwengruppe war für Donnerstagabend angesetzt. Barbie war entschlossen hinzugehen, aber als der Dienstag und dann auch noch der Mittwoch verstrichen, begann ihr Entschluss zu wanken.

Das ist lächerlich, sagte sie sich. Sie hatten beide Fehler gemacht.

Sie hatten beide Dinge gesagt, die sie bereuten. Es wurde Zeit, dafür um Entschuldigung zu bitten und die Sache zu begraben.

Am späten Donnerstagnachmittag hielt ein Blumenlieferwagen direkt vor ihrer Boutique, als Barbie gerade schließen wollte. Der Mann brachte ein riesiges Blumenarrangement von *Susannah's Garden*. Es musste etwa hundert Dollar gekostet haben und belegte fast die halbe Verkaufstheke.

Der Fahrer reichte ihr sein Klemmbrett, und Barbie bestätigte den Empfang mit ihrer Unterschrift, während sich Erleichterung in ihr breitmachte. Sie brauchte nicht auf die kleine Karte zu schauen, um zu wissen, dass die Blumen von ihrer Mutter geschickt worden waren. Genau wie ihr selbst tat es auch Lillie leid. Sie entschuldigte sich und versuchte wiedergutzumachen, was geschehen war. Lächelnd griff Barbie nach dem kleinen Umschlag und öffnete ihn.

Sie hatte sich geirrt. Lillie hatte die Blumen nicht geschickt.

Auf der Karte stand nur ein einziges Wort.

Mark.

19. Kapitel

Anne Marie und Ellen freuten sich beide auf das Essen an diesem Abend. Am Nachmittag hatte sie bei Lillie angerufen, um zu fragen, ob sie irgendetwas mitbringen sollte.

»Nein, nichts«, lautete die feste Antwort ihrer Freundin. »Bringt einfach nur euch selbst mit.« Als sie den Hörer auflegte, fiel Anne Marie auf, dass Lillie irgendwie anders zu klingen schien als sonst. Seit sie begonnen hatten, ihre Wunschlisten zu erstellen, war Lillie immer guten Mutes. Aber nach dem kurzen Telefonat fragte Anne Marie sich, ob sie Lillies Gefühle falsch eingeschätzt hatte. Ihre Stimme hatte matt und emotionslos geklungen, der Enthusiasmus, der sonst herauszuhören war, fehlte.

Anne Marie fürchtete, das Abendessen könnte Lillie vielleicht zu viel Arbeit machen. Deshalb rief sie ein wenig später noch einmal an, um sich zu vergewissern, dass alles in Ordnung war.

»Alles ist in bester Ordnung«, versicherte Lillie ihr, aber ihr Tonfall strafte sie Lügen. »Weißt du, ich habe richtig Spaß an der Sache. Es ist schon lange her, dass ich für eine Abendgesellschaft gekocht habe.« Irgendwo im Haus ertönte ein Küchenwecker, und Lillie erklärte, sie müsse jetzt leider auflegen.

Die Sorge aber ließ Anne Marie nicht los. Sie spürte, dass irgendetwas nicht in Ordnung war. Doch Lillie war offensichtlich nicht bereit, ihr zu sagen, was. Also musste sie das so hinnehmen und konnte nur hoffen, dass das Problem – falls es eins gab – schon bald gelöst sein würde.

Der Schulbus rollte am Schaufenster vorbei, und Anne Marie wusste, in wenigen Minuten würde Ellen hereingestürmt kommen.

»Heute Abend, nicht wahr?«, rief Ellen fröhlich, als sie in den Laden stürzte. Sie öffnete einen Schultergurt ihres Rucksacks und ließ ihn achtlos zu Boden gleiten.

»Genau, heute Abend ist es so weit«, bestätigte Anne Marie. Offensichtlich war es für die Achtjährige eine neue Erfahrung, zu jemandem zum Abendessen eingeladen zu sein. Obwohl Ellen immer gute Manieren an den Tag gelegt hatte, sprach Anne Marie sicherheitshalber noch einmal mit ihr darüber, wie sie sich zu verhalten hatte.

»Ich werde nicht mit vollem Mund sprechen oder die Konver… Konver…« – das Wort war offenbar zu schwierig für sie – »die Konversation unterbrechen.«

»Ausgezeichnet«, lobte Anne Marie sie lächelnd. »Wenn du willst, kannst du dein Strickzeug mitnehmen.«

Kaum hatte sie den Vorschlag gehört, rannte Ellen die Treppe zur Wohnung hinauf, als wollten sie auf der Stelle aufbrechen. Ihr Eifer ließ Anne Marie erneut lächeln.

Sie machten beide gute Fortschritte bei ihrer Strickerei. Anne Maries erste offizielle Unterrichtsstunde am Tag zuvor war sehr gut verlaufen. Dadurch, dass sie Ellen rechte Maschen beigebracht hatte, hatte sie selbst mehr gelernt, als ihr bewusst war. Am Dienstag nach der Schule war Anne Marie mit dem Mädchen zu *A Good Yarn* gegangen und hatte sie Garn und Stricknadeln aussuchen lassen. Lydia hatte sich eine ganze Weile mit Ellen unterhalten, und inzwischen waren sie nach Lydias Worten bereits gute Freunde. Am Abend, nachdem Anne Marie abgewaschen und Ellen ihre Hausaufgaben erledigt hatte, setzten sie sich zusammen aufs Sofa, um zu stricken, und halfen einander dabei. Anne Marie musste unwillkürlich darüber nachdenken, dass sie nie eine Chance gehabt hatte, so etwas mit ihrer Stieftochter zu tun. Schon als Zehn-, Elfjährige hatte Melissa all ihre Versuche, gemeinsam an irgendetwas zu arbeiten, zurückgewiesen, ob es nun um Lesen, Backen oder Sammeln von bunten herbstlichen Blättern für Bastelarbeiten gegangen war. Was immer Anne Marie auch vorgeschlagen hatte, es war als »dumm« oder »langweilig« abgelehnt worden. Die Erinnerung machte sie traurig, und es fiel ihr schwer, diese Traurigkeit abzuschütteln.

In der Kursstunde hatte Anne Marie linke Maschen stricken gelernt, und inzwischen war die Reisedecke, an der sie arbeitete, auf gut sieben Zentimeter gewachsen. Ellen hatte den Schal für ihre Großmutter zur Hälfte fertig; das Mädchen hatte einen guten Blick für Farben und hatte sich für ein weiches Garn in den Farben Rosa und Pfirsich entschieden. Die Kombination sah bezaubernd aus. Dabei waren das Farben, die Anne Marie nie miteinander kombiniert hätte.

Auch Lydia hatte Ellens Farbwahl gelobt und Ellen vor Freude über das Kompliment gestrahlt.

»Nimmst du deinen Zwanzig-Wünsche-Ordner mit?«, fragte sie jetzt.

»Ja, ich denke schon.«

Ellen packte ihr Strickzeug in ihren Rucksack. »Soll ich meine Liste auch mitnehmen?«

Anne Marie zögerte. Sie fürchtete, Ellen könnte, ohne es zu wollen, das Gespräch dominieren. »Vielleicht beim nächsten Mal, ja? Heute Abend möchte ich, dass du nur dabeisitzt und zuhörst.«

»Okay.« Mit dem Rucksack rannte das Mädchen die Treppe hinauf, schnappte sich den aufgeregten Baxter, um mit ihm Gassi zu gehen, und steckte sich den nötigen Kotbeutel in die Tasche ihrer Jeans.

Um vier kam Steve Handley, um seinen Dienst anzutreten. Anne Marie hatte keine Zeit, um zu duschen, aber sie ging nach oben, um ihr Make-up aufzufrischen. Der Himmel war bedeckt, sodass sie beschloss, eine tannengrüne Strickweste über ihrer cremefarbenen langärmeligen Bluse zu tragen.

Ellen führte ihren neuen Jeansrock vor, den Anne Marie ihr gekauft hatte. Da klingelte das Telefon.

»Soll ich rangehen?«, fragte Ellen.

Anne Marie zögerte. »Lass mich erst schauen, wer das ist.« Sie warf einen Blick auf die Anrufer-ID: Melissas Name und Rufnummer.

Instinktiv wich Anne Marie zurück. Sie hatte sich immer noch nicht von der letzten Unterhaltung mit ihrer Stieftochter erholt. Ein weiteres Gespräch dieser Art konnte sie fertigmachen.

Das Telefon klingelte noch einmal und noch einmal. Nach dem vierten Klingelton sprang der Anrufbeantworter an. Anne Marie lauschte der kurzen Nachricht. Melissa meldete sich mit Namen und sagte dann nur: »Ruf mich an.« Keine weitere Erklärung.

»Anne Marie?«, meldete sich Ellen zaghaft und schaute sie besorgt an.

»Hey«, gab sie betont fröhlich zurück. »Ich dachte, wir hätten eine Essenseinladung. Bist du so weit?«

Ellen nickte eifrig.

»Ich auch. Dann mal los.«

Auf der kurzen Fahrt zu Lillie sangen sie gemeinsam Lagerfeuerlieder. Das heißt, Ellen sang. Anne Marie versuchte es, und wieder klang ihre Stimme, als wollte jemand sie erwürgen. Nach den ersten paar Liedzeilen verstummte sie und hörte einfach nur zu. Ellen war wirklich begabt und sang gern. Gleich nach dem ersten Lied stimmte sie ein zweites an. »This little light«, ein Lied, das sie in der Kirche gelernt hatte, wie sie Anne Marie erzählte.

Das erinnerte Anne Marie daran, dass sie bisher noch nicht einmal mit Ellen im Gottesdienst gewesen war. Sie selbst ging eigentlich nie in die Kirche, obwohl sie nichts gegen Religion hatte. Zwar war sie der Meinung, dass Gott ihr kein besonders gutes Blatt zugeteilt hatte. Trotzdem war ihr klar, dass sie das Mädchen vermutlich zur Sonntagsschule begleiten sollte, wenn sie ihr so gut wie möglich die Routine erhalten wollte, die sie von ihrer Großmutter gewohnt war.

Ellen war gerade mit ihrem Lied fertig, als sie Lillies Haus erreichten. Anne Marie war zum ersten Mal hierher eingeladen. Sie stellte den Wagen in der kreisförmigen Einfahrt ab und bestaunte das weitläufige Haus im Tudorstil, das über sechs- bis achthundert Quadratmeter Wohnfläche verfügen musste. Die Außenbeleuchtung gewährte einen Blick auf den beeindruckenden sattgrünen Rasen und die näher am Haus liegenden Blumenbeete mit Tulpen in allen nur denkbaren Farben und Narzissen.

»Wow«, flüsterte Anne Marie.

»Lebt Mrs. Higgins in einem Schloss?«, fragte Ellen mit gedämpfter Stimme.

»Sieht ganz so aus.«

In dem Moment traf auch Barbie ein und stellte ihren Wagen hinter ihnen in der Einfahrt ab. Sie gingen gemeinsam ins Haus, gefolgt nur wenig später von Elise. Sofort, als Barbie ihre Mutter begrüßte, wurde Anne Marie klar, dass etwas nicht stimmte, obwohl beide – sowohl Barbie als auch Lillie – sich Mühe gaben, das zu verbergen. Statt mit der üblichen Kameradschaftlichkeit, dem neckenden und scherzenden Ton, begegneten sie einander mit steifer Höflichkeit.

Sie mussten sich gestritten oder sogar überworfen haben.

Kein Wunder, dass Lillie am Telefon so aufgelöst gewirkt hatte.

Für heute Abend hatte sie ein kleines Büfett auf der Anrichte in einem formellen Speisezimmer aufgebaut. Los ging es mit einer Auswahl an Käsesorten, Oliven, mit Brie gefüllten Datteln und drei verschiedenen Salaten – Pasta mit Meeresfrüchten, Caesar Salad mit hausgemachten Croutons und Obstsalat. Als Hauptgang bot Lillie mit Ricotta gefüllte Hühnerbrustfilets und Kartoffelgratin.

Elise schüttelte den Kopf. »Gute Güte, Lillie, du musst tagelang in der Küche gestanden haben.«

»Mutter ist eine fantastische Köchin«, meinte Barbie rasch.

Lillie wandte sich ihrer Tochter zu. »Danke. Ich verbringe gern Zeit in der Küche – das lenkt mich von anderen Dingen ab.«

Die Bemerkung schien direkt an Barbie gerichtet zu sein, die errötete und rasch den Blick abwandte.

Anne Marie half Ellen beim Füllen ihres Tellers und bediente sich dann selbst. Zu fünft saßen sie schließlich am Tisch, an dem problemlos zwölf Leute Platz gehabt hätten. Anne Marie fiel auf, dass Lillie kaum Appetit zu haben schien – genau wie Barbie. Sie rührten beide kaum etwas von dem an, was sie auf dem Teller hatten. Anne Marie, Ellen und Elise hingegen genossen jeden einzelnen Bissen.

Die Unterhaltung drehte sich zunächst um allgemeine Themen. Ellen wurde gefragt, wie es in der Schule lief und welche Fächer sie am liebsten hatte. Lesen, Buchstabieren und Rechnen, erklärte sie und gab Beispiele für das, was sie kürzlich gelernt hatte.

»Wenn wir schon von Fächern reden«, wandte sich Anne Marie an Barbie, »hast du dich schon für einen Bauchtanzkurs eingeschrieben?«

Barbie zuckte zusammen, offensichtlich überrascht. »Bauchtanzen?«

»Du hast gesagt, das sei einer deiner Wünsche.«

»Oh, ja. Nein, habe ich nicht. Jedenfalls noch nicht. Werde ich aber … vermutlich.« Sie setzte sich aufrechter hin und stocherte in ihrem Essen herum, dann legte sie ihre Gabel aus der Hand.

»Was steht sonst noch auf deiner Liste?«, fragte Elise.

Barbie bückte sich nach ihrer Handtasche und zog ein Blatt Papier heraus. »Ich habe einen Ordner angelegt, wie Anne Marie, habe ihn aber heute Morgen zu Hause gelassen. Ich habe nur meine Liste eingepackt.«

»Ich habe meinen Ordner auch zu Hause gelassen. In Anne Maries Haus«, meinte Ellen in dem offensichtlichen Versuch, Lillies Tochter zu trösten.

»Wisst ihr, ich dachte, FKK-Baden könnte Spaß machen.«

»Ja, darüber habe ich auch schon nachgedacht«, murmelte Anne Marie. Sie hatte das völlig vergessen bis zu diesem Moment.

Ellen zupfte an ihrem Ärmel. Als Anne Marie sich zu ihr hinunterbeugte, flüsterte das Mädchen: »Ist das eine neue Diät? Grandma Dolores hat viel über Diäten gesprochen.«

Anne Marie wusste nicht recht, wie sie antworten sollte. »Ähm, ja, so etwas Ähnliches.«

Zum ersten Mal an diesem Abend stahl sich ein Lächeln in Barbies Mundwinkel. »Ich *werde* es tun.«

»Du wirst was tun?«, fragte Elise, die gerade mit Lillie das Dessert ins Esszimmer brachte: Teller voller Brownies, Kekse und Törtchen.

»Nacktbaden.«

»Barbie!«, keuchte ihre Mutter.

»Bei Nacht, Mutter. In einer, wie du es nennen würdest, geschützten Umgebung.«

»Im Mondlicht«, fügte Elise leise hinzu. »Maverick und ich …« Abrupt verstummte sie und lief leuchtend rot an.

»Du und Maverick, ihr wart nackt baden?«, fragte Barbie.

»Das ist Jahre her …« Elise stockte. »Nun ja, um ehrlich zu sein, das war kurz, nachdem wir uns ausgesöhnt hatten.« Liebevoll schüttelte sie den Kopf. »Der Mann steckte voller verrückter Ideen.«

»Kein Wunder, dass du ihn so sehr geliebt hast«, flüsterte Barbie.

»Oh, das habe ich. Das habe ich. Mir tut es um all die Jahre leid, die wir verschwendet haben. Maverick hat nie gewollt, dass ich darüber rede, wie sehr ich das bedauere. Er hat immer gesagt, wir müssten die verlorene Zeit wieder aufholen, und wir haben alles getan, was in unserer Macht stand, um dreißig Lebensjahre in dreien unterzubringen.« Ihr Gesichtsausdruck verriet ebenso Freude wie Trauer, und es tat beinahe weh, das zu sehen.

Anne Maries Augen füllten sich mit Tränen, und sie senkte den Blick auf ihren Ordner. »Und wie steht es mit dir, Lillie?«, fragte sie, um die Aufmerksamkeit von Elise abzulenken, damit die ältere Frau sich wieder fangen konnte.

»Du zuerst«, widersprach Lillie und bot Ellen etwas von dem Dessert an. Das Mädchen studierte den Teller sehr gründlich und entschied sich dann für ein Blaubeertörtchen.

Anne Marie lächelte und schaute wieder auf ihren Ordner. Die Seite, die sie aufgeschlagen hatte, zeigte ein Bild vom Eiffelturm. »Ich möchte mit jemandem, den ich liebe, nach Paris fahren.«

»Das klingt so schön«, murmelte Barbie.

Anne Marie erwähnte nicht, dass Robert ihr das versprochen hatte. Schon in der Highschool, als sie zwei Jahre Französischunterricht hatte, hatte Frankreich, und dort vor allem

Paris, seinen besonderen Reiz auf sie ausgeübt. Robert hatte ihnen tolle Geschichten ausgemalt zu den Abenteuern, die sie dort erleben würden – eines Tages. Die Reise lag immer in der Zukunft, gleich hinter der nächsten Kurve. Nächsten Monat. Nächsten Sommer. Nächstes Jahr. Und wann immer sie vorsichtig geplant hatten, war sein Job dazwischengekommen.

Sie versuchte, den Gedanken zu verscheuchen. Ihr Leben lag jetzt in ihrer Hand, und wenn sie glücklich werden wollte, musste sie selbst dieses Glück suchen. Sie konnte, nein, sie wollte sich dafür nie wieder auf jemand anderen verlassen.

Weil sie ihren Mann geliebt und unterstützt hatte, hatte Anne Marie sich nie beklagt. Inzwischen war ihr jedoch klar geworden, dass sie ihre ganze Ehe in der Hoffnung auf morgen gelebt hatte – auf der Grundlage gut gemeinter Versprechen für die Zukunft.

»Ich glaube, davon hast du schon mal gesprochen«, meinte Elise. »Das muss dir wichtig sein.«

»Das ist es.«

»Und was hält dich davon ab?«

»Ich will nicht allein dorthin reisen.«

»Verstehe«, sagte Elise, praktisch wie immer, »es geht also nicht nur darum, Paris zu besuchen. Es geht auch darum, dich zu verlieben.«

»Ja, das stimmt. Ich möchte wieder lieben.«

»Gut.«

»Das möchte ich auch«, warf Lillie leise ein. Ihr Blick wanderte den Tisch entlang hinüber zu ihrer Tochter.

Schockiert stellte Anne Marie fest, dass Tränen in Lillies Augen glitzerten. »Ich habe zwanzig Wünsche«, fuhr Lillie fort. »Keiner der anderen hat irgendeine Bedeutung ohne den ersten.«

»Und der wäre?«, fragte Elise. »Ich glaube, ich kann es mir denken.«

Lillie lächelte kurz über die Bemerkung. »Ich möchte mich wieder verlieben. In einen Mann, der ehrenhaft ist. Einen Mann, der von seinen Kollegen geachtet wird. Einen Mann mit Grundsätzen, der mich als Frau zu schätzen weiß … Einen Mann, der mir Freund und Liebhaber zugleich sein wird.« Eine Träne rollte über ihre Wange. »Die meiste Zeit meines Lebens habe ich versucht, es anderen recht zu machen. Ich glaube nicht, dass ich das noch länger kann.«

»Das solltest du auch nicht«, erwiderte Barbie. »Du hast es verdient, diesen Mann zu finden, Mom.«

Lillies Stimme zitterte. »Du auch.«

»Ich weiß.«

Dann brach zu aller Erstaunen Barbie in Tränen aus. »Es tut mir leid, Mom, so leid.«

»Mir auch.«

Lillie schob ihren Stuhl zurück, und Sekunden später lagen Mutter und Tochter einander weinend in den Armen.

Anne Marie schaute Elise an. Die zuckte die Achseln. Und wieder zupfte Ellen am Ärmel ihrer Bluse. »Warum weinen sie?«, fragte sie laut flüsternd.

»Ich weiß es nicht.«

»Wird alles wieder gut?«

Anne Marie legte Ellen einen Arm um die Schultern. »Ich glaube schon.«

So schnell, wie Lillie und Barbie in Tränen ausgebrochen waren, so schnell begannen sie zu lachen, tupften sich mit den Leinenservietten die Augen ab, verschmierten dabei ihr Mascara und kicherten wie Teenager.

Ellen begann ebenfalls zu kichern. Schon bald fiel Elise mit ein. Nach einer Weile stand sie auf und trug ihr Geschirr in die Küche, wo sie es auf der Arbeitsplatte abstellte.

Anne Marie stapelte ihren und Ellens Teller und tat es ihr

gleich. Für sie alle war der Abend auf die eine oder andere Weise heilsam. Nur nicht für Ellen, aber Anne Marie wusste, dass die Erfahrung auch für sie wertvoll gewesen war.

Bevor sie ging, nahm sie ihren Ordner an sich. Als sie ihn zuschlug, fiel ihr Blick noch einmal auf die Ansichtskarte von Paris, die sie neben das ausgeschnittene Foto vom Eiffelturm geklebt hatte.

Eines Tages *würde* sie Paris besuchen – und zwar nicht allein. Denn die Liebe ihres Lebens würde sie begleiten.

20. Kapitel

Als die amtlich wirkende Frau in dem sachlich-nüchternen Hosenanzug *Blossom Street Books* betrat, wusste Anne Marie sofort: Das musste die Frau sein, die am Vormittag angerufen hatte. Sie stellte sich als Evelyn Boyle vor, Sozialarbeiterin beim Kinder- und Jugendamt des Staates Washington. Gelassen hatte sie am Telefon geklungen, professionell und beruhigend. Sonst hätten womöglich Anne Maries Warnglocken geläutet. Sie hatte die Papiere, die Dolores Falk ihr vor der OP gegeben hatte, und sowohl Ellen als auch Anne Marie sprachen oft mit Dolores.

Deshalb begriff sie nicht, warum jetzt eine Sozialarbeiterin mit dem Fall befasst war. Schon in wenigen Tagen würde Dolores aus dem Pflegeheim entlassen werden, und Ellen konnte wieder zu ihr. Wenn der Staat sich um Ellen Sorgen machte, dann war es reichlich spät dafür.

»Sie müssen Ms. Boyle sein«, begrüßte Anne Marie die Frau und trat hinter dem Verkaufstresen hervor. Zum Glück war Theresa, die freitagnachmittags arbeitete, ein paar Minuten früher gekommen.

»Und Sie müssen Anne Marie sein.« Die Sozialarbeiterin reichte ihr die Hand. »Nennen Sie mich bitte einfach Evelyn.«

Trotz ihres ruhigen Auftretens war Anne Marie nervös.

»Können wir uns irgendwo ungestört unterhalten?«, fragte Evelyn.

»Natürlich.« Anne Marie ließ sie einen Moment stehen und ging zu Theresa, die sie fragend musterte.

»Alles in Ordnung?«, flüsterte Theresa.

»Alles in Ordnung«, gab sie flüsternd zurück und fügte etwas lauter hinzu: »Wenn du mich brauchst: Ich bin oben.«

Theresa nickte.

Anne Marie geleitete Evelyn die enge Treppe zu ihrer Wohnung hinauf. Da Ellen sich inzwischen eingewöhnt hatte, hatte sie ein Paar Gummistiefel auf den Stufen stehen lassen. Anne Marie nahm sie auf dem Weg nach oben an sich.

Baxter wartete mit wild wedelndem Schwanz an der Tür auf sie. Er legte den Kopf leicht schräg, als fragte er sich neugierig, warum sie unerwartet in ihre Wohnung kam. Nachdem er sich von ihr hatte streicheln und tätscheln lassen, schnüffelte er an den Schuhen der Sozialarbeiterin und zog sich dann wieder in sein Hundebett in einer Ecke der Küche zurück.

Ohne lange zu fragen, trat Anne Marie an den Herd und setzte Wasser für Tee auf. Evelyn rückte sich einen Stuhl am Tisch zurecht, stellte ihre Aktentasche darauf und holte einen gelben Notizblock hervor.

»Woher wissen Sie, dass Ellen bei mir untergebracht ist?«, fragte Anne Marie. Sie ging davon aus, dass Dolores das Jugendamt nicht informiert hatte. Also konnte es eigentlich nur das Krankenhaus oder jemand von der Schule gewesen sein, vermutlich Helen Mayer.

»Ellens Schule hat angerufen«, erklärte Evelyn und bestätigte damit, was Anne Marie sich gedacht hatte. Gleichzeitig suchte sie in den Tiefen ihrer Handtasche nach einem Stift.

Anne Marie stand mit hinter dem Rücken verschränkten Händen an die Arbeitsfläche der Küche gelehnt. »Ellens Großmutter hat mir schriftlich Vollmacht erteilt, mich als Vormund um Ellen zu kümmern, während sie selbst sich erholt.« Inwieweit das hingekritzelte, kaum leserliche Dokument rechtlich bindend war, blieb allerdings fraglich. Wenn man bedachte, wie verzweifelt die arme Frau nach jemandem gesucht hatte, irgendjemandem, der sich um Ellen kümmerte, hätte sie diese Vollmacht vermutlich so gut wie jedem erteilt.

»Soweit ich das verstanden habe, sollten Sie Ellen zunächst nur für ein paar Tage zu sich nehmen.«

»Ja.« Anne Marie hätte gern noch mehr dazu gesagt, hielt sich aber zurück. Bei Angelegenheiten wie dieser war es besser, so wenig wie möglich zu sagen. »Dolores hat mir das Versprechen abgenommen, dafür zu sorgen, dass Ellen nicht in ein Pflegeheim oder zu Pflegeeltern kommt.«

»Hier in der Gegend gibt es viele ganz ausgezeichnete Pflegeeltern.«

»Das ist bestimmt so ...«

»Aber genau genommen, Anne Marie, ist Ellen bereits bei Pflegeeltern.«

»Ich bin eine Person, die Ellen kennt und der sie vertraut«, warf Anne Marie rasch ein.

»Stimmt. Genau das meinte ich. Sie *sind* ihre Pflegemutter.« Evelyn wartete einen Moment. »Ich habe die Situation doch richtig verstanden, oder? Sie und Ellen sind nicht in irgendeiner Form verwandt?«

»Das ist richtig.« Dennoch hing die Frage in der Luft, ließ Zweifel und Ängste umherschwirren.

Der Wasserkessel begann zu pfeifen und gönnte ihr eine willkommene Atempause. Anne Marie konzentrierte sich darauf, das heiße Wasser in die Teekanne zu gießen, stülpte dann eine Wärmehaube über die Kanne und stellte sie auf den Tisch, damit der Tee in Ruhe ziehen konnte, während sie zwei zusammenpassende Tassen und Untertassen hervorkramte.

Ihr gutes Geschirr war noch in Umzugskartons eingelagert im Lagerhaus, und der Küchenschrank der Wohnung stand voller zusammengewürfelter Einzelteile. Bisher hatte ihr das nie etwas ausgemacht, aber jetzt tat es das. Natürlich war ihr klar, dass das Sozialamt ihr Ellen nicht wegnehmen würde, nur weil ihr Geschirr nicht zusammenpasste, aber dennoch ... Anne Marie stellte fest, dass sie *keinerlei* Risiko eingehen wollte.

Sie goss zwei Becher Tee ein und stellte dabei verärgert fest, dass ihre Hand zitterte.

»Ich sollte Ihnen sagen, dass ich in der Schule war, bevor ich zu Ihnen gekommen bin.«

Anne Marie war nicht sicher, ob sie das beruhigte oder nicht. »Haben Sie mit Ellen gesprochen?«

»Habe ich.« Evelyn griff nach der Zuckerdose und gab einen gehäuften Teelöffel Zucker in ihren Becher. »Sie hat nur wundervolle Dinge über Sie gesagt. Sie hat mir erzählt, dass Sie mehrmals ihre Großmutter besucht und dem Kind etliche Kleidungsstücke gekauft haben. Waren Sie kürzlich im Haus der Großmutter?«

»Zweimal. Ellen brauchte ein paar Dinge, und ich habe Dolores versprochen, gelegentlich nach dem Rechten zu schauen.«

»Wunderbar. Ich bin sicher, dass sie das zu schätzen weiß.«

Allmählich ließ Anne Maries Anspannung nach.

Evelyn hob ihren Becher. »Stimmt es, dass Sie Ellen das Stricken beigebracht haben?«

»Nun ja, im Grunde haben wir es uns gegenseitig beigebracht. Ellen strickt einen Schal für ihre Großmutter, und ich habe eine Reisedecke angefangen. Die Farben beider Teile passen nicht zusammen, und Dolores wird sie nicht gleichzeitig nutzen können. Meine Decke ist in einem Lavendelton gehalten, und Ellen hat sich für eine Kombination aus Pfirsich und Rosa entschieden. Sie ist wirklich sehr hübsch. Ich meine, wer hätte gedacht ... nun ja, ich schätze, das ist unwichtig.« Anne

Marie war bewusst, dass sie vom Thema abkam, und sie zwang sich, nicht weiterzureden. Trotzdem konnte sie nicht widerstehen: Sie musste ein wenig mit Ellens Können prahlen.

Rasch schob sie den Stuhl zurück, eilte in Ellens Zimmer und holte ihren Schal, in dem noch die Stricknadeln steckten. »Schauen Sie nur, wie gleichmäßig ihre Maschen sind«, sagte sie und präsentierte der Sozialarbeiterin das Werk des Kindes. »Meine eigenen sind nicht halb so schön. Ellen strickt mit Begeisterung und hat es bereits drei Freundinnen beigebracht. Ihre Lehrerin war so beeindruckt, dass sie überlegt, ob sie vielleicht der ganzen Klasse Strickunterricht geben sollte.«

Evelyn nickte zustimmend. »Ellens Lehrerin hat mir davon erzählt. Sie sagte, Stricken könne den Kindern beim Rechnen helfen und sie Geduld lehren. Außerdem bekommen sie damit das Gefühl, etwas erreicht zu haben. Ich halte es für eine großartige Idee.«

»Wirklich?« Unwillkürlich musste Anne Marie lächeln.

»Als ich mich mit Ellen unterhalten habe, hat sie mir außerdem etwas von einer Wunschliste erzählt. Was ist das?«

»Ach … eigentlich gar nichts. Nichts Besonderes.«

»Nicht, wenn man Ellen zuhört. Sie hat ein Buch, das sie in ihrem Rucksack mit sich herumschleppt.«

Anne Marie hatte gar nicht gewusst, dass Ellen ihre Wunschliste immer bei sich hatte. »Tatsächlich?«

»Soweit ich das sehe, stellt mittlerweile die halbe Klasse ebenfalls solche Listen auf.«

»Oh …« Anne Marie nippte von ihrem Tee. »Ein paar meiner Freundinnen und ich hielten es für eine lustige Idee. Das ist eigentlich alles.« Mehr wollte sie nicht erklären. Die Sache war zu kompliziert und zu persönlich.

»Mir gefällt sie«, erklärte Evelyn mit unverkennbarer Begeisterung.

Anne Marie warf der Frau einen überraschten Blick zu. »Wirklich?«

»Ja, sicher. Ich habe sogar sofort darüber nachgedacht, was ich selbst in solch eine Liste schreiben würde.«

Erneut ließ Anne Maries Anspannung ein wenig nach.

»Als ich mit Ms. Peterski gesprochen habe, meinte sie, Ellen habe in den letzten drei Wochen beachtliche Fortschritte gemacht. Ihre Noten waren schon immer gut, aber sie hatte Probleme auf anderen Gebieten. Ihre sozialen Fertigkeiten haben sich gewaltig verbessert, sie schließt neue Freundschaften und geht auf andere zu.«

Anne Marie nickte. Obwohl sie keinen persönlichen Grund hatte, so wahnsinnig stolz auf Ellen zu sein, konnte sie kaum anders.

»Ellen macht auch einen sehr glücklichen Eindruck. Ganz offensichtlich hat sich dieses Arrangement gut bewährt«, fuhr die Sozialarbeiterin fort.

»Sie ist ein pflegeleichtes Kind«, erklärte Anne Marie. Es stimmte zwar, dass sie ein paar Tage gebraucht hatten, um sich aufeinander einzustellen, aber sie hatten sich erstaunlich problemlos an das Zusammenleben gewöhnt.

»Ja, sie hat sich sehr gut entwickelt«, murmelte Evelyn.

»Hat Ellen Ihnen erzählt, dass sie Baxter – meinem Hund – die Rolle beigebracht hat?«, fragte Anne Marie. Ellen hatte wochenlang mit dem Hund geübt und ihr Ziel erst vor Kurzem erreicht.

»Oh ja, das hat sie.« Evelyn warf dem friedlich in seiner Ecke schlafenden Hund einen Blick zu. »Ich glaube, ich habe schon erwähnt, dass ich mit dem Personal in der Pflegeeinrichtung gesprochen habe, in der Dolores Falk zurzeit untergebracht ist?«, fuhr sie fort.

In ihrer Nervosität konnte Anne Marie sich daran nicht erinnern. »Ich bin mir nicht sicher. Dolores erzählt mir, dass sie sich gut erholt. Sie meinte, sie würde irgendwann nächste Woche entlassen. Mittwoch, meinte sie.«

Ms. Boyle zögerte kurz. »Mir wurde gesagt, Mrs. Falk mache ausgezeichnete Fortschritte. Sie hat mir bestätigt, dass Sie und Ellen sie regelmäßig besuchen. Außerdem freut sie sich jeden Tag auf das kurze Telefonat mit ihrer Enkelin.«

»Wir besuchen Dolores, sooft wir können.«

»Das ist mir bekannt, und ich kann Sie für Ihr Pflichtgefühl nur loben.«

»Drei- bis viermal pro Woche.« Anne Marie gab sich Mühe, diese Besuche in ihrem Tagesablauf unterzubringen, weil ihr klar war, wie wichtig sie für Ellen waren. Und natürlich auch für Dolores.

»Sehr gut.«

»Danke, ich gebe mein Bestes.«

Evelyn nahm einen Schluck von ihrem Tee. »Das sehe ich, und Ellen ist der beste Beweis dafür. Ihre Lehrerin ist hocherfreut, und Ms. Mayer, die Schulpsychologin, spricht ebenfalls in den höchsten Tönen von Ihnen.«

Dieses Gespräch war nicht annähernd so schwierig, wie Anne Marie befürchtet hatte. Sie begann sich zu entspannen.

»Kommen wir zurück zu Mrs. Falk …« Die Worte hingen in der Luft wie eine Frage, die auf Antwort wartete.

»Ja?« Anne Marie stellte ihren Becher ab.

»Sagten Sie eben wirklich, sie werde nächste Woche entlassen?«

»Ja. Ellen und ich haben sie am Mittwoch nach dem Schulunterricht besucht, und Dolores sagte, sie hätte mit einer der Pflegekräfte darüber gesprochen.«

»Ich fürchte, das ist Wunschdenken von Mrs. Falk.«

»Was? Wie meinen Sie das?«

»Ich habe mit den Ärzten gesprochen und mit der leitenden Pflegerin.«

Eiskalt lief es Anne Marie über den Rücken. »Sie wird doch wieder gesund, oder?«

»Ja, natürlich. Der Gesundungsprozess schreitet gut voran. Aber vergessen Sie bitte nicht, dass sie eine größere Operation am Herzen hinter sich hat.«

»Ja, natürlich.« Glücklicherweise war es anscheinend nicht zu ernsten Komplikationen gekommen.

»Dennoch …«

»Gibt es Probleme bei der Genesung?«

»Keine Probleme in dem Sinne.«

»Was ist denn dann los?«

Mrs. Boyle umfasste ihren Teebecher und strich dann mit dem Zeigefinger über den Rand. »Leider wird es noch einige Wochen dauern, bis sie nach Hause entlassen werden kann.«

»Wochen?«, wiederholte Anne Marie. Das traf sie wie ein Schock, und sie wusste, wie schrecklich enttäuscht Ellen sein würde.

»Tut mir leid.«

»Wie … viele Wochen?«, hakte Anne Marie nach und fragte sich zugleich, wie sie das Ellen erklären sollte. »Können Sie mir sagen, wie lange es noch dauern wird, bis Dolores wieder nach Hause kann?«

»Ich bin keine Ärztin.«

»Was hat der Arzt gesagt?«

»Zwei Wochen.«

»Das hat man mir auch gesagt. Aber Sie sprechen von *weiteren* zwei Wochen, richtig?« Anne Marie atmete langsam aus.

»Ja. Geht das für Sie in Ordnung?«

»Auf jeden Fall. Ich fürchte nur, dass es Ellen sehr treffen wird. Das Kind liebt seine Großmutter über alles.«

»Ich weiß.«

»Ellen streicht jeden Tag im Kalender ab, den sie noch warten muss, um wieder zu Dolores zu ziehen.«

»Mir ist klar, dass das ein herber Schlag für das Kind sein wird. Mir ist außerdem klar, dass das weit über das hinausgeht, wozu Sie sich bereit erklärt haben, als Sie Ellen zu sich genommen haben. Wenn Ihnen das zu viel wird, könnte ich vermutlich ein vorübergehendes Zuhause für Ellen finden.«

»Das würde sie nur noch mehr verstören«, wehrte Anne Marie das Angebot ab, ohne auch nur eine Sekunde darüber nachzudenken. »Es war schon schwer genug für sie, von der Großmutter getrennt zu werden. Sie jetzt ein zweites Mal in eine völlig fremde Umgebung zu verpflanzen wäre noch traumatischer für sie.«

»Da gebe ich Ihnen voll und ganz recht.«

Wenigstens sind wir uns in diesem Punkt einig, dachte Anne Marie erleichtert.

»Es macht Ihnen also nichts aus, Ellen noch zwei Wochen bei sich zu behalten?«

»Natürlich nicht.« Über eine andere Lösung nachzudenken kam gar nicht infrage.

»In dem Fall möchte ich Ihnen ein paar Formulare dalassen, die Sie bitte ausfüllen müssten.«

»Was für Formulare?« Das klang gar nicht gut in Anne Maries Ohren.

Evelyn holte einen Stapel Papiere aus ihrer Aktentasche. »Da Ellen schon länger als zwei Wochen bei Ihnen ist und vermutlich noch weitere zwei Wochen bleibt, sollten Sie Ihre Konzession beantragen.«

»Meine Konzession wofür?«

»Ihre Konzession als Pflegemutter für Ellen.« So, wie Evelyn das sagte, hielt sie das offenbar für absolut logisch.

Sofort lagen ihr Einwände auf der Zunge, aber Anne Marie biss sich lieber auf selbige, als eine Diskussion anzufangen. Am besten gab sie sich entgegenkommend – obwohl sie absolut nicht die Absicht hatte, Pflegemutter zu werden. Wozu sollte das gut sein? Bis der Antrag durch war, würde Ellen schon wieder bei ihrer Großmutter leben, und damit war das Ganze überflüssig.

»Danke«, sagte sie und nahm die Papiere entgegen.

Dann stand sie auf, sammelte Becher und Teekanne ein und stellte sie in die Spüle. »Ich freue mich, dass Sie vorbeigekommen sind«, sagte sie, weil das Gespräch offensichtlich beendet war.

»Es war mir ein Vergnügen.«

Baxter erhob sich aus seinem Hundebettchen und begleitete sie bis zur Treppe, als wäre das eine seiner vorgeschriebenen Pflichten. Schweigend blieb er auf dem Absatz stehen, während die beiden Frauen nach unten gingen.

Anne Marie verabschiedete sich von der Sozialarbeiterin, als ihr eine einsame Gestalt ins Auge fiel, die mit hängendem Kopf im Polsterstuhl saß, die Haare ins Gesicht gefallen. Die Frau schien zu schlafen. Anne Marie musste ein zweites Mal hinsehen, bevor sie erkannte, wer da vor ihr saß.

Es war ihre Stieftochter Melissa Roche.

21. Kapitel

Als hätte sie Anne Maries Blick gespürt, schlug Melissa die Augen auf, setzte sich auf und sah sich verlegen um. Jetzt wünschte Anne Marie, sie hätte zurückgerufen. Selbst aus dieser Entfernung war klar ersichtlich, dass Melissa verstört war.

Vorerst beachtete sie sie nicht und begleitete Evelyn Boyle zur Tür. Sie dankte ihr für ihren Besuch und versprach, sich die Formulare durchzulesen. Genau das und nicht mehr gedachte sie auch zu tun. Evelyn hatte offensichtlich genauso wenig vor, ihr Ellen wegzunehmen, wie Anne Marie das Kind hergeben wollte.

Sie musste zugeben, dass die neuesten Informationen zu Dolores' Zustand zwiespältige Gefühle in ihr weckten. Einerseits wusste sie, wie enttäuscht Ellen sein würde. Andererseits war sie alles andere als unglücklich darüber, dass das Mädchen noch länger bei ihr wohnen würde.

Als Evelyn schließlich gegangen war und Anne Marie sich wieder dem Inneren ihres Ladens zuwandte, stand Melissa unsicher neben dem Sessel. Anscheinend wartete sie auf Anne Marie.

Die besprach sich ein paar Minuten mit Theresa – es ging um einige individuelle Bestellungen – und wandte sich dann erst ihrer Stieftochter zu. »Hallo, Melissa.«

»Du hast nicht zurückgerufen. Ich habe dir eine Nachricht auf Band gesprochen.«

»Ich war gestern Abend unterwegs und bin erst spät nach Hause gekommen.«

Melissa wirkte verwirrt. »Du bist doch nicht etwa mit jemandem zusammen?«

Was sollte diese Frage schon wieder? Anne Marie konnte nicht einmal an eine andere Beziehung denken – so kurz, nachdem sie Robert verloren hatte. »Nein, ich war mit Freundinnen zusammen, obwohl dich das eigentlich nichts angeht«, erwiderte sie brüsk. »Ich wollte dich heute Abend zurückrufen.« Tatsächlich hatte Melissa mehr als einmal angerufen. Am Ende des Abends hatte sie drei verpasste Anrufe auf ihrer Liste gehabt – alle von ihrer Stieftochter, auch wenn sie nur eine Nachricht hinterlassen hatte.

»Darf ich dich zum Essen einladen?«, fragte Melissa erstaunlich zaghaft.

»Danke, aber ich habe schon gegessen.«

Melissa blinzelte überrascht, als hätte sie das nicht erwartet. Dabei war es schon zwei Uhr am Nachmittag.

»Um ehrlich zu sein, ich lege keinen Wert darauf, mit dir noch einmal in ein Restaurant zu gehen.«

Melissa erbleichte. »Ich habe doch gesagt, dass es mir leidtut.«

»Ja, das hast du.«

»Und das tut es. Das tut es wirklich! Manchmal tue ich dumme Dinge. Ich weiß nicht, warum ich geglaubt habe, dir sagen zu müssen, was ich gesehen habe. Brandon hat mir fast den Kopf abgerissen. Er sagte … ach, egal.«

Anne Marie wurde klar, dass dies kein kurzer Besuch werden würde, also bedeutete sie Melissa, sich wieder zu setzen, und nahm auf dem Sessel daneben Platz. Im Laden war nicht viel los, und was zu tun war, konnte Theresa problemlos ohne ihre Hilfe erledigen.

Ein paar Sekunden schwiegen sie beide. Anne Marie war entschlossen, nicht als Erste das Wort zu ergreifen. Schließlich war Melissa zu ihr gekommen. Sie wollte etwas von ihr, und Anne Marie war, offen gesagt, neugierig, was das sein mochte.

»Brandon sagte, er sei kürzlich hier gewesen.«

»Ja.« Mehr sagte sie nicht dazu.

»Er sagte, ein Kind lebt bei dir.«

»Nur vorübergehend.«

Melissa nickte ganz leicht. »Das sagte er auch, außerdem dass … Allie heißt sie?«

»Ellen.«

»Er sagte, Ellen sei ein richtiger Schatz.«

»Das ist sie.« Wann wollte Melissa endlich auf den Punkt kommen? »Aber ich bin sicher, du bist nicht hier, um darüber mit mir zu reden.«

»Nein«, gab ihre Stieftochter zu. Sie konnte ihre Hände nicht stillhalten, so nervös war sie. »Hat Brandon erzählt, dass Mom und ich uns gestritten haben?«

»Er hat es erwähnt.«

»Mom ist stinksauer auf mich.«

»Gibt es dafür einen besonderen Grund?«

Ein Achselzucken war die Antwort. »Mehrere, um ehrlich zu sein. Zum einen sieht es ganz so aus, als könnte ich nicht wie geplant meinen Schulabschluss machen.«

»Melissa!« Anne Marie keuchte unwillkürlich, so schockiert war sie. Robert hatte damit geprahlt, dass Melissa es auf die Liste der Jahrgangsbesten geschafft hatte. Deshalb bezweifelte Anne Marie, dass es an ihren Noten lag. Es musste ein anderes Problem aufgetreten sein.

»Ich … habe die Schule geschmissen.«

Anne Marie blieb der Mund offen stehen. »Aber … warum?«, fragte sie ungläubig.

Keine Antwort.

Stattdessen füllten sich die Augen der jüngeren Frau mit Tränen. Sie senkte den Blick auf ihre Hände und murmelte etwas für Anne Marie Unverständliches.

»Wie bitte?«

Melissa reckte das Kinn, holte tief Luft und wiederholte dann lauter: »Ich bin schwanger.«

Anne Marie sank gegen die Rückenlehne ihres Sessels. »Schwanger«, wiederholte sie, bemüht, ihr ungläubiges Staunen zu verbergen.

»Mom ist wütend auf mich.«

Das konnte Anne Marie sich nur zu gut vorstellen. Pamela hegte große Pläne für ihre Tochter. Melissas Mutter, die im höheren Management einer internationalen Hotelkette mit Sitz in London arbeitete, hatte ihrer Tochter den Weg für eine aussichtsreiche Karriere bestens geebnet. Nach Brandons Aussage hatte Pamela ihr schon eine Stelle im mittleren Management gesichert, die sie antreten konnte, sowie sie ihr Diplom als graduierte Betriebswirtin in der Tasche hatte. Und mit diesem Job war die Gelegenheit verknüpft, in England zu leben.

»Sie will, dass ich es loswerde – so hat sie es ausgedrückt. Ich soll abtreiben.«

Anne Marie wusste kaum, was sie dazu sagen sollte. Sie konnte nicht glauben, dass Pamela ihr erstes Enkelkind loswerden wollte. Robert wäre von dieser Vorstellung entsetzt gewesen, glaubte sie.

»Das Baby ist von deinem Freund? Von Michael?«, fragte Anne Marie, innerlich bemüht, ihre eigenen Empfindungen zu analysieren.

Melissa nickte.

»Was möchte er, dass du tust?«

Melissa schloss die Augen. »Er … er weiß es noch nicht.«

Anne Marie beugte sich vor und fasste nach Melissas Hand.

Schluchzend klammerte ihre Stieftochter sich an sie. »Ich habe mit ihm Schluss gemacht.«

In ihrer Angst und Verzweiflung kam Melissa ihr plötzlich sehr jung vor. »Michael hat das Recht, davon zu erfahren«, flüsterte sie sanft.

Melissa schniefte mitleiderregend. »Das ist mir klar, und ich werde es ihm sagen. Es ist nur so … Die Situation ist so schrecklich verfahren, und ich weiß einfach nicht, was ich tun soll. Ich habe ihm nichts gesagt, weil ich Angst hatte, er könnte versuchen, mich in die eine oder andere Richtung zu drängen, und das wollte ich nicht.«

»Also hast du die Beziehung beendet?«

Melissa biss sich auf die Unterlippe. »Das war dumm, nicht wahr?«

Unsicher, wie sie antworten sollte, drückte Anne Marie nur ihre Hand.

»Ich habe meinen Dad noch nie so sehr vermisst wie jetzt. Ich bin völlig durcheinander, und meine Mutter ist so wütend auf mich.«

»Was sagt sie?«

»Sie schreibt mir zwei bis drei Mal am Tag E-Mails und gibt mir gute Ratschläge, wie sie das nennt. Liest sich aber eher wie eine gerichtliche Anordnung. Ich habe einen Fehler gemacht, sagt Mom, aber dieser Fehler muss nicht den Rest meines Lebens ruinieren. Sie verlangt, dass ich mir einen Termin bei einer dieser Kliniken geben und die Schwangerschaft abbrechen lasse, bevor es zu spät ist. Sie sagte, wenn ich diese Chance, in England zu arbeiten, verspiele, werde ich das für den Rest meines Lebens bereuen. Eine solche Chance bekäme ich nie wieder.«

Es kostete Anne Marie eine Menge Selbstbeherrschung, nicht auszusprechen, was sie von diesem Rat hielt.

»So wie sie das schreibt, klingt es, als würde ich im Gegensatz dazu nicht bereuen, eine übereilte Entscheidung über mein Baby zu fällen. Ich glaube nicht, dass ich das tun kann, Anne Marie.« Die Tränen, die ihr über die bleichen Wangen liefen, hinterließen nasse Spuren.

»Was möchtest du denn?«

»Ich weiß es nicht«, flüsterte sie, immer noch Anne Maries Hand umklammernd. »Es ist so: Ich habe mit einer Dame von der Schwangerschaftsberatung gesprochen. Sie hat mir gezeigt, dass ich viel mehr Optionen habe, als ich dachte.«

»Meinst du nicht, du solltest all deine Optionen unter die Lupe nehmen, bevor du eine so wichtige Entscheidung fällst?«

»Genau da liegt das Problem«, schluchzte Melissa. »Mir bleiben nur noch wenige Tage, in denen ich legal abtreiben könnte.«

»Wie weit bist du denn schon?«

»Mehr als drei Monate.« Sie befreite ihre Hand und kramte in ihrer Handtasche nach einem Taschentuch. »Zuerst habe ich nicht geglaubt, dass ich schwanger sein könnte. Ich meine, meine Periode war sowieso nie regelmäßig, und es gab keinen Grund zu glauben, dass ich ... dass ich schwanger sein könnte. Michael und ich haben uns immer geschützt. Offenbar war das nicht hundertprozentig sicher, und jetzt stehe ich da.« Sie gestikulierte schwach und putzte sich dann die Nase.

»Warst du beim Arzt?«

Sie wandte den Blick ab. »Noch nicht. Aber bei der Schwangerschaftsberatung wurde eine Ultraschalluntersuchung gemacht. Ich habe gesehen, wie sich mein Baby bewegt hat.«

»Hast du mit Freunden darüber gesprochen? Oder mit Brandon?«

Melissa schüttelte den Kopf. »Niemand weiß davon. Außer dir und meiner Mutter. Ich konnte es niemandem sonst sagen.«

»Wie kann ich dir helfen?«, fragte Anne Marie. Sie konnte sich nicht vorstellen, warum Melissa sich ausgerechnet an sie wandte, aber die Gründe für den Sinneswandel ihrer Stieftochter spielten auch keine Rolle. Anne Marie war entschlossen zu tun, was sie konnte.

»Ich brauche … ich brauche jemanden, der mir bei der Entscheidung hilft.«

Melissa hatte Schwierigkeiten, Entscheidungen zu treffen, das war nichts Neues für Anne Marie. Außerdem hatte sie eine ganze Reihe umwerfend schlechter Entscheidungen getroffen. Aber vielleicht ließen sich einige davon ja revidieren.

»In Ordnung«, sagte Marie und atmete tief durch. »Erstens, ich sehe keinen Grund für dich, die Schule hinzuschmeißen, besonders so kurz vor dem Abschluss.«

»Ich weiß. Das war genauso dumm, wie mit Michael Schluss zu machen, nicht wahr?«

»Tu, was du kannst, um wieder aufgenommen zu werden und deine Prüfungen ablegen zu können. Dein Vater hätte gewollt, dass du deinen Abschluss machst.«

Melissa nickte; offenbar kam ihr der Rat gut vor. »Etliche meiner Professoren wollten mit mir reden. Ich glaube daher nicht, dass es Probleme geben wird.«

»Gut.«

»Was mache ich mit meiner Mutter?« Ängstlich schaute Melissa ihre Stiefmutter an.

»Du allein kannst entscheiden, nicht sie.«

Wieder nickte sie, als hätte sie daran erinnert werden müssen. »Wenn ich nicht nach England gehe …«

»Warum solltest du nicht nach England gehen können?«

»Mom sagt, ich kann den Job nicht bekommen, wenn ich nicht abtreiben lasse.«

»Ich bin sicher, dass sie es nicht so meint. Die Neuigkeit hat sie schockiert, das ist alles.« Ihr fiel wieder ein, wie Robert ihr gestanden hatte, Pamela sei noch vor der Hochzeit ungewollt schwanger geworden. Anscheinend fürchtete sie, ihre Tochter könnte ihre eigenen Fehler wiederholen und zu jung heiraten. Und obendrein auch noch den falschen Mann, jedenfalls in Pamelas Augen.

»Ich sollte Michael sofort informieren, nicht wahr?«

»Das wäre eine gute Idee.« Anne Marie konnte erkennen, dass das etwas war, was Melissa tatsächlich tun wollte. »Ihr zwei könnt darüber miteinander reden. Liebst du ihn?«

»Ja, aber ... Eine Freundin hat mir erzählt, sie hätte ihn mit einer anderen gesehen.« Sie verstummte, und wieder liefen ihr Tränen ungehindert übers Gesicht. »Wenn er mich liebt, würde er sich doch nicht so schnell auf eine andere einlassen, oder?«

»Wer weiß schon, warum Männer so oder so handeln?«, meinte Anne Marie in der Hoffnung, dem Gespräch einen leichteren Touch zu geben.

Melissa reagierte mit einem zittrigen Lächeln. Einen Augenblick später flüsterte sie: »Danke, Anne Marie. Ich hätte nie gedacht, dass ich irgendwann mal mit einem Problem zu dir kommen würde. Und jetzt habe ich das Gefühl, du bist die Einzige, mit der ich reden kann.«

Es hatte einmal eine Zeit gegeben, eine lange Zeitspanne, in der Anne Marie alles getan hätte, um von ihrer Stieftochter akzeptiert zu werden. Damals hätte sie nie geglaubt, dass es nach Roberts Tod dazu kommen würde.

Sie umarmten einander und verabredeten sich für die folgende Woche zum gemeinsamen Mittagessen. Als sie sich schließlich verabschiedeten, bemerkte Anne Marie, dass Melissa noch etwas sagen wollte: Sie wandte den Blick ab, dann wieder Anne Marie zu, und in ihrem Blick lag Entschlossenheit.

»Es tut mir wirklich leid wegen letztem Mal – das weißt du, oder?«

Anne Marie nickte.

»Hast du …?« Sie brachte die Frage nicht zu Ende, als sei sie sich nicht darüber im Klaren, ob es wirklich ratsam war, sie zu stellen.

»Habe ich was?«

Melissa zuckte die Achseln. »Rebecca kontaktiert? Hast du sie gefragt? Nach ihrem Baby?«

»Nein.« Anne Marie bemühte sich um einen so ausdruckslosen Ton wie nur irgend möglich.

Ihre Stieftochter akzeptierte die Antwort kommentarlos. Mit einem kurzen Winken eilte sie zur Tür. »Bis nächste Woche!«

Anne Marie wartete, bis Melissa den Buchladen verlassen hatte. Dann sank sie in dem Sessel in sich zusammen und legte eine Hand über ihre Augen. Dieser Albtraum, der ihr Leben beherrschte, wollte einfach nicht enden. Sie war diejenige, die sich ein Kind wünschte.

Nicht Rebecca.

Nicht Melissa.

Anne Marie.

Ihre Sehnsucht nach einem Baby hatte zur Trennung von Robert geführt – diesem verzweifelten Versuch, ihm klarzumachen, wie ernst sie es meinte. Nicht, dass sie damit irgendetwas Gutes erreicht hätte. Stattdessen hatte jetzt Roberts persönliche Assistentin ein Baby, sehr wahrscheinlich von ihm, und seine Tochter hatte sie um Rat gebeten wegen einer ungewollten Schwangerschaft.

Nur für sie gab es kein Baby.

Auch keine Liebe.

Sie spürte, dass jemand neben ihr stand, und als sie die

Augen aufschlug, sah sie Theresa vor sich. Ihre Angestellte legte ihr eine Hand auf die Schulter.

»Schlechte Nachrichten?«, fragte sie.

Gezwungen lächelnd, schüttelte Anne Marie den Kopf. »Das war Roberts Tochter.«

Da sie wusste, wie die Dinge zwischen den beiden standen, starrte Theresa sie erschrocken an. »Melissa? Alles in Ordnung mit ihr? Und mit dir?«

»Sie … sie vermisst ihren Vater.«

Genauso wie Anne Marie. Sie vermisste ihn sogar noch mehr, als sie je für möglich gehalten hätte.

22. Kapitel

Am Montagabend blieb Barbie in voller Absicht dem Kino fern. Leicht fiel ihr das nicht, aber sie sah keine andere Möglichkeit. In der Woche zuvor hatte sie Tessa ihre Visitenkarte gegeben; jetzt war es ihrer Ansicht nach an ihm, den nächsten Schritt zu tun.

In gewisser Weise hatte Mark das bereits getan, indem er ihr die Blumen geschickt hatte, aber das war nur indirekt, und Barbie fand es feige. Die Blumen waren eine nette Geste, aber sie erwartete mehr – zum Beispiel eine Entschuldigung oder eine Einladung, sich mit ihm zu treffen. Dadurch, dass er ihr die Blumen geschickt hatte, hatte er ihr sein Interesse gezeigt, ohne seinen Stolz hinunterschlucken zu müssen.

Vielleicht … reichte die Geste ja aus. Für den Augenblick.

Sie erkannte, was er ihr damit sagen wollte. Er hatte in diesem ausgeklügelten Spiel zwischen ihnen beiden seinen Schritt getan; jetzt war sie wieder an der Reihe.

Da sie nach ihm gegoogelt hatte, wusste sie inzwischen etwas mehr über ihn. Er war selbstständiger Architekt und lebte im Stadtzentrum in einer Eigentumswohnung, die er selbst entworfen hatte.

Sein Interesse machte Barbie Mut. Nein, es versetzte sie in einen Rausch. Dennoch musste sie sich zurückhalten. Sie durfte nicht zulassen, dass er die Oberhand gewann. Also beschloss sie, wieder ins Kino zu gehen, aber noch nicht heute.

Am Dienstagnachmittag entschied sie, es sei an der Zeit, sich für den Bauchtanzkurs einzuschreiben, der im *Seattle Fitness*

Center angeboten wurde. Sie war zum ersten Mal hier und stellte überrascht fest, dass es einen Pool von olympischen Ausmaßen, eine riesige Sporthalle und eine ganze Reihe kleinerer Fitnessräume gab. Während sie den Gang zu den Büros hinunterging, kam sie an einem Laden vorbei, der Sportkleidung, Badeanzüge und andere Trainingsutensilien verkaufte.

Nachdem sie die Formalitäten erledigt und die Kursgebühr bezahlt hatte, machte Barbie sich auf den Weg nach draußen. Sie fühlte sich gut – positiv gestimmt und entschlossen. Sie arbeitete daran, ihre Wünsche wahr werden zu lassen. In sich hineinlächelnd trat sie um eine Ecke und blieb wie angewurzelt stehen, als sie einen Mann entdeckte, der im Rollstuhl zum Pool fuhr.

Mark Bassett.

Zufall? Schicksal? Egal. Barbie dachte gar nicht daran, die Sache zu hinterfragen. Das Herz schlug ihr bis in die Kehle hinauf. Ohne darüber nachzudenken, machte sie auf dem Absatz kehrt und eilte zurück zum Sportartikelgeschäft. Es dauerte nur fünf Minuten, dann war sie stolze Besitzerin eines Badeanzugs und eines Handtuchs. Zutritt zum Pool zu erlangen erwies sich als ein bisschen schwieriger. Bevor ihr gestattet wurde, darin zu schwimmen, musste sie eine sechsmonatige Mitgliedschaft abschließen. Ungeduldig knallte sie ihre Kreditkarte auf den Tresen. Sie wollte bereits im Wasser sein, bevor Mark dazukam.

Er *musste* ihr abnehmen, dass diese Begegnung nicht inszeniert war – was sie ja auch tatsächlich nicht war. Na schön, in den Pool zu steigen war vermutlich schon ein wenig manipulativ, aber wenn das Leben einem schon einen Vorteil zuspielte, musste man mit beiden Händen zugreifen.

Barbie verschwand in der Damenumkleide, zog dort den seidig glänzenden blauen Einteiler an und spazierte hinaus, als schlenderte sie an einem Karibikstrand entlang. Der Badeanzug passte glücklicherweise wie angegossen. Sie straffte ihre Schultern und dankte im Stillen ihrer Mutter für jede Stunde, die sie an der teuren Schule verbracht hatte, in der ihr Anmut und Charme vermittelt worden waren.

Sie nutzte die Badeleiter, um ins Wasser zu kommen, und erschauderte angesichts der Wassertemperatur. Das Wasser in ihrem eigenen Swimmingpool hatte kuschelige neunundzwanzig Grad, das hier sechsundzwanzig, allerhöchstens siebenundzwanzig Grad. Sie empfand es als richtig kalt.

Beim Betreten des Poolbereichs hatte ihr die Aufsicht erklärt, dass zurzeit Bahnenschwimmen für Erwachsene angesagt war. Sowie sie ins Wasser stieg, erkannte Barbie, dass diese Mittagsschwimmer es absolut ernst meinten mit ihrem Training. Sie trugen Schwimmbrillen und Badekappen und kamen ihr rein optisch so vor wie ein Schwarm Insekten mit ihren glatten glänzenden Köpfen und den großen runden Augen.

Barbie war nicht gewillt, die Haare nass werden zu lassen. Sie musste gleich anschließend zurück ins Geschäft und konnte nicht mit tropfnassen Haaren dort auftauchen.

Kaum löste sie sich vom Beckenrand, da schoss ein Schwimmer an ihr vorbei, rasch gefolgt von einem zweiten. Es war offensichtlich, dass niemand ihren eher trägen Brustschwimmstil zu würdigen wusste.

Ein dritter Schwimmer überholte sie mit kräftigem Beinschlag, und sie bekam einen Schwall Wasser ins Gesicht und über den Kopf. Das gechlorte Wasser geriet ihr in die Luftröhre, und sie begann heftig zu prusten und zu husten. Ihr war, als würde sie ihre Mandeln aushusten. So viel zu dem Versuch, einen eleganten Auftritt hinzulegen.

Sie fluchte in sich hinein und trat einen Moment Wasser, um wieder zu Atem zu kommen. Als sie wieder normal Luft bekam, wischte sie sich die Tropfen aus den Augen. Den Versuch, die Haare trocken zu halten, gab sie auf.

Endlich am anderen Ende des Pools angelangt, sah sie Mark am Beckenrand hängen und sie beobachten. Offensichtlich amüsierten ihn ihre Eskapaden. Ihre Blicke trafen sich, und er lächelte tatsächlich.

Mark hatte sie *angelächelt*!

Ihre Frisur war bereits hinüber, also verschwendete Barbie keinen weiteren Gedanken daran und begann ernstlich zu schwimmen, tauchte das Gesicht immer wieder ins Wasser ein. Vermutlich verlief ihr Mascara, aber das war ihr inzwischen egal.

Mark wartete auf sie.

»Na so was. Sie hier?«, sagte sie und stemmte sich aus dem Wasser auf den Beckenrand. Dann schenkte sie ihm ein strahlendes Lächeln – hoffte sie jedenfalls.

»Oh ja, was für ein Zufall.«

»Kommen Sie oft hierher?«, fragte sie.

»Jeden Tag.«

»Ich auch«, log sie. »Ich fasse es nicht, dass wir uns noch nie begegnet sind.«

»Jeden Tag?« Ungläubig zog er die Brauen hoch. »Seit wann?«

Sie konnte ihn nicht täuschen, also konnte sie ebenso gut die Wahrheit sagen. »Seit heute.«

Das brachte ihn nicht nur zum Lächeln, sondern zum Lachen. Einem tiefen, ohrenschmeichelnden Lachen. Sie gewann den Eindruck, dass er in den letzten Jahren nicht gerade oft gelacht hatte.

»Ich bin zum Schwimmen hier«, erklärte er. »Halte mit, wenn du kannst.«

»Hey, du wirst mich einholen müssen«, rief sie ihm nach.

Wenn das kein Witz gewesen war.

Mark legte los und durchschnitt das Wasser förmlich dank seiner beeindruckenden Oberkörperkraft. Barbie gab sich gar nicht erst die Mühe, ihn einzuholen. Nachdem er sie zweimal überholt hatte, hielt er an und wartete am tiefen Ende auf sie. Sie hatte in der Zeit gerade mal zwei Bahnen geschafft und war fix und fertig. Ihr Atem ging flach und keuchend. Sie hielt sich am Beckenrand fest und spürte, wie ihr das Herz in der Brust hämmerte.

»Sagst du mir, warum du wirklich hier bist?«, fragte er.

»Bauchtanzen.«

»Wie bitte?« Er klang ungläubig, und sie fragte sich, ob er wohl glaubte, dass sie sich über ihn lustig machte.

»Ich habe mich für einen Bauchtanzkurs eingeschrieben.«

»Im Fitnesscenter?«

Barbie stützte ihre Ellenbogen auf dem Beckenrand ab und strich sich die nassen Haare aus dem Gesicht. »Ich war schon auf dem Weg nach draußen, als ich dich gesehen habe. Und plötzlich hatte ich den überwältigenden Drang, ins Wasser zu steigen.«

»Du bist hier Mitglied?«

»Jetzt ja.«

Inzwischen hatten fast alle anderen das Wasser verlassen. Erstaunt sah Barbie sich um und stellte fest, dass nur sie beide noch im Pool waren. Als sie Mark wieder anschaute, sah sie seine gerunzelte Stirn.

»Warum?«, fragte er.

Barbie wusste nicht, was sie darauf antworten sollte. »Spürst du es denn nicht?«, fragte sie stattdessen zurück. Wenn es nach seiner verwirrten Miene ging, verstand er entweder nicht oder wollte nicht verstehen. »Jener erste Abend im Kino«, fuhr sie deshalb fort. »So etwas habe ich noch nie erlebt.«

»Du bildest dir etwas ein«, blaffte er.

»Nein, tue ich nicht.« Sie würde nicht zulassen, dass er sie belog, und erst recht nicht sich selbst. Die Anziehungskraft zwischen ihnen war zu gewaltig, um sie zu ignorieren.

»Ich sehe, dass du darüber nicht glücklich bist«, flüsterte sie. »Das hast du überdeutlich gemacht.«

»Dann lass mich in Ruhe.«

»Ich wünschte, ich könnte das, aber … ich kann es einfach nicht.« So viel hatte sie gar nicht preisgeben wollen, aber sie konnte sich nicht bremsen. Ihre Blicke trafen sich, und sie sah, welcher Gefühlssturm in ihm tobte.

Mit seinem freien Arm griff er nach ihr, schob seine Hand in ihren Nacken und senkte langsam, als kämpfte er Zentimeter für Zentimeter gegen sie an, seine Lippen auf ihre. Er gab ihr dabei jede Menge Gelegenheit, auszuweichen.

Sie tat es nicht.

Barbie wollte diesen Kuss. Sie hungerte nach ihm. Sie öffnete den Mund, um ihn willkommen zu heißen, und dann zerquetschte er sie fast in seiner Umarmung. Sie schlang Arme und Beine um ihn, die Münder fest verbunden.

Dieser Kuss war besser, als sie es sich je erträumt hätte. Sie gaben den Versuch, über Wasser zu bleiben, auf und begannen zu sinken. Aneinandergeklammert sanken sie unter die Wasseroberfläche, erforschten, ertasteten und verzehrten einander mit den Mündern.

Als sie wieder die Wasseroberfläche durchbrachen, schnappte Barbie nach Luft. Weil seine Beine gelähmt waren, musste Mark die Arme bewegen, um zu schwimmen. Barbie brauchte nur Wasser zu treten.

Das unglaubliche Hochgefühl dieses Kusses überwältigte sie, aber er schien ihre Begeisterung nicht zu teilen. Seine Miene war finster, zornig … voller Angst. Er musterte sie genauso grimmig wie an dem Abend, an dem sie sich zum ersten Mal begegnet waren.

»Das war wundervoll«, meinte sie ehrfürchtig. Es unterschied sich sehr von allen sinnlichen Erfahrungen, die sie mit Gary gemacht hatte, und sie empfand weder Schuld noch Reue. Nur Dankbarkeit.

Er reagierte nicht.

»Mark?« Sein Name floss wie eine zärtliche Bitte von ihren Lippen. Sie würde es nicht ertragen, wenn er jetzt etwas sagte oder tat, um das zu zerstören, was sie als intensiv bewegende Erfahrung erlebt hatte.

Ohne ein Wort zu sagen, küsste er sie noch einmal, und wieder sanken sie eng umschlungen in das klare Wasser hinab. Kurz darauf kamen sie wieder an die Oberfläche.

Mark ließ sie los, und Barbie ließ sich atemlos gegen ihn sinken, legte ihm den Kopf auf die Schulter. Es war so lange her, dass ein Mann sie gehalten oder geküsst hatte.

»Ich halte das für keine gute Idee«, flüsterte er, aber noch während er das sagte, strich er ihr zärtlich über das nasse Haar. Er stützte sich am Beckenrand ab, und sie hielt sich an ihm fest.

»Es ist eine brillante Idee! Hör auf, mir ständig zu widersprechen.« Pure Freude, in seinen Armen zu sein, klang aus ihrer Stimme.

»Barbie …«

Sie brachte ihn mit einem Kuss zum Schweigen. »Ich meine es ernst. Hör auf, mir zu widersprechen.«

Wieder lachte er, und sein Lachen hallte von den hohen gekachelten Wänden wider.

»Ich verwandele mich in eine runzelige Pflaume«, sagte sie, »und ich genieße jede Sekunde. Und das alles nur, weil ich mit dir zusammen bin.«

»Du bist sehr schön«, murmelte er.

»Trotz runzeliger Haut und verlaufenem Mascara im Gesicht?«

»Wenn du wüsstest ...« Dann, als wäre er zu einer Entscheidung gelangt, atmete er langsam aus. »Hör zu, Barbie, das alles ist sehr schmeichelhaft, aber ...«

Erneut unterbrach sie ihn, indem sie ihn auf den Mund küsste, Lippen und Zunge benutzte, um ihm die Worte zu stehlen. Jetzt, wo sie so weit gekommen war, war sie nicht gewillt zuzulassen, dass er kalte Füße bekam und sich wieder gegen sie verschloss.

Seine Augen waren noch geschlossen, als sie den Kuss beendete.

»Du weißt nicht, worauf du dich einlässt. Du ...«

»Ich werde nicht zulassen, dass ein Mann meine Entscheidungen für mich fällt. Wenn du glaubst, dass ich dir erlauben werde zu entscheiden, was ich weiß und was nicht, dann irrst du dich gewaltig.«

Um seine Mundwinkel zitterte ein mühsam unterdrücktes Lächeln. »Du weißt also alles, was man über meine Behinderung wissen kann.«

»Natürlich nicht.«

Er ignorierte ihre Antwort. »Du hast ein paar Dinge im Internet gelesen, und jetzt glaubst du, du weißt Bescheid.«

»Nun ... ja, ich habe einiges gelesen.«

Seine Augen wurden schmal. »Zum Beispiel?«

Röte schoss in ihre Wangen. »Hauptsächlich habe ich mich dafür interessiert, wie wir miteinander schlafen werden.«

Mark keuchte auf – vielleicht war es auch ein Stöhnen. So genau konnte sie das nicht feststellen. »Du bist reichlich vorschnell.«

»Vermutlich«, gab sie zu. »Aber darauf war ich besonders neugierig.«

Mit finsterer, besorgter Miene strich er eine nasse Haarsträhne von ihrer Wange. »Ich sollte dir sagen … Seit dem Unfall … habe ich nicht …«

»Dann wird es allerhöchste Zeit.« Barbie konnte nicht glauben, dass sie ein solches Gespräch führten. Und noch unglaublicher war der Umstand, dass sie so offen und mutig über Sex reden konnte, mit einem Mann, den sie kaum kannte.

Mark schaute ihr einen langen Moment in die Augen. »Wie gehen wir jetzt weiter vor?«

»Wohin möchtest du denn gehen?«

Ein Lächeln umspielte seine Lippen. »Also, wenn das keine Suggestivfrage ist.«

Sie schlug ihm spielerisch auf die Schulter. »Ich meine, wir sollten uns vermutlich ein bisschen besser kennenlernen.«

»Ist das nötig?«, fragte er gespielt enttäuscht.

»Ja!«

»Wir können also nicht erst miteinander ins Bett gehen und uns später Fragen stellen?«

»Solch eine Frau bin ich nicht.« Obwohl, wenn sie bedachte, wie er küsste, könnte sie sich überlegen, solch eine Frau zu werden.

»Das habe ich befürchtet.«

»Schwimmst du jeden Tag?«

»Jeden Tag. Du auch, nicht wahr?«

»Richtig.« Halt, nein, das ging nicht. »Außer montags und mittwochs, wenn ich Bauchtanzkurs habe. Okay, ich werde zwei- oder dreimal pro Woche schwimmen.«

»In Ordnung.«

»Ich könnte dich anschließend treffen.« Das bedeutete, dass ihre Angestellten eine Menge Überstunden machen würden. Ein Problem war das nicht. Barbie hatte sowieso vorgehabt, ihnen mehr Stunden zuzugestehen.

»Bist du dir deiner Sache ganz sicher?« Mark schien immer noch nicht überzeugt.

»Ganz sicher, und wenn du mich noch ein einziges Mal fragst, werde ich …«

»Wenn du mich bestrafen willst, musst du nur deinen vollkommenen Körper an meinen drücken.«

»Gut zu wissen.« Sie rückte näher und schob ihr rechtes Bein zwischen seine Oberschenkel. Ihre Brüste streiften seine Brust, während sie eifrig Küsse über seinen Unterkiefer verteilte.

»Ich schlage vor, du hörst jetzt auf damit«, murmelte er. »Gleich kommt die Seniorenschwimmgruppe.«

»Kann ich nicht. Ich danke dir.«

»Wofür?«

»Für die Blumen, die du mir geschickt hast.« Sie hätte nicht den Mut aufgebracht, ihn an diesem Nachmittag anzusprechen, wenn er das nicht getan hätte.

Mark erstarrte. »Ich habe dir keine Blumen geschickt.«

»Aber … auf der Karte stand dein Name.«

Er grummelte etwas in sich hinein, was sie nicht verstand, aber die Bedeutung bekam sie mit. Marks Schwester oder vielleicht auch seine Mutter steckte hinter dem Strauß.

»Du hast die Blumen also *nicht* geschickt?«, hakte sie nach.

Mark schob seine Finger in ihr Haar und zog ihren Mund an seinen. »Lass uns einfach so tun, als hätte ich es getan.«

Barbie war mehr als bereit dazu.

23. Kapitel

Lillie Higgins starrte das Telefon an, stöhnte frustriert auf und wandte sich ab. Eigentlich sollte es ganz leicht sein. Alle schienen zu glauben, es sei nichts dabei. Dennoch konnte sie sich beim besten Willen nicht überwinden, Hector anzurufen.

In ihrer Verzweiflung wusste sie sich nicht anders zu helfen, als das Autohaus zu kontaktieren, um ein paar ausgedachte Probleme mit ihrem Auto zu melden. Die Rezeptionistin, die ihren Anruf entgegennahm, gab ihr einen Termin für Donnerstag früh um zehn. Als sie ankam, fühlte sich ihr Magen so verkrampft an, als wäre er in Dutzende selbst für gestandene Seeleute nicht entwirrbare Knoten gelegt.

Ein Mann, den sie nicht kannte, nahm sich ihrer an, um mit ihr über die Probleme zu reden, die ihr Wagen ihr angeblich bereitete.

»Könnten Sie noch einmal genauer beschreiben, wo das Problem liegt?«, fragte er mit einem Blick auf sein Klemmbrett.

Einen Moment wäre Lillie fast in Panik geraten, aber dann fiel ihr wieder ein, was sie der Rezeptionistin am Vortag gesagt hatte. »Es scheint eine leichte Verzögerung zu geben …«

»Beim Wiederanfahren nach dem Anhalten?«, hakte er nach und schaute von seinem Klemmbrett auf.

»Ja, genau. Nach dem Anhalten.«

»Wie oft ist das passiert?«

Sie wollte nicht maßlos übertreiben. »Ein paar Mal.«

Er notierte sich das. »Also zweimal.«

»Nein, öfter. Vier- oder fünfmal.« Ihre Hände waren feucht,

ihr Mund trocken, und sie verspürte den unbändigen Drang, sich umzudrehen und fortzulaufen. Wenn sie den Autoschlüssel nicht bereits dem Mechaniker übergeben hätte, hätte sie sich unter einem Vorwand entschuldigt und das Autohaus verlassen, bevor sie sich noch mehr zum Narren machte.

Der Mann machte weitere Notizen.

»Das dauert doch nicht lange, oder?«, fragte sie.

»Ganz und gar nicht.«

Im Wartebereich holte Lillie sich eine Tasse Kaffee aus dem Automaten und die Tageszeitung. Obwohl sie nur aus einem Grund hier war, nämlich Hector wiederzusehen, betete sie jetzt darum, dass es nicht dazu kommen würde. Wie sollte sie ihm erklären, was sie getan hatte?

Lillie betrachtete sich gern als reife, vernünftige Frau. Noch nie in ihrem Leben, nicht einmal als Teenager, hatte sie sich wegen eines Mannes zu einem so lächerlichen Schwindel hinreißen lassen. Ihr Gesicht brannte vor Scham. Sie hatte gelogen, was ihren Wagen anging – unumwunden gelogen in dem sinnlosen Versuch, Hector Silva wiederzusehen.

Fünfzehn Minuten später wurde ihr von der Rezeptionistin mitgeteilt, ihr Wagen sei fertig. Sie ging sofort zur Kasse, um die Rechnung zu bezahlen, stellte aber fest, dass man ihr keine Kosten berechnet hatte. Weil sie nur noch wegwollte, beeilte sie sich, aus dem Gebäude zum Parkplatz zu kommen, wo ihr Auto auf sie wartete.

Es hätte nicht viel gefehlt, und sie wäre über ihre eigenen Füße gestolpert, als sie sah, wer dort wartete: Hector Silva.

»Lillie«, begrüßte er sie mit freundlichem Lächeln. »Ich habe persönlich den Wagen überprüft und kann keinen Fehler finden. Deshalb dachte ich, bei einer Probefahrt könnte das Problem vielleicht wieder auftauchen, und dann könnte ich es analysieren.«

Das Angebot, Zeit mit ihm zu verbringen, war verlockend, aber sie hatte schon genug von seiner Zeit an diesem Morgen verplempert. »Wenn Sie sagen, der Wagen ist in Ordnung, dann bin ich sicher, dass das stimmt. Ich vertraue Ihnen.«

»Es würde mir nichts ausmachen, Lillie.«

»Hector.« Inzwischen leuchtete ihr Gesicht so feuerrot, dass es einem Leuchtturm Konkurrenz machen konnte. »Mit meinem Wagen ist alles in Ordnung«, sagte sie aus einer spontanen Entscheidung heraus. »Ich bitte um Entschuldigung. Ich hätte Ihre Zeit nicht verschwenden sollen.« Am wichtigsten war ihr im Moment, ihre Würde – beziehungsweise das, was davon noch übrig war – zu wahren.

Hector nickte. »Wir brauchen also keine Testfahrt zu machen?«

»Nein, das brauchen wir nicht.«

Er öffnete die Fahrertür für sie, und sie stieg ein. Mit zitternder Hand steckte sie den Schlüssel ins Zündschloss. Die Tür stand noch offen.

»Waren Sie … waren Sie schon mal beim Bowling?« Er sprudelte die Worte ganz plötzlich hervor.

»Bowling?«, fragte sie stirnrunzelnd zurück. »Ach so, sicher, natürlich.« Dieser Tag war offenbar für Lügen prädestiniert. In ihrem ganzen Leben hatte sie noch keine Bowlingbahn betreten.

»Ich weiß, es kommt sehr kurzfristig … Ich hoffe, es stört Sie nicht, dass ich frage …«

»Es stört mich nicht.« Wie erwartungsvoll sie doch klang. Ihr Herz führte einen dummen kleinen Tanz auf, während sie versuchte zu verbergen, wie sehr sie sich über seine Einladung freute.

»Heute Abend?«, fragte er.

»Ja.«

»Um sechs?«

»Gern.« Im Geiste ging sie ihren Kleiderschrank durch, in dem nur Hosenanzüge von Misook und St. John hingen. Was zog man zum Bowling an? Barbie würde es ihr sagen können.

Barbie würde ihr helfen. Aber dann wurde ihr klar, dass sie es Barbie nicht sagen konnte.

Noch nicht. Später vielleicht, nachdem sie mit Hector ausgegangen war.

Er grinste. »Vielleicht sollten wir uns dort treffen?«

»Gern.« Egal wo, immer gern.

Mit beinah jungenhaftem Schwung schloss er die Fahrertür, nachdem er ihr die Adresse der Bowlingbahn gegeben hatte. »Ich freue mich darauf, Sie heute Abend zu treffen«, sagte er.

»Ja.« Lillie wusste nicht, ob sie gleich in Tränen oder in hysterisches Gekicher ausbrechen würde. So oder so war ihr Verhalten heute abgrundtief peinlich – aber das war ihr egal.

Heute Abend würde sie Hector treffen. Und sie würden sich nicht über Autos unterhalten.

Dank ihres Navigationssystems fand Lillie die Bowlingbahn problemlos und erreichte sie um zehn vor sechs. Sie trug eine beige Leinenhose, einen weichen petrolfarbenen Kaschmirpullover und einen mit Blumenmuster bedruckten Seidenschal um den Hals. Etwas früher am Nachmittag hatte sie sich Tennisschuhe und weiße Baumwollsocken gekauft. Ihr Makeup war zurückhaltend und natürlich, die Haare trug sie sorgsam zurückgebunden. Jedem Detail ihrer äußeren Erscheinung hatte sie höchste Aufmerksamkeit geschenkt.

Hector, im Anzug und mit Krawatte, wartete vor dem Eingang auf sie, und seine Augen begannen zu leuchten, als er sie erblickte. Lillie wusste genau, was in ihm vorging, denn sie war ebenso froh, ihn zu sehen.

Als sie näher kam, streckte er ihr seine Hände entgegen, und einen Moment schwiegen sie beide. »Danke, dass Sie bereit waren, mich zu treffen.«

»Danke, dass Sie mich eingeladen haben.« Ein wenig beunruhigt musterte sie seinen Anzug. Er sah aus, als wollte er eine Hochzeitsfeier besuchen. Lillie war nicht klar, dass Bowling ein so formaler Sport war.

»Sollte ich mich umziehen?«

Hector schüttelte den Kopf. »Nein, nein, Sie sehen perfekt aus.«

»Aber Sie tragen einen Anzug …«

Leichte Röte kroch in seine Wangen. »Meine Tochter meinte, ich hätte Sie niemals zum Bowling einladen dürfen. Sie meinte, Sie müssten mich für einen Witzbold halten. Hätten Sie Lust, mit mir essen zu gehen, Lillie? Ich bitte um Entschuldigung, wenn ich Sie mit meiner Einladung zum Bowling beleidigt habe. Es ist schon viele Jahre her, dass ich mich mit einer Frau verabredet habe. Ich weiß einfach nicht, wie man so etwas heute anstellt.«

Alles, was Lillie wirklich wollte, war, Zeit mit Hector zu verbringen. Für sie spielte es keine Rolle, ob sie in einem Fünfsternerestaurant saßen oder auf einer Bowlingbahn Kegel umwarfen. »Hmm, schwere Entscheidung.«

»Trinken wir erst einen Kaffee und entscheiden dann?«

Sie nickte. »Das ist eine ausgezeichnete Idee.«

Als Nächstes mussten sie klären, wo sie ihren Kaffee trinken wollten, und entschieden sich der Einfachheit halber für das Café der Bowlingbahn. Hector geleitete sie zu einem Tisch in der Ecke. Die Speisekarte hatte die Form eines Kegels, und Salz- und Pfefferstreuer bestanden aus leeren Bierflaschen. Lillie fand das entzückend.

Am Tisch setzte er sich ihr gegenüber, während sie sich fröhlich umsah. Die Atmosphäre erinnerte sie an ein Diner der

Fünfzigerjahre, ein Restaurant, in dem das Angebot des Tages aus einem doppelten Bacon-Cheeseburger mit fettigen Pommes bestand. Ein Blick auf die Kreidetafel zeigte ihr das hiesige Angebot des Tages: zwei Käse-Enchiladas mit Reis und Bohnen.

Hector winkte die Kellnerin herbei, die ihnen Kaffee brachte.

Lillie beugte sich vor. »Mit meinem Wagen gab es kein Problem.« Das hatte sie ihm zwar schon gesagt, aber sie wollte, dass er den Grund für ihren Schwindel erfuhr.

»Oh, das war mir von Anfang an klar.«

»Tatsächlich?« Die Sache wurde immer peinlicher. »Ich wollte Sie wiedersehen«, erklärte sie rundheraus.

Hector gab Zucker in seinen Kaffee. »Ich wollte Sie auch wiedersehen.«

»Aber Sie haben nicht angerufen, Sie haben nicht gefragt … Meine Tochter und meine Freundinnen haben mich gedrängt, den ersten Schritt zu machen. Sie behaupten, heute mache man das so.«

»Sie haben mich nicht angerufen.«

Sie wich seinem Blick aus. »Ich wusste nicht, wie ich das anstellen sollte. Ich habe noch nie einen Mann angerufen – es sei denn aus geschäftlichen Gründen. Oder wenn es ein guter Freund war.«

»Meine Tochter meinte, wenn Sie mich nach diesem Abend noch einmal treffen wollen, grenze das an ein Wunder. Sie hat sich bekreuzigt, als ich ihr erzählt habe, dass ich Sie zum Bowling eingeladen habe.«

Lillie lachte. Der fröhliche Lärm von den Bowlingbahnen machte sie neugierig, und ihr fiel auf, dass alle ihren Spaß zu haben schienen. »Ich muss Ihnen noch etwas gestehen.«

»Zwei Geständnisse an einem Abend?«

»Zwei«, bekräftigte sie lächelnd. »Ich habe noch nie Bowling gespielt.«

Auch das schien ihn nicht zu überraschen. »Möchten Sie es lernen?«

»Nur, wenn *Sie* es mir beibringen.«

Er grinste sie über den Tisch hinweg an, und sie war wie hypnotisiert. Mit seiner unfehlbaren Höflichkeit, seinem unverfälschten Charme und seiner Freundlichkeit hatte er sie im Sturm erobert.

Nach dem Kaffee sicherte Hector sich eine Bahn für sie beide, stattete sie mit Leihschuhen aus und zeigte Lillie, wie man spielte.

Am Ende des Abends musste Lillie sich eingestehen, dass sie in zwanzig Jahren nicht mehr so viel gelacht hatte wie an diesem einen Abend. Eine erfreuliche – und völlig unerwartete – Entdeckung des Abends war, dass sie ein gewisses Talent für diesen Sport hatte. Obendrein fanden sie es beide urkomisch, dass ihre Kugel sich in etwa so langsam bewegte wie ein Regenwurm. Sie schickte sie genau so auf die Bahn, wie Hector es ihr gezeigt hatte, ging auf ihren Platz zurück und wartete, während die Bowlingkugel langsam, aber sicher über die schmale Bahn rollte und nach gefühlten Minuten die Kegel traf, die dann geradezu gemächlich fielen und dabei andere umstießen.

Die Leute blieben stehen, um zuzusehen, wenn ihre Kugel endlich ihr Ziel erreichte und die Kegel umzufallen begannen. Einmal schaffte sie alle Neune und erntete dafür Applaus von den Leuten auf der angrenzenden Bahn.

Hector – der offensichtlich ein Könner war, wie seine Erfolgsbilanz zeigte – behauptete, noch nie so etwas gesehen zu haben. Anscheinend hatte das auch noch kein anderer. Immer mehr Leute wurden aufmerksam, und Lillie, die so viel Beachtung nicht kannte, war das ein bisschen peinlich. Sie konnte nur lachen.

Und wenn sie lachte, lachte auch Hector.

Beim letzten Wurf ihres letzten Spiels fielen zum ersten Mal alle Neune. Die Kegel brauchten fast eine ganze Minute, um zu fallen, und als der letzte sich immer wieder um die eigene Achse drehte und schließlich doch umkippte, hüpfte sie wie ein Schulmädchen auf und ab vor Freude. Hector drückte sie an sich, und sie löste sich unsicher aus seiner Umarmung.

Anschließend gaben sie die Bowlingschuhe und die Kugeln zurück. Sie konnte sich kaum entsinnen, wann sie das letzte Mal so viel Spaß gehabt hatte. Als sie schließlich gingen, schien es ihr die natürlichste Sache der Welt, dass er ihre Hand nahm.

»Hast du Hunger?«, fragte er, seine Anzugjacke locker über die Schulter geschwungen. Im Laufe des Abends waren sie noch einen Schritt weiter gegangen und von dem trotz Vornamen noch immer förmlichen Sie zum Du übergegangen.

»Einen Bärenhunger.«

»Ich auch. Hast du ein Lieblingsrestaurant?«

»Ja, habe ich«, meinte sie lächelnd. »Es ist gleich hier.«

»Lillie, lass mich dich in ein richtiges Restaurant ausführen.«

»Das hier sieht mir ganz wie ein richtiges Restaurant aus.«

Er zögerte. »Meine Tochter hat das Gaucho's vorgeschlagen. Sie sagte, dort gäbe es eine umfangreiche Weinkarte und einen Pianisten, der klassische Musik spielt.«

»Hast du vor, mich fürstlich zu bewirten?«

»Ja, genau das hast du verdient. Für dich ist mir nur das Beste gut genug.«

Was für eine bezaubernde Geste, aber sie konnte nicht zulassen, dass Hector so viel Geld für sie ausgab. Ganz davon abgesehen, dass sie für ein solches Restaurant nicht passend gekleidet war. »Ich würde wirklich gern ein paar Käse-Enchiladas essen«, erklärte sie.

Hector drückte ihre Finger. »Wenn du darauf bestehst. Aber wenn meine Tochter fragt, sag ihr bitte, dass du das Restaurant gewählt hast, nicht ich.«

»Rita?«

»Ja. Bevor ich heute Abend losgefahren bin, hat sie mir eine lange Liste von Dingen gegeben, die ich tun beziehungsweise lassen sollte. Als ich damals das erste Mal mit meiner späteren Frau ausging, war das alles ganz anders.« Er unterbrach sich abrupt. »Ich will damit nicht sagen …«

»Ich weiß«, versicherte sie ihm. »Ich bin genauso nervös wie du.«

»Wirklich?«

Sie lachte. »Willst du etwa sagen, dass du das nicht gemerkt hast?«

»Nein.« Er wirkte ehrlich überrascht. »Ich muss dir etwas gestehen.«

»Du?« Nun ja, sie hatte ihrerseits schon zwei Geständnisse abgelegt.

»Wenn ich dich anschaue«, meinte er leise, »verschlägt es mir den Atem.«

Sie fragte sich, ob ihm auffiel, welche Wirkung seine Worte auf sie hatten – oder dass es ihr genauso ging wie ihm.

»Mir auch«, flüsterte sie. Vielleicht hätte sie noch mehr gesagt, aber ein Tisch wurde frei, und sie setzten sich.

Sie bestellten beide die Enchiladas und hielten sich danach an ihrem Kaffee fest und plauderten bis ein Uhr morgens. Erst als Lillie gähnen musste, schlug Hector vor, es genug sein zu lassen und zu gehen.

Er begleitete sie zu ihrem Wagen, der mittlerweile ziemlich verloren auf dem Parkplatz stand. Nur noch drei oder vier andere Autos standen da. Die ganze Zeit hoffte Lillie inständig, Hector würde sie wiedersehen wollen. Da er aber nichts sagte, war sie sicher, diese Verabredung wäre ihre erste und letzte gewesen.

»Ich hatte einen wunderschönen Abend«, sagte sie und kramte nach ihrem Autoschlüssel.

»Ich auch.«

»Danke für alles.« Sie öffnete die Fahrertür und stieg ein.

Er nickte, trat ein Stück zurück, als sie den Motor anließ.

Lillie schlug das Herz bis zum Hals.

»Samstag«, platzte er plötzlich heraus, gerade als sie davonfahren wollte.

»Wie bitte?«

»Hättest du Lust, am Samstag mit mir einen Vortrag im Museum zu besuchen?«

Die Erleichterung, die sie verspürte, war so überwältigend, dass sie fast in Tränen ausgebrochen wäre. »Das wäre wunderbar, Hector.«

Wunderbar – was für ein schwaches Wort für das, was sie empfand.

24. Kapitel

Am Mittwoch schien die Sonne, und vom Puget Sound her wehte ein warmer Wind. Es war ein vollkommener Frühlingstag, und Anne Marie wurde plötzlich bewusst, dass sie sich … gut fühlte. Sie hatte schon fast vergessen, was für ein Gefühl das war. Der Sonnenschein, die frische Brise, die Gesellschaft anderer – all das trug zu ihrem Wohlbehagen bei. Vor allem aber empfand sie eine Zufriedenheit, die sie seit ihrer Trennung von Robert nicht mehr erlebt hatte.

Sie hatte gerade eine Kursstunde mit Elise Beaumont hinter sich. Außer ihr hatten sich noch drei weitere Teilnehmerinnen für den Strickkurs angemeldet. Ihnen allen hatte die Stunde Spaß gemacht, wie das scherzhafte Geplänkel verriet, das Elises kritische Blicke auf die Arbeiten der Teilnehmerinnen begleitete.

Während sie sich im Wollgeschäft aufhielt, schaute Colette Dempsey mit ihrer kleinen Tochter vorbei. Zuerst hatte Anne Marie befürchtet, der Anblick ihrer Freundin mit dem Baby würde schmerzen, aber dem war nicht so. Obwohl rings um sie herum überraschende und heimliche Schwangerschaften wie Pilze aus dem Boden zu schießen schienen, schaffte sie es doch, sich nicht von destruktiven Gefühlen wie Neid und Eifersucht beherrschen zu lassen.

Ja, sie stellte sogar fest, dass sie sich aufrichtig mit und für Colette freuen konnte. Eine Stunde lang plauderten sie miteinander, und die Begegnung verlief für sie nahezu schmerzfrei.

Was Anne Marie jedoch traurig stimmte, war die Neuigkeit, dass Colette und ihr Mann Christian aus beruflichen Gründen

Ende Juni nach Kalifornien ziehen würden. Christian war Eigentümer einer erfolgreichen Importfirma und wollte ein zweites Büro in San Diego eröffnen.

Noch vor einem Jahr war Colette verwitwet, genau wie sie; damit hatten sie etwas gemeinsam. Aber Colette war schwanger, hatte das verheimlicht und sich mit einem schmerzlichen Dilemma herumgeschlagen, das auf dramatische Weise gelöst worden war.

In Anne Maries Leben war in den letzten zwei Monaten nichts Dramatisches passiert. Es hatte sich auch nicht wirklich etwas geändert. Jedenfalls nicht an ihren Lebensumständen, wenn man davon absah, dass Ellen bei ihr wohnte. Aber das war eine vorübergehende Angelegenheit. Die einzige wirkliche Veränderung hatte sich in Anne Maries Einstellung getan.

Sie musste sich nach wie vor anstrengen, sich diese neue Einstellung zu bewahren. Ihre Wunschliste hatte ihr dabei geholfen, denn jetzt hatte sie das Gefühl, ihre Emotionen wieder einigermaßen im Griff zu haben. Etwas für jemand anderen zu tun – für Ellen – hatte zweifellos den entscheidenden Unterschied ausgemacht.

Um ehrlich zu sein, hatte es ihr auch geholfen, dem Thema Rebecca Gilroy aus dem Weg zu gehen. Eines Tages, wahrscheinlich schon bald, wollte sie sie fragen, wer der Vater ihres Sohnes war, aber erst, wenn sie sicher war, die Antwort auch ertragen zu können.

Nach der Strickstunde erledigte Anne Marie ein paar Besorgungen und ging dann mit Baxter zur Bushaltestelle, um Ellen vom Schulbus abzuholen. Das Mädchen war bedrückt, seit es erfahren hatte, dass seine Grandma nicht so schnell nach Hause kommen würde wie gehofft.

Anne Marie entschied, ein Spaziergang, vielleicht mit einer Einkehr zum Essen, könnte Ellens Stimmung heben. Sie wartete bereits am Straßenrand, als der große gelbe Bus die Blossom Street herabrumpelte. Als er anhielt und Ellen heraushüpfte, begann Baxter an seiner Leine zu zerren und aufgeregt zu winseln.

»Wie war's in der Schule?«

»Gut.«

Die verhaltene Antwort war typisch. Im Allgemeinen wurde Ellen erst später am Abend, meistens beim Abendessen, gesprächiger. Sie brauchte anscheinend Zeit, um die Ereignisse des Tages zu verarbeiten und vielleicht auch zu entscheiden, was sie erzählen wollte und was nicht.

»Ich dachte, wir gehen gemeinsam mit Baxter spazieren.«

»Okay.«

Ellen zeigte selten große Begeisterung, wenn Anne Marie einen Ausflug vorschlug. Sie zeigte ihre Freude auf andere Weise. Anne Marie hegte den Verdacht, dass sie Angst davor hatte, jemanden wissen zu lassen, dass sie sich über etwas freute – aus Angst, der Grund für ihre Freude könnte ihr genommen werden.

»Wenn du willst, kannst du deinen Rucksack bei Theresa im Laden abgeben.«

»Okay.« Ellen rannte voraus, und Anne Marie beobachtete, wie ihre Angestellte die schwere Tasche hinter den Tresen stellte. Eine Minute später war Ellen zurück.

»Bereit?«

»Bereit.«

Baxter war es ebenfalls. Der Yorkie zerrte an der Leine. Offensichtlich ging Anne Marie nicht schnell genug für ihn. Der Hund hatte Plätze zu besuchen, sein Territorium zu markieren und Freunde zu begrüßen, besonders Freunde, die Leckereien für ihn bereithielten.

»Lass uns zum Pike Place Market gehen und in einem der

Straßencafés etwas essen«, schlug Anne Marie vor. »Klingt das gut?«

Ellen zuckte die Achseln. »Glaub schon.«

»Oder möchtest du lieber ans Wasser und Fisch und Chips essen?«

Ellen schien keine Meinung zu haben. »Was möchtest du denn?«

Über die Frage musste Anne Marie erst einmal nachdenken. »Pizza«, sagte sie schließlich. »Das habe ich schon ewig nicht mehr gegessen.«

»Was für eine?«

»Dünner Boden, jede Menge Käse.«

»Und Peperoni.«

»Dann lass uns schauen, ob wir ein Restaurant finden, in dem wir Pizza kriegen und draußen essen können.«

»Okay.«

Jetzt, wo sie ein Ziel hatten, trotteten sie den steilen Hügel in Richtung Meer hinunter. Man brauchte zwanzig Minuten zu Fuß bis zum Pike Place Market, aber das war ihnen beiden recht und Baxter sowieso, obwohl er auf dieser Strecke ein für ihn neues Gebiet betrat. Am Markt angekommen, nahm Anne Marie ihn hoch und trug ihn auf dem Arm.

So schlenderten sie und Ellen durch die Markthalle und sahen zu, wie die Fischhändler zur Belustigung der Touristen einander frisch gefangenen Lachs zuwarfen. Ellens Augen wurden groß und rund, als sie die improvisierte Vorstellung sah. Nachdem sie die Markthalle verlassen hatten, griff das kleine Mädchen nach Anne Maries Hand, und sie stiegen die Hill-Climb-Treppe hinunter bis ans Wasser. Inzwischen war auch Baxter wieder auf eigenen Pfoten unterwegs und schnüffelte eifrig, um all die faszinierenden neuen Gerüche ringsumher aufzunehmen.

»Warst du schon mal im Seattle-Aquarium?«, fragte Anne Marie, als sie sich dem Gebäude näherten.

»Mit meiner Klasse.«

»Hat es dir gefallen?«

Ellen nickte eifrig. »Ich durfte eine Seegurke anfassen. Die fühlen sich total komisch an. Und ich habe einen Baby-Seeotter gesehen und einen echten Hai.«

Es musste ihr sehr gefallen haben, wenn sie bereit war, so viel dazu zu erzählen. Nachdem sie sich mehrere Lokale angesehen hatten, die hauptsächlich auf Touristen abzielten, fand Anne Marie eine Pizzeria. In der Wartezeit auf ihre Bestellung tranken sie Limonade an einem Picknicktisch dicht am Wasser. Die Pizza, die schließlich serviert wurde, war so groß, dass sie aßen, bis sie nicht mehr konnten, und trotzdem noch eine Menge übrig blieb.

»Nehmen wir den Rest mit?«, fragte Anne Marie. Ellen nickte. Der Rest war zu schade, um weggeworfen zu werden. Dennoch vermutete Anne Marie, dass er ein paar Tage im Kühlschrank stehen und dann doch im Müll landen würde, wenn sie ihn mitnahmen.

Die Pizzaschachtel in der einen, Baxters Leine in der anderen Hand, machte sie sich mit Ellen auf den Heimweg. Da entdeckte die Achtjährige auf einer Sitzbank einen Obdachlosen. Der Einkaufswagen mit seinen Habseligkeiten stand daneben. Sie zupfte an Anne Maries Arm und flüsterte ihr etwas zu.

»Was hast du gesagt?«, fragte Anne Marie. »Ich habe dich nicht verstanden.«

»Er sieht hungrig aus«, wiederholte Ellen etwas lauter. »Können wir ihm unsere Pizza geben?«

»Das ist eine tolle Idee. Ich werde ihn fragen, ob er etwas zu essen haben möchte.« Beeindruckt von Ellens Feingefühl, reichte sie dem Mädchen die Hundeleine und näherte sich dem Mann auf der Bank.

Er starrte zu ihr hoch. Ungepflegt war er und brauchte eindeutig dringend ein Bad. Trotz der Nachmittagssonne trug er eine dicke Winterjacke.

»Wir haben Pizza übrig«, erklärte Anne Marie, »und möchten fragen, ob Sie sie haben wollen.«

Der Mann musterte misstrauisch die Schachtel. »Welche Sorte?«

»Nun, Käse und …«

»Ich mag keine Anchovis«, fiel er ihr ins Wort. »Wenn da Anchovis drauf sind, verzichte ich. Aber danke fürs Angebot.«

Anne Marie versicherte ihm, auf der Pizza seien keine Anchovis, und reichte ihm die Schachtel. Er öffnete sie und runzelte die Stirn. »Ist das alles?« Sie waren schon etwa einen Block weiter, als ihr aufging, wie absurd die Frage gewesen war, und sie zu kichern begann.

Sichtlich verwirrt schaute Ellen zu ihr hoch.

Daraufhin musste Anne Marie lachen, richtig laut lachen. Ihre Schultern zuckten, und ihr kamen Lachtränen. »Ist das alles?«, wiederholte sie, so heftig lachend, dass ihr Zwerchfell protestierte. »Und er wollte keine Anchovis.« Warum sie die Bemerkungen des Mannes so urkomisch fand, hätte sie nicht einmal sagen können.

Ellen musterte sie immer noch. »Du lachst.«

»Weil das lustig ist.«

»Das steht auf deiner Liste, weißt du?«

Anne Maries Gelächter verklang. Ellen hatte recht. Sie hatte sich gewünscht, wieder lachen zu können, und jetzt stand sie da und kicherte hysterisch wie ein Teenager in einer Gruppe Freundinnen. Das musste unbedingt dokumentiert werden. Sie zog rasch ihr Smartphone hervor und ließ sich von Ellen fotografieren.

Dann eilte sie zu dem Obdachlosen zurück und legte ihr

ganzes Kleingeld inklusive kleiner Scheine – insgesamt etwa vier oder fünf Dollar – oben auf die Pizzaschachtel.

Noch ein Wunsch – eine gute Tat. Der Mann mit seinen fleckigen Zähnen und den wässrigen Augen grinste zu ihr hoch.

Und ihr wurde in dem Moment bewusst, dass sie glücklich war.

Wirklich glücklich.

Zutiefst glücklich.

Schon früher an diesem Tag hatte sie sich wohlgefühlt, aber das entsprang der Zufriedenheit, die ein sonniger Tag, das Beisammensein mit alten Freundinnen und eine entspannende Stunde in ihrem Strickkurs ihr beschert hatten.

Sicher, ihr neu gefundener Optimismus hatte damit eine Menge zu tun, aber ihre ungehemmte Fröhlichkeit war etwas ganz anderes, nämlich die wiedergewonnene Fähigkeit, auf die Absurditäten des Lebens mit gesundem Gelächter zu reagieren.

Das hieß, ihre Heilung hatte begonnen, und sie war endlich auf ihrem Weg zurück ins Leben, zurück zu sich selbst, hin zur Bereitschaft zu akzeptieren.

Als sie endlich in der Wohnung zurück waren, war es draußen immer noch hell. Ellen hatte ein paar kleinere Aufgaben zu erledigen. Sie wässerte die winzigen Tomaten-, Gurken- und Zucchinisämlinge, die sie am Sonntag zuvor in Eierkartons ausgesät hatten. Wenn Ellen wieder im Haus ihrer Großmutter lebte, wollte Anne Marie ihr helfen, einen eigenen kleinen Garten anzulegen. Sie hatten schon einen Blumenkasten mit pflegeleichten Blumen wie Fleißigen Lieschen und Geranien bepflanzt.

Nach dem Gießen der Pflanzen rief Ellen ihre Großmutter an. Auch Anne Marie sprach mit der älteren Frau.

»Ich weiß nicht, warum die Ärzte darauf bestehen, mich hierzubehalten«, beschwerte sich Dolores. »Ich bin fit wie ein Turnschuh. Bereit, nach Hause zu kommen.«

»Es dauert jetzt nicht mehr lange.«

»Das hoffe ich doch. Wie kommt Ellen damit zurecht? Bitte nichts beschönigen, ich muss es einfach wissen.«

»Sie vermisst dich.«

»Ja, natürlich tut sie das. Ich vermisse sie auch.«

Anne Marie lächelte. »Im Grunde kommt sie sehr gut zurecht. Es geht ihr gut.«

Dolores Falk seufzte zufrieden. »Gott segne dich, Anne Marie. Ich weiß nicht, was wir ohne dich getan hätten.«

Das Lob machte sie verlegen. Schließlich hatte sie sehr davon profitiert, das Kind bei sich aufgenommen zu haben.

Als Ellen ihre Hausaufgaben erledigt hatte, setzten sich beide mit ihrem Strickzeug vor den Fernseher. Ellen hatte den Schal für ihre Großmutter schon fertig und bereits ein zweites, ehrgeizigeres Projekt in Angriff genommen: ein Paar Handschuhe. Nach einer Stunde Stricken badete sie, zog ihren brandneuen Schlafanzug an und kroch ins Bett. Das Abendgebet fiel kürzer aus als sonst, da Ellen ganz besonders müde war. Anschließend las Anne Marie ihr noch ein bisschen vor. Sie waren inzwischen beim dritten Band der Kinderbuchreihe *Unser kleines Haus* angelangt, und Anne Marie hatte großes Vergnügen daran, diese Lieblingsbücher ihrer Kindheit noch einmal zu lesen. Ellen schlief über dem Vorlesen ein.

Als Anne Marie sich von der Bettkante erhob, hüpfte Baxter auf die Matratze und rollte sich neben Ellen zusammen.

Jetzt war es still in der kleinen Wohnung, und ein Gefühl tiefen Friedens überkam sie. Wie immer ließ sie die Schlafzimmertür einen Spalt offen, weil Ellen Angst vor der Dunkelheit hatte.

Auf Zehenspitzen schlich sie sich durch den Flur in ihr eigenes Schlafzimmer und schlug ihren Ordner mit den zwanzig Wünschen auf. Sie wollte dokumentieren, dass sie gelacht hatte. Wie Ellen ganz richtig bemerkt hatte, war das einer ihrer Wünsche.

Sie blätterte ihren Ordner durch, sah sich ihre Liste noch einmal an und fügte ein paar neue Wünsche hinzu.

16. *Den Central Park in New York besuchen und in einer Pferdekutsche fahren*
17. *Schneeflocken mit der Zunge fangen und anschließend Schneeengel machen*
18. *Alle Bücher von Jane Austen lesen*

Lillie und Barbie hatten beide gesagt, sie wünschten sich, sich wieder zu verlieben. Anne Marie war sich nicht sicher, ob sie das auch wollte. Die Liebe hatte ihr bisher mehr Kummer bereitet als Glück. Sie hatte Robert über alles geliebt, und sein plötzlicher Tod hatte sie am Boden zerstört.

Und dann hatte sie obendrein von der Affäre mit seiner persönlichen Assistentin erfahren. Dieser Verrat lastete wie Blei auf ihr.

Anne Marie schloss die Augen, als der Schmerz sie überfiel.

»Hör auf damit«, sagte sie laut. »Hör sofort auf damit.«

Plötzlich war sie wütend auf sich selbst. Wollte sie etwa damit, dass sie an alles dachte, was schiefgegangen war, die positive Einstellung, die sie sich so sorgsam aufgebaut hatte, mit Gewalt niederreißen und das Glücksgefühl zerstören, das sie endlich gefunden hatte? Nein, auf keinen Fall. Sie durfte nicht zulassen, dass sie sich noch einmal mit dem Kummer der letzten Monate befasste.

Sie schlug die nächste Seite um und betrachtete das Bild vom Eiffelturm.

Eines Tages würde sie dort sein.

Eines Tages würde auch dieser Wunsch in Erfüllung gehen.

25. Kapitel

Anne Marie betrat den kleinen Park am Ende der Blossom Street, in dem sie jeden Morgen ihren Hund ausführte. Ihre Stieftochter wartete bereits auf einer Bank auf sie.

Das Wetter hatte sich seit Mittwoch, als sie mit Ellen und Baxter am Wasser gewesen war, deutlich verschlechtert. Der Nachmittagshimmel war bedeckt, und die Luft roch nach Regen.

Melissa hatte vorgeschlagen, im Park zu essen, und Anne Marie war es recht. Dort würde sie wenigstens nicht an ihr letztes Treffen im Restaurant erinnert werden.

»Hi«, grüßte Melissa, als Anne Marie sich zu ihr setzte.

»Hi.« Schon seltsam – nachdem sie einander jahrelang aus dem Weg gegangen waren, suchten sie jetzt die Gesellschaft der jeweils anderen. Anne Marie war gespannt, wie Melissa sich inzwischen entschieden hatte.

»Ich esse Joghurt zu Mittag«, verkündete Melissa. »Dabei mag ich gar keinen Joghurt, aber Michael meint, das sei gut für mich und das Baby.«

Anne Marie holte ein Thunfischsandwich hervor, das sie am Morgen vorbereitet hatte. »Du hast es Michael also gesagt.«

Melissa zog den Alufoliendeckel von ihrem Joghurtbecher ab und verstaute ihn in ihrer Tasche. »Ich bin gleich nach meinem Besuch bei dir zu ihm gegangen, so wie du mir geraten hast, und ich bin froh, dass ich es getan habe.« Sie schwieg einen Moment. »Er war völlig schockiert.«

»Genau wie du.«

»Stimmt.« Einen Moment sagte sie nichts. »Er hat mir zuerst nicht geglaubt.«

Das machte Anne Marie zornig um ihrer Stieftochter willen. »Warum nicht?«

»Denk dran, ich war diejenige, die die Beziehung beendet hat, und damit habe ich ihm sehr wehgetan. Das hätte ich niemals tun sollen. Ich hätte es Michael sofort sagen sollen.«

»Jeder von uns macht Fehler«, sagte Anne Marie und dachte dabei an ihre eigenen. Manchmal dachte sie spätabends darüber nach, ob es falsch gewesen war, Robert ein Ultimatum zu stellen. Ob sie nicht lieber hätte versuchen sollen, die Sache anders zu bereinigen.

»Ich konnte sehen, dass er mit mir reden wollte, aber er hatte Angst, wieder von mir verletzt zu werden, deshalb wich er meinem Blick ständig aus.« Melissas Stimme bekam einen lebhafteren Klang. »Ich habe ihn immer wieder gebeten, mich anzuschauen, aber er tat es einfach nicht.«

Das musste schrecklich frustrierend gewesen sein. »Was hast du getan?«

Melissa schien ihren Joghurt genau zu betrachten, aber Anne Marie sah, dass sie lächelte. »Ich habe ihn auf den Hals geküsst.«

»Auf den Hals?«

»Michael ist ein ganzes Stück größer als ich, und selbst auf Zehenspitzen komme ich nicht höher. Ich habe ihm gesagt, dass ich ihn liebe und dass es mir leidtut. Ich habe meine Arme um ihn geschlungen und ihm gesagt, warum ich mit ihm Schluss gemacht habe. Dass ich das nur getan habe, weil ich Angst hatte.« Sie wickelte einen Plastiklöffel aus. »Ehrlich gesagt, hatte ich in dem Moment sogar noch viel mehr Angst. Meine Freundin, die, die mir erzählt hat, sie hätte Michael mit einer anderen gesehen, hatte mir noch etwas erzählt. Ich war mir sicher, ihn für immer verloren zu haben.«

»Was hat sie dir erzählt?«

»Sie sagte, sie hätte ihn beim Juwelier gesehen. Er hätte sich Diamantringe angeschaut.«

»Für dieses andere Mädchen?«

»Nein, aber der Reihe nach.«

»Okay, erzähl weiter. Sag mir, was passiert ist, als du Michael von dem Baby erzählt hast.«

Die Freude in Melissas Augen trübte sich ein wenig. »Wie schon gesagt, er glaubte mir nicht. Er meinte, ich denke mir das nur aus. Das machte mich so wütend, dass ich fast gegangen wäre. Ich bin aber froh, es nicht getan zu haben.«

»Aber wie kam er nur auf diese Idee?«

Melissa zuckte die Achseln. »Er hat mir nicht mehr vertraut, und das kann ich ihm auch nicht verübeln.« Sie suchte Blickkontakt. »Jedenfalls habe ich gesagt, dass ich mir niemals so etwas ausdenken würde, und ihm zum Beweis das Ultraschallbild aus der Schwangerschaftsberatung gezeigt.«

»Ich wette, das hat ihm die Augen geöffnet.«

Melissa lachte. »Und wie. Er wäre fast in Ohnmacht gefallen. Er schaute nur immer wieder auf das kleine Bild von unserem Baby und war hin- und hergerissen. So blass wurde er, dass ich dachte, er kippt gleich um. Er hat ein paar Minuten gebraucht, um sich an den Gedanken zu gewöhnen. Dann fragte er mich, was ich jetzt tun wollte. Ich sagte, genau deshalb sei ich zu ihm gekommen. Das sei meiner Meinung nach eine Entscheidung, die wir gemeinsam treffen müssen.«

Anne Marie nickte schweigend, um Melissas Bericht nicht zu unterbrechen.

»Inzwischen bereue ich es, aber ich habe ihm gesagt, dass Mom von mir verlangt hat, das Baby wegmachen zu lassen. Michael hat sich ganz gewaltig darüber aufgeregt. Dabei hatte ich im Grunde längst entschieden, weil es so viele andere Möglichkeiten gibt, dass eine Abtreibung nur als allerletzter Ausweg infrage käme.«

Obwohl sie Michael bei der Beerdigung nicht bewusst wahrgenommen hatte, war ihr der junge Mann jetzt sofort sympathisch, so offensichtlich verantwortungsbewusst, wie er schien.

»Er sagte, ein Baby brauche eine Mutter und einen Vater«, fuhr Melissa fort, »und natürlich habe ich zugestimmt, weil ich das ganz genauso sehe.« Sie tauchte ihren Löffel in den Joghurt und führte ihn dann zum Mund. »Möchtest du wissen, was für ein lausiges Timing ich an den Tag gelegt habe?«, fragte sie einen Augenblick später.

Anne Marie grinste angesichts des selbstironischen Untertons. »Schieß los.«

»An dem Abend, an dem ich mit Michael Schluss gemacht habe, wollte er mir einen Heiratsantrag machen. Er hatte schon den Verlobungsring in der Tasche. Der Diamantring, den er ausgesucht hat, als meine Freundin ihn dabei sah, war für mich bestimmt. Und das andere Mädchen war eine Studienkollegin.«

»Oh, Melissa.«

»Wir sehen uns praktisch jeden Abend. Ach ja, zur Schule gehe ich auch wieder.« Sie lächelte zuversichtlich. »Ab jetzt bin *ich* seine einzige Studienpartnerin.«

»Das ist toll! Aber eines wüsste ich trotzdem gern noch. Wirst du Michael heiraten?« Sie wusste, dass Robert sich das für seine Tochter gewünscht hätte.

»Ja. Ja, das werde ich. Aber ich greife schon wieder vor. Immer der Reihe nach.«

Anne Marie nahm den ersten Bissen von ihrem Sandwich. Robert wäre begeistert gewesen von der Aussicht auf Enkelkinder. Das war immer seine Ausrede, wenn er rundheraus abgelehnt hatte, auch nur darüber nachzudenken, ein Kind mit

Anne Marie zu haben. Er sagte, er wollte keine Kinder und Enkelkinder im selben Alter. Außerdem wollte er nicht, dass man seine Kinder für seine Enkelkinder hielt.

Allerdings war es jetzt sinnlos, über diese Auseinandersetzungen nachzudenken. Am stärksten erinnerte sie sich daran, dass Robert auf Kinder von seinen Kindern gewartet hatte. Anders als Pamela hätte er sich gefreut, wenn er erfahren hätte, dass er Großvater würde.

Anscheinend musste Pamela noch umgestimmt werden. Aber Anne Marie ging davon aus, dass es nicht lange dauern würde, bis das Baby sich in das Herz seiner Großmutter schlich, wenn es erst einmal da war.

»Noch während des Gesprächs mit Michael beschlossen wir, uns zu verloben«, erzählte Melissa weiter. »Dann habe ich meine Mutter angerufen … Leider war das ein unerfreuliches Gespräch.«

»Wie hast du es ihr beigebracht?«

»Ich habe versucht, positiv zu sein. Ich habe ihr gesagt, ich hätte mit Michael über das Baby gesprochen. Sie war sofort auf hundertachtzig. Meinte, die Entscheidung liege ganz allein bei mir, und dadurch, dass ich ihn da hineinziehe, würde ich nur komplizierter machen, was doch eine einfache Entscheidung sein sollte.«

»Oje …«

»Weißt du«, fuhr Melissa langsam fort. »Mir ist diese Seite an meiner Mutter noch nie aufgefallen. Sie ist völlig davon überzeugt, dass ich den Job annehmen und nach England ziehen sollte.«

»Ich schätze, das könntest du immer noch.«

Melissa nickte. »Aber ich bin mir nicht sicher, ob ich den Job in London jemals wirklich wollte. Mom liegt mir in den Ohren, was für eine tolle Gelegenheit das ist, die Chance meines Lebens und so weiter. Aber dafür müsste ich Michael verlassen, und das will ich nicht, ob mit oder ohne Baby.«

»Könnte er nicht mit dir nach England gehen?« Angesichts von Pamelas Beziehungen wäre es vielleicht möglich, auch ihm einen Arbeitsplatz zu besorgen.

»Nein. Er wird in der Teppichfabrik seines Vaters arbeiten und die Firma irgendwann übernehmen. Es ist nicht so, dass er einfach seine Sachen packen und mir ins Ausland folgen könnte. Er würde Europa gern irgendwann mal besuchen, aber sein Zuhause ist hier in Seattle.«

Das schien Anne Marie voll und ganz schlüssig zu sein.

»Ich glaube nicht, dass mir jemals wirklich bewusst war, wie sehr Mom sich darauf versteift hatte, dass ich wie sie ins Geschäftsleben einsteige.«

Anne Marie konnte Pamelas Enttäuschung durchaus nachvollziehen. Ihre Ehe mit Robert war daran gescheitert, dass sie eine Stelle angenommen hatte, die häufige Auslandsaufenthalte erforderte. Für Pamela war das genau das Richtige, und obwohl Robert seine eigene Karriere verfolgt hatte, hatte er seine Kinder geliebt und sich liebevoll um ihre Bedürfnisse gekümmert. Natürlich waren auch Pamela ihre Kinder wichtig, aber sie hatte ihre eigenen Vorstellungen davon, was am besten für sie war. Ob sie mit diesen Vorstellungen auch einverstanden waren, schien für sie keine Rolle zu spielen.

»Ich bin sicher, deine Mutter befürchtet nur, dass du ihren Fehler wiederholst – beziehungsweise das, was sie für einen Fehler hält«, meinte Anne Marie so einfühlsam wie möglich. Sie wollte nicht andeuten, dass sie die Ehe zwischen Robert und Pamela für einen Fehler hielt, obwohl es im Rückblick ganz so aussah, als wäre es einer gewesen.

»Sie fing an, mich anzuschreien, und meinte, ich würde das für den Rest meines Lebens bereuen.«

Pamelas Wutausbrüche waren legendär.

»Ich habe sie gefragt, ob sie bedauert, Brandon und mich zur Welt gebracht zu haben, und sie sagte …« Melissa musste schlucken. »Sie sagte, wenn sie noch einmal von vorn beginnen könnte, würde sie keinen von uns haben wollen, weil wir sie immer nur enttäuscht hätten.«

»Das hat sie nicht so gemeint! Das *kann* sie nicht so gemeint haben.« Anne Marie war entsetzt über diese grausame Bemerkung, selbst wenn Pamela sie gedankenlos ausgesprochen hatte.

»Ich weiß«, murmelte Melissa leise. »Hinterher hat sie mir eine E-Mail geschickt und sich entschuldigt. Aber sie bleibt dabei: Mit der Hochzeit will sie nichts zu tun haben. Sie wird nicht kommen.«

Die Hochzeit. Melissa und Michael würden Hochzeit feiern. Natürlich.

»Kommst du zu unserer Hochzeit?«, fragte Melissa zaghaft.

»Aber selbstverständlich! Das würde ich mir um nichts in der Welt entgehen lassen.«

Melissa lächelte, und Anne Marie sah Tränen in ihren Augen glitzern. »Ich kann das immer noch nicht glauben, weißt du?«, murmelte sie.

»Was deine Mutter gesagt hat?«

»Nein, dass ich dich um Rat frage. Und um Hilfe bitte. Vor einem Jahr, ach was, noch vor drei Monaten hätte ich das niemals getan. Ich … ich war sicher, dass ich dich hasse.«

»Lass uns versuchen, das alles zu vergessen. In Ordnung?«

»Ich gab dir die Schuld an der Scheidung, obwohl ich weiß, dass dich überhaupt keine Schuld trifft. Brandon und ich haben uns lange über dich unterhalten, und er hat mir geholfen, die Dinge im richtigen Licht zu sehen. Aus Gefühlen können

Gewohnheiten werden«, sagte sie stockend und wischte sich über die Augen. »Aber Gewohnheiten lassen sich ändern.«

Eine Weile schwiegen sie beide, und Anne Marie stellte fest, dass ihr selbst Tränen in die Augen zu steigen drohten. »Kann ich bei den Hochzeitsvorbereitungen helfen?«, fragte sie schließlich, um das Thema zu wechseln und von sich und ihrer schmerzlichen Vergangenheit abzulenken.

»Das würdest du tun?«

»Habe ich doch gerade angeboten.«

»Ja, schon, aber ich hätte nie erwartet ... Ich hätte nicht gedacht, dass du Zeit dafür hast.«

»Die Zeit nehme ich mir.« Anne Marie *wollte* Melissa helfen. Das zu dürfen erfüllte sie mit Hoffnung und einer Art Hochgefühl. Beinahe dreizehn Jahre lang war das Verhältnis zu ihrer Stieftochter heftig gestört. Und jetzt, aus Gründen, die sie nicht völlig verstand, begann es sich zu ändern.

»Eigentlich wollte ich es dir gar nicht sagen, aber ...«

»Was sagen?« Melissa warf ihr einen misstrauischen Blick zu.

»Ich nehme an einem Strickkurs teil und habe Garn gekauft für ein Babydeckchen.«

Ein zittriges Lächeln schlich sich auf Melissas Gesicht. »Das hast du für mich getan?«

»Ich werde doch Stiefgroßmutter, oder etwa nicht?«

Melissa nickte, und jetzt liefen ihr die Tränen ungehindert über die Wangen. »Ich fasse es einfach nicht, wie wunderbar du zu mir bist.« Melissa griff nach ihrer Hand und drückte sie. »Danke, Anne Marie«, flüsterte sie.

Anne Marie legte den Rest ihres Sandwichs zur Seite. »Ellen hat die Wolle ausgesucht«, sagte sie und räusperte sich. »Sie ist in sich gemustert in Gelb, Rosa, Blassblau und Lavendel.« Sie konnte es kaum erwarten, mit der Decke zu beginnen. Sowie sie die Reisedecke für Dolores fertig hatte, würde sie das Deckchen für Melissas und Michaels Baby stricken. Für ihr Stiefenkelkind.

»Ich werde es in Ehren halten. Und sag Ellen bitte danke schön von mir. Ich hoffe, dass ich sie bald mal kennenlerne.« Mit einer Serviette trocknete sie sich das Gesicht. Bis auf die geröteten Augen sah sie so hübsch aus wie immer.

»Irgendwie kriegen wir das hin«, meinte Anne Marie. »Wie sieht es aus: Habt ihr schon einen Hochzeitstermin festgesetzt?«

»Am zwölften Juli.«

Jetzt hatten sie schon fast Mitte April. Viel Zeit blieb ihnen nicht, zumal Melissa und Michael beide im nächsten Monat ihren Collegeabschluss machen würden.

»Du gehst wieder zur Schule, aber wie sieht es mit dem versäumten Unterricht aus? Hast du schon alles nachholen können?«

»Ja, Mom«, meinte Melissa lachend.

Anne Marie begann sich wirklich wie eine Mutter zu fühlen. Das heißt, Melissa gab ihr das Gefühl, für sie eine Mutter zu sein. Melissas Stiefmom. Verdammt, fühlte sich das gut an!

Robert wäre so stolz auf sie gewesen. Genau das hatte er sich immer für sie und Melissa gewünscht. Es war traurig, dass es erst dazu gekommen war, nachdem er nicht mehr unter ihnen weilte. Aber irgendwie spürte sie, dass er es wusste und gut fand.

»Dein Vater hätte gewollt, dass du deinen Abschluss machst«, murmelte sie.

»Ich weiß.«

»Na schön, reden wir über die Hochzeit.«

Melissa seufzte. »Das ist alles ein bisschen viel für uns. Wir haben keine Ahnung, womit wir anfangen sollen. Michaels

Mutter meinte, wir sollten als Erstes einen Termin festlegen und einen Pastor engagieren. Aber ich kenne keinen.«

»Ich schon.«

»Wirklich?«

»Sozusagen. Alix Turner, die im *French Café* arbeitet, ist mit einem Pastor verheiratet. Möchtest du, dass ich dir seine Telefonnummer besorge?«

Melissa nickte. »Das wäre großartig.«

»Zu deinem Kleid – wie sieht es damit aus?«

Wieder ein tiefer Seufzer. »Darüber habe ich überhaupt noch nicht nachgedacht.«

»Darum kümmere ich mich. Eine Freundin von mir hat eine Boutique, und wenn sie nicht hat, was du brauchst, kennt sie jemanden, der es hat. Dann mache ich einen Termin mit Alix im *French Café*, um ein Hochzeitsmenü zusammenzustellen und uns Muster für Hochzeitstorten anzuschauen.«

»Bist du sicher, dass du Zeit für all das hast?«

»Ja, für dich, Melissa, habe ich die Zeit. Ellen wird auch helfen. Sie vermisst ihre Großmutter. Es wird ihr guttun, an etwas anderes zu denken.«

»Danke«, flüsterte Melissa noch einmal.

Sie selbst würde vielleicht nie Mutter werden, begriff Anne Marie, aber sie war Stiefmutter und würde Melissas Baby eine fantastische Großmutter sein.

Zwei Dinge hatte sie von Melissa gelernt. Lebenslange Gewohnheiten konnten durchbrochen werden. Und Familie konnte auf ganz und gar unerwartete Weise entstehen.

26. Kapitel

Barbie näherte sich im Kinokomplex dem Ticketschalter und stellte erfreut fest, dass Tessa wieder die Eintrittskarten verkaufte. Als sie an der Reihe war, strahlte Tessa übers ganze Gesicht.

»Onkel Mark hat ein Ticket für dich hinterlegt.«

Barbie zögerte. »Er hat eine Eintrittskarte für mich gekauft?« Bisher hatten sie sich viermal zum Erwachsenen-Schwimmtraining am Pool des Fitnesscenters getroffen, aber das war es auch schon. Zwar hatten sie sich am ersten Tag im Wasser geküsst, aber seitdem nicht mehr. Nicht etwa, weil sie nicht wollten – das galt jedenfalls für Barbie –, sondern weil die Umstände nicht danach gewesen waren. Nie wieder waren sie allein in der Halle wie beim ersten Mal, und sie hatte keine Lust, der Seniorenschwimmgruppe ein Schauspiel zu bieten.

»Es ist eine *Verabredung*«, erklärte Tessa unnötigerweise.

»Bitte, sag mir, dass wir uns nicht wieder einen Horrorfilm ansehen.«

»Nein. Ein Gerichtsdrama. Da wird vor allem viel geredet. Du brauchst keine Angst zu haben, dass du zu Tode erschreckt wirst.«

Aber Barbie war bereits zu Tode erschrocken. Sie hatte sich in Mark verliebt – bis über beide Ohren und unrettbar. Der Rollstuhl machte ihr keine Angst, der Mann, der darin saß, hingegen schon. Ihre Beziehung würde keine leichte werden, und wenn sie an eine Zukunft mit ihm dachte, dann verließ sie fast der Mut. Aber nur fast, denn sie fühlte sich dermaßen stark zu ihm hingezogen, dass ihre Zweifel in den Hintergrund traten.

Ganz allmählich ließ er sie in sein Leben, und das begeisterte sie. Wie üblich kaufte sie sich Popcorn und eine Limo, bevor sie den Kinosaal betrat.

»Hallo!«, begrüßte sie Mark und ließ sich auf dem Platz direkt neben ihm nieder.

»Hallo.« Er schaute sie nicht an.

»Danke für die Eintrittskarte.«

»Gern geschehen.«

Sie hielt ihm die Popcorntüte hin, und er nahm sich eine Handvoll. »Tessa hat mir gesagt, dass wir jetzt miteinander ausgehen.«

»Sind wir nicht beide ein bisschen zu alt für diesen Unfug?«

»Ich hoffe doch nicht. Meine Mutter hat einen Freund, und die beiden gehen definitiv miteinander aus.«

»So, wie du das sagst, klingt es nach Highschool.«

»Fühlt es sich für dich so an? In gewisser Weise tut es das für mich.« Auf gute Weise. Jeden Morgen erwachte sie in freudiger Erwartungshaltung. Wenn sie zu ihrer Boutique fuhr, dachte sie an Mark, und wenn sie mittags zum Fitnesscenter eilte, ebenfalls. Er hatte sie nie um ihre Telefonnummer gebeten, die sie ihm mit Freuden gegeben hätte. Es wäre einfach himmlisch, im Bett zu liegen und sich mit ihm am Telefon zu unterhalten, so, wie sie es mit ihrem Freund zu Highschoolzeiten getan hatte. Und später mit Gary …

»Ja, fühlt sich an wie in der Highschool«, meinte Mark abfällig. »In jeder dämlichen Hinsicht.«

»Mark!«

»Ich bin nicht romantisch veranlagt.«

»Nein!« Sie tat schockiert. »Darauf wäre ich nie gekommen.«

»Ich will aufrichtig zu dir sein«, meinte er knapp. »Ich erwarte nicht, dass diese Geschichte auf Dauer Bestand hat.«

»Offenbar bist du obendrein ein Optimist«, erwiderte sie neckend.

Mark weigerte sich immer noch, sie anzuschauen. »Ich weiß nicht, was du dir von dieser Beziehung versprichst. Ich habe nicht viel zu geben.«

»Würdest du bitte damit aufhören?« Seine kleine Ansprache klang wie auswendig gelernt.

»Lass mich ausreden.«

»Na schön, sag, was du zu sagen hast, und dann bin ich an der Reihe.« Erneut hielt sie ihm das Popcorn hin.

Er starrte darauf. »Ich kann nicht viel davon essen.«

»Warum nicht?« Er hatte schon davon gegessen, war also nicht allergisch dagegen.

»Ich habe eine Menge Einschränkungen, Barbie. Beispielsweise kann ich nicht einfach essen, was ich möchte.«

»Wenige von uns können alles essen, was sie möchten. Weißt du was? Jeder hat seine Einschränkungen. Okay, deine sind offensichtlicher als die manch anderer Leute. Aber auch ich habe einige, und ich gebe mir Mühe, sie im Griff zu behalten.«

»Lass mich raten.« Er drückte den Zeigefinger seiner rechten Hand an seine Lippen. »Erstens: Du neigst zu cholerischen Ausbrüchen.«

Unwillkürlich musste sie lachen. »Nett, dass du mich daran erinnerst.«

»Was ich damit sagen will«, fuhr er fort, »ist, dass diese Beziehung zum Scheitern verurteilt ist. Anscheinend hast du Spaß daran, mit mir zu flirten. Das geht in Ordnung. Es ist gut fürs Selbstbewusstsein, und meins ist schon so lange am Boden, dass es eine erfrischende und wohltuende Abwechslung ist. Aber ich bin kein Dummkopf. Eine Frau wie du kann jeden Mann haben, den sie will.«

»Mark, ich …«

»Ich will nicht unhöflich sein. Aber …«

»Warum nicht? Du hast bisher keine Hemmungen gehabt.«

Er grinste. »Stimmt. Aber lass mich ausreden, okay?«

Eine einladende Geste mit der Hand. »Nur zu.«

»So sehe ich das Ganze. Aus Gründen, die ich nicht begreifen kann, fühlst du dich zu mir hingezogen.«

»Ist das eine einseitige Angelegenheit, oder beruht das auf Gegenseitigkeit?« Sie musste das wissen, um ihres Selbstwertgefühls willen. »Beantworte mir diese eine Frage, und ich verspreche dir, dich nicht wieder zu unterbrechen.«

Er zog die Brauen in die Höhe. »Das weißt du doch schon. Du krempelst mich jedes Mal komplett um, wenn ich dich sehe.«

Barbie schlug die Hände vor der Brust zusammen, obwohl sie noch die Popcorntüte hielt. »Ist das wirklich wahr?«

»Barbie, bitte, du machst es mir sehr schwer.«

»Okay, tut mir leid«, sagte sie, aber innerlich hüpfte sie vor Freude.

»Hör zu, warum auch immer es so ist, aber du fühlst dich bei mir sicher. Ich stelle für dich keine Bedrohung dar. Ich weiß nicht, was in deiner Ehe abgelaufen ist, und ich will es ganz ehrlich auch nicht wissen. Was immer geschehen ist, ob damals oder später, hat dich völlig durcheinandergebracht. Ein Kerl im Rollstuhl stellt keine Gefahr dar. Gut. Tatsache ist, ich kann dich anscheinend nicht aus dem Kopf kriegen, und ich bin es leid, dagegen anzukämpfen, wie sehr ich mich zu dir hingezogen fühle.«

»Nur zu deiner Information: Ich hatte eine sehr gute Ehe.«

Barbie war sich nicht sicher, worauf sein Gerede abzielte. »Ich glaube, du suchst nach einer Ausrede, um einer Beziehung zu mir aus dem Weg zu gehen.«

»Hör zu«, wiederholte er und atmete langsam aus.

»Du ignorierst, was ich gerade gesagt habe.«

Zum ersten Mal warf er ihr einen Blick zu, und im selben Moment wurde seine Miene weicher. »Na schön. Für den Augenblick bin ich bereit, mich nach dir zu richten.«

»Für den Augenblick?« Sie war sich nicht sicher, was das bedeuten sollte. »Kannst du das näher erläutern?«

Er seufzte laut. »Wir lassen es darauf ankommen. Wenn du aussteigen willst, steig aus. Zieh es nicht in die Länge. Tu mir einen Gefallen, und geh einfach, okay?«

Barbie musste einen Moment nachdenken. »Und was ist mit dir?«

»Wenn ich aussteigen will, dann erwarte ich von dir, dass du meine Wünsche genauso respektierst, wie ich deine respektieren will.«

Das klang fair. Trotzdem hasste sie die Vorstellung, schon jetzt ihre Trennung zu planen. »Können wir nicht einfach jeden Tag nehmen, wie er kommt?«

Er reagierte nicht.

»Verabredung für Verabredung?«, fragte sie, beugte sich vor und küsste sein Ohr, ließ ihre Zungenspitze über die Ohrmuschel gleiten und knabberte sanft an seinem Ohrläppchen. »Kuss für Kuss?«

»Ja.« Seine Stimme klang heiser vor Verlangen. »Ich hab's dir bereits gesagt: Du krempelst mich völlig um.«

Im Kinosaal gingen die Lichter aus, und die Vorschau begann. Barbie stellte ihre Popcorntüte und die Limo auf den Boden. Zu ihrer Überraschung und Freude griff Mark nach ihrer Hand und verschränkte seine Finger mit ihren. Sie lehnte sich enger an ihn. Der Film lief erst wenige Minuten, als sie ihren Kopf auf seine Schulter legte.

Mark kicherte leise in sich hinein. »Wie schon gesagt, ganz wie in der Highschool.«

»Das ist mir egal.«

Er reagierte, indem er ihre verschränkten Hände an seine Lippen hob und ihr einen Kuss auf den Handrücken gab. Gänsehaut überlief ihren Rücken.

Nach dem Ende des Films verließ sie an seiner Seite das Kino. Sie rechnete damit, dass er sie noch auf einen Kaffee einladen würde. Der Film mochte zu Ende sein, aber das hieß ja nicht, dass auch ihr gemeinsamer Abend gelaufen war. Da er den Vorschlag nicht machte, tat sie es.

»Ich kann heute Abend nicht.« Eine Begründung nannte er nicht.

»Dann vielleicht an einem anderen Abend.« Sie gab sich Mühe, ihre Enttäuschung nicht offen zu zeigen.

»Rufst du mich an?«, fragte sie.

»Wann?« Begeistert schien er nicht von der Aussicht.

»Heute Abend, bevor du schlafen gehst.«

Er runzelte die Stirn. »Barbie.«

»Das ist eine einfache Bitte. Wenn du es einrichten kannst, ist das gut. Wenn nicht … wenn nicht, liege ich die ganze Nacht wach und frage mich, warum du nicht angerufen hast.«

»Genau wie in der Highschool.«

»Ja.« Wozu sollte sie es leugnen.

Er grummelte etwas in sich hinein, was sie nicht verstand, und so barsch, wie es klang, war das vermutlich auch besser so. »Gib mir deine Telefonnummer«, knurrte er.

»Danke.« Sie suchte in ihrer Handtasche nach Notizblock und Stift, schrieb ihre private Telefonnummer auf und riss das Blatt ab.

Mark nahm es entgegen, knüllte es zusammen und stopfte es in seine Hemdtasche. »Wenn du hier noch herumlungerst, weil du darauf wartest, dass ich dich küsse, vergiss es. Ich küsse niemals in der Öffentlichkeit.«

Sie erinnerte ihn nicht daran, dass er sie im Pool und im Kino geküsst hatte. »Möchtest du irgendwohin gehen, wo wir ungestört sind?«

Er schüttelte den Kopf. »Ein anderes Mal.«

»In Ordnung.« Eines war ihr durch die kurze Unterhaltung vor dem Beginn des Films klar geworden: Mark hatte genauso viel Angst wie sie. Er wollte sich nicht zu ihr hingezogen fühlen. Viel lieber hätte er sie davongejagt, aber damit hatte er keinen Erfolg gehabt. Oh ja, er begehrte sie, aber er war nicht bereit, das Risiko einzugehen, irgendwie von ihr abhängig zu werden. Auch wenn er bereit war, sich auf sie einzulassen, wollte er sie nicht zu nahe an sich heranlassen. Ihr stand das Bild einer schwer bewaffneten Leibwache vor Augen, die über sein Herz wachte.

Etliche Stunden später lag Barbie auf ihrem Bett und wartete auf Marks Anruf. Es war schon fast elf, als das Telefon endlich klingelte.

»Hallo, Mark.«

»Hi.« Er klang ungeduldig. »Ich rufe an, wie du mich gebeten hast. Also, was willst du wissen?«

Sie hatte eigentlich nicht gedacht, der Anruf müsse einen Zweck verfolgen. »Was hast du an?«

»Mit dem Spiel kenne ich mich aus! Du fragst mich das, weil du willst, dass ich dir dieselbe Frage stelle.«

»Ich trage einen elfenbeinfarbenen Morgenmantel aus Seide.«

»Kurz?«

»Nein, bodenlang. Und du?«

»Sag ich dir nicht«, brummte er. »Ich verstehe nicht, was das soll, und ich bin nicht an dummen Spielchen interessiert.«

»Ich will, dass du mich willst. Das ist alles.«

»Das ist *alles*?« Er schnaubte ungläubig. »Dafür musst du dich nicht annähernd so anstrengen.«

»Wie süß von dir.«

»Das war nicht süß gemeint.«

»Mark«, flüsterte sie. Es klang beinahe wie das Schnurren einer Katze. »Mach dich locker. Wir kennen einander kaum. Ich dachte, wir könnten die Zeit nutzen, um zu reden. Einander kennenzulernen.«

Etwa zehn Sekunden lang schwieg er. Zehn Sekunden, die sich für sie eher anfühlten wie zehn Minuten. »Was willst du wissen?«, wiederholte er seine Frage.

»Was tust du beruflich?« Das wusste sie bereits, aber sie wollte trotzdem, dass er es ihr sagte.

»Ich bin Architekt.« Er führte das nicht näher aus, beschrieb keines der Gebäude, die er entworfen hatte. Er sagte auch nicht, wo er arbeitete, wo er zur Schule gegangen war, oder sonst irgendetwas zu seinem Berufsleben. Barbie begann allmählich, ihn zu verstehen. Je weniger er über sich preisgab, desto geringer war die Chance, dass sie ihn verletzen würde.

»Ich habe Zwillingssöhne«, sagte sie und lenkte das Gespräch damit auf eine persönlichere Ebene.

»Eineiig?«

»Ja. Mein Mann ist vor drei Jahren bei einem Flugzeugunglück ums Leben gekommen.«

»Ich weiß. Du bist nicht die Einzige, die das Internet nutzt. Sowohl dein Mann als auch dein Vater arbeiteten für einen riesigen Parfümeriekonzern. Davon hast du nie etwas gesagt.«

»Warum sollte ich? Mom und ich haben nichts mit der Firma zu tun.«

»Meistens riechst du gut.«

»Meistens?«, gab sie empört zurück.

»Chlorgeruch gehört nicht zu deinen besseren Düften.«

»Dann lasse ich dich hiermit wissen, dass du der einzige Mann auf der Welt ist, der mich dazu bringt, in ein öffentliches Schwimmbecken zu steigen. Ich habe wahnsinnige Angst davor, dass meine Haare im Chlorwasser grün werden, und das ist dann deine Schuld.«

»Dann komm einfach nicht.«

»Aha. Dann entgeht mir aber, von dir nass gespritzt zu werden. Dabei ist das das Highlight der Woche für mich!«

Er lachte, und vor ihrem geistigen Auge sah sie, wie der Söldner, der Wache über seine Gefühle hielt, eine seiner Waffen ablegte.

Sie redeten zwei Stunden. Bevor sie einander eine gute Nacht wünschten, gab Mark zu, dass er schon dreißig Minuten im Bett gelegen hatte, bevor er anrief. Er hätte gar nicht angerufen, sagte er, wenn er hätte einschlafen können. Jedes Mal, wenn er die Augen schloss, hatte ihn der Gedanke daran verfolgt, dass sie in ihrem Bett auf seinen Anruf wartete, und schließlich hatte er es einfach nicht mehr ausgehalten.

Am Donnerstagnachmittag, nach der Bauchtanzstunde, traf Barbie sich mit ihrer Mutter zum Essen. Lillie war schon vor ihr in dem noblen Hotelrestaurant eingetroffen und studierte die Speisekarte, als Barbie sich zu ihr gesellte. Lillie musste zweimal hinschauen.

»Große Güte, du siehst wunderbar aus! Ich weiß, es ist ein Klischee, aber du leuchtest förmlich von innen heraus.«

»Ach was, ich glühe nur, weil ich mich verausgabt habe. Bauchtanzen ist ein anstrengender Sport.«

»Nein, daran allein liegt es nicht.« Lillie legte die Speisekarte aus der Hand. »Liegt es an diesem … Mann?«

»Er heißt Mark, und ja, jetzt wo du es erwähnst: Wir haben uns unterhalten.«

»Du magst ihn wirklich sehr, nicht wahr?«

Barbie war verrückt nach ihm, aber sie war noch nicht bereit, das ihrer Mutter zu gestehen. Sie wollte ihr gemeinsames Essen nicht ruinieren; bisher hatte Lillie die Situation akzeptiert, und Barbie wollte, dass es so blieb.

»Ich bin nicht hier, um über Mark zu sprechen. Ich möchte wissen, wie sich die Dinge zwischen dir und Mr. Silva entwickeln.«

Lillie lächelte, ihre Augen strahlten. »Du musst aber versprechen, nicht zu lachen, wenn ich dir etwas erzähle.«

»Mom, ich werde nicht lachen.«

»Wir sind letzte Woche zweimal zum Bowling gegangen.«

»Bowling?«

»Ich bin gut darin.«

»Meine Mutter spielt Bowling. Ich rufe Jerry Springer an«, spöttelte Barbie.

»Ach, hör auf«, wehrte Lillie ab und wurde rot.

»Und sonst tut ihr nichts, außer Bowling zu spielen?«

»Himmel, nein. Wir haben lange Spaziergänge gemacht, uns im Kunstmuseum einen Vortrag angehört und uns für einen chinesischen Kochkurs eingeschrieben.«

»Was ich meine, ist: Hat er dich geküsst?«

Lillie senkte den Blick. »Ja. Wir sind vielleicht über sechzig, aber tot sind wir noch nicht.«

»So viel steht fest.« Tatsächlich, ihre Mutter wirkte lebendiger als seit Jahren. »Ich finde das toll!«

»Was ist mit dir und Mark?«

Da gab es nicht viel zu erzählen. »Wir haben uns jetzt drei Abende in Folge stundenlang unterhalten.« Mark hatte ihr gestanden, dass er normalerweise nicht gern telefonierte, und doch hatten sie jedes Mal fast zwei Stunden geredet. Ganz allmählich öffnete er sich ihr und ließ sich genauso von ihren Unterhaltungen gefangen nehmen wie sie.

Als Barbie an diesem Nachmittag vom Essen zurückkam, wartete ein großes Blumenbukett auf sie. »Wer hat die Blumen geschickt?«, fragte sie.

»Keine Ahnung. Die Karte ist an dich adressiert«, erklärte eine ihrer Angestellten.

Eifrig löste sie den kleinen Umschlag vom Strauß und zog die Karte heraus. Mark hatte seinen Namen daraufgeschrieben, dazu eine kurze Notiz: *Diesmal sind die Blumen wirklich von mir.*

27. Kapitel

Endlich war der große Tag: Dolores Falk kam nach Hause, nachdem sie fast einen Monat fort gewesen war – erst im Krankenhaus und dann in einer Pflegeeinrichtung. Nach Auskunft ihrer Ärzte war die Herzoperation ein voller Erfolg, und Dolores würde noch viele gute Jahre haben.

Anne Marie hatte selbst schon bemerkt, dass es der alten Frau deutlich besser ging. Tag für Tag schien sie mehr Kraft zurückzugewinnen und Mut zu schöpfen. Sie freute sich genauso sehr darauf, nach Hause zu kommen, wie Ellen.

Beim Frühstück am Donnerstagmorgen gab es für Ellen nur ein Thema: Heute zog sie zurück zu ihrer Großmutter. Kaum von der Schule zurück, rannte sie nach oben, um ihre Sachen zu packen. Anne Marie konnte hören, wie sie Baxter versprach, ihn bald zu besuchen. Sie ließ ihn die Kunststücke wiederholen, die sie mit ihm eingeübt hatte – die Rolle und ein Versteckspiel mit seinem Tennisball –, und das sicherheitshalber gleich mehrmals. »Damit du sie nicht vergisst«, erklärte sie ihm streng.

Anne Marie fuhr das Kind zum Haus ihrer Großmutter. »Denk daran, deine Großmutter war sehr krank«, mahnte sie.

»Ich weiß. Ich werde nichts tun, was sie aufregen könnte«, versprach Ellen.

Anne Marie warf dem Mädchen auf dem Beifahrersitz einen Blick zu. Das Kind hielt den Hund auf dem Schoß. »Du kannst Baxter besuchen, wann immer du willst.«

»Darf ich dich auch besuchen?«

»Natürlich.«

»Bleibst du meine Lunch-Patin?«

Diese Fragen hatte Ellen ihr schon an die zehnmal gestellt, seit sie ihr mitgeteilt hatte, dass Dolores nach Hause entlassen würde. »Natürlich«, wiederholte sie.

»Prima.« Und dann, als hätte sie beinahe etwas Wichtiges vergessen, setzte sie atemlos hinzu: »Was ist mit Lillie und Barbie und Mrs. Beaumont? Und mit Lydia und Margaret und Susannah und Theresa? Darf ich sie auch besuchen?«

»Ich bin sicher, das lässt sich einrichten.« Ihre Freundinnen und Nachbarinnen wussten noch nicht, dass Ellen zu ihrer Großmutter zurückzog. Sowie sie davon erfuhren, würden sie Ellen grüßen lassen und natürlich auch Dolores.

»Ich werde weiter jeden Tag stricken«, erklärte Ellen. Sie hatte inzwischen eine Tasche für ihre Stricksachen, die gleiche, die auch Anne Marie hatte. So klein sie noch war, sie hatte sich als geschickte Strickerin erwiesen.

»Ich auch«, sagte Anne Marie. Sie hatte die Reisedecke für Dolores vor einer Weile schon fertiggestellt und sie ihr bei ihrem letzten Besuch gegeben. Auch die Babydecke für Melissa war fertig. Als drittes Projekt hatte sie sich vorgenommen, einen Pullover für Ellen zu stricken, und dafür ein schlichtes Muster gewählt. Die Wolle hatte sich das Mädchen selbst ausgesucht, ein weiches rosenfarbenes Garn. Ellen arbeitete an einem Paar Handschuhe. Eigentlich hatte sie Anne Marie einen Pullover stricken wollen, aber Lydia hatte ihr den weisen Vorschlag gemacht, erst einmal einen für Baxter zu stricken und sich dann an ein größeres Projekt zu wagen. Ellen war einverstanden.

Als sie sich der Straße näherten, in der Dolores wohnte, nahm Anne Marie die Nachbarschaft etwas genauer in Augenschein als bisher. Sie bestand hauptsächlich aus älteren

Häusern, die überwiegend in schlechtem Zustand waren. Jetzt fragte Anne Marie sich unwillkürlich, ob Ellen hier gut aufgehoben war. Die gleiche Frage galt natürlich auch für Dolores.

Seit Wochen sah sie das falksche Haus zum ersten Mal wieder, und es schien ihr noch schäbiger und heruntergekommener als die vorigen Male. Sie hatte es sich bisher nie so genau angesehen. Die Vorderveranda hatte sich auf einer Seite abgesenkt. Offenbar war das Fundament dort verrottet. Das Dach war teilweise mit einer Plane abgedeckt. Seltsam, dass Anne Marie das vorher gar nicht aufgefallen war. Der Vorgarten war verwildert, in den Blumenbeeten spross das Unkraut, und ein einsamer Rosenstrauch kämpfte im Würgegriff des wuchernden Grases um sein Überleben. Es schmerzte Anne Marie, Ellen hier lassen zu müssen, und doch: Es war ihr Zuhause …

»Wenn wir deine Großmutter begrüßt haben, hilfst du mir bitte, die Lebensmittel ins Haus zu tragen?« Bevor sie hierhergefahren waren, hatten sie das Notwendigste eingekauft. Anne Marie glaubte nicht, dass Dolores schon so bald in der Lage sein würde, selbst einzukaufen.

»In Ordnung«, stimmte Ellen zu, setzte Baxter auf den Boden und löste ihren Sicherheitsgurt.

Lächelnd schaute Anne Marie ihr nach, wie sie aus dem Auto stürmte und durch den Vorgarten rannte. Sie riss die Haustür auf und stürzte ins Haus. Als Anne Marie schließlich auch das Haus betrat, lagen Ellen und ihre Großmutter einander lachend und weinend zugleich in den Armen. Einen Moment lang fühlte Anne Marie sich wie ein Eindringling.

Dolores Falk schaute zu ihr auf. »Ich kann dir gar nicht genug dafür danken, dass du dich um mein Mädchen gekümmert hast.«

»Ich habe das gern getan«, erwiderte Anne Marie schlicht.

»Anne Marie bleibt weiter meine Lunch-Patin, und sie sagt, ich kann Baxter besuchen, wann ich will. Wir haben Samen gesät, und sie hat mir Stricken beigebracht, und jeden Abend nach dem Essen stricken wir zusammen, wenn ich meine Hausaufgaben gemacht habe«, sprudelte Ellen hervor, ohne ihre Großmutter loszulassen.

Dolores hatte schon mindestens ein Dutzend Mal von Ellens Strickkünsten gehört. Heute war das Kind wesentlich lebhafter, als Anne Marie es jemals erlebt hatte.

Dann löste Ellen sich von ihrer Großmutter und rannte zum Flur. »Ich will mein Zimmer sehen!«

»Ich hatte in meiner Wohnung kein richtiges Bett für sie«, erläuterte Anne Marie. »Sie musste auf einem Schlafsofa schlafen.« Jetzt wünschte sie sich, sie hätte ein Bett für Ellen gekauft, aber als die Entscheidung angestanden hatte, war es ihr unlogisch vorgekommen. Sie hatte schließlich nicht wissen können, dass das Mädchen einen ganzen Monat bei ihr bleiben würde.

Offensichtlich erschöpft ließ Dolores sich auf ihren Ruhesessel sinken. »Ich bin dir so dankbar für alles, was du getan hast.«

»Ich werde sie vermissen.« Ihre Wohnung, so winzig sie auch war, würde ihr leer vorkommen ohne das Mädchen.

Ellen stürmte zurück ins Wohnzimmer. »Wollen wir jetzt meine Kleider reinholen?«

»Klingt nach einem guten Plan«, erwiderte Anne Marie rasch. Für einen Augenblick hatte sie Ellens Taschen und die Lebensmittel vergessen. »Wir haben ein paar Dinge besorgt, von denen wir dachten, dass du sie in den ersten paar Tagen brauchen wirst«, erklärte sie Dolores. »Es müsste reichen, bis du selbst wieder einkaufen gehen kannst.«

Dolores schien den Tränen nahe. »Gott segne dich.«

Anne Marie wehrte ab und ging gemeinsam mit Ellen zurück zu ihrem Auto. Baxter, der auf dem Rücksitz lag, schien nicht begeistert, ausgeschlossen worden zu sein.

»Darf ich mit Baxter eine Runde gehen?«, fragte Ellen und drückte ihre Nase an die Autoscheibe.

»Hilf mir erst, die Sachen reinzutragen, und dann kannst du mit ihm gehen. Achte aber darauf, dass er sicher angeleint ist.«

»In Ordnung.«

Sie holten Ellens Taschen aus dem Auto, luden die Lebensmittel aus und trugen alles ins Haus. Dort sortierte Anne Marie die Milch- und Saftkartons, Gemüse, Frühstückscerealien, Käse und Brot und räumte sie so logisch wie möglich in Schränke und Kühlschrank, damit Dolores leicht fand, was sie brauchte.

»Kann ich sonst noch etwas für dich tun?«, fragte sie Dolores, als Ellen mit dem Hund zurückkam.

»Nein, nein. Du hast schon viel mehr getan, als ich jemals zu erbitten gewagt hätte.«

Anne Marie ging auf die Haustür zu. Sie zögerte zu gehen. »Ellen, vergiss nicht, deine Hausaufgaben zu erledigen, ja?«

»Mach ich.«

»Dann bis bald.« Das Sprechen fiel Anne Marie schwer. Sie hatte einen Kloß im Hals.

»Okay.« Ellen umarmte Baxter zum Abschied, rannte dann durchs Wohnzimmer auf Anne Marie zu und schlang ihre dünnen Arme um sie. Ganz fest klammerte sie sich an sie, und ihre Schultern zuckten, als sie anfing zu schluchzen.

»Hey«, sagte Anne Marie und beugte sich zu ihr hinunter. »Du bist wieder zu Hause, weißt du noch? Du bist wieder bei deiner Grandma Dolores. Ist das nicht großartig?«

»Ja, aber ...«, schniefte Ellen. »Ich werde dich vermissen.«

»Ich werde dich auch vermissen, aber wir werden uns oft sehen.«

»Versprochen?«

»Versprochen, und ich halte immer meine Versprechen. Das weißt du, nicht wahr?« Sanft strich sie Ellen über den Rücken, als diese nickte. »Wie wäre es denn, wenn ich morgen Abend vorbeischaue und nach dem Rechten sehe? Das heißt, wenn das deiner Großmutter recht ist«, fügte sie mit einem Blick zu Dolores hinzu.

»Das wäre mir sehr recht«, antwortete Dolores.

Ein paar Minuten später ging Anne Marie. Als sie sich von dem heruntergekommenen kleinen Haus entfernte, überfiel sie ein überwältigendes Gefühl des Verlustes. Einen wilden Augenblick lang wäre sie am allerliebsten auf der Stelle umgekehrt. Doch sie hatte keine Ahnung, was sie dann sagen sollte. Ellen gehörte zu ihrer Großmutter, und Dolores liebte das Kind über alles. *Aber sie eben auch.* Der Schock dieser Erkenntnis saß tief.

Jetzt verstand sie, dass all das, was sie als Zuneigung, Fürsorge, Verantwortungsgefühl betrachtet hatte – alles Gefühle, die sie sich bereitwillig eingestanden hatte –, in der Summe etwas ganz anderes, viel Größeres ergab. Nämlich *Liebe.*

Sie liebte dieses kleine Mädchen und wollte so lange wie möglich teilhaben an seinem Leben.

»Tja, Baxter«, murmelte sie seufzend, »jetzt sind wir beide wieder allein.«

Ihr Yorkie war wieder auf den Rücksitz gesprungen, drehte sich nun ein paar Mal um sich selbst und ließ sich dann fallen. Er rollte sich zusammen, steckte die Nase unter den Schwanz und wirkte auf Anne Marie plötzlich genauso bedrückt, wie sie selbst sich fühlte.

In der ungewohnt stillen Wohnung angekommen, wanderte sie ruhelos von Zimmer zu Zimmer. Sie war unzufrieden. Dass sie hier wohnte, war eigentlich als vorübergehende Lösung gedacht. Die Wohnung hatte leer gestanden, als sie sich von Robert getrennt hatte, und damals schien es einfach logisch, hier einzuziehen, während sie beide ihre Differenzen regelten. Jetzt war es wirklich an der Zeit, sich nach einem Haus umzusehen, einem richtigen Zuhause für sich und Baxter. Vielleicht fand sie ja eines in dem Viertel, in dem auch Ellen lebte, ein renovierungsbedürftiges vielleicht, das sie eine Weile halten, herrichten und dann mit Gewinn verkaufen konnte.

Sie ging in die Küche, um sich ein Sandwich zu schmieren, und blieb plötzlich wie angewurzelt stehen, als ihr etwas über sich selbst bewusst wurde: Sie war anders als noch vor einem Monat. Ganz allmählich hatte sie sich in eine Frau verwandelt, die ihre eigenen Wünsche verwirklichen konnte. Eine Frau, die bereit war, wieder nach vorn zu schauen. Diese Gabe hatte sie Ellen zu verdanken. Das Mädchen hatte Anne Marie die Augen geöffnet für all die Dinge, für die sie trotz ihrer Verluste dankbar sein konnte, und wie viele Möglichkeiten ihr offenstanden.

Es wurde Zeit, ins Bett zu gehen. Auf dem Weg ins Bad blieb sie in der Tür zu Ellens Zimmer stehen. Das Bett war wieder zum Sofa umgebaut, und Baxter hatte sich auf einem Kissen zusammengerollt und schlief, als wartete er darauf, dass das kleine Mädchen nach Hause kam.

Das Zimmer war sauber und aufgeräumt. Nichts erinnerte noch an Ellen, und doch spürte Anne Marie ihre Gegenwart. Wie viele Nächte hatte sie hier gestanden und die schlafende Ellen betrachtet. Das war jetzt vorbei, und dennoch konnte sie darüber nicht traurig sein, denn Ellen war, wo sie sein wollte und musste – bei ihrer Großmutter, die die Kleine vergötterte.

»Schlaf gut, Süße«, flüsterte Anne Marie und ging dann in ihr eigenes Zimmer, wo sie noch eine Weile las, bevor sie das Licht ausschaltete.

28. Kapitel

Lillie war so nervös wie eine junge Braut in der Nacht vor ihrer Hochzeit. Hector wollte kommen, um sie abzuholen und zum Essen mit zu sich nach Hause zu nehmen. Sie hatten sich bereits etliche Male verabredet, aber diese Sache war etwas anderes.

Hector hatte sie zu sich nach Hause eingeladen.

Lillie fühlte sich, als hätte sie eine Prüfung bestanden, und Hectors Einladung zu sich nach Hause war seine Art, ihr mitzuteilen, dass er ihr vertraute und bereit war, ihr mehr Einblick in sein Leben zu gewähren.

Als es klingelte, drückte sie die Hand aufs Herz und holte einmal tief Luft, bevor sie zur Tür ging und öffnete. Hector stand vor ihr, pünktlich wie immer.

»Guten Abend, Lillie«, sagte er und neigte leicht den Kopf. »Ich hoffe, du hattest einen schönen Nachmittag.«

»Nein. Ich meine, ja, ich hatte einen schönen Nachmittag.« Statt ihm zu erklären, warum sie zuerst Nein gesagt hatte, griff sie nach ihrem silbrig-blauen Kaschmirpullover und ihrer Handtasche.

Sie war sich nicht sicher, ob sie ihn erst noch hereinbitten müsste. Ihr Wohlstand und ihr luxuriöses Haus hatten sie verunsichert. Aber sie hätte sich gar keine Sorgen zu machen brauchen. Er fragte sofort, ob sie bereit war, mit ihm loszufahren.

Sie schloss die Tür ab, schaltete den Alarm ein und ging mit ihm zu seinem Auto, das er in ihrer Einfahrt abgestellt hatte. Seine Manieren waren tadellos wie immer. Er geleitete sie zu seinem Wagen, hielt ihr die Tür auf und sorgte dafür, dass sie bequem saß. Seine Aufmerksamkeiten gründeten in tief empfundener Achtung für und Rücksichtnahme auf andere; dessen war sie sich ganz sicher. Mit oberflächlichem Charme hatte das nichts zu tun, sondern mit Respekt.

»Ich hoffe, du hast Hunger«, sagte er, als er selbst einstieg.

Lillie war viel zu nervös, um Hunger zu haben. »Ich freue mich schon den ganzen Tag auf diesen Abend«, erklärte sie.

Er schaute sie innig an. »Ich mich auch.«

In ihrem Bauch tanzten Schmetterlinge. Seit ihrer ersten Begegnung hatte er eine ungeahnte Wirkung auf sie. Wenn sie mit ihm zusammen war, weckte er Gefühle in ihr, die sie nie zuvor gekannt hatte. David hatte ihr nie viel anvertraut. Er war der Typ Mann, den Frauenzeitschriften heutzutage als »emotional unerreichbar« bezeichneten. Natürlich gehörten dazu auch seine Affären. Erst nach seinem Tod hatte sie erkannt, wie sehr sie sich im Laufe der Jahre in ihr Schneckenhaus zurückgezogen hatte. Der Preis, den sie dafür bezahlt hatte, dass sie seine Untreue ignoriert und die Augen vor seinen Unzulänglichkeiten als Ehemann und Liebhaber verschlossen hatte, war hoch. Höher, als ihr bewusst gewesen war. Erst jetzt begann sie allmählich zu verstehen, wie stark sie ihre Gefühle unterdrückt und verdrängt hatte. Sie hatte gelernt, sowohl ihre Emotionen als auch ihre Erwartungen immer weiter herunterzuschrauben.

Hector sprach übers Abendessen, und sie riss sich aus ihrer Gedankenversunkenheit.

»Du hast alles selbst vorbereitet?«, fragte sie.

»Meine Tochter hat mir ein paar Tipps gegeben.«

Hector und seine Tochter schienen sich besonders nahezustehen. Wie alles an diesem Mann fand sie auch das besonders liebenswert, und unwillkürlich verglich sie sein Verhältnis zu seiner Tochter mit dem Verhältnis zwischen David und Barbie. Zunächst war er enttäuscht, keinen Sohn bekommen zu haben, aber es hatte nicht lange gedauert, bis Barbie ihn um ihren kleinen Finger gewickelt hatte. Er hatte akzeptiert, dass Lillie keine weiteren Kinder zur Welt bringen konnte, und seine Tochter mit Aufmerksamkeit überschüttet. David konnte großzügig und liebevoll sein; Barbie hatte er diese Seite von sich jedenfalls gezeigt. Trotzdem betrachtete Lillie ihn als jemanden, der emotionale Bindungen scheute und moralische Schwächen aufwies. Dabei war er ein kompromisslos ehrlicher Geschäftsmann ... Sie vermutete, das war das Ergebnis eines gewissen Schubladendenkens und -verhaltens. Männer waren darin besonders gut, behaupteten besagte Frauenmagazine.

»Ich muss dir etwas über mein Zuhause sagen«, eröffnete Hector und schaute dabei geradeaus, sichtlich auf den Verkehr konzentriert. »Ich lebe nicht in einem noblen Viertel.«

»Das weiß ich.«

»Dein Zuhause ist wunderschön, Lillie.«

»Hector, willst du mir damit sagen, dass du dich für dein Zuhause schämst?«

»Nein, das tue ich nicht.«

»Dann entschuldige dich bitte nicht dafür.«

»Du hast dich für deines entschuldigt, weißt du noch?«

Das stimmte. Sie hatte befürchtet, wenn Hector ihr luxuriöses Haus sah, würde ihm klar werden, dass Welten zwischen ihrer und seiner finanziellen Situation lagen, und er würde den Mut verlieren. Sie hatte sich geirrt. Er ließ sich nicht leicht einschüchtern. Jedenfalls hatte sie das geglaubt, bis er auf sich selbst zu sprechen kam.

»Die Leute werden womöglich über uns reden, Lillie. Rita weiß jedenfalls, dass wir uns regelmäßig treffen, und sie unterstützt mich sehr darin.«

»Bei meiner Tochter sieht es genauso aus.« Lillian erwähnte nicht, dass sie sich zunächst heftig gestritten hatten und dass diesem Streit ein paar sehr schmerzliche Tage gefolgt waren.

»Meinen Söhnen habe ich noch nichts von dir erzählt.«

»Oh?«

»Sie haben womöglich nicht so viel Verständnis wie Rita.«

Lillie warf ihm einen Blick zu. »Würde ihre Meinung denn etwas ändern?«

Er antwortete nicht sofort. »Ich würde dir gern sagen, dass dem nicht so ist. Tatsache ist aber, dass ich es nicht weiß. Meine Familie ist mir wichtig, und ich vertraue darauf, dass meine Kinder mich so sehr lieben, dass sie mich glücklich sehen wollen. Und du, Lillie, machst mich glücklich.«

»Ach, Hector.« Seine Aufrichtigkeit berührte sie tief. »Du machst mich auch glücklich«, flüsterte sie.

Hector griff nach ihrer Hand.

Beim Einbiegen in die Walnut Street wusste Lillie sofort, welches Haus seines war. Der Vorgarten war wunderschön gepflegt, die Blumenbeete erstrahlten in bunter Farbenpracht. Als er tatsächlich in die Einfahrt zu dem Haus einbog, das sie für seines hielt, gratulierte sie sich innerlich dazu, richtig geraten zu haben.

Hector half ihr beim Aussteigen und führte sie zur Eingangstür des weiß gestrichenen zweistöckigen Hauses. Im Inneren fielen ihr sofort die vielen Familienbilder auf. Sie bedeckten die Wände und standen auf dem Klavier. Die Wand neben der Treppe bildete eine weitere Fotogalerie. Lillies Blick wanderte zu einem Porträt von Hector und seiner verstorbenen Frau. Angelina, auf dem Bild um die fünfzig, war eine schlanke, elegante Frau.

»Das sind meine Kinder«, sagte er und deutete auf Collegeabschlussfotos von seiner Tochter und seinen beiden Söhnen. »Das ist Manuel.« Damit tippte er auf das Foto seines Ältesten.

»Der Rechtsanwalt«, murmelte Lillie. Der junge Mann in Kappe und Talar, der stolz sein Diplom in die Höhe hielt, blickte ernst und entschlossen in die Kamera. Lillie konnte sich gut vorstellen, wie er im Gerichtssaal seinen Gegner bezwang.

»Luis«, fuhr Hector fort und tippte auf das nächste Foto.

»Der Arzt.« Anders als der seines Bruders war Luis' Blick sanft. Seine Augen erinnerten sie an Hector. »Er sieht dir am ähnlichsten.«

»Ja. Angelina und ich haben immer gewusst, dass er eines Tages im Gesundheitssektor arbeiten würde. Schon als kleiner Junge wollte er jedem helfen, der Schmerzen hatte.«

Ja, dieser Sohn war seinem Vater am ähnlichsten.

»Und Rita«, wandte Hector sich dem nächsten Foto zu.

Seine Tochter war eine wahre Schönheit, die ihrer Mutter ähnlich sah. In ihrem Lächeln lag eine bezaubernde Wärme.

»Sie ist entzückend«, flüsterte Lillie. »Und als Lehrerin bestimmt sehr beliebt.«

Aus der Küche wehte verführerischer Duft in den Flur, und plötzlich merkte Lilly, dass sie einen Bärenhunger hatte. Sie riss ihren Blick von den Fotos los und sah, dass Hector den Esstisch mit seinem besten Service gedeckt hatte. Ein kleines Blumengesteck in der Mitte des Tisches vervollständigte das Bild.

»Was gibt es zum Essen?«, fragte sie.

»Wirst du schon sehen.« Er geleitete sie in das Esszimmer.

»Was kann ich tun?«

»Nichts. Du bist mein Gast.«

»Hector, ich *möchte* gern helfen.«

Nach einigem Zögern gab er nach. »Wenn du darauf bestehst. Du kannst das Brot schneiden.«

»Du hast mir immer noch nicht gesagt, was du servieren willst.«

»Ein klassisches mexikanisches Gericht«, neckte er sie, öffnete eine Schublade und holte ein Brotmesser hervor. »Nein, Spaghetti. Das Rezept habe ich von meiner Tochter. Sie war sogar mit mir einkaufen und hat die richtigen Zutaten ausgesucht.«

»Du hättest dir nicht so viel Mühe machen müssen«, wehrte Lillie ab, obwohl sie sich geschmeichelt fühlte. »Wir könnten auch Kartoffelchips essen, und sie würden mir schmecken wie ein Gourmetdinner, weil ich hier bei dir bin.«

Hector grinste und trat einen Schritt näher. »Ich bin lange Zeit sehr allein gewesen«, sagte er leise.

Lillie war die meiste Zeit ihrer Ehe allein. »Ich auch.«

Einen winzigen Moment lang schien es, als wollte er sie küssen. Ihren ersten Kuss hatten sie an jenem Abend ausgetauscht, an dem sie den Vortrag zu Frida Kahlo im Kunstmuseum besucht hatten. Er hatte sie anschließend nach Hause gebracht. Die Einladung zu einer Tasse Kaffee hatte er ausgeschlagen, sie aber bis an die Tür begleitet. Es war ein etwas heikler Moment, sie hatten beide nicht recht gewusst, wie sie sich verhalten sollten. Dann, als wären sie schweigend zu dem Einverständnis gelangt, beugten sie sich beide vor und küssten sich. Lillie wollte das liebend gern noch einmal spüren. Der Kuss war höflich, schon beinahe keusch, aber dennoch sehr befriedigend …

»Ich lasse nur schnell noch einmal die Sauce aufkochen«, sagte er und schwenkte einen großen Holzlöffel.

»Hector?« Lillie holte tief Luft, bevor sie weitersprach.

Wie sie seinen Namen ausgesprochen hatte, ließ ihn innehalten. Offenbar bemerkte er, dass sie etwas Wichtiges zu sagen hatte.

»Ja?«

»Ich möchte, dass du weißt …«

»Ja, Lillie?«

»Wenn dir danach ist, hoffe ich, dass du mich wieder küsst.« Sie wollte nicht, dass er sich darüber Gedanken – oder gar Sorgen – machte, wie sie reagieren würde.

»Danke.« Seine Augen funkelten vergnügt. »Das werde ich mir merken.«

Sie nahm das Brotmesser an sich, schnitt sorgfältig das Baguette auf und arrangierte die Scheiben auf einem Servierteller.

Während die Sauce vor sich hin köchelte, ließ Hector die Spaghetti garen, goss sie ab und füllte sie in eine schöne handbemalte Keramikschüssel. Dann gab er die Sauce bolognese über die Pasta. Der Salat wartete bereits fertig angemacht im Kühlschrank, und Lillie stellte ihn zusammen mit dem Brot auf den Tisch.

Derweil öffnete Hector eine Flasche Rotwein. Auch den hatte Rita ihm empfohlen. Anschließend rückte er ihr einen Stuhl zurecht und setzte sich ihr gegenüber, sobald sie Platz genommen hatte.

Sie prosteten einander zu, ließen die Gläser klingen und begannen zu essen. Lillie stellte fest, dass Hector gern schärfer aß als sie. Für sie hatte er die Soße nur mild gewürzt und gab sich extra geschnittene Peperoni zu seinem Essen dazu. Wieder ein Beispiel dafür, wie aufmerksam er war.

Anfangs verlief ihre Unterhaltung etwas zögerlich, aber schon nach kurzer Zeit löste sich ihre Befangenheit, und sie fanden eine Menge Gesprächsthemen. In politischen Fragen waren sie sich weitgehend einig, und überraschenderweise hatten sie auch einige Gemeinsamkeiten in Filmen und Büchern, die ihnen gefielen. Hector schwärmte von seinen Enkeln, und sie erzählte Geschichten von ihren. Das Gespräch plätscherte ganz natürlich dahin, wanderte von einem Thema zum nächsten, während sie gemütlich Wein tranken. Hinterher half Lillie beim Abwasch, obwohl Hector protestierte. Die Füße taten ihr in ihren Schuhen mittlerweile weh, also zog sie sie aus, nahm sich ein Küchentuch und steckte es sich als improvisierte Schürze in den Hosenbund und bewegte sich ungezwungen und leichtfüßig durch die Küche.

Hector legte schwungvolle Musik aus den Siebzigern auf, und schon bald tanzten sie miteinander im Wohnzimmer, wirbelten zur Musik herum und lachten. Er küsste sie einmal, dann ein zweites Mal, und es fühlte sich so selbstverständlich und natürlich an wie das Atmen. Seine Berührung weckte in ihr den völlig unverständlichen Drang zu weinen, und weil sie nicht wollte, dass er sah, welche Wirkung seine Küsse auf sie hatten, lehnte sie ihr Gesicht an seine Schulter.

Mit dem nächsten Lied löste Hector sich von ihr, und sie machten sich erneut daran, die Küche wieder auf Vordermann zu bringen. Die ganze Zeit tänzelten sie umeinander herum.

Er war drauf und dran, sie noch einmal zu küssen, als sie hörten, wie die Hintertür geöffnet wurde, und plötzlich stand Manuel im Zimmer. Lillie erkannte ihn von den Fotos im Flur wieder. »Dad, kannst du mir dein …« Abrupt unterbrach er sich. »Dad!«, rief er scharf, um sich trotz der Musik Gehör zu verschaffen.

Instinktiv trat Lillie näher an Hector heran. Der beugte sich zum CD-Player auf der Arbeitsplatte hinüber und schaltete die Musik aus. Die plötzliche Stille wirkte beinahe wie ein Schock.

Hector straffte sich und legte Lillie einen Arm um die Taille. »Mein Sohn, das ist meine Freundin Lillie Higgins. Lillie, das ist Manuel.«

Manuel nickte ihr höflich zu, wandte sich aber an seinen Vater. »Ich wusste gar nicht, dass du eine Freundin hast.«

»Ihr Vater hat mir eine Menge über Sie erzählt«, sagte Lillie, plötzlich schuldbewusst, ohne zu wissen, warum.

»Komisch, dass er kein Wort über Sie verloren hat«, erwiderte Manuel kalt.

Hector legte Lillie eine Hand auf die Schulter. »Entschuldige mich bitte«, sagte er sanft. »Ich möchte unter vier Augen mit meinem Sohn reden.« Damit komplimentierte er Manuel aus der Küche.

Sie nickte und wischte die Arbeitsplatte zu Ende. Dann spülte sie den Lappen, wrang ihn aus, hängte ihn über den Wasserhahn und nahm ihre provisorische Schürze ab. Sie schlüpfte wieder in ihre Schuhe, blieb in der Küche stehen und wartete auf Hector.

Manuel verließ das Haus wieder, ohne noch einmal mit Lillie zu reden, und sie sah es dem Ausdruck in Hectors Augen an, dass das Gespräch zwischen Vater und Sohn nicht gut verlaufen war. »Es tut mir leid«, flüsterte sie und ließ sich von ihm in die Arme nehmen.

»Ich bin derjenige, der um Verzeihung bitten muss«, murmelte er und zog sie an sich. »Mein Sohn hat sich unverzeihlich unhöflich benommen.«

»Was hat er gesagt?«

Hector schüttelte den Kopf, offensichtlich nicht bereit zu wiederholen, wie sein Sohn seine Ablehnung formuliert hatte. Lillie schloss die Augen. Ihr fiel wieder ein, wie Barbie spontan reagiert hatte, als sie ihr erzählte, sie habe Interesse für einen Mann entwickelt, der in einem Autohaus arbeitete.

»Gib ihm Zeit, sich an die Vorstellung zu gewöhnen«, riet sie.

»Wahrscheinlich ist das am besten.«

Wenig später machten sie sich auf den Weg zu Lillie nach Hause. Sie waren beide sehr still während der Fahrt. Trotzdem brachte Hector sie bis zur Tür und gab ihr noch einen Abschiedskuss. Sie bedankte sich für das Abendessen, und schon fuhr er wieder davon. Erst als sie die Tür hinter sich schloss, wurde ihr bewusst, dass er sie nicht um ein Wiedersehen gebeten hatte.

Übelkeit stieg in ihr auf.

Dies war das Ende, dessen war sie sich sicher. Seine Kinder und deren Ansichten waren Hector wichtiger als sein eigenes Glück. Selbst wenn er hin- und hergerissen war – dass er das war, wusste sie –, würde er lieber seinen Kindern Zugeständnisse machen, als für die Beziehung mit ihr zu kämpfen.

Weder am nächsten noch am übernächsten Tag hörte sie von ihm. Da beschloss Lillie, das Ganze so schmerzlos wie möglich für sie beide zu beenden. Sie schrieb ihm einen Brief.

Eigentlich hatte sie nur eine kurze Mitteilung schreiben wollen, aber als sie fertig war, lagen drei eng beschriebene Seiten vor ihr. Sie erzählte von ihrer Liste der zwanzig Wünsche und sagte, einer der Wünsche habe darin bestanden, einen ehrenhaften Mann kennenzulernen, und dass sie genau diesen Mann in ihm gefunden hatte.

Im letzten Absatz erklärte sie, dass sie seine Beziehung zu seinen Kindern nicht gefährden wollte und deshalb zu dem Schluss gelangt war, dass es wohl das Beste war, wenn sie sich nicht mehr wiedersahen.

Tränen standen ihr in den Augen, als sie den Brief im Postamt einwarf. Dann rief sie Barbie an, und nach einem kurzen Telefonat mit ihr buchte Lillie eine Reise an die Küste.

29. Kapitel

Anne Marie hatte Glück und ergatterte einen Parkplatz an der Woodrow-Wilson-Grundschule. Sie kam zu ihrem Lunch-Paten-Termin und hatte Baxter mitgebracht.

Am Tag zuvor hatte ihr Ellen am Telefon gestanden, wie sehr sie ihren Hundefreund vermisste.

Dass Baxter heute mitkam, war eine Überraschung, und Anne Marie konnte kaum erwarten, das Kind vor Freude strahlen zu sehen.

Ellen hatte sich schnell wieder bei ihrer Großmutter eingelebt. Anne Marie wünschte, sie könnte von sich behaupten, die Trennung von Ellen sei ihr ebenso leichtgefallen, aber die Wohnung war ohne Ellen nicht mehr dieselbe. Sie kam ihr immer noch zu still und zu leer vor. Und für ihr Leben galt das Gleiche. Das Kind hatte eine verwundbare Stelle in ihrem Herzen gefunden, und Anne Marie hatte erkannt, wie sehr sie sich nach Liebe sehnte. Sie wollte Liebe geben und selbst empfangen.

Natürlich stand sie in regelmäßigem Kontakt mit Ellen, und das sollte auch so bleiben. Für Samstag hatten sie bereits einen Ausflug zum Woodland-Park-Zoo geplant. Sie freute sich darauf und wusste, dass es Ellen genauso ging. Dolores brauchte die Erholungspause und schien Anne Maries Interesse an dem Mädchen sehr zu schätzen.

Ellens Großmutter hatte Mitgefühl verdient. Sie gab sich selbst die Schuld dafür, was aus ihren beiden Töchtern geworden war, und jetzt gab sie all die Liebe, die sie aufbringen konnte, ihrer einzigen Enkelin. Dolores lebte für Ellen. Nachdem sie aus dem Krankenhaus entlassen worden war, hatte sie Anne Marie erzählt, dass sie über ein Jahr nach Ellen hatte suchen müssen. Als sie endlich herausgefunden hatte, dass das Kind in einer Pflegefamilie in Kalifornien lebte, hatte es noch fast ein weiteres Jahr gedauert, bis das Jugendamt zugestimmt hatte, ihr das Sorgerecht für das kleine Mädchen zu übertragen. Ellen lebte jetzt seit drei Jahren bei ihrer Großmutter, und die ältere Frau bot ihr die Sicherheit und Geborgenheit, die das Kind so dringend brauchte.

Als Anne Marie mit Baxter an der Leine das Schulgelände betrat, sah sie Helen Mayer, die Schulpsychologin, auf sie zueilen.

»Ich kann Ihnen gar nicht sagen, wie froh ich bin, dass Sie hier sind«, begrüßte Helen sie. »Die Frau, die meinen Anruf im Buchladen entgegengenommen hat, sagte, Sie seien schon auf dem Weg.«

»Stimmt irgendwas nicht? Geht es Ellen gut?«

»Bitte, kommen Sie mit in mein Büro.«

Panik machte sich in Anne Marie breit. Sie nahm Baxter auf den Arm und folgte Helen in das Gebäude. Sie konnte sich nicht vorstellen, was geschehen sein mochte, hatte aber das sichere Gefühl, dass es etwas Schlimmes war.

Ms. Mayer wartete, bis Anne Marie ihr ins Büro gefolgt war, schloss dann die Tür, ging langsam zu ihrem Schreibtisch, setzte sich und blickte Anne Marie an.

Vor Anspannung verkrampfte sich Anne Marie der Magen, als sie sich auf einem Stuhl niederließ. »Was ist los?«, fragte sie und setzte Baxter auf den Boden neben ihren Füßen.

»Wir wurden heute Morgen informiert, dass Dolores Falk irgendwann in der letzten Nacht gestorben ist.«

Anne Marie schnappte nach Luft und schlug erschrocken die Hand vor den Mund. »Hat … hat Ellen sie gefunden?«

»Anscheinend hat Ellen verschlafen, weil ihre Großmutter sie nicht geweckt hat. Soweit ich erfahren habe, hat sie sich selbst Frühstück gemacht und entschieden, ihre Großmutter schlafen zu lassen. Auf dem Weg zur Schule traf sie eine Nachbarin, die nach Dolores fragte. Ellen erklärte, dass ihre Großmutter sich nicht wohlfühlte und noch im Bett lag. Etwas später wollte die Nachbarin nach ihr sehen, und als sie Dolores nicht wecken konnte, rief sie den Notarzt.«

So war dem Kind wenigstens das Trauma erspart geblieben, selbst die Leiche zu finden. Anne Marie dankte Gott dafür. Aber das bedeutete vermutlich auch, dass Ellen noch nicht Bescheid wusste.

»Ist sie hier?« Anne Marie wusste, wie hart diese Nachricht Ellen treffen würde. Aber obwohl sie Angst davor hatte, es ihr zu sagen, war sie wohl am ehesten die Person, die das übernehmen sollte. Arme Ellen.

»Leider nein«, sagte Helen Mayer.

Anne Marie registrierte die Antwort der anderen Frau gar nicht. »Ich werde mich darum kümmern. Ich hole ihre Sachen und nehme sie mit zu mir nach Hause.« Ob Dolores wohl Vorkehrungen für ihre Beerdigung getroffen hatte? Das musste sie in Erfahrung bringen.

Durch Roberts Beerdigung hatte Anne Marie ein wenig Erfahrung in solchen Dingen. Die Mitarbeiter im Beerdigungsinstitut hatten sich freundlich und respektvoll verhalten. Anne Marie wollte ihnen gern auch die Beerdigung für Dolores überlassen, wenn das möglich war.

»Ich glaube, Sie haben mich nicht gehört«, sagte die andere Frau. »Ellen ist nicht in der Schule.«

Anne Marie starrte sie verständnislos an. »Wo ist sie dann?«

Helen Mayer legte ihre Hände auf den Schreibtisch und

beugte sich vor. »Vor etwa einer Stunde hat jemand vom Jugendamt sie abgeholt.«

Das ergab keinen Sinn. »Was? Was meinen Sie damit, dass jemand sie abgeholt hat?«

»Ich meine, es kam jemand in die Schule, informierte uns, dass Ellens Großmutter gestorben sei und jetzt ein Zuhause für Ellen gefunden werden musste.«

»Aber ...«

Helen Mayer zuckte hilflos mit den Schultern. »Die einzigen Verwandten, die Ellen hat, sind ihre Mutter, die all ihre elterlichen Rechte aufgegeben hat, und ihre Tante, die offenbar im Gefängnis sitzt.«

Anne Marie war wohl bewusst, dass Ellen sonst niemanden hatte. Das war schließlich der Grund, warum sie das Kind zu sich genommen hatte, während Dolores im Krankenhaus lag.

»Sie ist in eine Pflegefamilie gebracht worden.«

Anne Marie konnte es nicht glauben. »So schnell?«

»Ja. Mir ist klar, dass das ein Schock für Sie ist. Ich habe versucht, Sie zu erreichen, aber Ihr Handy war ausgeschaltet. Die Frau im Buchladen sagte, Sie würden bald hier sein.«

Anne Marie war völlig durcheinander, aber sie musste jetzt an Ellen denken. Das Kind hatte sicher große Angst. Sie musste es zu sich holen und ihm versichern, dass alles gut werden würde. »Ich habe den Namen der Sozialarbeiterin, die sich um sie kümmert. Sie hat mir ihre Visitenkarte dagelassen.«

»Was werden Sie jetzt tun?«, fragte Helen.

»Ich hole Ellen zu mir zurück.« Das stand völlig außer Frage.

Die Psychologin seufzte erleichtert. »Ich bin so froh, das zu hören.«

Anne Marie war bereits auf den Beinen, bereit, sofort alles Nötige zu unternehmen. Auf der Fahrt zurück zum Buchladen brach sie mindestens ein halbes Dutzend Verkehrsregeln, so eilig hatte sie es. Sie konnte nur beten, dass sie die Visitenkarte der Sozialarbeiterin nicht weggeworfen hatte. Aufgeregt, wie sie war, fiel ihr nicht einmal der Name der Frau ein.

Mit Baxter auf den Fersen rannte sie die Treppe hinauf und blieb mit klopfendem Herzen mitten in der Küche stehen, um zu überlegen, wo sie die Visitenkarte der Frau gelassen hatte.

Plötzlich fiel es ihr wieder ein. Sie rannte in ihr Schlafzimmer und riss die oberste Schublade ihres Nachtschränkchens auf. Ja – da lag sie, und die Frau hieß Evelyn Boyle. Anne Marie ließ sich auf ihr Bett fallen und griff sich das Telefon.

Ihre Hand zitterte beim Eingeben der Nummer. Sie lauschte einer Computerstimme, die die Nummer der Nebenstelle verlangte, und gab sie ein. Fünfmal klingelte das Telefon am anderen Ende der Leitung, bevor sich ein Anrufbeantworter meldete.

»Hier ist Anne Marie Roche«, sprach sie auf Band. »Ich rufe wegen Ellen Falk an. Bitte melden Sie sich so schnell wie möglich bei mir.« Sie nannte drei Telefonnummern – Festnetz zu Hause, im Buchladen und ihre Handynummer –, weil sie fürchtete, die Frau könnte zu schnell aufgeben, wenn sie sie nicht auf Anhieb erreichte.

Dann wartete sie. Das Warten war kaum zu ertragen.

Sie wanderte in der Wohnung auf und ab, räumte Schubladen auf, wanderte wieder auf und ab. Als sie es schließlich gar nicht mehr aushielt, fuhr sie zu Dolores Falks Haus. Die Tür war abgeschlossen. Die Nachbarin, die Dolores gefunden hatte, sagte ihr, die Leiche sei bereits abgeholt worden. Niemand wusste etwas über Ellen oder wo sie sein könnte. Anne Marie gab auch dieser Frau ihre Telefonnummern, damit sie anrufen konnte, sowie sie irgendetwas erfuhr.

Als ihr Handy schließlich klingelte, war es schon nach vier, und Anne Marie zerrte es so hastig aus ihrer Handtasche, dass es ihr fast aus der Hand gerutscht und hinuntergefallen wäre.

»Anne Marie Roche hier«, sagte sie, und ihre Worte überstürzten sich fast.

»Anne Marie, hier ist Evelyn Boyle. Sie haben um Rückruf gebeten.«

»Wo ist Ellen?«, rief sie. Das Kind musste inzwischen panisch vor Angst sein. Anne Marie stand selbst kurz vor einer Panik. Ellen brauchte sie, und sie musste bei Ellen sein.

»Es ist bedauerlich, aber ich konnte sie nur vorläufig in einer Pflegefamilie unterbringen. Das ist nur für kurze Zeit, bis ich eine dauerhafte Unterbringung für sie finden kann.«

»Ich nehme sie«, sprudelte Anne Marie hervor. »Bringen Sie sie zu mir.«

»Ich wünschte, ich könnte. Erinnern Sie sich? Als ich Sie in Ihrem Buchladen besucht habe, habe ich Ihnen vorgeschlagen, sich um eine Lizenz als Ellens Pflegemutter zu bemühen. Ich habe danach nichts mehr von Ihnen gehört.«

Anne Marie hätte sich dafür jetzt am liebsten geohrfeigt. Wenn sie in der Lage gewesen wäre, die Zukunft vorherzusehen, hätte sie natürlich noch am selben Tag die Formulare ausgefüllt und abgeschickt. Aber woher hätte sie das wissen sollen? Es schien Dolores so gut zu gehen.

»Ich habe Dolores Falk versprochen, dass Ellen nie wieder in eine Pflegefamilie muss. Was kann ich jetzt tun? Wie lange wird es dauern, bis ich die Lizenz bekomme?« Sie fürchtete, die Formalitäten könnten sich über Monate hinziehen. Bis dahin war Ellen vielleicht schon etliche Male von einer Pflegefamilie in die nächste geschoben worden. Ms. Boyle hatte ja gesagt, die jetzige Lösung sei nur vorübergehend. Das hieß, schon bald würde Ellen woanders untergebracht werden.

Ihr fiel wieder ein, was Dolores Falk ihr erzählt hatte: dass es ein Jahr gedauert hatte, Ellen überhaupt zu finden, nachdem sie erfahren hatte, dass sie eine Enkeltochter hatte. Natürlich wusste sie nicht, wie viel dieser Zeit dafür draufgegangen war, in anderen Bundesstaaten nach Ellen zu suchen.

»Eine Überprüfung Ihres Hintergrundes können wir in vierundzwanzig Stunden über die Bühne bringen.«

»Dann kann Ellen kommen und bei mir leben?«

»Ja. Wir wollen, was am besten für Ellen ist, und ich glaube, am besten sind Sie.«

Die Erleichterung war so groß, dass ihr die Tränen in die Augen schossen. »Danke. Danke.«

Die Sozialarbeiterin erläuterte das Verfahren. Anne Marie bemühte sich, aufmerksam zuzuhören, aber ihre Gedanken schweiften immer wieder in alle möglichen Richtungen ab. Eine Sache bekam sie allerdings mit: Man würde sich ihr Zuhause anschauen, der Termin dafür stand noch nicht fest. Die Wohnung, winzig, wie sie war, kam ihr kaum geeignet vor. Das würde bedeuten, dass sie schnellstmöglich umziehen müsste. Anne Marie war es egal. Sie würde tun, was immer notwendig war.

»Wenn alles in Ordnung ist, kann ich Ellen schon morgen Nachmittag irgendwann zu Ihnen bringen.«

Anne Marie versuchte sich zu erinnern, ob es schwarze Flecken in ihrem Führungszeugnis gab. Sie hatte einmal eine Verwarnung wegen zu schnellen Fahrens bekommen, aber glücklicherweise sonst nichts wirklich Wichtiges.

Den ganzen nächsten Tag wartete sie. Die Anspannung war beinahe unerträglich. Sie hinterließ drei Nachrichten für Evelyn Boyle auf deren Anrufbeantworter, um sicherzugehen, dass es keine Probleme mit ihrem Führungszeugnis gab. Die Sozialarbeiterin rief nicht zurück.

Hätte Anne Marie gewusst, wo Ellen untergebracht war, wäre sie dorthin gefahren und hätte vor dem Haus geparkt.

Als sie am Donnerstagnachmittag um fünf immer noch nichts gehört hatte, war sie sicher, dass etwas schiefgegangen war. Den ganzen Tag hatte sie nichts zuwege gebracht, weil sie viel zu nervös und schreckhaft gewesen war, um sich zu konzentrieren.

Gerade wollte sie verzweifelt aufgeben, als die Tür des Buchladens geöffnet wurde und Evelyn Boyle eintrat, Ellen an ihrer Seite.

Ellen schaute Anne Marie an, brach in Tränen aus und rannte auf sie zu.

Anne Marie fiel auf die Knie und empfing sie mit offenen Armen.

Die Tränen liefen ihnen beiden über die Wangen, als sie sich aneinander klammerten. »Du hast es versprochen, du hast es versprochen«, schluchzte Ellen an ihrer Schulter. »Du hast gesagt … du hast gesagt …«

»Es ist schon gut«, flüsterte Anne Marie und strich Ellen übers Haar. »Jetzt bist du hier, und niemand wird dich mir wegnehmen.«

Ellen schniefte. »Grandma Dolores ist zu Jesus gegangen.«

»Ich weiß.«

»Ich habe niemanden, der mich liebt.«

»Ich liebe dich, Ellen«, flüsterte Anne Marie, während ihr Tränen übers Gesicht liefen. »Ab sofort bist du mein kleines Mädchen.«

»Ich kann bei dir leben?«

Anne Marie brachte kein Wort mehr hervor, sie nickte nur.

»Ich muss nicht zurück in die Pflegefamilie?«

»Nein, nie wieder.«

Immer noch schluchzend, schlang Ellen ihre Arme noch fester um Anne Maries Nacken. »Jeder, den ich liebe, verlässt mich.«

»Jetzt nicht mehr, Ellen. Nicht, wenn ich es verhindern kann.«

»Ich hatte meine Mommy lieb, und sie ... sie hat schlimme Dinge getan und mich verlassen. Und dann ist Grandma Dolores gestorben. Und dann hast du mich alleingelassen.«

»Ich habe dich nicht alleingelassen«, widersprach Anne Marie. »Ich würde dich niemals im Stich lassen.«

Sie hielten sich aneinander fest, bis Baxter am Fuß der Treppe zu bellen begann. Anne Marie ließ Ellen los, und die rannte zur Tür und öffnete sie. Der Hund führte einen Freudentanz auf, als er seine Freundin erblickte.

Anne Marie wischte sich die Tränen weg und stand auf. Erst jetzt sah sie, dass Evelyn sie beobachtete.

»Ich glaube, wir haben ein gutes Zuhause für Ellen gefunden«, sagte sie, und ihre Augen glänzten verräterisch feucht.

Anne Marie wollte auf keinen Fall noch einmal einen Fehler machen. »Ich habe entschieden, dass ich nicht Ellens Pflegemutter sein möchte.«

Die andere Frau starrte sie zutiefst schockiert an. »Wie bitte?«

»Ich möchte sie adoptieren«, fuhr Anne Marie fort. »Ich möchte, dass Ellen vor dem Gesetz meine Tochter wird.« Soweit es sie anging, war sie das jetzt schon. Es wurde Zeit, das offiziell zu besiegeln.

30. Kapitel

»Mom«, sagte Anne Marie leise ins Telefon. Es war Montagabend, schon spät, und Ellen war gerade ins Bett gegangen. Das arme Kind schlief immer noch sehr schlecht. Deshalb wollte Anne Marie es keinesfalls wecken. Seitdem Dolores gestorben war, war noch keine Nacht vergangen, in der Ellen nicht irgendwann im Laufe der Nacht zu Anne Marie unter die Decke geschlüpft war und sich in den Schlaf geweint hatte. Sie hatte schon wieder einen schweren Verlust erlitten. Dass man sie aus dem Unterricht geholt, ihr den Tod der Großmutter mitgeteilt und sie umgehend zu einer Pflegefamilie gebracht hatte, war alles andere als hilfreich.

»Anne Marie?«, meldete ihre Mutter sich schlaftrunken. »Du liebe Güte, ich habe seit Wochen nichts mehr von dir gehört. Stimmt irgendwas nicht? Muss ja, wenn du mich so spät noch anrufst.«

»Ich hätte dich früher anrufen sollen.« Aber sie war vollauf damit beschäftigt, sich um die Beerdigung zu kümmern und für Ellen da zu sein. Tatsache war aber auch, dass es ihr gar nicht früher in den Sinn gekommen war, ihre Mutter anzurufen.

Selbst jetzt zögerte sie noch. Sie fürchtete sich ein wenig vor der Reaktion ihrer Mutter, wenn diese erfuhr, dass Anne Marie beschlossen hatte, Ellen zu adoptieren. Ihre Mutter hatte damals schon sehr deutlich ihr Missfallen ausgedrückt, als Anne Marie Robert heiraten wollte. Ebenso sehr hatte sie ihr davon abgeraten, den Buchladen zu kaufen. Laura war alles andere als risikofreudig, und sie war davon überzeugt, dass Anne Marie mit dem Laden ihre Ersparnisse zum Fenster hinauswarf. Sie glaubte ganz allgemein, es sei besser, vorsichtig und konventionell zu leben, auch wenn sie das sicher nicht so ausgedrückt hätte.

Trotz früherer Reaktionen ihrer Mutter musste Anne Marie mit ihr darüber reden. Vielleicht lag einer der Gründe dafür darin, dass sie selbst Mutter werden würde …

Wahrscheinlich war es am besten, einfach mit der Neuigkeit herauszuplatzen. »Ich dachte, ich sollte dir sagen, dass du demnächst Großmutter wirst.«

Angespanntes Schweigen herrschte nach dieser Eröffnung in der Leitung.

»Du bist … schwanger?« Wieder einmal war unüberhörbar, was Laura Bostwick davon hielt: absolut nichts. »Ich weiß, dass du dir ein Baby wünschst, Anne Marie, aber ich glaube, du hast keine Ahnung, wie das Leben als alleinstehende Mutter wirklich ist. Ach je …«

»Es ist nicht … ich bin nicht …« Anne Marie bekam keine Gelegenheit, etwas zu erklären, bevor ihre Mutter ihr ins Wort fiel.

»Wer ist der Vater, wenn ich fragen darf? Nein, sag's mir nicht. Offensichtlich gibt es da ein Problem, denn sonst hättest du ihn geheiratet. Du hast doch nicht etwa heimlich geheiratet?«

»Nein, ich …«

»Ich brauche nichts weiter über den Mann zu wissen. Er ist verheiratet, nehme ich an?«

»Mom!«

»Tut mir leid, tut mir leid. Da sage ich, du brauchst es mir nicht zu sagen, und im nächsten Atemzug frage ich, ich dummes Ding. Es geht mich nichts an. Hmm, du bekommst also ein Kind. Wann ist der Geburtstermin?«

»Es ist ein bisschen komplizierter«, setzte Anne Marie zu einer Erklärung an.

»Um Himmels willen, du hast doch hoffentlich keine Dummheiten gemacht?«

»Was meinst du damit?« Anne Marie war verdattert.

»Künstliche Befruchtung meine ich. Ich habe beim Friseur davon gehört. Offenbar lassen sich viele Frauen auf künstliche Befruchtung ein, um schwanger zu werden. Sag bitte nicht, dass du in eine dieser Kinderwunschkliniken gegangen bist und …«

»Mutter! Ich *adoptiere* ein Kind.«

Damit gelang es ihr schließlich, ihre Mutter zum Schweigen zu bringen. Keinen Ton brachte sie heraus, so geschockt war sie.

»Erinnerst du dich noch an Ellen Falk?«

»An wen?«

»Ich habe dir erzählt, dass ich ihre Lunch-Patin bin. Du hast sie am Samstag vor dem St. Patrick's Day kennengelernt. Wir haben gemeinsam zu Mittag gegessen.« Das konnte ihre Mutter doch nicht vergessen haben.

Wieder herrschte Schweigen am anderen Ende der Leitung. »Lass sehen, ob ich das jetzt richtig verstanden habe«, sagte Laura dann. »Das Mädchen aus der zweiten Klasse, mit dem du einmal wöchentlich in der Schule zu Mittag isst, ist das Kind, das du adoptieren willst?« Ihre Mutter klang, als könnte sie es nicht glauben.

»Ja, Mom. Sie hat eine Zeit lang bei mir gewohnt, weißt du noch?«

»Nun, ja, und ich habe dir gesagt, dass ich es für reichlich unverschämt von der Großmutter gehalten habe, dich mitten in der Nacht anzurufen.«

»Dolores Falk ist tot.«

Diese Nachricht schien Laura zu erschüttern. »Ach … herrje. Wie furchtbar.«

»Ellen hat sonst niemanden«, erklärte Anne Marie.

»Du magst das Kind?«

»Ich liebe sie, als hätte ich sie selbst zur Welt gebracht«, gestand Anne Marie. »Ich habe schon mit der zuständigen Sozialarbeiterin gesprochen und darum gebeten, als Adoptivmutter in Erwägung gezogen zu werden.« Sie schloss die Augen, sicher, dass ihre Mutter versuchen würde, es ihr auszureden, so wie sie es mit jeder wichtigen Entscheidung getan hatte, die Anne Marie je getroffen hatte – ob es nun um die Wahl der weiterführenden Schule oder ihres Ehemannes ging.

»Oh, Anne Marie …«

Gleich würde es kommen.

»Ich finde das ganz wundervoll von dir.«

Ihr fiel der Unterkiefer so plötzlich und schwungvoll herab, dass Anne Marie überrascht war, ihn sich nicht ausgerenkt zu haben. »Du … bist der Meinung, ich tue das Richtige?«

»Mein liebes Mädchen, du bist alt genug, um selbst zu entscheiden, was du mit deinem Leben anfangen willst. Wenn dieses Kind dir so viel bedeutet, dann nimm es ruhig in die Familie auf.«

Soweit sich Anne Marie erinnern konnte, war das das erste Mal in ihrem Erwachsenenleben, dass ihre Mutter sie in einer ihrer Entscheidungen bestärkte. Sie verstand es nicht, konnte sich höchstens vorstellen, dass Ellen in der kurzen Zeit, die sie und ihre Mutter miteinander verbracht hatten, auch deren Herz erobert hatte.

»Es gibt doch hoffentlich keine rechtlichen Probleme?«, fragte Laura.

»Ich weiß nicht.« Evelyn Boyle musste Ellens Geburtsurkunde finden, um herauszufinden, wer als Vater eingetragen war. Dann musste zu ihm Kontakt aufgenommen und ihm Gelegenheit gegeben werden, seinen Willen diesbezüglich kundzutun.

Anne Marie war sich ziemlich sicher, dass Ellens biologischer Vater nicht einmal von der Existenz seiner Tochter wusste. Aber wenn Evelyn ihn ausfindig machen konnte, war es durchaus möglich, dass er sein Recht als Vater geltend machen würde. Dann würde Anne Marie nichts anderes übrig bleiben, als Ellen gehen zu lassen. Der Gedanke ließ Übelkeit in ihr aufsteigen.

»Was ist mit der leiblichen Mutter?«

»Sie hat vor drei Jahren, als Ellen von ihrer Großmutter aufgenommen wurde, alle Rechte an ihrer Tochter aufgegeben.«

»Heißt das, sie kann ihre Meinung nicht mehr ändern?«

»Dafür ist es zu spät. Außerdem, wenn Dolores nicht gewesen wäre, hätte man Ellen vielleicht schon vor Jahren zur Adoption freigegeben.«

»Oh.«

»Die Sozialarbeiterin hat mir Mut gemacht.« Der Umstand, dass Ellen schon bei Anne Marie lebte und dass die beiden sich so offensichtlich gut verstanden, war ein hoffnungsvolles Zeichen. Dennoch stand noch das Problem mit Ellens leiblichem Vater im Raum.

Plötzlich fiel Anne Marie etwas ein. »Die Wünsche.«

»Wie bitte? Murmel doch nicht immer etwas in dich hinein, Anne Marie. Wie oft habe ich dir das schon gesagt. Sprich deutlich.«

»Entschuldige, Mom. Ich habe nur laut gedacht.«

»Was war das eben mit Wünschen? Das hast du nämlich eben gesagt, oder? Für mich klang das jedenfalls wie *Wünsche*.«

»Ellen hat eine Wunschliste. Zwanzig Wünsche.« Anne

Marie dachte gar nicht daran, ihre eigene Liste oder die der anderen Witwen zu erwähnen. Ihre Mutter würde zweifellos nur darüber spotten oder das Ganze als kindisch abtun.

»Kinder tun so was«, meinte ihre Mutter und bestätigte damit ihre Vermutung. »Dem würde ich keine Bedeutung beimessen. Ich schätze, sie wünscht sich Mutter und Vater?«

»Nein, nein … nichts dergleichen.« Da sie sich zu einer Erklärung gedrungen fühlte, da sie das Thema angesprochen hatte, fuhr sie fort. »Ellen möchte ihren Vater kennenlernen.«

»Jedes Kind möchte das. Meines Erachtens ist sie ohne ihn besser dran.«

Vom Rest des Gesprächs bekam Anne Marie nicht mehr allzu viel mit, jedenfalls blieb nichts davon hängen. Kaum hatte sie aufgelegt, schlich sie in Ellens winziges Zimmer und betrachtete das schlafende Kind. Ellen hatte eine Hand ausgestreckt und dem Hund auf den Rücken gelegt, der sich eng an sie gekuschelt hatte. Die Ärmste war übermüdet und erschöpft und schien zu träumen.

Früher am Tag, irgendwann zwischen der Arbeit im Laden und der Versorgung von Ellen, hatte Anne Marie in der Schule angerufen. Sie hatte mit Helen Mayer gesprochen, die sich hörbar freute, als sie erfuhr, dass Anne Marie das Mädchen adoptieren wollte. Sie bot sogar an, eine persönliche Empfehlung zu schreiben, falls dies für die Adoption benötigt wurde.

Anne Marie fürchtete nur, so weit würde es womöglich gar nicht kommen.

Am Samstagmorgen, drei Tage nach Dolores' Tod, waren sie in dem Beerdigungsinstitut gewesen und hatten eine kleine private Trauerfeier arrangiert. Eine kurze Todesanzeige, aufgesetzt von Anne Marie, erschien in der Zeitung, und schließlich kamen am Sonntag etliche Nachbarn vorbei, um ihre Anteilnahme auszudrücken.

Das Haus war nur gemietet, und Anne Marie bekam Zeit bis Ende des Monats, um es auszuräumen, damit es neu vermietet werden konnte.

An diesem Nachmittag hatte schließlich die Beerdigung stattgefunden. Es waren nur Anne Marie, Ellen und einige wenige Freunde von Dolores da. Während des Trauergottesdienstes blieb Ellen an Anne Maries Seite. Sie weinte nicht, obwohl ihr mehrmals Tränen in die Augen schossen. Hinterher waren sie beide allein in Anne Maries Wohnung zurückgekehrt.

»Ich glaube, Grandma Dolores war bereit, zu Jesus zu gehen«, hatte Ellen ruhig gesagt und nach ihrer Stricktasche gegriffen. Das Stricken schien sie zu trösten.

»Warum glaubst du das?«

Sie hatte Anne Marie in die Augen geblickt und ernst gesagt: »Ich habe es in ihren Augen gesehen. Sie hat mir gesagt, sie sei müde.«

Anne Marie hatte in diesem Moment gedacht, ihr würde das Herz brechen.

Am Dienstag saßen Anne Marie und Ellen am späten Nachmittag in der Wohnung zusammen und planten einen Besuch in Dolores' Haus. Sie mussten aussortieren, was sie behalten und was sie fortgeben wollten. Da klingelte das Telefon. Cathy im Buchladen war dran. »Die Sozialarbeiterin ist hier. Sie möchte mit dir reden. Soll ich sie hochschicken?«

»Ja, bitte.« Evelyn Boyle hatte gesagt, sie würde gern an der Trauerfeier am Vortag teilnehmen, habe aber vorher einen Gerichtstermin und wisse nicht, wie lange das dauern würde.

Anne Marie wartete oben an der Treppe auf sie, nervös bis in die Fingerspitzen.

»Wie ist es gestern gelaufen?«, fragte Evelyn, als sie langsam die Stufen heraufkam.

»Es war sehr schön.« Viele Nachbarn von Dolores Falk waren da, und auch Helen Mayer aus der Schule war gekommen, dazu Lydia, Elise und Lillie. Dolores hatte darum gebeten, verbrannt zu werden; Anne Marie und Ellen würden später die Urne mit der Asche bekommen.

»Es tut mir sehr leid, dass ich nicht da sein konnte.«

Anne Marie biss sich auf die Lippen, dass es wehtat. »Haben Sie Neuigkeiten für mich?«

»Allerdings.« Obwohl erst im mittleren Alter, blieb die Frau auf dem Treppenabsatz stehen und legte die Hand auf ihr Herz. »Treppen sind Gottes Art, mir zu sagen, dass ich nicht jünger werde.«

Anne Marie musste sich gegen den Impuls wehren, sie bei den Schultern zu packen, zu schütteln und vehement zu fragen, was es denn nun Neues gab. »Kommen Sie bitte herein«, sagte sie und gab ihr Bestes, ihre Nervosität zu kaschieren.

Die Sozialarbeiterin betrat die Küche, wo Ellen strickend am Tisch saß und Anne Maries Notizen bezüglich Dolores Falks Hab und Gut verstreut lagen. »Meine Güte«, murmelte Evelyn, »wer hat dir so gut Stricken beigebracht?«

»Anne Marie«, sagte Ellen, ohne aufzuschauen. »Es tut mir leid, Ms. Boyle, aber ich kann jetzt nicht reden. Ich zähle Maschen.«

»Vielleicht setzt du dich lieber ins Wohnzimmer, damit Ms. Boyle und ich uns unterhalten können. Einverstanden?«, fragte Anne Marie.

»In Ordnung.« Ellen klemmte sich ihr Wollknäuel unter den Arm und wanderte mit ihrer Wolle und den Nadeln ins andere Zimmer, wo sie, wie Anne Marie hoffte, das Gespräch nicht mitanhören konnte.

Evelyn zog sich einen Küchenstuhl unter dem Tisch hervor und setzte sich, während Anne Marie die Notizblätter zusammenraffte und in einem losen Stapel beiseitelegte. Dann legte Evelyn ihre Aktentasche auf den Tisch und holte umständlich Ellens Akte heraus.

Anne Marie setzte sich ihr gegenüber und wartete.

»Ich habe eine Kopie von Ellens Geburtsurkunde auftreiben können, und ihr Vater ist …«

Anne Marie schlug das Herz bis zum Hals. Damit hatte sie nicht gerechnet. »Sie haben einen Namen?« Na schön, damit würde sie irgendwie fertigwerden. Egal, was geschah und was es sie kosten würde, Anne Marie würde einen Weg finden, engen Kontakt zu Ellen zu halten.

Evelyn zog die Brauen hoch. »Wenn Sie mich hätten ausreden lassen, dann wüssten Sie jetzt, was ich sagen wollte: Ellens Vater ist als unbekannt eingetragen.«

»Das bedeutet …« Anne Marie war viel zu aufgeregt, um die Frage zu Ende zu bringen.

»Das bedeutet, dass Sie, soweit es den Staat Washington betrifft, Ellen Falk adoptieren können und dürfen.«

»Danke«, flüsterte Anne Marie, während sich ihr die Kehle zuschnürte. »Vielen, vielen Dank.«

»Haben Sie Ellen schon irgendetwas gesagt?«

Anne Marie hatte es besser gefunden, das noch nicht zu tun, bevor es nicht ganz sicher war. »Noch nicht.«

»Dann tun wir das am besten jetzt.« Die Sozialarbeiterin rief nach der Achtjährigen. »Ellen, kommst du bitte mal zu uns in die Küche?«

Ellen folgte sofort und setzte sich auf den Stuhl neben Anne Marie.

»Hallo, Ellen.«

Das Kind musterte die Sozialarbeiterin misstrauisch. Anne Marie konnte ihr das nicht verübeln. Schließlich war es Evelyn Boyle, die sie aus dem Unterricht geholt und mit der Nachricht vom Tod ihrer Großmutter ihr ganzes Leben in Trümmer gelegt hatte.

In der Hoffnung, Ellen ein wenig Sicherheit zu vermitteln, beugte Anne Marie sich zu ihr hinüber und berührte sacht ihren Arm.

»Was hältst du davon, wenn Anne Marie deine Mutter würde?«, fragte Evelyn. »Würde dir das gefallen?«

Ellen antwortete nicht sofort. Dann wandte sie sich Anne Marie zu. »Würde ich dich Mom nennen?«

»Wenn du das möchtest. Du kannst mich auch weiterhin Anne Marie nennen. Ganz, wie du willst.«

»Könnte ich mich mit Cassie zum Spielen verabreden, wenn du meine Mom wärst?«

»Ja, natürlich.« Anne Marie erinnerte sich an den Tag, an dem das Schulkonzert stattgefunden hatte. Da hatte die Mutter von Ellens Freundin sie angesprochen, ob Verabredungen zum Spielen möglich wären.

Ellen wandte sich von Anne Marie ab und schaute die Sozialarbeiterin an. »Würde das bedeuten, dass mich nie wieder jemand wegholen kann?«

»Niemand, nie wieder«, versprach Anne Marie.

Ellen zuckte die Achseln. »Ich glaube, das wäre in Ordnung.«

»Du *glaubst*?«, fragte Anne Marie neckend. »Du glaubst?«

Ein strahlendes Lächeln überzog Ellens Gesicht. »Das würde mir ganz doll gefallen.«

»Mir auch«, erklärte Anne Marie.

Ellen hüpfte von ihrem Stuhl und schlang Anne Marie die Arme um den Nacken.

»Wundervoll«, flüsterte Evelyn. »Das ist einfach perfekt. Alles andere ist der Mühe wert für Fälle wie diesen.« Sie schlug erneut die Akte auf. »Ich habe sämtliche Formulare bei mir.

Ich muss Sie aber warnen, der ganze Vorgang wird etwa ein halbes Jahr in Anspruch nehmen.«

Anne Marie war es egal, wie lange es dauerte. Der Papierkram war nur eine Formalität.

Sie hatte ihre Tochter schon, und Ellen hatte ihre Mutter.

Nie wieder konnte sich etwas zwischen sie stellen.

31. Kapitel

»Verrat mir, wohin wir gehen«, sagte Mark, der in seinem Rollstuhl neben Barbie die 4th Avenue entlangrollte. Sie hatten das Fitnesscenter verlassen, und sie hatte ihn ziemlich bearbeiten müssen, bis er sich einverstanden erklärt hatte, mit ihr zu kommen. Sie wehrte sich dagegen, sich von seiner Laune den schönen Mainachmittag verderben zu lassen. Die Sonne schien, und sie war verliebt. Mark liebte sie auch, aber er war noch nicht bereit, das einzugestehen.

»Das ist ein Geheimnis. Aber vorher treffen wir uns mit Freunden von mir«, erläuterte sie. Er wusste das bereits und war einverstanden. »Hör auf zu nörgeln.«

Einen Moment war er still. »Vielleicht ist es dir noch nicht aufgefallen, aber mit den meisten Leuten habe ich ein Problem.«

»Ich verspreche, du wirst Anne Marie und Ellen mögen.«

»Wieso bist du dir da so sicher?«

»Mark, bitte, das haben wir doch schon etliche Male durchgekaut.« Es fiel ihr schwer, ein Lächeln zu unterdrücken.

»Du hast geschummelt«, grummelte Mark. »Du hast mich unter Vortäuschung falscher Tatsachen hierhergelockt. Mir erzählt, du hättest eine Überraschung für mich.«

»Ich *habe* eine Überraschung für dich«, erwiderte sie und ignorierte seinen Protest. »Außerdem: Abgemacht ist abgemacht.«

Mark wurde langsamer. »Ich mag ja im Rollstuhl sitzen, aber …«

»Dein Rollstuhl hat absolut nichts damit zu tun.« Sie hatten eine Abmachung getroffen, und sie würde schon dafür sorgen, dass er sich an seinen Teil der Abmachung hielt. Sie hatte ihm ein Abendessen versprochen und einen Abend nur zu zweit – nach dem Treffen mit ihren Freundinnen. Was sie ihm nicht erzählt hatte, war: Das Abendessen würde bei ihr zu Hause stattfinden.

»Du spielst nicht fair.«

»Spielt keine Rolle. Du warst einverstanden.«

»Darf ich dich daran erinnern, dass du zu dem Zeitpunkt deine Beine um meine Taille geschlungen hattest?«

»Ach, hatte ich das?« Sie war unglaublich gern zusammen mit Mark im Schwimmbad, vor allem wenn sie es für sich allein hatten. Dieses Glück hatten sie zwar nie länger als zehn bis fünfzehn Minuten nach einer Trainingseinheit und auch nicht jedes Mal, aber wenn ... Das Wasser schien ihn zu befreien und ermöglichte ihm, sein Verlangen nach ihr auf eine Weise zu zeigen, wie er das nie tun würde, wenn er im Rollstuhl saß. Im Wasser spielten sie miteinander, neckten sich, küssten sich, jagten sich. Ganz allmählich fielen die Mauern, die Mark gegen sie und die ganze Welt um sich herum errichtet hatte.

»Das sind zwei von deinen Freundinnen, die auch eine Liste mit zwanzig Wünschen haben, richtig?«

»Richtig. Anne Marie hat eine Liste, und ich glaube, auch Ellen hat eine.«

Mark war immer noch nicht zufriedengestellt. »Aber warum soll ich sie kennenlernen?«

Sie seufzte. »Brauchst du für alles einen Grund?«

»Ja! Ja, das tue ich«, erwiderte er, in sich hineinlachend. »So bin ich nun mal.«

»Ich verstehe nicht, warum du so einen Aufstand machst.«

»Okay, okay, aber sag mir wenigstens, wohin wir jetzt gehen.«

»Wenn du es unbedingt wissen willst …« Sie lächelte zu ihm hinunter. »Wir treffen die beiden in einem Burger King.« Schon seit einer ganzen Weile freute sie sich darauf, ihn Anne Marie vorzustellen.

Er runzelte die Stirn. »Ich esse kein Fast Food.«

Barbie wusste, dass Mark penibel auf seine Ernährung achtete. Er musste zum Beispiel vorsichtig sein, um sein Gewicht zu halten.

»Wir beide essen nicht dort. Ich koche uns ein Abendessen bei mir zu Hause.«

Die Falten auf seiner Stirn wurden noch tiefer. »Ich komme nicht in dein Haus hinein«, brummte er.

»Mark«, sagte sie und blieb stehen. »Würde ich dich wohl zu mir einladen, wenn du mit deinem Rollstuhl nicht ins Haus kommen könntest?«

Er musterte sie aufmerksam. »Du hast eine Rampe?«

Sie nickte.

Und sah den Schock in seinen Augen. »Du meinst es ernst mit uns. Du musst es ernst meinen, sonst würdest du dir nicht so viel Mühe machen.«

»Bist du jetzt fertig mit Streiten?« Sie setzte sich wieder in Bewegung und war schon ein paar Meter weiter, bevor ihr auffiel, dass er sich nicht gerührt hatte. »Kommst du jetzt oder nicht?«

Langsam schloss er zu ihr auf. »Du kannst einem Mann wirklich auf die Nerven gehen.«

»Freut mich, dass du das so siehst.« Die Freude, die sie durchtoste, hätte sie fast die Straße hinunter tanzen lassen.

Als sie den Burger King erreichten, hielt Barbie ihm die Tür auf. Kaum hatten sie das Restaurant betreten, hüpfte Ellen auf sie zu. »Barbie! Barbie ...« Sie hielt abrupt inne, als sie Mark entdeckte.

»Ellen, das ist mein Freund Mark.«

»Hallo«, sagte Ellen und reichte ihm feierlich die Hand. Mark schüttelte sie. »Ich hab dich schon mal gesehen.«

»Tatsächlich? Wo denn?«

»Bei der St. Patrick's Day Party im Freeway Park.«

»Habe ich dich auch gesehen?«

Ellen zuckte die Achseln. »Du hast Barbie beobachtet.«

Daran konnte Barbie sich nicht erinnern. »Hast du das?«

»Du hast nicht einmal zu den Sängern geschaut«, führte Ellen näher aus und musterte Mark. »Während der ganzen Show hast du immer nur Barbie angesehen.«

Mark rutschte unbehaglich auf seinem Stuhl hin und her. Zum Glück enthob Anne Marie ihn einer Antwort, indem sie zu den dreien trat.

»Sie müssen Mark sein«, sagte sie. »Barbie hat mir von Ihnen erzählt.«

»Hat sie das?« Er drehte sich um und schaute zu ihr hoch.

»Sie hat nur Schmeichelhaftes gesagt«, erklärte Anne Marie grinsend.

Das stimmt, dachte Barbie. Sie hatte nie ein Geheimnis daraus gemacht, was sie für Mark empfand.

»Wir sind fast fertig mit Essen.« Anne Marie führte sie an den Tisch, auf dem die Überreste ihrer Mahlzeit standen. Offenbar hatten sie Hamburger und Pommes bestellt.

»Anne Marie und ich haben uns für Karateunterricht angemeldet«, erklärte Ellen, sichtlich aufgeregt.

»Karate?«, fragte Barbie. »Wieso?«

»Steht auf meiner Liste.«

»Und ich bin zu dem Schluss gekommen, dass ich ebenso gut mitmachen kann«, fügte Anne Marie hinzu.

»Wir hatten schon eine Stunde. Wenn wir ausgetrunken haben, gehen wir direkt zur Karateschule.« Sie deutete auf einen Becher Schokomilch.

»Karate, so, so! Ich möchte keiner von euch allein in einer dunklen Seitenstraße begegnen«, meinte Mark neckend. »Ich kann es mir vorstellen. Ihr werdet mich warnen, indem ihr mir sagt, dass ihr zwei – ich wiederhole: zwei – Karatestunden hattet. Ich werde vor Angst zittern.«

Ellen kicherte.

Barbie merkte, dass auch Mark grinste. Er zeigte so selten Gefühle, und sie war froh, dass ihre Freundinnen ihm anscheinend sympathisch waren. Aber das hatte sie schließlich vorhergesagt.

Mark wandte sich an Anne Marie. »Du bist diejenige, die diese Geschichte mit den zwanzig Wünschen in die Welt gesetzt hat.«

»Vier von uns – allesamt Witwen – haben gemeinsam diese Idee ausgebrütet«, erwiderte Anne Marie.

»Hast du irgendwelche Wünsche?«, wollte Ellen wissen.

»Ja, habe ich. Mehrere.«

»Hast du eine Liste gemacht?«

»Nein, habe ich nicht, Ellen. Würdest du mir das empfehlen?«

»Oh ja«, gab das Mädchen ernsthaft zurück. »Es hilft, wenn man eine richtige Liste hat. Sonst vergisst man vielleicht, was man sich wünscht.«

»Das ist wahr«, gab Mark zu.

»Dein Herz muss deinen Kopf wissen lassen, was es will«, fügte das Kind hinzu.

»Du klingst sehr weise für dein Alter«, meinte Mark und runzelte die Stirn. »Von wem hast du das gelernt?«

»Von Anne Marie. Außerdem stimmt es. Ich wusste nicht

einmal, wie sehr ich mir eine Mom wünsche, bis ich es auf meine Liste geschrieben habe.«

»Du hast das aufgeschrieben?«, fragte Anne Marie, offensichtlich überrascht von dieser Eröffnung.

Ellen nickte und schlug die Augen nieder.

»Diesen Wunsch hast du mir nie gezeigt.«

»Ich weiß«, sagte die Kleine. »Ich habe mit Bleistift deinen Namen neben meinen Wunsch geschrieben, denn wenn ich mir meine Mom aussuchen könnte, dann würde ich dich haben wollen.«

Anne Marie nahm Ellen in den Arm. »Wenn ich mir ein kleines Mädchen aussuchen könnte, dann wärst du das.«

»Anne Marie wird Ellen adoptieren«, erklärte Barbie, damit Mark verstand, wovon die Rede war.

»Wir sollten uns jetzt beeilen.« Anne Marie lächelte. »Wie Ellen schon sagte, wir sind auf dem Weg zum Karateunterricht.«

»Karate Kid und Mom, Teil zwei«, witzelte Barbie.

»Danach treffen wir uns mit Melissa und helfen ihr bei den Hochzeitsplänen«, erzählte Ellen aufgeregt.

»Das ist meine Stieftochter«, erläuterte Anne Marie.

»Kann sein, dass ich bei der Feier helfe! Melissa hat gesagt, sie braucht ein kleines Mädchen, das den Kuchen servieren hilft, und Anne Marie hat gesagt, wie wäre es mit Ellen, und Melissa hat gesagt, sie hält das für eine gute Idee.«

»Ich finde auch, dass das eine großartige Idee ist.« Barbie wusste um das schwierige Verhältnis, das zwischen Anne Marie und ihrer Stieftochter geherrscht hatte, und freute sich, wie sehr sich die Dinge geändert hatten.

Als die beiden durch die Eingangstür nach draußen verschwunden waren, setzte Barbie sich auf einen der gerade frei gewordenen Stühle. »So«, murmelte sie, »im letzten März hattest du also nur Augen für mich, hmm?« Sie griff nach einem übrig gebliebenen Stück Pommes und tauchte es in Ketchup.

Mark wich ihrem Blick aus. »Mir war klar, dass du das nicht unkommentiert lassen würdest.«

»Da sind wir uns erst das dritte Mal begegnet.« Selbst wenn sie dafür die ganze Nacht brauchte, sie war entschlossen, ihn zu zwingen zuzugeben, was er für sie empfand.

»Und?«

»Und du bist verrückt nach mir.«

»Ich habe dir schon gesagt, dass ich bereit bin, mich auf diese Sache einzulassen, solange sie vorhält.« Seine Stimme verriet nicht im Geringsten, was er für Gefühle hegte.

»Kino am Montagabend.«

Er zuckte lässig die Achseln. »Klar.«

»Schwimmen dienstags und donnerstags.«

Auch das tat er lässig ab. »Wir können beide das Training gebrauchen.«

»Abendessen bei mir zu Hause heute Abend.«

Er zögerte. »Klar, warum nicht?«

Barbie griff nach dem zusammengeknüllten Einwickelpapier eines Hamburgers und strich es glatt. Dann zeichnete sie mit dem ketchupgetränkten Stück Pommes Frites ein Herz darauf. »Was habe ich von dieser Beziehung?«, fragte sie im Plauderton. »Bisher scheine ich allein diejenige zu sein, die gibt.«

Mark verspannte sich sichtlich. »Das habe ich mich von Anfang an gefragt. Ich habe dir gesagt, wann immer es dir reicht, musst du es nur sagen.«

»Einfach so?« Sie schnippte mit den Fingern.

»Einfach so.« Mark schnippte ebenfalls mit den Fingern.

»Ohne Bedauern?«

»Ohne Bedauern.«

»Ohne Erklärungen?«

Er nickte.

»Kein Blick zurück.«

»Nicht von meiner Seite.«

»Was, wenn mir das nicht reicht?«, fragte sie.

Seine Züge verspannten sich, sein Blick wurde hart und kalt. »Lass uns gleich jetzt reinen Tisch machen.«

»Soll mir recht sein.«

»Was genau willst du von mir?«, fragte er ziemlich schroff.

Barbie griff wieder nach dem Stückchen Pommes und strich das Herz aus. Sie hatte nicht vorgehabt, diese Diskussion zu führen, konnte sich aber auch nicht bremsen. Ihr Herz raste. Sie fürchtete, dass sie dadurch, dass sie ihn bedrängte, alles aufs Spiel setzte, den einzigen Weg eingeschlagen hatte, auf dem sie Mark verlieren konnte.

»Ich bin mir nicht sicher, was ich will«, sagte sie, konnte ihn dabei aber nicht ansehen.

»Doch, das bist du«, widersprach er. »Sonst würden wir dieses Gespräch nicht führen.«

»Meine Wunschliste …« Ihr versagte die Stimme.

»Ach ja, die zwanzig Wünsche, die du und deine Freundinnen haben.« Er hatte einen spottenden Ton angeschlagen, der sie wütend machte.

»Du hältst sie vielleicht für dumm, aber das sind sie nicht!«

»Ich habe nicht gesagt, dass sie das sind«, gab er gelassen zurück. Manchmal war es ungeheuer schwer, sich mit ihm zu unterhalten. Sie straffte ihre Schultern, schaute ihm direkt in die Augen. »Na schön, ich sage dir, was ich will.«

»Gut. Das habe ich gehofft.«

Es würde ihm nicht gefallen. Die Wahrheit würde ihn vermutlich abschrecken und davonjagen. Und dennoch, dieses Risiko musste Barbie eingehen. »Ich möchte geliebt werden«, sagte sie. Na also, jetzt hatte sie es ausgesprochen.

»Von mir?«

»Du bist derjenige, den ich liebe.« Jetzt konnte sie auch alles auf eine Karte setzen. Entweder er wies sie jetzt gleich ab, oder er nahm ihre Liebe an.

Eine ganze Weile sagte Mark gar nichts, und als er endlich den Mund aufmachte, lastete Bedauern auf jedem einzelnen Wort. »Ich will dich nicht lieben«, sagte er langsam.

So würde es also enden.

Barbie schluckte, ihre Kehle schmerzte. So schwer es auch war, so froh war sie gleichzeitig, dass er ehrlich war. »Danke, dass du mir nichts vormachst«, stieß sie mühsam zwischen zitternden Lippen hervor. Dann stand sie auf, um zu gehen.

Mark griff nach ihrer Hand. »Ich *will* dich nicht lieben«, wiederholte er, »aber ich liebe dich.«

»Du liebst mich?« Sie konnte es kaum glauben, wusste aber doch, dass er die Wahrheit sagte. Sein Blick strahlte so viel Liebe aus, und er drückte ihre Hand noch fester.

»Ich habe dich praktisch vom ersten Augenblick, in dem ich dich im Kino sah, geliebt.«

»Du hast versucht, mich davonzujagen, weißt du noch?«

»Das liegt daran, dass du mir Todesangst eingejagt hast«, meinte er selbstironisch. »Aber ganz egal, was ich gesagt oder getan habe, du wolltest einfach nicht verschwinden.«

Sie lächelte ihn zittrig an und setzte sich wieder, zog den Stuhl näher an ihn heran, sodass ihre Knie sich berührten.

»Und dann, bevor ich überhaupt wusste, wie mir geschah«, murmelte Mark mit geschlossenen Augen, »habe ich von dir geträumt.«

Barbie genoss jedes Wort.

»Zum ersten Mal nach dem Unfall wachte ich jeden Morgen mit einem Gefühl von … Hoffnung auf. Ich ging ins Kino und hoffte, du würdest wegbleiben, und zugleich hoffte ich, du würdest auftauchen. Und dann habe ich mich dafür verflucht, so dumm zu sein. Ich habe mich verhalten, als hätte ich es darauf abgesehen, mir noch mehr Liebeskummer einzuhandeln.«

Atemlos hörte Barbie zu. Sie glaubte nicht, auch nur ein Wort herausbringen zu können. Das war alles, was sie sich erwünscht hatte, alles, was sie hören wollte.

»Ich bin dankbar dafür, dass du in mein Leben gekommen bist«, sagte Mark, voll und ganz auf sie konzentriert. »Deutlicher kann ich es nicht sagen.«

»Du meinst, dafür, dass ich mich gewaltsam in dein Leben gedrängt habe, nicht wahr?«

Er lachte, wurde aber schnell wieder ernst. »Du willst mein Herz? Das hast du längst, Barbie. Schon die ganze Zeit.« Dann tat er etwas, das ganz und gar nicht zu ihm passte. Er griff nach einer Papierkrone, die offenbar von einer Geburtstagsfeier liegen geblieben war, setzte sie sich auf den Kopf und beugte sich vor, um sie zu küssen.

Barbie lehnte sich zurück und starrte ihn an. Gänsehaut überlief ihre Arme. Blind vor Tränen drückte sie beide Hände an ihre Lippen, und obwohl sie mit aller Kraft dagegen ankämpfte, krümmte sie sich und begann zu weinen.

»Barbie?« Mark berührte ihren Rücken. »Was hast du denn?«

Sie richtete sich auf und sah, dass die Papierkrone schief auf seinem Kopf saß. *Ihr Wunsch.* Sie hatte sich gewünscht, von einem Prinzen geküsst zu werden. Sie hatte gewusst, dass es ein lächerlicher Wunsch war – und doch war er in Erfüllung gegangen.

Mark war ihr Prinz. Er liebte sie.

Und sie liebte ihn.

Sie legte ihm die Arme um die Schultern und drückte ihn so überschwänglich an sich, dass sie beinahe seinen Rollstuhl umgeworfen hätte. »Ich werde dich lieben für den Rest meines Lebens.«

»Das will ich doch hoffen«, murmelte er. »Was meinst du, können wir jetzt hier verschwinden?«

»Was ist los? Macht dich der Duft der Burger schwach und bringt deine Entschlossenheit ins Wanken?«

»Das Einzige, was mich schwach macht, bist du. Ich glaube, es wird Zeit, dass du mir zeigst, was du im Internet gelernt hast.«

Ihre Augen weiteten sich. Mark musste sie nicht daran erinnern, was sie vor Wochen im Internet gesucht hatte.

Er liebte sie. Mehr brauchte sie nicht zu wissen.

So sehr, wie sie ihn liebte.

Alles andere würden sie schon rausfinden. Dazu bedurfte es nur ein wenig Ideenreichtum und eine Menge Zeit.

32. Kapitel

Es war Donnerstagnachmittag. Anne Marie wartete darauf, dass ihr Puls sich beruhigte, bevor sie in Roberts Büro anrief. Auch nach fast zwei Jahren kannte sie die Nummer noch auswendig.

Ihr war klar, dass sie sich endlich mit Rebecca Gilroy treffen musste. Da sie nicht ohne Vorwarnung bei ihr aufkreuzen wollte, beschloss sie, Roberts ehemalige Assistentin anzurufen und sich mit ihr zu verabreden.

Sie musste einfach die Wahrheit wissen, bevor sie mit diesem Kapitel abschließen konnte – oder es doch wenigstens ins rechte Licht rücken.

War das Kind von Robert? Wenn ja, warum hatte Rebecca nichts gesagt? Roberts Sohn hatte ein Anrecht auf Roberts Erbe. Trotz der Umstände hielt Anne Marie das für richtig und gut.

Das Herz klopfte ihr bis zum Hals, als das Freizeichen ertönte. Einen Augenblick später meldete sich Rebecca.

»Rebecca Gilroy am Apparat. Womit kann ich Ihnen helfen?« Die junge Frau, inzwischen vermutlich Assistentin eines der anderen Partner, klang geschäftsmäßig und professionell.

Anne Marie holte tief Luft. »Hallo, Rebecca«, sagte sie rasch. »Anne Marie Roche hier, Roberts Frau.«

Rebeccas Ton wurde sofort persönlicher. »Anne Marie, natürlich! Wie geht es Ihnen?«

»Besser.« Das entsprach der Wahrheit. »Und Ihnen?«

»Ich habe viel zu tun.«

Anne Marie konnte nicht feststellen, ob sie damit abgewimmelt werden sollte oder ob Rebecca nur andeuten wollte, dass sie jetzt nicht frei sprechen konnte.

»Dann will ich Sie nicht lange aufhalten«, ging sie auf den unausgesprochenen Hinweis ein. »Ich würde mich gern bald mal mit Ihnen treffen. Wäre das möglich?«

»Sie und ich?« Rebecca gab sich keine Mühe, ihre Überraschung zu verbergen. Oder ihr Zögern.

»Können wir uns zum Mittagessen treffen? Wann es Ihnen am besten passt ...«

»Nun, ich denke, zum Mittagessen lässt sich einrichten. Wie wäre es mit morgen?«

Eine seltsame innere Ruhe erfasste Anne Marie. Schon morgen würde sie die Wahrheit wissen, wie auch immer sie aussehen mochte. Sie würde das Ganze so schmerzfrei wie möglich für alle Beteiligten gestalten. Vor zwei Monaten, als Melissa ihr von der Geschichte erzählte, hatte sie Roberts Assistentin hassen wollen. Sie wollte sie als die manipulative andere Frau sehen. Auch jetzt neigte sie noch dazu, Rebecca als Goldgräberin zu betrachten, die ihre große Chance gewittert hatte, als Robert und Anne Marie sich trennten. Und doch ... Schließlich hatte sie die Familie nie um finanzielle Unterstützung für das Kind gebeten.

Rebecca schlug ein kleines gehobenes Restaurant nahe dem Pike Place Market für ihr Treffen vor. Anne Marie kannte es gut; Robert hatte sie mehrfach dorthin ausgeführt. Zu den Gästen gehörten vor allem Geschäftsleute, die ungestört bei einem Essen Verhandlungen führen wollten. Und dabei ging es offensichtlich nicht immer um Geschäftliches.

Rebecca sagte, sie müssten dann aber früh essen, und fragte, ob elf Uhr dreißig passte. Anne Marie stimmte zu.

Mit Sicherheit ahnte Rebecca, warum Anne Marie sie angerufen hatte. Das verriet schon die Wahl des Restaurants. Anne Marie versuchte die Vorstellung von der jüngeren Frau und Robert an dem dunklen Ecktisch zu verdrängen, den er immer reservieren ließ, wenn er Anne Marie zu einem Essen in intimer Atmosphäre ausführte.

Am Freitag kam Anne Marie um elf Uhr fünfzehn am Restaurant an, also eine Viertelstunde zu früh. Theresa hatte zugesagt, den Rest des Tages im Buchladen für sie einzuspringen. Weil sie so viel wie möglich an einem freien Nachmittag erledigen wollte, hatte sie vor, nach dem Essen mit Melissa shoppen zu gehen.

In jeder freien Minute kümmerte sich Melissa um die Hochzeitsvorbereitungen, und auch Anne Marie investierte eine Menge Zeit. Leider ließ Melissas Mutter auch weiterhin nichts von sich hören, aber Anne Marie glaubte, wenn das Baby erst einmal da war, würde auch Pamela ihre Meinung ändern. Wie könnte sie ihr eigenes Enkelkind *nicht* lieben?

Die Bedienung führte Anne Marie zu einem ruhigen Tisch in der Nähe des Fensters. Wie üblich war im Restaurant vor zwölf Uhr nicht viel los, und sie wusste die intime Atmosphäre zu schätzen. Bis jetzt war nur ein weiterer Tisch besetzt, mit drei Männern und einer Frau, die in eine hitzige Diskussion vertieft waren. Anne Marie bestellte einen Eistee, während sie wartete. Nervös presste sie Zitronensaft in den Tee und ging in Gedanken noch einmal durch, was sie sagen wollte.

Rebecca betrat das Restaurant absolut pünktlich um halb zwölf und wurde ebenfalls an den Tisch geleitet. »Hallo«, grüßte sie und rückte sich den Stuhl gegenüber von Anne Marie zurecht.

Wieder einmal fiel ihr auf, wie ungemein jung Roberts ehemalige Assistentin war. Jung und hübsch. Ihre Haare, tief rotbraun und von Natur aus voller Volumen, waren schulterlang. Sie trug einen olivgrünen Rock mit passender Jacke und eine weiße Seidenbluse, dazu eine antike Brosche mit einer Kamee – ein Familienerbstück? Oder ein Geschenk von Robert? – am Blusenausschnitt.

»Danke, dass Sie sich die Zeit genommen haben, sich mit mir zu treffen«, sagte Anne Marie in neutralem Tonfall.

Rebecca reagierte nicht. Sie schlug die Speisekarte auf. »Vielleicht sollten wir erst bestellen.«

»Gute Idee«, stimmte Anne Marie zu, froh um jeden Aufschub des unangenehmen Gesprächs. »Übrigens, die Rechnung übernehme ich.«

»Das ist nicht nötig«, meinte Rebecca höflich-kühl, »aber danke.«

Anne Marie revidierte ihre Einschätzung der jungen Frau. Rebecca Gilroy mochte jung sein und verwundbar wirken, aber sie besaß ein Selbstbewusstsein, das auch einer viel Älteren gut angestanden hätte.

Als die Kellnerin kam, um ihre Bestellung aufzunehmen, entschieden sie sich beide für eine Kombination aus Suppe und Salat.

»Ich gehe davon aus, dass Sie mit mir darüber reden wollen, was zwischen mir und Robert passiert ist«, sagte Rebecca und stürzte sich damit kopfüber in das Gespräch, um das Anne Marie sich bis heute gedrückt hatte.

»Ja.«

»Das dachte ich mir.« Rebecca hielt den Blick gesenkt und spielte mit ihrem Löffel, was das Selbstvertrauen, das sie eben noch gezeigt hatte, Lügen strafte.

»Hat Robert Sie glauben lassen, wir wären geschieden?«, fragte Anne Marie sehr direkt.

»Nein.«

»Hatten Sie … ein sexuelles Verhältnis miteinander, bevor er und ich uns getrennt haben?«

Rebecca schüttelte den Kopf. »Nein. Wir … im Grunde hatten wir überhaupt kein Verhältnis miteinander.«

»Wie meinen Sie das?«

»Nun ja, sexuell – also sexuell hatten wir schon etwas miteinander.« Rebecca zuckte die Achseln. »Ich wusste, dass es Probleme zwischen Ihnen gab und dass Sie auf eine Versöhnung hinarbeiteten. Mr. Roche hat mir nicht viel über sein Privatleben erzählt. Genau genommen auch nicht über andere Dinge. Ich habe nur per Zufall erfahren, dass Sie getrennt lebten.«

»Verstehe.« Anne Marie ließ die Finger zum Besteck wandern, strich vorsichtig über die Zinken der Gabel, während sie zuhörte.

»Wir machten beide jede Menge Überstunden.«

Die Muskeln in Anne Maries Kehle spannten sich an, während ihre nervöse Erwartung dessen, was Rebecca ihr sagen würde, zunahm.

»Emotional gesehen war es eine schwere Zeit für uns beide. Ich hatte mich kurz vorher von meinem Freund getrennt, und ich wusste, dass Sie und Robert nicht mehr zusammenlebten.«

Das war keine Entschuldigung für das, was die beiden getan hatten! Wut und Schmerz tobten in Anne Marie, aber sie wagte nicht zu zeigen, was in ihr vorging.

Im selben Moment brachte die Kellnerin ihnen ihre Speisen. Die Suppe – Tomate-Basilikum – duftete köstlich und wurde zusammen mit einem Caesar Salad mit selbst gemachten Croutons serviert. Anne Marie wartete, bis Rebecca nach ihrem Löffel griff, bevor sie es ihr gleichtat.

»Wie schon gesagt«, nahm Rebecca den Faden wieder auf. »Sowohl Robert als auch ich durchlebten einen privaten Tiefpunkt.«

»Und verbrachten sehr viel Zeit miteinander«, ergänzte Anne Marie.

»Ja.«

»Da war es also … natürlich, dass Sie sich zueinander hingezogen fühlten.

Rebecca zuckte die Achseln. »Vermutlich.«

Anne Marie war inzwischen der Appetit vergangen.

»Ich bin nicht stolz auf das, was geschehen ist, und ich glaube, Robert … er hat sich deswegen geschämt.«

»Wie lang dauerte diese Affäre?« Anne Marie wusste nicht, was diese Frage ausgelöst hatte, es sei denn, sie wollte, dass es noch mehr wehtat. »Wie oft … haben Sie …«

»Spielt das eine Rolle?« Ihr Gegenüber starrte auf die Tischplatte.

Ja, für mich schon, hätte Anne Marie am liebsten gesagt, tat es aber nicht. Sie fragte sich nur, ob Robert in jener Nacht kurz vor seinem Tod, in der sie miteinander geschlafen hatten, immer noch ein Verhältnis mit Rebecca gehabt hatte?

»Hinterher hat sich alles zwischen uns verändert«, fuhr Rebecca fort. »Wir hatten ein großartiges Arbeitsverhältnis, aber das wurde durch die Affäre völlig ruiniert. Wir versuchten die Sache geheim zu halten, und bis auf das eine Mal, wo Melissa uns überrascht hat, hat meiner Meinung nach niemand etwas davon mitbekommen.«

Sie senkte den Kopf, und Anne Marie konnte sehen, dass das Ganze Rebecca genauso peinlich war wie ihr selbst.

Die jüngere Frau hob den Kopf. »Es überrascht mich, dass Melissa es Ihnen erzählt hat. So haben Sie doch davon erfahren, oder?«

»Sie … sie war sehr verstört.«

»Robert auch. Er war zutiefst beschämt. Seine größte Angst war, dass Sie davon erfahren.«

Besonders tröstlich war das nicht. »Hat er … hat er …«

»Hat er was?«

Es fiel Anne Marie immer schwerer, auch nur zu sprechen. »Hatte er noch andere Affären?« Als seine persönliche Assistentin wusste Rebecca am allerehesten Bescheid.

Ihr Zögern sagte alles.

»Wie viele?« Das hätte sie nie gedacht. Sie war schockiert, zutiefst traurig, ihn so falsch eingeschätzt zu haben.

»Eine, glaube ich«, gab Rebecca widerstrebend zu. Mehr wollte sie offenbar nicht preisgeben.

»Bitte«, drängte Anne Marie, »ich muss es wissen.«

»Er hat sich von mir in einem Hotel am Meer ein Zimmer unter anderem Namen reservieren lassen.«

»Redford?«

Rebecca riss die Augen auf. »Sie wissen davon?«

Ihre Kehle entspannte sich. »Das war ich. Wir, meine ich. Wir … spielten dieses Spiel.« Ein Lächeln huschte über ihr Gesicht, verriet Humor und Erleichterung. Erinnerungen an jenes Wochenende wurden in ihr wach. Glückliche, spielerische Erinnerungen, die in hartem Kontrast zu dem standen, was sie gerade eben durchgemacht hatte.

»Ach so, nun, wie schon gesagt: Das ist das einzige Mal, von dem ich weiß. Und nun stellt sich heraus, dass er Sie damals *nicht* betrogen hat.«

»Danke«, flüsterte Anne Marie. Sie war aufrichtig dankbar.

»Ich sollte Ihnen sagen, dass jener Abend, an dem Melissa uns überrascht hat, das letzte Mal war.« Sie stockte. »Tief in meinem Inneren weiß ich, wenn wir noch einmal zurückgehen könnten, würde keiner von uns beiden das wiederholen.« Ihr Blick suchte Anne Maries. »Das sage ich nicht einfach nur so. Es ist die Wahrheit, und wenn Robert hier wäre, würde er dasselbe sagen.«

»Gab es …« Jetzt war der Augenblick gekommen, doch Anne Marie konnte sich immer noch nicht überwinden, die Frage zu stellen. »Hat er Ihnen jemals erzählt, warum wir uns getrennt hatten?«, schlug sie einen anderen Weg zu der Frage ein, die ihr auf dem Herzen lag.

Rebecca strich sich eine Strähne ihres dichten kastanienbraunen Haars hinters Ohr. »Wir haben, offen gesagt, nicht oft über Sie gesprochen.«

Das war logisch. »Robert behielt Privates lieber für sich«, murmelte Anne Marie.

»Ja, das tat er.«

»Ich wollte ein Baby.«

Rebecca wandte den Blick ab. »Das wusste ich nicht. Ich vermute, Robert wollte kein weiteres Kind.«

»Nein. Er … er war dagegen, eine zweite Familie zu gründen, und ich dachte, wenn ich ihm zeige, wie wichtig das für mich ist, ändert er vielleicht seine Meinung.«

»Aber Sie wollten sich aussöhnen.«

Anne Marie wurde schlagartig etwas klar. Jetzt wusste sie, warum Robert sie in der Nacht, die sie miteinander verbracht hatten, verlassen hatte. Er war am Morgen fort, und dieser kaltschnäuzige Akt, ohne ein Wort oder wenigstens eine kurze Notiz einfach zu verschwinden, hatte sie am Boden zerstört. Zum ersten Mal begriff Anne Marie, warum er das getan hatte. Robert war von Schuldgefühlen überwältigt worden. Seine Affäre mit Rebecca hatte ihm leidgetan. Vermutlich wollte er ihr beichten und sie um Verzeihung bitten und hatte im letzten Moment kalte Füße bekommen. Sie ging davon aus, dass die Affäre zu dem Zeitpunkt bereits beendet gewesen war; und wenn nicht, dann hätte er sie ganz sicher umgehend beendet.

»Sie haben ein Baby bekommen«, stellte Anne Marie fest.

»Einen Sohn. Ich habe ihm den Namen Reed gegeben.«

»Ist der Vater des Babys – ist es Roberts Kind?« Endlich war die Frage ausgesprochen. Sosehr sie auch die Antwort fürchtete, sie musste es wissen.

»Roberts?«, wiederholte Rebecca offensichtlich verblüfft. »Nein!«

»Nein?«

»Natürlich ist Reed nicht Roberts Kind! Du liebe Güte, deshalb haben Sie mich zum Essen eingeladen? Sie dachten, ich hätte ein Kind von Robert. Nein, nein, nein. Reeds Vater ist mein Ex-Freund. Danny hat mich betrogen, und das habe ich in derselben Woche herausgefunden, in der ich feststellte, dass ich schwanger war. Ich hätte das erklären sollen. Ich habe nur aus einem Grund mit Robert geschlafen, nämlich weil ich Danny damit verletzen wollte. Das war so krank und dumm.«

»Danny wusste von Robert?«

»Ja.«

»Und er weiß von Reed?«

»Natürlich, und bis jetzt macht er sich als Vater sehr gut.«

»Sie werden heiraten?«

»Auf keinen Fall! Ich bin keine Idiotin. Wenn Danny vor der Hochzeit nicht die Finger von anderen Frauen lassen kann, dann wird er es auch danach nicht können. Nein, ich bin inzwischen mit jemand anderem zusammen.«

»Oh.« Anne Marie musste gegen den Impuls ankämpfen, die andere Frau zu umarmen und ihr dafür zu danken, dass sie nicht Roberts Sohn zur Welt gebracht hatte.

»Sie haben also von Robert und mir gehört, dann erfahren, dass ich schwanger war, und gedacht …«

Anne Marie nickte. »Ganz genauso war es.«

»Aber wenn dem so gewesen wäre, meinen Sie nicht, ich hätte mich mit seinem Anwalt in Verbindung gesetzt? Ich meine, Reed hätte Anspruch auf sein Erbe, wenn die Vaterschaft nachgewiesen wäre.«

»Ich habe mich schon gefragt, warum Sie das nicht getan haben.«

»Nun, aus sehr gutem Grund: Reed ist nicht Roberts Sohn.«

Erleichterung durchflutete Anne Marie, und mehr als das: Freude.

»Ich habe Robert nicht besonders gut gekannt«, fuhr Rebecca fort. »Aber eines weiß ich: Er hat Sie geliebt.«

»Er hat *mich* geliebt«, wiederholte Anne Marie.

»Das hat er«, bestätigte Rebecca lächelnd.

Und das war das Einzige, was zählte. Robert würde ganz sicher nicht den Titel Ehemann des Jahres gewinnen. Den Schmerz, den er ihr mit seinem Betrug zugefügt hatte, fühlte sie immer noch, aber *er hatte sie geliebt.* Das hatte sie immer gewusst, allen Zweifeln und allen Fehlern, die sie beide begangen hatten, zum Trotz.

Ja, das war das Einzige, was zählte.

Es änderte nichts an der Vergangenheit. Geschehen war geschehen.

Aber es änderte Anne Maries Sicht auf die Zukunft.

33. Kapitel

Lillie schätzte, dass Hector vor etwa drei Wochen ihren Brief erhalten haben musste. Sie hatte nichts von ihm gehört, und nach so langer Zeit rechnete sie auch nicht mehr damit. Auf keinen Fall wollte sie schuld sein, wenn es zwischen Hector und seinen Kindern zu Spannungen kam.

Nachdem sie den Brief abgeschickt hatte, hatte sie eine Woche am Meer verbracht, um Trost zu finden. Das Meer hatte ihr schon immer Halt gegeben. Jedes Mal wenn sie von einer neuen Affäre ihres Mannes erfuhr, buchte sie einen Aufenthalt in ihrem Lieblingshotel am Meer. Drei- bis viermal im Jahr war sie dort, oft genug, um immer dasselbe Zimmer zu bekommen und von allen Angestellten mit dem Vornamen begrüßt zu werden. Obwohl ihr letzter Aufenthalt schon über drei Jahre zurücklag, begrüßte man sie auch diesmal herzlich, und ihr übliches Zimmer wartete auf sie.

Bei langen Spaziergängen am Strand fand sie immer ihr emotionales Gleichgewicht wieder. Jeden Morgen schlenderte sie über den Strand, ließ die Wellen über ihre nackten Füße plätschern, dachte nach, meditierte, betete. Nach einer Weile ließ der Schmerz langsam nach, während ihr wieder bewusst wurde, dass ihr Wert als Frau, als Mensch, nicht von David abhing. Sein Verhalten konnte sie nicht herabwürdigen. Ihr Mann, so traurig dieses Eingeständnis auch war, war ein Mann ohne Ehrgefühl.

Bei ihrer Rückkehr vom Meer sah Lillie sorgsam ihre Post durch, ob vielleicht eine Antwort von Hector dabei war. Sie fand keine. Obwohl sie eigentlich auch keine erwartet hatte, hatte sie doch gehofft, er würde ihren Brief beantworten.

Am Montag, den zwölften Mai, verbrachte Lillie den Morgen mit Gartenarbeit. Sie liebte ihre Martha-Washington-Geranien, und jetzt, wo die Rhododendren und Azaleen in voller Blüte standen, sah ihr Garten schöner aus denn je. Ihre Nachbarn beschäftigten Landschaftsgärtner, und auch Lillie ließ die anstrengenderen Arbeiten, beispielsweise Rasenmähen, von einer Gartenbaufirma erledigen. Um die Blumenbeete kümmerte sie sich allerdings selbst. Sie waren ihr ganz persönlicher Stolz.

Um die Mittagszeit machte sie Pause und ging ins Haus, um ein Glas Eistee zu trinken. Inzwischen war die Post gekommen, und sie schaute nebenbei die wenigen Werbebriefe durch und legte die Rechnungen zur Seite. Ein von Hand adressierter Umschlag ließ sie innehalten.

Sie erkannte die Schrift nicht auf Anhieb. Neugierig öffnete sie den Umschlag. Darin lag eine Einladung. Hector Silva ging in den Ruhestand, und sie wurde zur Feier gebeten.

Lillie las die Einladung zweimal.

Die Party sollte noch an diesem Abend stattfinden, und als sie die Handschrift ein zweites Mal näher anschaute, erkannte sie, dass Hector selbst den Umschlag an sie adressiert hatte. Sie erkannte seine Schrift vom Arbeitsauftrag für ihren Wagen.

Alles Nötige stand in der Einladung. Datum. Uhrzeit. Ort.

Lillie holte scharf Luft. Zwölfter Mai, sieben Uhr am Abend im Autohaus. Lillie war entschlossen, auf jeden Fall daran teilzunehmen.

Viertel vor sieben war Lillie bereit. Sie trug ein knielanges Leinenkleid mit kurzem Jäckchen darüber. Gerade als sie aus dem Haus gehen wollte, rief Barbie an, und Lillie erzählte ihr, wohin sie wollte.

»Ich war sicher, dass Hector sich melden würde.« Man konnte hören, dass ihre Tochter sich freute, recht behalten zu haben. »Einen wunderschönen Abend wünsche ich dir, Mom.«

»Den werde ich haben«, versprach Lillie.

Sie unterhielten sich noch ein paar Minuten, und dann musste Lillie los. Obwohl sie nervös war, hatte sie das sichere Gefühl, dieser Abend würde einer der zauberhaftesten ihres Lebens werden. Freude durchflutete sie, und sie fühlte sich so leicht und beschwingt, als könnte sie schweben.

Als Lillie beim Autohaus eintraf, war die Feier bereits in vollem Gange. Die Ausstellungshalle war mit Wimpeln und Ballons geschmückt, auf den Tresen standen Champagnerflaschen und Tabletts mit köstlichen Häppchen. Von seinen Kindern, Kunden und Mitarbeitern umringt, bemerkte Hector sie nicht sofort. Als er sie endlich entdeckte, riss er die Augen auf und sagte dann etwas zu seiner Tochter, die Lillie von den Fotos erkannte, die sie in seinem Haus gesehen hatte. Hector löste sich aus der Gruppe und eilte auf sie zu.

»Lillie.« Er streckte ihr beide Hände entgegen.

»Hallo, Hector.«

»Ich freue mich so, dass du gekommen bist.« Sein Blick schien sie förmlich aufzusaugen, sodass es keinen Zweifel an der Aufrichtigkeit seiner Worte gab.

Sie selbst musterte ihn genauso sehnsüchtig. »Danke für die Einladung und Glückwunsch zum Ruhestand.« Worte schienen eigentlich überflüssig. Sie wollte ihn einfach nur anschauen.

»Danke.« Mit festem Griff umfasste er ihre Hände. Dann, als hätte er es fast vergessen, fragte er: »Darf ich dir ein Glas Champagner holen?«

»Gern.«

Aber Hector musste sie nicht allein lassen. Seine Tochter Rita trat mit einer Champagnerflöte zu ihnen und bot sie Lillie an.

»Ich bin Rita«, stellte sie sich unnötigerweise vor.

»Sie sind genauso hübsch wie auf den Bildern«, erwiderte Lillie, nahm das Glas und umarmte impulsiv Hectors Tochter. Ihre Umarmung wurde erwidert, und Ritas Miene zeigte, dass sie sich freute.

»Das ist mein Verlobter Andy«, sagte sie und stellte damit den Mann an ihrer Seite vor. »Dad war sich nicht sicher, ob Sie kommen würden. Ich habe ihm gesagt, Sie würden bestimmt.«

»Ich glaube nicht, dass ich hätte fernbleiben können, selbst wenn ich gewollt hätte«, gab Lillie zu.

Hector stand dicht neben ihr, als seine beiden Söhne Manuel und Luis sich zwischen den vielen Menschen zu ihnen durchkämpften. Manuel musterte Lillie, aber seine Augen verrieten nicht, was er empfand. Sie sah es als Fortschritt gegenüber der offenen Feindseligkeit, die er bei ihrem ersten Zusammentreffen gezeigt hatte. Eine hübsche rothaarige junge Frau, ganz offensichtlich schwanger, begleitete ihn.

»Sie sind gekommen«, sagte Manuel, ohne sich die Mühe zu machen, sie zu begrüßen.

»Manuel«, warnte Hector leise. »Ich dulde es nicht, dass du Lillie so respektlos behandelst.«

Sein ältester Sohn nickte zustimmend. »Willkommen, Ms. Higgins«, sagte er und stellte ihr seine Frau Colleen vor.

»Danke, Manuel. Freut mich, Sie kennenzulernen, Colleen. Nennen Sie mich bitte beide einfach Lillie.«

»Das ist mein Sohn Luis«, sagte Hector und deutete auf den zweiten jungen Mann.

Luis und Lillie begrüßten einander freundlich, wachsam beobachtet von Hector. Und von Manuel.

»Sie haben meinen Vater sehr glücklich gemacht, indem Sie

seine Einladung angenommen haben«, erklärte Manuel, nachdem Luis sich wieder abgewandt hatte, um sich mit jemand anderem zu unterhalten.

»Er hat mich glücklich gemacht, indem er sie mir geschickt hat.«

Manuel lächelte vorsichtig.

Lillie erwiderte sein Lächeln. Sie hoffte, dass sie beide irgendwann Freundschaft schließen konnten.

»Nach der Feier gehen wir alle gemeinsam essen«, sagte Hector. »Möchtest du mitkommen?«

Und ob Lillie das wollte.

»Und jetzt will ich dich meinen Freunden vorstellen«, fuhr Hector fort. Gemeinsam wanderten sie von Gruppe zu Gruppe, und dabei wurde ihr immer deutlicher bewusst, wie sehr er geliebt und geschätzt wurde. Seine Mitarbeiter erzählten eine Geschichte nach der anderen über ihn und brachten ihn, bescheiden und zurückhaltend, wie er war, damit in Verlegenheit. Lillie genoss jedes Wort. Wenn sie noch eine Bestätigung gebraucht hätte, dass dieser Mann genauso war, wie sie ihn sich vorgestellt und gewünscht hatte, dann bekam sie die heute Abend gleich mehrfach.

Gegen halb neun löste sich die Feier langsam auf. Sie blieb an Hectors Seite. Entweder hielt sie seine Hand, oder er legte ihr seinen Arm um die Taille. Niemand konnte auch nur den geringsten Zweifel daran hegen, dass sie beide zusammengehörten.

Später, im mexikanischen Restaurant, lernte Lillie noch mehr Familienmitglieder kennen: einen Bruder, eine Schwester, Nichten und Neffen, verschiedene angeheiratete Verwandte. Der Tisch bot Platz für mindestens dreißig Leute, und die Namen rauschten an ihr vorbei, obwohl sie sich große Mühe gab, sie sich zu merken. Sie saß zwischen Hector und Manuel.

Musik und Lachen schwirrte durch den Raum. Kinder krabbelten unter den Tisch und rannten um die Stühle, während die Eltern – Hectors Nichten und Neffen – versuchten, sie im Zaum zu halten. Obwohl Hector sie jedem einzelnen Familienmitglied vorstellte, schien es, als würden alle sie schon kennen. Sie akzeptierten sie ohne jede Frage und schienen ehrlich erfreut, sie zu sehen.

Das Essen wurde in Schüsseln und auf großen Platten serviert. Manuel reichte Lillie die erste schwere Schüssel mit Reis und hielt sie, während sie sich bediente. Als Nächstes kamen *Chilaquiles*, eine Art Eintopf mit Tortillas, gefolgt von *Tamales*, *Chilis Rellenos* und einem Gericht, von dem Lillie nicht erfuhr, wie es genannt wurde.

»Mein Vater liebt Sie«, sagte Manuel leise.

»Wie bitte?«

»Er hat mir Ihren Brief gezeigt. Sie lieben ihn auch, nicht wahr?«

Lillie sah keinen Grund, das zu leugnen. »Sehr.«

»Er ist ein Mann mit starken Gefühlen«, fuhr Manuel fort. »Seine Familie ist wichtig für ihn.«

»Ich weiß.« Das war der Grund, warum sie beschlossen hatte, die Beziehung zu beenden; sie wollte Hector nicht in die unmögliche Lage bringen, zwischen seiner Familie und ihr wählen zu müssen.

Manuel nickte. »Ja. Er war bereit, Sie aufzugeben. Um unseret… um meinetwillen.«

»Das hatte er bereits getan.« Sie musste fragen. »Können Sie mir sagen, was sich geändert hat?«

Rita schlug ihrem Bruder spielerisch auf den Arm. »Hey, Manuel, warum hältst du den ganzen Verkehr auf? Du sollst das Essen weiterreichen.«

»Entschuldige.« Manuel reichte die Schüssel seiner Schwester.

»Ich habe meinen Vater noch nie so unglücklich gesehen«, fuhr er dann fort. »Selbst als Mom krank war, konnte die ganze Familie sich darauf verlassen, dass er uns immer wieder aufmunterte, und das tat er auch. Er pflegte Mom, kümmerte sich um sie, hielt sie bei ihrem letzten Atemzug und liebte sie bis in den Tod hinein.«

»Er liebt sie immer noch.« Lillie blinzelte, um die Tränen zurückzudrängen, die ihr in die Augen schossen. Genauso wollte sie geliebt werden.

»Nach Moms Tod war es Dad, der die Familie zusammenhielt. Verstehen Sie mich nicht falsch – er hat um unsere Mutter getrauert. Aber ihr Tod war zugleich eine Erlösung von schrecklichen Schmerzen. Dad verstand das besser als jeder andere. Er war einsam und verloren, aber irgendwie wurde er damit fertig. Durch seine Arbeit, seine Familie – und jetzt Sie.«

Wie hypnotisiert von Manuels Worten reichte Lillie Schüssel um Schüssel weiter, ohne sich selbst etwas zu nehmen.

»Nachdem er Ihren Brief bekommen hatte, weinte mein Vater.« Luis hatte ihnen aufmerksam zugehört und meldete sich von der anderen Seite des Tisches zu Wort, während Hector sich mit einem Neffen neben ihm unterhielt.

»Das hat er … getan?«

Manuel runzelte die Stirn, aber er bestätigte, was Luis gesagt hatte. »Ja, das stimmt.« Er schwieg einen Moment und nahm einen Schluck von seinem Bier. »Da wurde mir klar, dass Sie keine gewöhnliche Frau sind«, fuhr er fort, »und dass ich einen Fehler gemacht habe. Wenn mein Vater Sie liebt, dann muss ich bereit sein, meine eigenen Vorurteile beiseitezuschieben und Ihnen eine Chance zu geben.«

Das gab ihr den Rest. Tränen liefen ihr über die Wangen. »Danke, Manuel.«

Er nickte ihr zu und reichte ihr die nächste Schüssel.

Lillie fragte sich, warum Hector so lange gewartet hatte, bevor er wieder Kontakt zu ihr aufgenommen hatte. Als hätte er ihre Gedanken gelesen, ergriff Manuel noch einmal das Wort. »Damit sich nicht wiederholt, was mit mir geschehen war, entschied Dad, erst die ganze Familie zu informieren. Er hat jeden Einzelnen besucht und erklärt, dass er einen ganz besonderen Menschen kennengelernt hatte.«

Kein Wunder, dass alle sich so benahmen, als kannten sie sie bereits.

»Ich hatte Angst, dass Sie ihm das Herz brechen würden«, murmelte Manuel. »Leider war es gerade meine Haltung Ihnen gegenüber, die genau das tat. Ich hoffe, Sie können über unseren reichlich … problematischen Start hinwegsehen. Ich würde gerne noch einmal neu anfangen.«

»Natürlich«, sagte sie, und als die nächste Schüssel bei ihr ankam, häufte sie einen riesigen Löffel voll *Chili con Queso* auf Manuels Teller, bevor sie sich selbst davon nahm.

Manuel grinste und zwinkerte ihr zu.

Nach dem Essen gab es Musik. Hector nahm Lillie bei der Hand und führte sie auf die Tanzfläche. »Du und Manuel scheint euch intensiv unterhalten zu haben«, sagte er und drehte sie in seinen Armen.

»Hmm.« Sie lehnte ihre Stirn gegen seine und schloss die Augen, dankbar, dass es ein langsamer Tanz war.

»Er hat sich entschuldigt?«

»Er sagte, du liebst mich.«

Hector atmete laut hörbar aus. »Ich habe nie damit gerechnet, mich noch einmal zu verlieben, und schon gar nicht so.«

»Ich auch nicht. Gib den Wünschen die Schuld, wenn du möchtest.«

»Deinen zwanzig Wünschen?«

»Ich habe geschrieben, dass ich von einem ehrbaren Mann geliebt werden möchte.«

»Du wirst geliebt, meine Lillie. Von mir.«

»Ich liebe dich auch.«

Einen Moment drückte er sie fester an sich. »Manuel hegt immer noch Zweifel, dass das zwischen uns beiden funktioniert.«

»Immerhin hat er sich bereit erklärt, sich nicht einzumischen.«

Hector nickte. »Er sagte, er sei bereit abzuwarten – nachdem er mich gewarnt hat, Alter schützt vor Torheit nicht.«

»Wollen wir zusammen töricht sein?«

Hector lachte. »Ich habe gehofft, dass du das sagen würdest.«

Lillie hob den Kopf und schaute ihn an. »Sind wir beide wirklich töricht, Hector?«

»Ich kann mir niemanden vorstellen, mit dem ich lieber töricht wäre als mit dir, meine Lillie.«

»Das geht mir genauso.«

Mit geschlossenen Augen tanzten sie weiter, bis die Musik endete. Als der letzte Ton verklang, lösten sie sich zögernd voneinander, um höflich zu applaudieren. Zu Lillies Erstaunen hatte die ganze Familie Silva einen Kreis um sie gebildet und begann zu klatschen.

Lillie lief puterrot an, und Hector lachte.

Sie war erleichtert, als die Musiker das nächste Stück begannen. Diesmal kamen auch andere Familienmitglieder auf die Tanzfläche. Die Mariachi-Musik war beschwingt, durchbrochen von langsamen, klagenden Liedern. Hector und Lillie nahmen jeden Tanz mit und blieben, bis das Restaurant schließen wollte.

Hector fuhr sie zum Autohaus zurück, wo Lillie ihren Wagen abgestellt hatte. Dort im Schatten küsste er sie. Lillie schlang ihre Arme um ihn und schmiegte sich in seine Umarmung, teilte ihm mit ihrem Körper mit, wie groß die Liebe in ihrem Herzen war.

»Woher wusstest du, dass ich zu deiner Feier kommen würde?«, fragte sie.

»Ich habe darum gebetet.«

»Und wenn ich nicht gekommen wäre?«

»Dann wäre ich zu dir gekommen. Die meisten Männer finden nicht ein einziges Mal in ihrem Leben eine so gute, so reine Liebe, geschweige denn ein zweites Mal. Ich wollte dich nicht gehen lassen, Lillie, nicht kampflos.«

»Aber das hattest du schon.«

»Nein«, widersprach er rasch. »Ich brauchte nur Zeit, um mich neu zu ordnen und Argumente für meinen Sohn zu finden. Du warst die ganze Zeit bei mir, in meinem Herzen.« Er griff nach ihrer Hand und drückte sie sich auf die Brust. »Du hast mich inspiriert, meine Lillie.«

»Habe ich das?«

»Ja. Ich habe jetzt selbst eine Liste mit zwanzig Wünschen.«

»Tatsächlich.«

»Oh, ja.« Er küsste sie erneut. »Und bei jedem dieser Wünsche geht es um dich.«

34. Kapitel

In der kleinen Kapelle neben der Freien Methodistenkirche in einer Seitenstraße der Blossom Street erklang der traditionelle Hochzeitsmarsch, als Brandon Roche seine Schwester den Mittelgang hinunterführte.

Anne Marie, die mit Ellen in einer Sitzreihe ganz vorn in der Kapelle stand, spürte, wie ihr das Herz vor Freude fast zu zerspringen drohte. Als Melissa an ihr vorbeiging, schaute sie Anne Marie an und hauchte ihr ein »Danke« zu.

Robert wäre so stolz auf sie beide gewesen, dachte sie nicht zum ersten Mal. So stolz und so froh über den Wandel in ihrer Beziehung. So viel Kummer sein Seitensprung mit Rebecca ihr auch gebracht hatte, er hatte doch einen positiven, wenn auch unbeabsichtigten Effekt. Er hatte Anne Marie und Melissa einander nahegebracht.

Anne Marie schaute ihrer Stieftochter nach. Die Hochzeit war klein, mit nur einer Trauzeugin und einem Trauzeugen. Wie versprochen, würde Ellen beim Empfang den Hochzeitskuchen servieren, eine Rolle, bei der sie sich sehr wichtig fühlte.

Melissa sah wunderhübsch aus in ihrem blassrosa bodenlangen Kleid. Ein Blütenkranz saß auf ihrem Haar, weiße Bänder fielen ihr von diesem Kranz über den Rücken, und sie hielt einen kleinen Strauß aus weißen Rosen in den Händen. Ihre Schwangerschaft war ihr nur gerade so anzusehen.

Anne Maries einzige Enttäuschung war Pamela. Es hätte Melissa sehr viel bedeutet, wenn ihre Mutter so weit eingelenkt hätte, an der Trauung teilzunehmen. Doch sie hatte sich in ihre Bestürzung und ihren Zorn verbissen. Anne Marie war der Meinung, sie hätte das Glück ihrer Tochter über ihre eigenen Empfindungen stellen müssen. Allerdings war Pamela auch nicht zu Roberts Beerdigung gekommen, obwohl ihre Kinder ihre Unterstützung gebraucht hätten. Anne Marie hoffte, dass die beiden irgendwann ihre Differenzen würden beilegen können.

Mit den Trauzeugen, beides enge Freunde, traten Melissa und Michael auf den jungen Pastor zu. Jordan Turner, Alix' Mann, würde die Zeremonie durchführen. Er hatte sich dazu bereit erklärt unter der Bedingung, dass Melissa und Michael an einem Ehevorbereitungskurs teilnahmen. Obwohl sie aufgrund der Collegeabschlussprüfungen sehr eingespannt waren, war das Paar zu jeder einzelnen Stunde gegangen. Ein gutes Zeichen für ihre Ehe, dachte Anne Marie.

Als die eigentliche Zeremonie begann, beugte Ellen sich vor und konzentrierte sich auf jedes Wort. Dies war die erste Trauung, die sie miterlebte, und sie wollte keine Einzelheit verpassen. Anne Marie hatte vergnügt beobachtet, wie Ellen am Abend zuvor ihre Puppen und Plüschtiere in Reih und Glied aufgestellt und dann zwei davon – eine Barbiepuppe und einen Panda – ausgewählt hatte, damit sie den provisorischen Mittelgang hinunterschritten. Später entdeckte Anne Marie ihre Tochter dabei, wie sie am Küchentisch saß und mit Feuereifer etwas in ihren Notizblock schrieb.

»Was tust du da?«

»Ich trage einen neuen Wunsch in meine Liste ein. Ich will eine große Hochzeit mit ganz vielen Leuten und ein Kleid mit Spitze und Perlen und einen langen Schleier.«

»Und wie steht es mit dem Ehemann?«

Ellen kaute an ihrem Bleistift. »Er wird gut aussehen.«

»Ist das wichtig?«

Die Achtjährige überlegte sich ihre Antwort gründlich. »Ich möchte einen Mann heiraten, der auch innen drin gut aussieht«, erklärte sie schließlich.

»Und wenn er auch sonst gut aussieht, ist das ein zusätzlicher Pluspunkt, richtig?«

»Richtig.«

Jetzt, wo Melissa und Michael ihre Gelübde ablegten, beobachtete Ellen sie aufmerksam und träumte dabei von ihrer eigenen Hochzeit in ferner Zukunft.

Anne Marie betrachtete das Kind, das bald auch rechtlich ihre Tochter werden würde. Beschützerdrang regte sich in ihr. Der größte Wunsch ihres Lebens war es, Mutter zu sein, und dieser Wunsch war in Erfüllung gegangen, wenn auch ganz anders als erwartet.

Während die Zeremonie voranschritt, spürte Anne Marie die Gegenwart von Dolores Falk. Die ältere Frau hatte sich nach bestem Wissen und Gewissen um das Kind gekümmert und alles für Ellens Glück getan, was sie konnte. Sie hatte ihr Liebe geschenkt und Geborgenheit, und am Ende hatte sie Ellen an Anne Marie weitergereicht.

Anne Marie war sicher, dass Dolores erkannt hatte: Sie beide gehörten zusammen, sie brauchten einander. Nachdem die Bindung zwischen ihnen sich entwickelt und Anne Marie ihr Versprechen gegeben hatte, Ellen bei sich zu behalten, wenn ihrer Großmutter etwas passieren sollte, hatte Dolores in Frieden sterben können. In der Gewissheit, dass Ellen von Anne Marie geliebt und versorgt werden würde.

Leicht legte sie Ellen die Hand auf die Schulter. Das Kind stimmte begeistert in den Beifall ein, als Jordan Turner Michael und Melissa zu Mann und Frau erklärte.

»Das ist sooo schön«, flüsterte Ellen, als die Musik anschwoll. Dann verließen Melissa und Michael Arm in Arm und strahlend vor Freude durch den Mittelgang die Kapelle.

»Es ist wirklich schön«, stimmte Anne Marie zu und kämpfte gegen die drohenden Tränen. Jetzt spürte sie nicht nur Dolores Falks Gegenwart, sondern auch Roberts, und sie wusste, auch Melissa fühlte, dass er da war.

»Was kommt als Nächstes?« Ellen schaute mit großen neugierigen Augen zu Anne Marie hoch.

»Jetzt gehen wir zum Hochzeitsempfang.«

»Oh, toll! Und wann serviere ich Torte?«

»Das dauert noch ein bisschen.«

Der Empfang fand in einem Restaurant am Ufer des Lake Washington statt. Lillie hatte den Festsaal reserviert, Melissas Freunde hatten ihn geschmückt und alles für den kleinen Empfang vorbereitet. Anne Marie hatte angeboten zu helfen, aber Melissa hatte dankend abgelehnt. Sie habe schon mehr als genug getan, und ihre Freunde hätten alles im Griff, meinte sie.

Als sie ankamen, konnte Anne Marie sehen, dass das stimmte. Der Saal war vom Hauptteil des Restaurants abgetrennt und bot einen herrlichen Ausblick auf den Lake Washington. Segelboote mit bunten Segeln glitten über das kabbelige Wasser. Ein sattgrüner Rasen führte vom Restaurant hinunter bis ans Ufer, eingefasst von blühenden Stauden. Zweiflügelige Glastüren öffneten sich auf eine gepflasterte Terrasse.

Da der Himmel bedeckt war, hatten Melissa und Michael sich dafür entschieden, den Empfang drinnen abzuhalten. Lillie hatte dafür den vollkommenen Rahmen gefunden, stellte Anne Marie dankbar fest.

Der Raum selbst war mit weißen Girlanden geschmückt, die von der großen Hochzeitsglocke aus Papier ausgehend von der

Decke hingen. Die Girlanden erstreckten sich in alle Richtungen. Weiße und silberne Luftballons waren an jeder Stuhllehne festgebunden.

Die Hochzeitstorte, mit dem traditionellen Brautpaar obenauf, stand auf einem Tisch, und die Hochzeitsgeschenke waren darum herum arrangiert. Alix Turner hatte die Torte gebacken und dekoriert. Das Restaurant hatte ein elegantes Büfett hergerichtet, dessen Kosten sich Brandon, Anne Marie und Michaels Eltern teilten.

Als Melissa mit ihrem frisch angetrauten Ehemann den Raum betrat, wirkte sie strahlend glücklich.

»Es fällt mir schwer zu begreifen, dass meine kleine Schwester jetzt eine verheiratete Frau ist«, sagte Brandon und setzte sich auf den Stuhl neben Anne Marie und Ellen. »Mom wird es noch leidtun, nicht zur Hochzeit gekommen zu sein.«

Anne Marie nickte. Pamela würde akzeptieren müssen, dass Melissa ihren eigenen Weg ging. »Irgendwann wird es das, das glaube ich auch.«

»Von wem redet ihr?«, fragte Ellen. »Ist das für Erwachsenenohren oder für Kinderohren?«

Brandon lachte laut auf. »Für Erwachsenenohren.«

»Okay.«

Er grinste Anne Marie an.

Die ersten Gäste stellten sich bereits am Büfett an, und nachdem auch Anne Marie, Ellen und Brandon ihre Teller gefüllt und sich wieder gesetzt hatten, gesellten sich Michaels Eltern, Jim und Paula Marshall, zu ihnen.

»Das ist so eine schöne Hochzeit geworden«, stellte Paula fest und betrachtete stolz ihren Sohn. »Ich war mir nicht sicher, was ich zu erwarten hatte. Was ist nur los mit den Kindern heutzutage? Immer alles auf einmal und hopplahopp. Michael hat kaum seinen Collegeabschluss in der Tasche, da heiratet er und wird schon bald Vater. Da schwirrt einem ja der Kopf.«

Anne Marie stimmte ihr zu. »Ich wusste gar nicht, was ich zuerst stricken sollte – eine Decke fürs Baby oder ein Strumpfband für die Braut.«

»Sie stricken?«, fragte Paula hoch interessiert.

»Ich bin noch Anfängerin. Ich mache einen Kurs.«

»Das war einer unserer Wünsche«, erzählte Ellen mit großem Ernst.

Anne Marie erklärte, was das bedeutete, und staunte wieder einmal, wie sehr Ellen sich verändert hatte, seit sie bei ihr lebte. Als sie sich vor gerade drei Monaten zum ersten Mal begegnet waren, hatte das Kind kaum ein Wort gesagt. Inzwischen war es schwer, sie dazu zu bringen, mal den Mund zu halten.

»Habe ich Sie schon mit Ellen bekannt gemacht?«, fragte Anne Marie und legte dem Mädchen den Arm um die Taille. »Das ist meine Tochter, Ellen Falk.«

»Ich bekomme bald einen neuen Namen«, verkündete Ellen und sah Anne Marie an.

»Einen neuen Namen?«, fragte Paula nach. »Was meinst du damit?«

»Ich adoptiere Ellen«, erklärte Anne Marie, »und dann wird ihr Nachname Roche sein, so wie meiner.«

»Herzlichen Glückwunsch Ihnen beiden«, sagte Jim und kostete vom Meeresfrüchtesalat.

»Anne Marie wird meine neue Mutter«, meldete sich Ellen erneut. »Ich habe schon eine, aber meine Großmutter hat mir gesagt, meine richtige Mom konnte sich nicht um ein kleines Mädchen kümmern, deshalb bekomme ich eine neue. Ich bin froh, dass meine neue Mutter Anne Marie ist.«

Die Unterhaltung wandte sich neuen Themen zu, speziell Haustieren, als Ellen liebevoll von Baxter erzählte, der jetzt

»unser Hund« war, und seine Intelligenz lobte. Auch die Marshalls hatten eigene Geschichten von ihrem schlecht erzogenen, aber heiß geliebten Hund Willow auf Lager. Alle lachten viel, und Anne Marie war begeistert, wie natürlich und gut Ellen mit Erwachsenen zurechtkam.

Der Empfang war etwa zur Hälfte vorbei, als Lillie Higgins und Hector Silva dazustießen. Anne Marie hatte Lillies Freund schon ein paar Mal zuvor getroffen. Er war ganz genauso, wie Lillie ihn beschrieben hatte, und betete sie ganz offensichtlich an.

»Tut mir leid, dass wir zu spät kommen«, begann Lillie, als sie auf Anne Marie zutrat.

»Es war meine Schuld«, erklärte Hector. »Mein ältester Enkelsohn hatte ein Fußballspiel und wollte, dass ich ihm dabei zuschaue.«

»Darf ich auch Fußball spielen?«, fragte Ellen.

Anne Marie nickte. »Wollen wir dich in einem Verein anmelden?«

»Ja!« Ellen klatschte begeistert in die Hände. »Und ich will zu den Pfadfindern.«

»Eins nach dem anderen, Ellen«, mahnte Anne Marie sanft. Sie wollte die Begeisterung des Kindes nicht bremsen, wollte aber auch nicht, dass es sich mit zu vielen Aktivitäten übernahm. Sie nahm schon Karateunterricht, und wenn jetzt noch Fußball und Pfadfinderaktivitäten dazukamen, blieb ihr nicht mehr genug Zeit, auch einfach einmal still zu sitzen und zu lesen oder zu stricken oder Fantasiespiele mit ihren Puppen zu spielen.

»Ich habe deine Nachricht erhalten«, sagte Lillie. »Hast du schon ein Haus gefunden?«

»Nein, aber ich beginne mit der Suche.« Allerdings schien Ellen von einem Umzug alles andere als begeistert. Deshalb wollte Anne Marie langsam und vorsichtig vorgehen. Sie hoffte, ein Haus in der Nähe der Schule zu finden. Das Leben des Kindes war schon zu oft auf den Kopf gestellt worden. Da sollte es wenigstens nicht auch noch die Schule wechseln müssen.

»Dann bekomme ich ein richtiges Schlafzimmer«, warf Ellen ein.

»Und ein richtiges Bett«, fügte Anne Marie hinzu. Ellen hatte sich nicht ein Mal darüber beklagt, auf dem alten Schlafsofa in der winzigen Wohnung schlafen zu müssen. Eine der ersten Anschaffungen würden Schlafzimmermöbel für Ellen sein: mit passender Kommode, einem Bücherregal und einem Computertisch.

Sie freute sich auch darauf, ihre eingelagerten Sachen wieder zu sich holen zu können. Lange hatte sie diesen Entschluss aufgeschoben und war lieber in der kleinen Wohnung geblieben, statt umzuziehen. Sie hatte Angst davor, dass die Haushaltsgegenstände, die ihr und Robert gehört hatten, zu viele Erinnerungen wachrufen würden.

Vor einigen Monaten noch hatte Anne Marie sich nicht stark genug dafür gefühlt, sich mit der Vergangenheit auseinanderzusetzen. Sie hatte ihr Mobiliar absichtlich eingelagert gelassen, weil sie nicht erwartet hatte, jemals die Kraft aufbringen zu können, sich an den Tisch zu setzen, an dem sie so viele Mahlzeiten mit ihrem Mann eingenommen hatte. Jeder Gegenstand, jedes so sorgfältig eingepackte Stück, stand in Verbindung mit Robert.

Inzwischen quälten sie die Erinnerungen an ihr gemeinsames Leben nicht mehr. Obwohl sie von seinem Betrug wusste, liebte sie ihn immer noch und würde ihn immer lieben.

Michael und Melissa schnitten gemeinsam die Hochzeitstorte an, und dann winkte Melissa Ellen herbei.

»Kann ich jetzt Torte servieren?«, fragte Ellen und musterte die Tortenstücke, die Melissas Freunde auf farbenfrohe Teller luden. »Ist es so weit?«

»Sieht so aus«, sagte Brandon. Die beiden standen auf und eilten zu dem Tisch, auf dem die Teller aufgebaut worden waren.

In diesem Moment fragte die Trauzeugin Alicia die Braut: »Willst du denn gar nicht den Brautstrauß werfen?«

»Großer Gott, das hätte ich fast vergessen«, antwortete Melissa, drehte der Gruppe ihrer Freundinnen spontan den Rücken zu und warf den Strauß mit Schwung über ihre Schulter.

Anne Marie stand nicht einmal in dieser Gruppe, aber als der Strauß direkt auf sie zuflog, fing sie ihn instinktiv auf.

»Anne Marie!«, rief Melissa und lachte voller Freude. »Du hast den Strauß gefangen!«

Ellen hielt gerade einen Kuchenteller in der Hand und quietschte vor Aufregung.

»Das bedeutet«, erklärte Melissa dem Mädchen, »dass Anne Marie als Nächste heiraten wird.«

»Ich glaube nicht.« Damit versuchte Anne Marie einer von Melissas Freundinnen den Strauß in die Hand zu drücken, aber die nahm ihn nicht an.

»Sei dir da nur nicht zu sicher«, tadelte Melissa gutmütig. »Man weiß nie, wann die Liebe an die Tür klopft.«

Offen gesagt, Anne Marie hatte kein Interesse daran, sich wieder zu verlieben. Sie hatte alles, was sie brauchte, um glücklich zu sein. Ellen gehörte jetzt zu ihrem Leben, und sie hatte mit der Vergangenheit abgeschlossen. Ihr gehörte *Blossom Street Books*. Ihr Blick fiel auf Lillie und Hector, und sie fügte sofort den Punkt liebe Freunde ihrer Liste der Dinge hinzu, für die sie dankbar war.

»Sieh nur«, sagte Ellen und zupfte an ihrem Ärmel. Sie deutete zu den Glastüren hinüber.

Von der nahe gelegenen Bar klang leise Klaviermusik herüber.

Anne Marie beugte sich zu Ellen hinunter. »Was soll ich mir ansehen?«

»Es regnet.«

Es war ein ganz feiner Nieselregen, eher Nebel als Regen, aber Anne Marie korrigierte sie nicht. »Ja. Und?«

»Dein Wunsch.«

Welcher Wunsch?

Und dann fiel es Anne Marie wieder ein.

Sie nahm Ellen bei der Hand und ging mit ihr hinaus auf die Terrasse. Während im Hintergrund leise Musik spielte, zogen die beiden ihre Schuhe aus und traten in das nasse Gras hinaus.

Ellen legte Anne Marie einen Arm um die Taille, und zusammen wirbelten sie wieder und wieder im Kreis herum.

»Wir tanzen barfuß im Regen«, kicherte Ellen.

Anne Marie warf den Kopf in den Nacken und begann ebenfalls zu kichern.

Die Musik wurde lauter, und ihre Bewegungen gewannen an Schwung, während der Regen fiel und die Leute sich in der offenen Tür drängten, um ihnen zuzusehen.

Sie sah, wie Brandon ihnen ein Zeichen gab, wie toll er ihre Aktion fand. Michael und Melissa winkten ihnen zu. Hector und Lillie lächelten.

Anne Marie Roche hatte zwanzig Wünsche aufgeschrieben, und sie hatten ihr Liebe gebracht.

Epilog

November

Die Bänke im Gerichtssaal waren voll besetzt. Anne Marie und Ellen warteten geduldig, dass sie an die Reihe kamen und vor den Richter treten konnten. Als ihre Namen aufgerufen wurden, stand Anne Marie zusammen mit Ellen auf. Evelyn Boyle, die für Ellen zuständige Sozialarbeiterin, kam ebenfalls nach vorn.

Richter Harold Roper sah sich die Akte an, die unter anderem eine Evaluierung der Wohnumstände und ein Führungszeugnis enthielt. Im Grunde war das Ganze nur noch eine Formalität. Das Jugendamt hatte bereits in die Adoption eingewilligt. Die sechsmonatige Wartezeit war wie im Flug vergangen. Sie waren in ihr neues Zuhause gezogen, und Ellen ging inzwischen in die dritte Klasse. Ihr Notenschnitt war hervorragend.

»Also, Ellen, du bekommst eine neue Mutter«, erklärte Richter Roper.

»Ja, Herr Richter«, antwortete Ellen höflich.

»Euer Ehren«, flüsterte Anne Marie ihr zu.

»Euer Ehren«, wiederholte Ellen.

Sie griff nach Anne Maries Hand und rückte ein Stück näher an sie heran.

»Meinen Glückwunsch«, sagte der Richter und unterschrieb das Dokument.

»War das alles?«, fragte Ellen flüsternd.

Anne Marie war ebenfalls überrascht. »Sieht ganz so aus.«

Hinten im Gerichtssaal weinte deutlich hörbar Anne Maries Mutter. Der nächste Name wurde aufgerufen, Anne Marie und Ellen umarmten sich und verließen den Saal. Laura Bostwick schluchzte weiter und tupfte sich die Augen mit einem Papiertaschentuch ab, als sie auf den Flur hinaustraten und die schwere Tür hinter ihnen ins Schloss fiel.

»Bist du sicher, dass du nicht mitkommen kannst zur Feier, Mom?«, fragte Anne Marie.

»Ich komme später, wenn dir das recht ist.«

»Natürlich. Ich möchte, dass du meine Freunde kennenlernst.«

Völlig überraschend umarmte Laura ihre Tochter Anne Marie. »Du wirst eine wunderbare Mutter sein.«

»Danke, Mom.«

»Mein Name ist Ellen Roche«, erklärte Ellen einem Wachmann, der an ihnen vorbeiging.

»Das ist ein schöner Name«, erwiderte der Uniformierte.

»Ellen Dolores Roche«, fuhr sie fort. »Dolores hieß meine Großmutter. Sie ist jetzt bei Jesus.«

Der Mann lächelte Anne Marie zu und ging weiter.

»Das ist meine neue Mutter«, rief Ellen ihm nach. »Sie hat mich ganz doll lieb.«

»Ellen«, murmelte Anne Marie, »der Mann hat zu tun.«

»Ich wollte doch nur jemandem sagen, dass ich einen neuen Namen habe«, flüsterte das Mädchen und ließ den Kopf hängen.

»Möchtest du es Barbie und Mark sagen?«

Die Kleine nickte eifrig. »Lillie und Hector auch?«

»Sie kommen alle zur Feier.«

»Was ist mit Mrs. Beaumont und Lydia und Cody und allen meinen Freunden aus der Blossom Street?«

»Keiner von ihnen wird sich das entgehen lassen.«

»Melissa und Michael auch?«

»Ja.« Das alles war nichts Neues für Ellen. Sie wusste genau über die geplante Feier im Buchladen Bescheid, die nach dem Gerichtstermin stattfinden sollte.

Aber Anne Marie verstand sie gut. Ellen war glücklich und aufgeregt und musste ihrer Freude irgendwie Ausdruck verleihen. All diesen Leuten bedeutete sie etwas, das Kind gehörte genauso zu ihrer Gemeinschaft wie Anne Marie. Ihre Tochter … Anne Marie erstarrte innerlich.

Ellen war ihre Tochter.

Ihre Tochter.

Und gänzlich unerwartet schossen ihr Tränen in die Augen.

»Anne Marie?« Ellen war sofort beunruhigt. »Geht es dir gut?«

»Ja – ich bin einfach nur glücklich.«

»Wie Grandma Laura?«

Anne Marie drückte ihre Hand. »Genauso wie Grandma Laura.«

Im Buchladen angekommen, schien die ganze Straße da zu sein, um mit ihnen zu feiern. Susannah vom Blumenladen war gekommen, auch wenn sie nur kurz bleiben konnte. Sie hatte ein paar kleine Blumengestecke mitgebracht sowie hübsche rosa Ansteckstraußchen für alle.

Kurze Zeit später brachte Alix Turner ein Blech frisch gebackener Kekse herein, ein Geschenk vom *French Café*. Lydia und ihre Schwester Margaret schauten abwechselnd vorbei, weil immer eine von ihnen im Wollgeschäft bleiben musste. Sie brachten einige Flaschen Champagner für die Erwachsenen – natürlich Veuve Clicquot – und Limonade für die Kinder mit. Lydias Mann Brad kam etwas später mit seinem Sohn Cody. Michael und die hochschwangere Melissa ließen sich ebenfalls blicken, und Ellen wurde noch aufgeregter.

»Es wird ein Mädchen, nicht wahr?«

»Richtig.«

»Kann ich ihre große Schwester sein?«

»Ich zähle auf dich«, erwiderte Melissa. Bei ihr konnte es jeden Moment so weit sein, und Michael blieb dicht an ihrer Seite, auch wenn sie nicht lange bleiben konnten. Sie hatten noch eine letzte Stunde Geburtsvorbereitungskurs vor dem Geburtstermin.

Theresa, Cathy und Steve, Anne Maries Teilzeitangestellte, halfen beim Servieren. Ellen mischte sich unter die Leute und erzählte jedem, dass sie einen neuen Namen und eine neue Mutter hatte.

Spät am Nachmittag schauten auch Evelyn Boyle und Anne Maries Mutter für ein paar Minuten vorbei, mussten aber schnell wieder weiter.

»Wir wollen einen Mommy-Shower für dich abhalten«, sagte Barbie gegen fünf. Inzwischen waren fast alle geladenen Gäste da gewesen und bereits wieder gegangen. Die wenigen, die noch geblieben waren, waren allesamt die ursprünglichen Mitglieder der Witwengruppe – plus Mark und Hector. Schwer zu glauben, dass jener trostlose Valentinsabend, an dem die Idee mit den Wunschlisten geboren war, schon fast ein Jahr zurücklag.

Anne Marie hatte ihre Liste im Frühjahr vervollständigt.

19. Karatestunden mit Ellen
20. Glücklich leben bis in alle Ewigkeit

Zwanzig Wünsche, und inzwischen hatten sich fast alle erfüllt.

Anne Marie hatte in einem Secondhandladen ein Paar rote Cowboystiefel gefunden, zu einem Bruchteil des Neupreises. Sie passten wie angegossen, und sie trug sie oft.

Dann, an einem Sonntag im Juli, kurz nachdem Anne Marie begonnen hatte, mit Ellen regelmäßig zur Kirche zu gehen, hatte sie spontan ein Kirchenlied gesungen. Sie hatte den zweiten Vers schon fast beendet, als ihr einfiel, dass sie nicht mehr singen konnte. Siehe da, es ging wieder, und inzwischen verging kein Tag, an dem sie nicht ein Lied nach dem anderen trällerte.

Jetzt fiel ihr Blick auf Barbie, die neben Mark saß und seine Hand hielt.

Anne Marie hatte ihn erst wenige Male getroffen, aber Barbie sprach so oft von ihm, dass sie das Gefühl hatte, ihn gut zu kennen.

»Als wir unsere Wunschlisten erstellt haben, habt ihr euch damals träumen lassen, was daraus werden würde?«, fragte Elise, als sie sich zu ihren Freunden gesellte.

»Wir haben in letzter Zeit nicht mehr über die Listen gesprochen«, sagte Lillie, die in dem großen Polstersessel saß, während Hector hinter ihr stand, die Hände auf ihre Schultern gelegt. »Hat irgendwer sich in letzter Zeit Wünsche erfüllen können?«

»Ja, ich«, sagte Elise und schaute in ihr Champagnerglas. »Ich habe zum Gedenken an Maverick eine wohltätige Stiftung eingerichtet.«

»Elise, das ist wunderbar!«

Die ältere Frau kämpfte damit, ihre aufgewühlten Gefühle zu verbergen. »Das ist noch nicht alles. Ich habe mit meinen beiden Enkeln eine Fahrt mit dem Heißluftballon gemacht. Das hatten Maverick und ich immer vor. Wir haben es aufgeschoben – und irgendwann war es zu spät.«

»War es so aufregend, wie du es dir vorgestellt hattest?«, fragte Anne Marie.

Elise lächelte herzlich. »Noch viel besser. Wenn ich die

Augen geschlossen habe, konnte ich beinahe fühlen, wie ich in Mavericks Armen lag«, sagte sie leise. »Es war ungeheuer aufregend, so hoch über dem Erdboden zu schweben. Ihm hätte es gefallen.«

»Ich habe auch einen meiner Wünsche wahr gemacht«, meldete sich Barbie.

»Welchen?«, fragte Lillie.

Mit blitzenden Augen warf Barbie einen Blick zu Mark. »FKK-Baden.«

Lillie zog die Stirn kraus. »Ich vermute fast, du warst dabei nicht allein.«

Barbie kicherte wie ein Schulmädchen. »Zufällig nicht, nein.«

Mark rutschte unbehaglich auf seinem Rollstuhl herum. »Ich glaube, das fällt in die Kategorie zu viel Information.«

»Du hast es mit Mark getan.« Lillie tat so, als wäre sie schockiert.

Barbie lachte, beugte sich vor und küsste ihn auf die Wange. »Das verrate ich nicht.«

Mark konnte sein Lächeln nicht ganz unterdrücken.

»Was ist mit dir, Anne Marie?«, fragte Barbie, um die Aufmerksamkeit von sich und Mark abzulenken.

»Ich bin dabei, mir einen meiner Herzenswünsche zu erfüllen.«

»Du bist dabei?«, fragte Hector. »Ich dachte, die Adoption wäre heute Nachmittag rechtskräftig geworden.«

»Das stimmt, und Ellen ist jetzt rechtmäßig meine Tochter. Aber es geht um einen anderen Wunsch.« Sie öffnete ihre Handtasche, holte einen dicken Umschlag heraus und zeigte ihn den anderen.

Ellen sauste an ihre Seite. »Darf ich es allen sagen?«

»Meinetwegen.«

»Mom«, fing Ellen an, stockte und schaute Anne Marie an. »Ist es in Ordnung, wenn ich dich Mom nenne?«

»Absolut.«

»Mom hat uns Flugtickets nach Paris gekauft – zu unserem ersten gemeinsamen Weihnachten.«

»Paris«, wiederholte Elise langsam. »Was für eine großartige Idee.«

Anne Marie legte ihren Arm um Ellen. »Ich besuche Paris mit jemandem, den ich liebe.«

Barbies Blick wurde weich. »Das ist einfach schön.« Sie warf einen Blick auf Mark, der irgendetwas in sich hineingrummelte, das verdächtig nach »Komm bloß nicht auf dumme Gedanken« klang. Sie ignorierte ihn und griff nach der Broschüre, die Anne Marie ihr reichte.

»Barbie, ich warne dich, ich werde nicht nach Paris fahren!« Mark zögerte. »Wenn du dorthin möchtest, tu das. Ich fände das sogar gut. Aber ich bleibe hier.«

»Ja, Mark.«

»Ich meine es ernst, Barbie.«

»Das weiß ich.« Offenbar hatte sie nicht die Absicht, mit ihm zu streiten. »Ich bin vollkommen in der Lage, zwei Wochen allein durch Europa zu reisen.«

»Zwei Wochen?« Mark runzelte die Stirn. »So lange?«

»Es würde sich doch kaum lohnen, für nur wenige Tage eine so weite Flugreise auf sich zu nehmen.«

Mark stöhnte. »Warum habe ich das Gefühl, dass ich demnächst zum Eiffelturm hochschauen und mich fragen werde, wie ich in diese Situation geraten bin?«

Alle lächelten.

Ellen ging zu Anne Marie hinüber, die sich inzwischen hingesetzt hatte, und kletterte ihr auf den Schoß. »Auch einer meiner Wünsche ist wahr geworden«, eröffnete sie der Gruppe.

»Welcher war das?«, fragte Hector freundlich.

»Ich habe eine Mom gefunden. Ich dachte, Anne Marie würde nur meine Lunch-Patin sein, aber jetzt ist sie meine Mom. Für immer und ewig.«

»Für immer und ewig«, wiederholte Anne Marie.

Es war ein feierlicher Augenblick. Doch plötzlich wurde er unterbrochen von Ellens fröhlichem Krähen: »He, Mom! Jetzt musst du eine neue Liste mit zwanzig Wünschen schreiben, nicht wahr?«

Anne Marie lächelte. Ja, Ellen hatte recht. Das hier war nicht das Ende, sondern ein neuer Anfang für sie alle.

– ENDE –

Debbie Macomber

Die Maschen des Schicksals

Was gibt es Besseres, als über dem leisen Klappern von Stricknadeln Ängste, Sorgen und Sehnsüchte mit seinen Freundinnen zu teilen? Niemand kennt die Maschen des Schicksals besser als Lydia, Besitzerin des Wollgeschäfts „A Good Yarn", und sie will den drei Frauen in ihrem Strickkurs unbedingt helfen. Gemeinsam entrollen sie ihren Kummer wie die Wollknäule zu ihren Füßen, und erschaffen daraus etwas Neues, Einzigartiges: ein unzerreißbares Band der Freundschaft und einen roten Faden für ihr Glück.

ISBN: 978-3-95649-652-3
9,99 € (D)

Petra Schier

Vier Pfoten am Strand

Ein Sommer Auszeit um an seinen Skulpturen zu arbeiten, mehr sucht Ben eigentlich nicht in dem kleinen Ort am Meer! Aber dann stolpert ihm der junge Rüde Boss über den Weg und Ben beschließt, ihn bei sich aufzunehmen. Der Hund stellt Bens Leben auf den Kopf und seine Geduld auf eine harte Probe. Niemals wird er es alleine schaffen, ihn zu bändigen. Zum Glück ist da noch Christina. Sie leitet die Hundeschule und scheint genau die Richtige für Boss zu sein. Und vielleicht auch für sein neues Herrchen ...

ISBN: 978-3-95649-793-3
9,99 € (D)

Deutsche Erstveröffentlichung

Anne Barns

Drei Schwestern am Meer

Eine Insel, drei Frauen, ein altes Familiengeheimnis

Das Weiß der Kreidefelsen und das Grün der Bäume spiegeln sich türkis im Meer – Rügen! Viel zu selten fährt Rina ihre Oma auf der Insel besuchen. Jetzt endlich liegen wieder einmal zwei ruhige Wochen voller Sonne, Strand und Karamellbonbons vor ihr. Doch dann bricht Oma bewusstlos zusammen und Rina muss sie ins Krankenhaus begleiten. Plötzlich scheint nichts mehr, wie es war, und Rinas ganzes Leben steht auf dem Kopf.

ISBN: 978-3-95649-792-6

9,99 € (D)